# 第一章　モロッコへ

JN150151

桟橋に立つ秀男《ひでお》の頰を、西風が撫《な》でていった。

目の前には東京の高層ビルにも似た白い客船がそびえている。マルセイユの港も騒がしくなってきた。遠くから誰かが乗船締め切りを叫んでいる。

振り向くと、母のマツと姉の章子《しょうこ》が顔いっぱいの笑顔で立っていた。

「やだ、かあさんったら、いくら急いだって言ったって、なにもいつもの割烹着《かっぽうぎ》で来ることないじゃないの。ショコちゃんもそんな葬式みたいな地味なワンピース着て」

ふたりの横には下手くそな笑顔を浮かべた幼なじみのノブヨがいる。ノブヨのちょいと後ろで、先輩ゲイボーイのマヤが煙草《たばこ》をふかしていた。

「ノブヨ、あんたこの間は忙しくてパリに来られないって言ってたじゃないの。せっかく一緒に楽しもうと思ってたのに。たまたま書いた歌詞で運良く一曲や二曲売れたからって、いい気になっちゃ駄目よ、もう」

札幌でくすぶっていた吾妻《あづま》ノブヨが、秀男を頼って東京へやってきたのが二十五のときだった。今はマヤの店を手伝いながら細々と歌詞を書いている。

「ちょっと、マヤねえさん、このバカ女にひとこと言ってやってよ」

マヤは札幌のゲイバー「みや美《び》」を振りだしにして、十五の年から秀男の拠《よ》りどころだった。彼女が「たまには日本語の歌も歌おうかしら」と言ったのがきっかけでノブヨが「パリの空の下」のメロディーに歌詞をつけたのが評判になり、一曲二曲と依頼が来るようになったのが近年。

「ちょっと、みんなヘラヘラ笑ってばかりで、薄気味悪いわ。何か言いなさいよ」

いくら急《せ》かしても、みなただ笑っている。

「ノブヨ、さっさとしなさいよ」

早く乗船しなくては。

だけど、いったい自分たちはこの船に乗ってどこへ行こうとしているんだろう。

白いドレスを着て、化粧も爪《つめ》も整え、傍らには大きなトランクを待たせてあるというのに、この船の行き先が思い出せなかった。

「ちょっと、みんなで乗り込むんでしょ。荷物はどこ？　そんな普段着で豪華客船なんて、あんたたちってば本当にいつもそう。あたし、貧乏は耐えられるけど貧乏くさいのは嫌いよ。頼むから、さっさと着替えちゃってよ。お洋服ならいくらでもあるんだから。

靴はピンヒールじゃないと駄目よ。低い靴なんて、ドレスが台無しだもの」

秀男はノブヨに向かって「このあいだヒットのお祝いにプレゼントしたあの靴を履いてちょうだい」と人差し指を立てた。おや、と自分の指先を見る。毎日手入れを怠らず、真っ赤なネイルでぴかぴかに光らせている爪に、色がなかった。

「どういうことなの」

せっかくの白いドレスだというのにこんな地爪では、貧乏くさいどころか恥ずかしくて人前になど出られない。秀男は慌《あわ》ててバッグから手鏡を取り出して自分を映す。胸のあいたドレスと美しい鎖骨の上に、眉《まゆ》も口紅も引いていない顔がぽつんと載っている。

「なによ、これ」

髪も結い上げてあったはずが耳の下で束ねてあるだけだ。こんな姿で船旅になど出られるわけがない。出航までの時間を確かめようと、あわてて章子を呼んだ。

章子がいない。

「ショコちゃん、どこ？」

さっきまでにこにこ微笑《ほほえ》んでいたはずのマツも章子もノブヨもマヤも消えていた。

かあさん、ノブヨ、どこ？　マヤねえさんは？

海に浮かぶ白い船体に霧がかかる。上からどんどん霞《かす》んでゆく。青い空はどこにもなく、いつの間にか秀男はモノクロの港にひとりで立ち尽くしていた。

「ちょっと、悪い冗談はやめて。あたし船に乗って旅に出るのよ。みんなで行くのよ。行き先は忘れちゃったけど、生まれて初めての船旅なんだから」

喉《のど》が切れるほど大きな声で怒鳴った。あまりの大声で自分の鼓膜がどうにかなったのではないかと目を瞑《つむ》る。たちまち周囲は真っ暗になり、目が覚めた。

ゆっくりと瞼《まぶた》を持ち上げた。やけに重い。

ああ夢だったのだ、素顔と地爪で白いドレスなんて縁起でもない。あれってまるで死に装束じゃないの。死に化粧もされないまま着るものだけは白いなんて我慢ならない。どうせならちゃんと化粧もして、爪もしっかり塗って欲しいわ。

ひどく喉が渇いて、舌もからからに干からびていた。

酔っ払って知らない男の部屋で目覚めてしまったのか。腹の中にはもう何も残っておらず、快楽の芯《しん》がしびれている。もうしばらくここは使わないで休ませてあげなくちゃ。

そこまで考えて、痛む頭を懸命に回転させた。男の顔も名前も覚えていないのはいいとして、どこで飲んだのかも出会ったのかも思い出せない。飲んだとすればひどく安い酒だったに違いない。でなくては、こんなに体中の水分が搾《しぼ》り取られた二日酔いにはならないはずだ。

秀男はハッとして目を開けた。辺りは明るいが、瞳《ひとみ》にレースのカーテンがかかったように何もかもがぼんやりとしている。目玉を左右に動かしてみるが、はっきりとしない。

白い豪華客船で旅に出るという夢の安直さに笑いたいのに、口の中が乾ききっており
うまく顔の筋肉が動かなかった。
おそるおそる、両脚の付け根あたりに手を伸ばした。体の隅々がしびれるなか、そこ
はいっそう感覚が失われており、厚く布が巻かれている。
ああそういえば、取っちゃったんだ。
ここはモロッコ、カサブランカの産婦人科医院で、秀男はカーニバル真子《まこ》の最後の仕
上げとして、陰茎《いんけい》を切り造膣《ぞうちつ》手術を受けた。
麻酔が効いてゆく前のことを、ひとつひとつ遡《さかのぼ》るように思い出してゆく。
パリで仲間を集めて三日三晩の乱交パーティーをしたことも、たった一週間前だとい
うのに遠い昔の出来事に思えた。
あの白い客船に乗ってたら、死んでたかもしれない。
秀男は夢か現《うつつ》かわからぬ先ほどの景色のなかで笑顔を絶やさなかった母と章子、ノブ
ヨの姿を思い浮かべた。この世とあの世を分けるときも、自分は貧乏くさい三途《さんず》の川よ
り白い船で旅に出るほうを選ぶ人間らしい。
二十代の初めから「今年こそ切ってくるわ」と言い続けた秀男が、結局海を渡ったの
は昭和四十八年春、三十歳のことだった。
高校を中退、家出してゲイボーイになったのが十五歳。札幌すすきののゲイバー「み

や美」を皮切りに秀男の放浪は始まった。バーテンダーの次郎《じろう》と駆け落ちし、太ももにちゃちな彫り物を入れたのち、マヤを頼って東京へ出た。鎌倉《かまくら》の店で修業をする際に出会った白蛇を使って踊るのが受けて東京の店でも人気となるが、もうひと勝負すると決めたマヤとふたり、大阪へと流れたのだった。

幼い恋の忘れ形見みたいな薔薇《ばら》の彫り物は、大阪であでやかな緋牡丹《ひぼたん》に生まれ変わった。

マメコから始まり、マコ、真子まで名前もずいぶん変えてきたのだった。

大阪は、秀男にとっていい街だった。口から先に生まれたと言われるくらいの話芸にも、いっそう磨きがかかった。ゲイバー「カーニバル」を拠点にして、テレビの深夜番組に呼ばれてからは、昼も夜も稼ぐ日々だ。

「カーニバル」で人気に火がついて芸名をカーニバル真子に変え、再び東京に活動拠点を移したのが二十五歳。章子も秀男に倣《なら》って東京に住まいを移し、同じ頃ノブヨも上京した。

マヤは銀座の外れにちいさな店を持ち、ノブヨもそこにいる。そのノブヨが今では作詞家の名刺を持ち歩いているのだった。

芸能界での秀男は、会話のセンスの良さで女性アシスタントより使い勝手が良かったうえ、タマは取ったがサオが残っているというねじれた立ち位置が受けた。

映画も深夜番組も夜の街でも引っ張りだこではあったけれど、近年は落ち着いている。飽きっぽい世間を相手にしている世界にあっては、次の話題を作らねば生き残るのは難しいのだ。陰茎を切り落とし、造膣手術をすると宣言したのち、日劇ミュージックホールの舞台にも立ち、時代劇の大胆な濡《ぬ》れ場といえばカーニバル真子、といった評判も得た。陰茎があるままでも充分売れたことが、決意を鈍らせ海を渡るのを遅らせていたのだった。

「いつするんだ」「そろそろするわ」「まだなのか」「お金が足りないのよ」といったマスコミとのやりとりにも、狼《おおかみ》少年の気配が漂い始めていた矢先、銀座「エル」のママからフランスに支店を出す話が舞い込んだ。銀座の辻《つじ》占いに両手を見せた際に言われた「あんた三十で海を渡るよ」の言葉が本当になる。

「真子、ここはあんたの度胸に頼ろうかと思うのよ。パリでひと勝負してきてくれないかしら。半年でいいわ、とにかく基盤を作ってくれたら、あとは他の子でも大丈夫だと思うの。お願い、このとおり」

「わかったわママ。あたしやってみる」

日本を離れることに、不安がないわけではなかった。浮き沈みの激しい世界で、明日にでも次のカーニバル真子が出てくるかもしれないのだ。似たようなタレントがいないからこそ真っ先に映画に呼ばれ、歌も歌い、踊って脱いで、仕事の場を広げてきた。

正直、休みたくても休めないのが本当のところだった。街角にもブラウン管の中にも対抗馬は気づかぬうちにそばにいて、いつストンと階段下まで蹴落《けお》とされるかわからない。転げ落ちないために、酒も飲んだし体も張った。その積み重ねが、フランスにいる間に水の泡になるかもしれないのだ。

そのくせ、どこかでフランス行きを喜んでもいた。

とうとう決行するときが来たんだ。

日本に稼ぎにやってきたフランスのブルーボーイたちから、病院の評判は聞いていた。映画『ヨーロッパの夜』で有名になった、コクシネル、キャプシーヌ、バンビといった性転換女優の話も広まっていた。手術を受けるのなら実績のある病院がいい。

秀男は、世界一のドレスを新調するときのような沸き立った心もちで、カサブランカのドクター・ブルウに手紙を書いた。

ドクター、初めまして。私は日本で一番人気のあるブルーボーイです。歌って踊って、映画にも出ています。このたび、ドクターの力を借りて、自分を極める決意をしました。私は私の総仕上げをします。どうか陰茎切除と造膣手術をしてください。費用はどのようにお支払いすればいいでしょうか。用意はございます。お返事、お待ちしております。

返事はすぐにやってきた。手術の費用は百五十万円。生き直す体を買う金額としては、思ったよりも安いくらいだった。

春にポンヌフ地区に開いた「エル」のパリ支店「パピヨン」は、泥棒に入られたり営業許可の手続きに難航したものの、日本人客の口コミもあり、半年かけてそこそこ知られる店になった。「エル」のママを納得させたところで、計画を実行に移す条件は揃《そろ》ったのだった。

「パピヨン」を開くにあたって銀座から連れてきた清羽《きよは》が、自分も一緒にと言い出したのは予定外だった。人一倍気弱なところのある清羽が造膣手術をしたいと言うのだ。

正直なところ自分が一番になるつもりの秀男にとっては喜ばしくもない話である。この体で日本の芸能界にまた新しいネタを持ち帰ろうという気持ちもある。臍《へそ》の下を隠せるかどうかというくらいちいさな下着を着けて踊る自分を想像するのが、ひとつの励みでもあったのだ。

「清羽、あたしは体を変えて前に進むつもりでここにいるの。あんたに確かめたいことがあるの。まさかあんた、この先あたしと一緒に日本で性転換を売りに芸能界入りするつもりじゃないでしょうね」

「ねえさん、違うの。わたしは自分じゃない別の人間になりたいだけ。別の人間になってしまえば、いまのわたしが別の人間ってことになる。親もきょうだいも要らないの。わたしは自分を産み直して、本当のわたしになりたいのよ。顔を変えるだけじゃ、鏡の中から逃げるのと同じなの。お願い、モロッコに連れてって」

パリのお店に誘ってもらって本当に嬉《うれ》しかったという清羽の言葉に、嘘《うそ》があるようには見えなかった。今後は日本に戻らず、フランスで暮らしたいというので、それならばとふたり連れだって病院の門をくぐったのだった。

フランス語の出来る清羽が近くにいてくれたのは、結果的にありがたかった。簡単な日常会話はパリジャンの腕の中で覚えられたけれど、ネイティブにはほど遠い。加えて秀男が覚えるのはほとんど男用の言葉なのだ。ここは男女の見てくれに垣根のない国だが、使う言葉が違う。専門用語や早口になるとお手上げ、というなか清羽は秀男のそばをつかず離れず、お店でも遊びに出た先でもいいサポートをしてくれていた。

目覚めたはいいのだが、寝返りひとつ打てなくなっていた。あの船は「渡りに船」の船だったのか、それとも本当に三途の川を渡る船だったのか、痺《しび》れの残る頭で考える。どうせ下半身の手術だ、去勢したときのように一部始終を見てやろうと思っていたのに、眠りこけてしまったらしい。眠っている間に死んでしまったらどうしてくれるつもりだ、と肚《はら》の中で毒づいた。

とりあえず、生きてたみたいね。

じっと耳を澄ませば、廊下をゆく足音や、窓の外からは街角で誰かが口ずさむ歌が聞こえてくる。ひとまず、生きていることを喜ぶために、乾ききった口を開けて精いっぱいの声を出した。

「ちょっと、誰か来なさいよ。麻酔が覚めたわよ。清羽、清羽のほうはどうなの」

喉から出てきたのは、新聞紙をこすり合わせるような擦《かす》れ声だった。

「真子ねえさぁん、真子ねえさぁん」

遠くから少しずつ近づいてくる。清羽だ。懸命にその名を呼び続ける。幾度目かでやっと声らしくなった。口の中は砂漠さながらぱさぱさに乾いており、舌は石ころみたいに硬い。

「清羽、どこなの」

「ねえさんこっち、こっち見て」

きしむ首を声のする方へとねじった。霞がかかったような白い空間に、ゆらゆらと何か揺れている。瞬《まばた》きをくり返し、目を凝らしてよく見る。清羽の手だ。同じ病室にベッドを並べて寝ているらしい。お店ではか細い声でくねくねしていた清羽が、院内に響き渡るようなフランス語で怒鳴った。

「こらぁ、さっさと見に来やがれ、真子ねえさんの麻酔がやっと覚めたんだ、この人を殺したらただじゃあおかないよ」

「清羽、あんたフランス語になると芸風が変わるわね」

驚きながらつぶやいたものの、うまく声にはならなかった。

「ねえさん、ここは黙っていたらえらいことになる病院よ。わたしの麻酔が覚めたのは一日前。看護婦が出たり入ったり、医者も何度か来たけど、首を振って出て行っちゃうの。麻酔がどうのこうの言ってた。ねえさんは麻酔の量を間違えられたのかもしれない」

二日も眠りこけていたのなら、このひどい乾きも納得だ。清羽が怒鳴ってくれたお陰で、ナースがノックもなしに勢いよくドアを開けて入ってきた。

「やっと覚めたのかい、この眠り姫」

ナースはやってくるなり吸い口のついた容器を秀男の口元に寄せた。

「急に飲むと吐いちゃうから、少しずつだよ」

ぬるい水は、乾燥しきった舌に吸い込まれてなかなか喉にまで届かない。目を瞑って浮かんでくるのは、この街を囲む砂漠の景色だった。油断するとどんな隙間《すきま》からも砂が入り込み、気づけば床も布団《ふとん》の上も砂が積もってしまう。

秀男は、何日も眠っているうちに自分の体の内にも外にも砂が積もったのではないかと疑った。もうひとくち、と思ったところで吸い口が抜かれる。

「なにすんのよ、もうちょっと飲ませなさいよ」

この状況では、フランス語もすぐには出てこない。それでも「もっとよこせ」という気持ちは伝わったのか「あとでね」とひとつウインクをして、彼女は病室を出て行った。

せっかく飲んだ水が、たちまち汗になって首や胸元を濡らす。重たい腕を伸ばし、手が届くところの様子を探る。ガーゼで覆《おお》われた股間《こかん》から、細い紐《ひも》が垂れていた。

「この紐、なにかしら」

「おしっこを袋に入れるチューブよ。わたしは今朝外してもらった。動けるけど、ちょっと変な感じ」

「あんた、もう女のあそこでおしっこしたの？」

「うん、どこ飛んで行くかわかんなくて焦《あせ》った。それに、出たはいいけどとても痛いの」

チューブを入れていたところに、傷がついているのではないかと清羽が言った。で、どうなのだ、と最も気がかりなことを訊《たず》ねてみる。

「ちゃんと作ってあった？」

「まだ、怖くて見てないの。とにかく、おちんちんがないことを確かめるのが精いっぱいよ。とりあえずなくなってはいたけど、どうなってるのか全然わかんない。怖い怖いと思ってる隣でねえさんはずっと眠ったままだし、看護婦は横柄《おうへい》だし、医者は乱暴だし。でも目覚めてくれて良かった。もしこのまま寝息が聞こえなくなったら、あの医者と刺し違えてやろうと思ってたのよ」

痛みと痺れで、とにかく自力で尿を出すだけでもひと仕事だという。

「ねえさん、わたしまさか売り上げじゃなくて、おしっこ出すのが一日の目標になる日が来るとは夢にも思わなかったわ」

「血の通ってるもんをちょん切ったんだから、そりゃあ多少は痛いだろうさ」

パリから母に送った手紙には「かあさん、カサブランカで娘になって帰ります。楽しみにしてて」と書いた。秀男は麻酔が効いている滞在時間のほうが長くなってしまったカサブランカの街を思い浮かべた。


十月頭、清羽とふたり、エールフランスでオルリー空港を発《た》った。日本から連れてきた愛犬のギャルソンは、パリに住む後輩に預けてある。

時差が一時間遅いカサブランカに着いたのが昼時。怖くなるくらいなにもない荒れ地を、馬鹿《ばか》みたいにのろい車に揺られて街に着いた。建物はみな白くて、カサブランカの名の由来が「白い家」だというのも納得だ。白や黒の毛布を被《かぶ》った、男だか女だかわからない人間がうろうろと街を歩いていた。観光客は日差しに誘われるのか半袖《はんそで》姿なのですぐわかる。白い建物と、背の高い椰子《やし》そっくりな樹《き》と、赤い砂。日本でもパリでもない場所だ。観光は趣味じゃない。秀男にとっては酒なり買い物なり、用があって向かう場所しか要らなかった。

少し街の中を案内しようか、というタクシーの運転手には「ノン」と返し、パリでアドバイスを受けたように「アニマルパークに行って」と告げた。「わかったよ」と頷《うなず》く運転手の顔に好奇の色が浮かばないのは、それだけ手術目的で訪れる人間が多いということだろう。

白い建物の一角に、ドクター・ブルウの産婦人科があった。

ドクターは、初老の陽気なフランス人だ。アラン・ドロンに似ているのは髪の色だけ。もちろん、ハンフリー・ボガートにも似ていない。早口なので「サヴァ、サヴァ」しか聞き取れないし、とにかく何でも「サヴァ」で済ませる。

着いてすぐに診察が始まり、ドクターは睾丸《こうがん》のない秀男の局部を珍しそうにひっくり返しては「なぜだ」と訊ねた。

「タマは若いときに取っちゃったの。あとはちょん切って穴を空けるだけよ」

身振り手振りの冗談が通じたのか、ドクターはへらへらと笑う。けれど、そばにいる色黒の看護婦は薄気味悪いくらい無表情だった。

どちらが先に手術をしたいのかと問うので、秀男は迷わず「あたし」と答えた。

病院の建物は二階が産婦人科、三階が陰茎切除と造膣手術を受ける男たちの病棟だった。秀男と清羽はぬるい風呂《ふろ》で体を洗い、出来るだけ丁寧に陰毛を剃《そ》った。

「これでお別れかと思うと、なんだかさびしいわねえ」

「真子ねえさんのおちんちんは可愛《かわい》くて、本当に働き者だったわねえ」

「こんなちっちゃいもん、付いてたってなんてことないだろうけど、この先もこの世界でやっていくには切らざるを得ないのよ。言ったからには、って気持ちもあるし、なにより記者にせっつかれるのはもう嫌になっちゃった。それに、切ればぴったりした女物のパンティだって穿《は》けるじゃない。なんにでも楽しみを持たなくちゃね」

「そんなに言うことを聞いてたら、いいようにされちゃわない」

「お互い様なの。むこうもいいようにするけれど、この十年あたしもいいようにしてきた。週刊誌に名前が載ってないと、面白い仕事だって来ないもの。書かれてなんぼなのよ。本当のことだけ書いてくれる週刊誌なんて、お目に掛かったこともない。嘘だからありがたいこともあるの。小説だって映画だって、なんだって同じ」

東京に出て来てからは、秀男の周りには常に人気俳優や歌舞伎《かぶき》役者がいた。彼らの多くは、美しければそれが男でも女でも構わないと思っているようだった。化粧をしてイブニングドレスで銀座の店に出て、女忍者の役で映画にも出演し、歌も歌える銀座トップのゲイボーイ「カーニバル真子」だ。銀座「エル」で真子が傍らにいることは、どんな業界でもトップを走っているという証明でもあった。

陰茎の周りから鼠径《そけい》部、臍《へそ》の周りの産毛《うぶげ》まで丁寧に剃り上げる。露《あら》わになったちいさなおちんちんは、清羽が言うとおり本当に働き者だった。三か月ほど一緒に暮らしても、別れの日までとうとう秀男が男だと知らずに過ごした男もいた。付き合う男は、純朴すぎてもすれっからしでもいけなかった。どちらでもないのはそれはそれでつまらないし、どんなに好きな男でも、じきに飽きてくる。飽きて捨てあう時期が想像つくので、自然と三か月がひとつの区切りになった。秀男のあだ名は「ワンクール」だ。

取っ替えひっかえ、出会いから別れまでの周期が短いのでついつい男の名前を間違う。そんな話をした際に、ノブヨが言った言葉がふるっていた。

「不思議なことに、秀男はそこんところはまるっきりの男なんだよ。見かけは女、好きなのは男ってのは昔から変わらないけど、実際のところ自分ではどっちでもいいと思ってるわけでさ。女になりたいわ、っていうのだって、ほとんど周りに対してのリップサービスじゃない。三か月も毎晩同じ相手とやってたら、そりゃあ飽きてくる。月のもんの浮き沈みも気分の揺れもないから、アレだって感覚が同じだろ。完全に奉仕に徹した女の中身が男だもん、仕方ないね」

「ノブヨ、あんたずいぶんわかったようなこと言うわねえ」

「付き合い長いからね。とりあえず、今のところのわたしの見解。あんた体はどんどん女になっていくけど、無理しなくていいとなると油断するのか本来の男の部分が漏れてくる。付き合ってる男を捨てるか女を捨てるか、違いはそこだけ。そういう点では、ちっともねじれちゃいない、まっすぐ直線、見事なまでのカーニバル真子だよ」

「面倒くさいことを言うわねえ。どっちでも、楽しけりゃいいのよ」

ノブヨはさんざん男で失敗してきたせいなのか、東京に流れ着いてからは滅多なことでは男に入れ込まない。作詞家なんぞ名乗っているばかりに、陰でインテリホステスなどと呼ばれている。なるほど、と思うようなこともあるけれど、男と女のこととなると、けっこう極端な意見を言って秀男を驚かせた。周りが女と疑わない見てくれを手に入れたことで、秀男はようやく本来の自我と折り合いがついたのだった。

三時に注射を打って、うとうとしていたところに五時にもう一本。六時、手術室に向かう移動式のベッドから、眠っている清羽に「行ってくるよ」と声をかけた。

手術室は明るすぎて目を開けていられない。ドクター・ブルウよりも若い医者がなにか話しかけてくるのだが、さっぱりわからない。手を振って「わからない」ことを告げるとさっさとどこかへ行ってしまった。

消毒薬と金属のにおいにまじってどこかからミントティーの香りがして、どんどん眠りに引き込まれてゆく。手術台で両脚を広げたところで、看護婦が秀男の両手首を台にくくりつけた。そんなことまでしなくても、暴れたりはしないのに、と思っているうちに気が遠くなった。

銀座「エル」のパリ支店「パピヨン」には、ヨーロッパに進出しているほとんどの日系企業のトップがやってきた。おかげで日本のブルーボーイが四人、ポンヌフにいるという噂《うわさ》はすぐに広まり、パリ住まいの日本人客もやってくるようになった。

秀男もパリにやってきた本当の理由を隠さなかったし、客もみな紳士ではありながら好奇心を隠さなかった。

日本から遠く離れた国にいると、ドレスや着物を着た秀男はマドモアゼルで通り、酒とベッドを共にする男もみな「ムッシュー」ばかりだった。相手が誰でも、夜を楽しく過ごす術《すべ》を身につけた場所。パリは秀男にとってそんな街だった。

パリに到着してすぐに語学学校の入学手続きをしたのだが、三日も通わないうちに諦《あきら》めた。清羽のフランス語があれば店の中はなんとか回せるし、何よりも「ABC《アーベーセー》」からやっていたのでは開店に間に合わないのだった。

日本を発つときに、餞別《せんべつ》をくれた男たちのうちのひとりが「語学は寝床で覚えるに限るんだ」と笑っていた。本当にその通りだった。とにかく、スラングから覚えろという忠告はいちばんの餞別ではなかったか。この野郎――サロウー、馬鹿――イデオ。これ、あれ、それ――スシ、スラ、ル。ジジイが陰茎、ラシャットが女陰。酔っ払いの下品な客には「バットオン腐れジジイ」で、この腐れチンコ消えろ。

生きて帰れたらお礼を言わなくちゃ。営業許可が下りる前に客を入れたものだから、警察が来たり客層がつかめなかったりで最初は散々だったが、半年待たずに軌道に乗った。「エル」のママが様子を見にやってきたときは、蚤《のみ》の市で買ったインテリアも馴染《なじ》んだ頃で、そこそこ客も入っていた。

「やっぱり真子に任せて良かったわ」

清羽が日本に戻るつもりはないと言い出した頃、日本から何件かマスコミの取材が入った。清羽がいれば「パピヨン」を任せられる。ママとの約束で店内の写真は撮らせないが、秀男がシャンゼリゼ通りを愛犬ギャルソンを連れて散歩しているところや部屋《アパルトマン》でのヌード撮影は快く引き受けた。

「まだ付いてるんですか」と記者が訊ねる。

「ここまで来て逃げも隠れもしないわよ。もうお金も振り込んだし、準備万端。お店が落ち着く秋にはママとの約束どおりモロッコに行くの」

疑うんなら切った直後の写真を撮りにいらっしゃいよ、と挑発すると、不思議なほどみな同じように顔をしかめた。インタビューに答えていたのか、自分に言い聞かせていたのか。いったいどっちだったんだろう。

日劇ミュージックホールの舞台には何度か演《の》ったが、手術後はトップスターとの二枚看板でというオファーが本格化したのも、その頃だった。

「正月公演で、どうですか」

「まだフランスでの仕事が残ってるんだけど」

「ババンと大きく打って出たいんですよ。正月なら人も入りますし、五百の四回転で一日二千人、立ち見が出ればそれ以上」

二日待たせたあと「わかった」と電話を入れたのだが、内心は快哉《かいさい》を叫んでいた。入院期間は長くても半月と聞いた。十月に手術をすれば充分間に合う。

どんな二日酔いだって、ここまでひどい目覚めはなかった。干上がった舌はなかなか水を含まない。どうにか舌が動くようになったのは、見習い看護婦のジョゼットが缶詰の桃によく似たフルーツを口に入れてくれた夜のことだった。ジョゼットはとても若く見えた。清羽の通訳によればもう子供がふたりもいるという。

「マダム、とにかく水を飲んで。悪いものいっぱい出す。オシッコ通すのがいちばんの回復方法。具合はどう？」

「ぜんぜん駄目――ジュヌ　ムサヴァビアン」

スラングばかりのノートの二ページ目に書いてあるひとことだ。こんな場面で使う予定ではなかったはずだ。ジョゼットはときどき意味もなくコロコロと笑った。こちらの気を紛らわそうとしてくれているようだった。

「マダム、この部屋ふたりとも、ちいさくて可愛い。ほかの部屋、大男が大女になってる」

「あたしたちのほかにも、いっぱいいるの？」

「たくさん、たくさん。毎日来る」

フランス人もイタリア人もいるらしい。

「大馬鹿者の万博ね」

日本語のわからぬジョゼットは、秀男の言葉をニコニコと聞いている。秀男も精いっぱい笑顔を返した。実際のところ、笑ってばかりのホステスは頼りない。看護婦も似たようなものかもしれぬと思いながら、それでも彼女の雀《すずめ》みたいな可愛い声は、ダミ声の中で仕事をしてきた秀男にとって多少の慰めになった。

「ジョゼット、あたしなんだか寒いんだけど。毛布をもう一枚かけてくれないかしら」

「マダム、寒いのおかしい」

ジョゼットの手のひらが額に触れる。氷みたいに冷たかった。マダム、と彼女の声が高くなった。

「熱がある。マダム、熱、高いよ。ちょっと待って」

体温計を取ってくると言って、病室を飛び出して行った。

秀男の胸に嫌な記憶が蘇《よみがえ》ってきた。大阪で去勢したときと同じだ。あのときは、皺《しわ》だらけの睾丸《たまぶくろ》が化膿《かのう》してゴム風船のように膨らんだ。まるで焼き物の狸《たぬき》みたいになり、周りは笑ったけれど正直生きた心地がしなかった。このままタマを引きずって歩くことになったら、という恐怖は一週間ほどで薄れたものの、今回は睾丸を取り出す程度の手術では済まなかったはずだ。

秀男は、今頃になって自分が命がけでこの地にやってきたことに気づいた。麻酔から目覚めるまでのあいだずっと、堂々と日本に帰り日劇ミュージックホールの看板で踊ることばかり考えていたことの浅はかさ。

まったくあたしは、いくつになったってこんな調子だ。

ジョゼットが持ってきた体温計を腋《わき》の下に挟むと、寒気が増した。何に触れても氷みたいなのだ。気持ち良い冷たさではない。

体温計の水銀が止まっていたのは三九度五分、見たこともない熱だ。幼い頃に熱と腹下りで死んだ弟、松男《まつお》のことを思い出した。母のマツの顔が浮かんで、そのまま通り過ぎてゆく。異国で体を切り刻んだ自分への、まさかこれが罰だったらと思うと寒気は増すばかりだった。嫌な予感がして、荷物の中から手鏡を取ってもらう。

ジョゼットはアールデコ風の鏡を見て「きれいだ」と言いながらなかなかこちらに渡そうとしない。急かして取っ手を引き寄せる。いつも使っていた鏡なのに、やけに重たい。

鏡に映る顔を見て、今度は全身が熱くなった。秀男の顔は目の下に大きなくまができており、唇は死人のような灰色だ。ドーランで塗りつぶしたって、こんなにひどいことにはならないだろう。そして、自慢のまつげは端から端まで目ヤニだらけだった。おそるおそる舌を出してみる。紫色に腫《は》れ上がった舌は、まだ痺れも取れない。

その日から三日間、秀男の熱は三九度からただの一分も下がらなかった。

「清羽、あたしどうなっちゃうんだろう。この熱、風邪とは思えないんだけど」

「真子ねえさん、わたしもそんな気がしてる。ドクターは回診のたびに太い指を突っ込んでサヴァサヴァ言って出て行くし、看護婦もジョゼット以外はみんな横柄。太っちょのファティマは最悪。水を飲んでいれば治る、眠れば大丈夫って、手術後に高熱出してる患者にそんなのってないと思うわ」

もしかしたら傷口が化膿しているんじゃないか、と清羽が恐ろしい言葉を口にして、黙ってしまった。秀男は「まさか」と言いながら、否定できない。切った部分も、空けた穴もまだ見ていない。失敗、の二文字が何度も頭の中を過《よ》ぎった。

「清羽、悪いんだけど、あたしのふんどしを外してみて。痺れがひどくてまだ上手《うま》く指を動かせないの」

言いつけどおり、清羽が秀男の腰紐を解いて寝間着の前を開けた。全身から嫌なにおいがする。あんなに毎日磨き上げた体が腐敗臭を放っている。顔をしかめないよう気を遣う清羽に悪いと思いながらも、秀男の想像は嫌な方へ向かったまま戻ってこない。

「真子ねえさん、ふんどしを外してどうするの?」

「この目で見てやる、成功したのか失敗だったのか」

秀男の気迫に圧《お》されて、清羽がしぶしぶといった顔つきでふんどしを外した。においはますますつよくなった。毎日の消毒が気休めかと思うくらいの臭《くさ》さだ。おおよそ、生きた人間の発するにおいとは思えず、ましてや自分の体からだとは信じたくもない。

秀男は痛みできしむ上体を清羽の手を借りながら精いっぱい持ち上げ、両脚の付け根を見た。案の定、導尿の管を入れた周りが腫れている。ただちょん切っただけの部分が、紫色に腫れて盛り上がっていた。

痺れる両脚をずらし、枕元《まくらもと》にあった鏡に映してみた。作った穴にはガーゼが押し込まれており、しわしわの陰嚢《いんのう》はないものの、脚を閉じることができない。このままでは歩くことも叶《かな》わないと思うほど何もかもが腫れていた。

「清羽、あんたのはどんな具合なの」

秀男の股間から目を逸《そ》らした清羽に、同じことを二度訊ねた。

「お願い、見せて」

そのときだけは声に張りが戻り、病室に秀男の声が響いた。

清羽がベッドの横で自分の腰紐を解いた。寝間着の下は秀男と同じくふんどし一丁だ。ふんどしを外した清羽の体を上から下まで見る。つるりとした胸と少しくびれた腰と、両脚の付け根。

清羽の傷口は、ちっとも腫れてなどいなかった。

「ねえさん、ごめんなさい」

「なにを謝る必要なんかあるのよ。馬鹿ねえ」

言ってはみるが、心はちっとも穏やかではない。清羽の傷は、もう傷ではなく女陰に近づいている。

「悪いんだけど、足を持ち上げて、もうちょっとちゃんと見せてくれない？」

清羽は言うとおりに左足の膝《ひざ》を持ち上げ、新しい性器を見せた。

「穴に入れてるのは何？」

「塞《ふさ》がらないようにって、張り型みたいなのを入れてる。ヨードチンキやら薬やら、いろんなもん入れてその周りにガーゼ突っ込んでる」

秀男の穴にもそれらが入っているのだ。けれどいま見たモノは女の性器にはほど遠い。切り取った部分がタコのぶつ切りでは、踊るどころかグラビア撮影だってお呼びがかからないだろう。

こんなもの。

絶望などという言葉を使うのはもしかしたら今ではないか。しかしそれも生きていられればのことだと気づき、全身の毛が立ち上がった。清羽にふんどしを戻してもらい、寝間着の前を合わせた。

「医者を呼んで。こんなのおかしいもの。このまま熱が下がらなかったら、あたし、死んじまう。ジョゼット、ファティマ、誰かドクターを連れてきて」

秀男が叫ぶと、隣の部屋から怒鳴り声が返ってきた。何語だろう、ひどい早口だ。モン　コン、バカヤロー。殺すぞ、デェモランだけは聞き取れた。

こちらも負けずに返すが、店での威勢は戻らない。隣のダミ声が近づいてきたと思ったら、薄く開いたドアを蹴破るような勢いで大男が現れた。

「うるさい《ヴォワィユ》」

ダミ声の大男が秀男を見て怒鳴った。ここまで来てチンピラ扱いされる謂《いわ》れはない。見れば相手もバスローブの腰が頼りなげだ。どうやら同じ手術をしたようだ。片言のフランス語で訊ねた。

「ごめん。あんた、いつ手術したの。あたしは三日前。熱が下がらないの。傷口もひどく腫れてる」

同じことをゆっくりと二度言った。通じたようだ。大男は一週間前に「彼女」になったという。

「こっちも怒鳴ったりして悪かったわ。でも、このあいだ同じように怒鳴ってた女が、急にいなくなったのが気持ち悪くてさ。またかと思ったの」

清羽に頼りながら、ローラ・ベルと名乗った大女の話を聞いた。この病院では、まだ退院の許可も下りていない患者が突然いなくなるという。ローラ・ベルが吐き捨てるように言った。

「あたしが来てから、この部屋からふたりもいなくなったんだよ」

「どういうことなの？」

「死んで裏の庭に埋められてるっていう噂。見たわけじゃないから、本当かどうかわからないけど」

秀男はその先を聞くのが怖くて、目を瞑った。体から、更にひどい臭《にお》いが立ち上ってくる。

黙り込んだ秀男のベッドへ近づいてきたローラ・ベルが、首を傾《かし》げた。

「あんた、もしかしてジャポネーズ？　あたし、トーキョー行ったことあるんだよ」

フランスのブルーボーイやトラベスティが束になって日本へやってきたことがあったのを思い出した。あのときの週刊誌もひどいことを書いていた。

『この金髪美女（？）軍団に、日本人ゲイボーイは太刀打ちできるのか』

秀男の記憶の底から、背丈や化粧映えをさんざん比較された苦い時間が蘇ってきた。あの頃に彼女たちから盗んだ化粧法とポーズはずいぶんとグラビア撮影で役に立った。彼女たちが引き上げたあと、記事がまたこっちをおかしな具合に持ち上げたのも気に入らない。何につけ騒がれているだけいいのだと思いながらの十年だった。

ローラ・ベルは秀男の病室を出て、すぐまた戻ってきた。ほら、と見せられた一枚の写真に、ドレス姿でポーズを取った金髪女が並んでいた。ライトの位置やスツール、背景に見覚えがある。

「なによこれ、銀座の『エル』じゃないの」

「『エル』のママを知ってるの？」

「知ってるもなんも、あたしは『エル』のカーニバル真子。この写真の、あんたはどれなの？」

中央で腰までスリットがありそうなドレスから長い脚を見せているのが自分だという。秀男も彼女となら話したことがある。

「この子はマリリンのはずだけど」

「名前、変えたの。今はローラ・ベル。一緒になった男が切ってくれって言うもんだから、面倒だけど切りにきたのよ。カードで負けちゃったんで、これが本当の仕切り直し」

マリリンは三百六十度どこから見てもハリウッド女優にしか見えなかったが、目の前にいるのは陰茎を切り取ったがに股《また》の大男だった。同一人物であるとは、にわかには信じがたい。

「あたしも化粧と着こなしには多少自信あるけど、あんたも相当なもんね、ローラ・ベル」

「まさか隣の部屋で怒鳴っているのがカーニバル真子だとは思わなかったわ」

秀男は無意識に手をやった頬がげっそりと削《そ》げていることに愕然《がくぜん》としながら、ここで土地の事情に詳しい人間に会えたのも自分の運だと考えた。カーニバル真子は、こんなところで死んでいいはずがないのだ。

「裏庭に埋められるのだけはゴメンだわ。自分の体からこんなにひどい臭いがするのも初めて。あの医者、何を言ったってサヴァサヴァなのよ。サバでもサンマでもいいから、とにかくここをなんとかしなけりゃ」

ローラ・ベルが真子の手術のあんばいはそんなに悪いのかと訊ねた。お互いの聞き取れないところは清羽が手助けしているのだが、ローラはその質問のときだけ、清羽のほうを見た。秀男に遠慮しながら、清羽が浅く頷いた。清羽が慎重に言葉を選んでいることが、余計に秀男を傷つける。

「わたしも真子ねえさんと同じ日にオペだったんだけど、ねえさんのほうがちょっと傷の治りが遅いみたいで」

嫌じゃなけりゃ、の前置きをつけて、ローラ・ベルが身振りを加えながら寝間着の前を開いてみろと言う。秀男はここで自棄《やけ》を起こしたら負けだと思い、彼女に自分の傷口を見せた。

秀男の傷をひと目みたローラ・ベルが低く唸《うな》った。数秒、嫌な沈黙が流れて、窓の外をゆく物売りの声が高くなった。低い声で彼女が訊ねた。

「ドクターは、なんて言ってるの？」

「なんにも。サヴァサヴァって、それだけ」

「最後の回診はいつ？」

「昨日の朝」

ローラ・ベルが怒りの表情で「あのヤブ医者」と怒鳴った。そして、秀男の言葉を最後まで聞かず、大股で病室を出て行った。彼女が出て行ったあと、清羽がぽつんと言った。

「真子ねえさん、わたし怖い」

「あんたが怖がることはないよ。傷口が腐ってるのはあたしの方だ。オシッコのチューブから出てるもんを見てごらんよ。血と膿《うみ》だ」

秀男の体から流れ出てゆく濁った膿の塊《かたまり》が、一ミリ二ミリとチューブを進んでゆく。膿と膿の間には薄い血だ。モールス信号でもあるまいし、と吐き捨てると、清羽が鼻をすすり始めた。

女はこれだからいけない。

秀男は三十年のうちの半分をゲイボーイとして生きてきたが、自分を女だと思えたことは一度もなかった。女の体で踊りたいと願う男から、一歩も動いてはいない。願った段階で女ではないし、おそらくは男でもなかったのだ。強いて言うなら、ひとつの体におしべとめしべがある花で、それは太ももに大きく咲かせている牡丹と同じ。花は花でいいが、ではお前は一体なんなのだ、と問われても「あたしはあたし」としか答えられない。

どっちも欲しがった罰なのか。

秀男の頭の中を、ぐるりと今までのことが過ぎった。母や章子、マヤやノブヨの顔も流れてゆく。

「ああ辛気《しんき》くさい、死んでもここを生きて出てやるわ」

口に出してしまったあとで「死んだら埋められるわね」と笑ってみた。清羽の泣き声が尾を引くばかりで、ちっとも可笑《おか》しくない。清羽と一緒に泣けたら少しは楽になるだろうか。

夜中、横柄な看護婦のファティマがミントティーの香りをさせながらやってきて、まだ眠れないのかと問うた。

「食事はまずいし、熱は下がらないし、シャットはちょん切れたジジイのまんまだし、こんなところにいたら死んじまう。高い金取っておいてあたしを殺したら、あんたら間違いなく訴えられるんだからね。あたしはジャポネーズのなかじゃいちばん有名なゲイボーイなんだ。あたしを殺したら、この体に投資した男たちが、黙っちゃいないんだから」

秀男の剣幕に、ファティマはいっそうふて腐れた顔になった。今夜ばかりは「サヴァサヴァ」言わない。数秒にらみ合った後、彼女は「待ってろ」と言って病室を出て行き、十分ほどでドクター・ブルウを連れてやってきた。

ファティマが早口でドクターに訴えている。清羽に目で訊ねた。

「ねえさんが手術の仕上がりに文句を言っているって。訴えるって騒いでるって」

「そこじゃないでしょう。何を言ってんのよ、この馬鹿女」

清羽が文句を言う間もなく、ファティマが秀男の足下の毛布をめくり上げた。両脚を広げ、ふんどしを取る。切ったり貼《は》ったりしているというのに、この体は痛みも感じなくなっている。ただ痺れてなにがどこにあるのかさえよくわからない。

「しっかり出来てる。どんなジジイも入るようにしてやった、俺のオペは完璧《かんぺき》だ。文句があるなら出て行ってくれ」

ドクターが「サヴァサヴァ」言いながら病室を出て行った。ふんどしの紐を結んだあとファティマが言った。

「手術は成功してる。あんたの言っていることはただの言いがかり」

手術から一週間経《た》ち、導尿管を外されたはいいが、肝心の尿が自力で出せない。その代わり、たらりたらりと血と膿が出てくるので、そのたびにトイレで悲鳴を上げそうになる。むくみで手のひらがごわつき、それでいて腕も脚もおかしな具合に細くなってしまい、背筋を伸ばして歩くことも出来ない。

普通ならば半月で退院出来るところを、秀男は二十日間もベッドの上で過ごしていた。このままでは十月中にパリに戻ることができない。

階下からは赤ん坊の、同じフロアからは世界のトラベスティたちの泣き声がした。みんなどんな道を間違ってここにいるのか、考えるだけで気が滅入《めい》る。

その日の回診で、清羽に退院許可が下りた。

秀男はあと十日間ここに居ろという。申しわけなさそうにする清羽が鬱陶《うっとう》しくて、口をきく気にもなれない。股間にあったタコのぶつ切りは多少腫れが引いたものの、問題は「穴」のほうだった。ガーゼの取り替えのたびに、そこから出るはずのない便が付いてくるのだ。

タマの袋やサオの皮を使ってパッチワークみたいに切り貼りしたシャットから、本来出てはいけないものが出ている。最初は血の塊かと思ったが、鼻先に近づけてみれば、それは間違いなく便なのだった。

「真子ねえさん、わたしももう少しここに居る。退院したらパリに帰らなけりゃいけない。ねえさんを置いて帰るなんて、できない」

近頃はなにかというと泣き始める清羽だ。泣かれればどうしても秀男が慰めなくてはいけなくなる。清羽の心根に嘘はないのだ。けれど、そのまっすぐな悲しみに憐《あわ》れみが混じっていることに気づいてしまう自分が悔しい。

「清羽、あんたは一度パリに帰って。あたしのこの状況を誰か頼れる人に話してちょうだい。お金も力もあるのはたくさん知ってるけど、お店に来るパリ暮らしの日本人はみんな薄っぺら。生まれたときからこっちに居るような顔をして、ただの見栄《みえ》っ張りばかり。あんな奴《やつ》らに知れたら大変。酒を飲めばすぐにペラペラと知ったふりして要らぬことを喋《しゃべ》り出すに決まってる。カーニバル真子はここで死ぬわけにはいかないの。来月半ばには日本に戻らなけりゃならない。日劇ミュージックの正月公演に間に合わせないと、あたしは日本での居場所がなくなるのよ」

自らに言い聞かせるようにそう言うと、多少でも気力が湧《わ》いてくる。今頼れるのは泣き虫の清羽だけだった。どんなに長い手紙を書こうとも、どんなに泣き叫ぼうとも、自分を安心できる場所へ連れて行ってくれる可能性を持った人間はマヤでもノブヨでもなく、今はこの清羽なのだ。

「いい？　手術は成功したって、お店にはそう言うのよ。だけど誰かひとりでいいから、何とかしてくれそうな人に真子が助けを求めてるって伝えて。あたしたちのシャットをどうにかしてくれる、本当に頼りになる人よ」

清羽は秀男が言う「あたしたち」という言葉に敏感に反応した。「真子ねえさん」とひとしきり泣いたあと、「わかった」と頷いた。

「パリで、必ずその人を見つける。すぐ戻るから、待っててちょうだい」

フランス語に覚えのある清羽を連れてきて本当に良かった。いちいち泣かれるのはかなわないが、しかし清羽もパリに骨を埋《うず》める覚悟で海を渡ったのだった。必ず日本に戻ると誓った秀男とは、対極にあるように見えてその気持ちは同じではないか。

清羽がエールフランスでパリに戻った日の夜、秀男は布団を被って少し泣いた。

かあさん、ショコちゃん。

声にすると、また眠れなくなった。眠ったらそのまま裏庭に埋められてしまうかもしれないという恐怖だ。死臭を放つ体を横たえていると、今まで感じたことのない恐怖が迫ってくる。

清羽、お願い、早く助けて。

遠くで赤ん坊の泣き声がする。廊下をパタパタと走る足音、大きないびき、ミントティーの香り、知らない国の知らない子守歌、いつの間にか窓に積もっている赤い砂、頭の中でそれらがマーブル模様を描いている。

清羽が大量の缶詰や果物、お茶とカップヌードルとおにぎりを持って来たのは、退院から四日後のことだった。

清羽の傍らに日本人の男がいた。黒髪に黒い目、色白で背が高い。

「真子ねえさん、もう安心よ」

清羽はそう言って、ベッド脇《わき》まで男を連れて来た。

「風間《かざま》といいます、医療研修でパリに来ています」

「お医者さんなの？　あなた、日本のお医者さん？」

どんなに惚《ほ》れた男と別れるときだって、こんな情けない声を出したことはなかった。

清羽が自信を持って連れてきた男が日本人の医者だったというだけで、彼女を拝みたい気持ちになる。病室に漂う腐敗臭は、清潔そうなこの男をがっかりさせないだろうか、教えないと判断しないだろうか。秀男は精いっぱい気丈なふりをして上体を起こし、寝間着の前を合わせた。

「清羽から聞いていると思いますけど、どうやらあたしだけ傷の治りが遅いようなの。熱も下がらないし、自分の体で何が起こっているのかわからない。このままここで死ぬのは嫌なんです。助けてください」

僕に何が出来るかわからないんですけれど、という前置きをしたあと、男の瞳《ひとみ》がいっそう黒くなった。

「おおよそのことは伺っています。僕の専門は外科なんですが、ここで医療行為をするのは仁義に反しているんです。体がつらいのは重々承知していますが、別の場所で診察させてもらえますか」

秀男はすっかり細って頼りなくなった首を折り、頷いた。

ここが地獄なら、この男は仏だろうか。いや、まだわからない。とにかく死ぬわけにはいかないのだ。今まで培《つちか》ったどんな手練も手管も、今日ばかりは秀男から抜け落ちてしまっていた。

看護婦のジョゼットにほんの少し小遣いを渡し、無理やり外泊許可を取った。

「マダム、いま外に出たら命の保証は出来ないって、ドクターが言ってます」

「だったらドクターには、外泊をやめたとでも言っておいて。どうせ診察なんか言わないと来ないんだもの。ひと晩で戻るから、お願いね。お風呂にも入っていないし、こんな臭いをさせているのは、気持ちも体もつらいのよ」

「マダム、明日の朝に必ず戻ってください、じゃないとわたしが困ります」

「感謝するわジョゼット」

秀男は体に前開きのワンピースを巻いて、ベッドから下りた。まだ下半身の痺れが残っており、壁伝いにでなければ歩けない。体に力が入らない理由が、痩《や》せてしまったせいなのかどうか。とにかく一度ここから出て何らかの手を打たねば。

清羽に手伝ってもらいながら、トランクから金品を入れたバッグを取り出す。秀男の指示に従い、清羽が手早くトートバッグに着替えを詰めた。

廊下に出ようとしたところで、ぐらりと視界が傾いた。風間が秀男の体を支えたが、自力では立て直せないまま息が荒くなる。長引く下痢と貧血で、いよいよ自力で歩くことも叶わなくなっているらしい。情けなくて泣きたくなったところで、風間が秀男を抱き上げた。

こんな臭いをさせてるから、と言う秀男に、低い言葉が返ってくる。

「こんな状況だから僕が来たんです。だいじょうぶ。前に車を待たせてあります。なにも心配要りません」

久しぶりに耳元で男の囁《ささや》きを聞いた。

カーニバル真子が、その膨らんだ乳房を見せて騒がれることも、時と共に少なくなってきた。大衆は次の刺激を欲しがり、常に口を開けて待っている。芸能界で生き延びるための手術だったはずが、この世で生き延びることさえ危うい状況となってしまった。秀男は、これは大それたことを望んだ罰かと天に問うた。

どうして自分は後戻りのきかないところへ、よりいっそう首が絞まるところへと行きたがるのだろう。この体を面白おかしく語るにはもう少し時間がかかりそうだが、それも生きて日本に戻れたらの話なのだった。

隣の病室の前にローラ・ベルが立っていた。

秀男を見て「どうしたんだ」と近づいてくる。男の腕に抱かれながら、精いっぱいのウインクをして見せた。

「こっそり外泊。楽しんでくるわ。医者が来たらうまいことごまかしておいてちょうだい」

「おや、羨《うらや》ましいことだ」

ローラ・ベルにはわかっているらしい。まかせておけ、とウインクが返ってくる。秀男を抱いた風間が歩き出し、その後ろを清羽が泣きそうな笑顔で追ってくる。

赤ん坊の泣き声やあやす母親の声が響く廊下を通り、秀男は外の空気を吸った。雨期に入った街は半月前が信じられないくらい湿っている。見上げると、雲の切れ間に太陽が覗《のぞ》いていた。今にも降り出しそうな空に光が見えたことで、秀男の心持ちもいくぶん軽くなる。気温が低く、清羽が気遣って自分のコートを掛けてくれた。

白い壁の街に響くざわめきと、唸るような歌声と、風になびいて揺れる弦楽器の音に包まれた。大阪の喧噪《けんそう》とも、東京の騒がしさとも、故郷の漁港で聞いたカモメの鳴き声とも違う。

風間が待たせておいたという車に乗り込んだ。運転手に短く行き先を告げる男の、吐息が額にかかる。上手いこと助かったら、この男で体の仕上がりを試してみようかと思うくらいの余裕が出てきた。秀男は自分の「いい予感」があたるよう祈り、祈らなくてもあたるのだと信じた。

後部座席で清羽に手を握られ、風間の肩に頭をもたせかける。関節のひとつひとつが動くのを面倒がっていた。振動でぐらつく体のどこにも力が入らない状態なのだが、舞台で歌って踊る自分の姿と、踊れる体に戻すために必要なトレーニングの組み立てに意識を向けた。

下半身にできるだけ負担をかけないところから始めて、とにかく筋力を戻さなくてはいけない。舞台に立つ自分を想像しながら、気持ちを奮い立たせた。

エンジン音を聞きながら、道をゆく物貰《ものもら》いの様子を見た。薄く開けた車窓の隙間《すきま》から、異国の風が滑り込んだ。断食月《だんじき》の、日没までの苛立《いらだ》ちと砂のにおいが通り過ぎる。雨期の訪れによってすべてが湿ってゆく。本格的に雨が降り出す前に、この街を出なくてはならない。

清羽に、パリの店はどうなっているのか訊ねた。

「十一月に銀座『エル』から女の子たちが三人来ることに決まったって」

「女？」

「うん、そう聞いた」

「あたしがアテにならないから、って言ってなかった？」

「誰もねえさんのことを悪くなんて言わない。こっちの日本人客をしっかり抱え込んだもの」

「パリに来る、ひと癖もふた癖もある日本人を相手に、銀座の商売をやろうってのが無理だったのよ。ここの客には粋《いき》っていう言葉が通用しないの。自分たちがどれだけかっていう自慢話をする相手を探してるんだから、それだけのもんなのよ」

ふっと息を吐き「女だけであの店は無理よ」とつぶやいた。

それでも清羽はパリに残るのだという。

「今さら日本に帰っても、お店しか居場所がないもの。わたしはパリで死ぬことにしたの」

こちらも今さら一緒に帰国したいと言われても困るだけなので「うんうん」と頷いた。

清羽は女の体を手に入れたことを人には言わず、ひっそりと「女」でいることを決めたらしい。そんな生き方もあるのかと思いながら、秀男は自分がそうした居場所で満足する人間ではないこともよく知っている。

「清羽、あんたには言葉にならないくらい世話になってる。無事に日本に戻れたら、できるだけのことをするわ。約束する」

この会話を、日本語のわかる男に聞かせているのだった。地獄で出会った男なのだ、と秀男は声にせずつぶやく。

十分ほど走ったところで、運転手がぎこちないフランス語で「着きました」と言った。風間が短く応《こた》えて、ドアを開ける。故郷の春先に似た風が入り込み、ちいさく震えた。

秀男が案内された場所は、四階建てのひょろひょろとしたビルだった。新しいけれど大きな看板もなく、入り口に書かれた表札もアラビア語なので読めない。なぜか風間は、秀男と清羽を裏口から案内すると、職員用なのか三人乗ればいっぱいのエレベーターで四階へと上がった。

ひっそりとした建物だった。気味が悪いけれど、口には出来ない。気になるのは患者の姿も看護婦の姿も、医者の姿も見えないことだった。広めの白い廊下の両側にドアがいくつか並んでいる。あまり人の気配はしないのに、暖房の音なのかエレベーターが動いているのか、足下からブーンといった機械音と振動が伝わってくる。

風間が清羽に向かって、この後のことを指示し始めた。

「この先に、シャワー室があります。タオルやソープ類、ガウンが置いてあります。疲れない程度にさっと体を流しておいたほうがいいでしょう。真子さんも気にされているようだったし。清羽さん、付き添いをお願いできますか」

「わかりました、まだ微熱が残っているようだけれど、それは大丈夫ですか」

「建物自体は、特別寒くはないはずなので、安心してください。終わったら、隣の部屋で休んでいてください。一時間も待たせずに、診察室にご案内します」

言われてみれば、ここは暑くも寒くもなかった。ただ、病院という気がしないだけだ。

清羽は風間に言われたとおり、秀男を支えながらシャワー室へ向かおうとする。ちょっと待って、と秀男は足を止めた。

「風間さん、ここは病院なんですか。消毒薬のにおいも医者の気配もないけれど」

「間違いなく病院の建物の中です。ただこの階は患者が勝手に出入りできないというだけで」

そして彼はいかにも清潔そうな微笑《ほほえ》みを浮かべ、「なによりも、僕が医者ですから安心してください」と言うのだった。ああそうだった、と秀男はまた地獄で仏の思いに包まれる。別室で用意があるという風間が去った後、清羽に支えられながら、シャワー室へと向かった。

湯船はないけれど、広いシャワー室は白とグリーンのタイルで彩《いろど》りの良い空間になっており、広々としたブースは清羽とふたりでも釣りが来るくらいだ。壁と手すりにつかまり、新品の海綿とオリーブのサボンを使って髪と体を洗ってもらっていると、このまま眠りに落ちたいような気分になる。同時に、生きて日本に帰らねばという欲がいっそう高まっていった。

カサブランカにこんな洒落《しゃれ》た病院があったことに驚きながら、パイル製のガウンに袖《そで》を通した。清羽は着てきたものを再び着込み、ふたりで風間を待った。

「ねえ清羽、あたしずいぶん痩せたわねえ。尻《しり》の肉も落ちて、腕も脚もガリガリ。おっぱいもぺったんこよ」

「だいじょうぶよ、真子ねえさん。おっぱいはホルモン注射でまたすぐふくらむわ。シャットだって、風間さんに任せておけば安心よ。だって彼は慶應の医学部を卒業して、父親の病院を継ぐまでヨーロッパで修業してこいって言われたくらいの外科医よ。そんじょそこらのボンボンとは違うのよ」

「『パピヨン』の客でもないのに、どうやって知り合ったの？」

清羽はククッと得意げな笑いを噛《か》んで、微笑みながら言った。

「今後のことも考えて、パリにひとり腕のいいお医者様のパトロンが欲しいって、リッツ・カールトンの社長に頼んだの」

「パピヨン」にときどきやってきてはカーニバル真子の尻を好きなだけ触り、会計のとき少し顔をしかめるフランス男だった。清羽があの客を本当にリッツ・カールトンの社長だと信じていることに驚きながら、秀男はその危なげないきさつを辛抱強く聞いた。

「そっちに興味はないけれど、腕はいいからって紹介されたのが風間さんだったの。あたしたちみたいなのに興味はないっていうのが却《かえ》って信用出来るんじゃないかと思って会ってみたら、彼だったわけよ」

この期《ご》に及んで、風間に医者の免許を見せてくれとは言えないだろう。それに、と自らに言い聞かせる。あそこにいたら、どのみち裏庭に埋められるのだ。

もう少し訊《き》かねばならぬことがある。風間さんって、と口を開きかけたところで、ドアがノックされた。風間が現れて、準備はいいかと訊《たず》ねてくる。

「おかげさまで、しばらくぶりにさっぱりしました」

「それは良かった。実は僕の大切な友人も立ち会わせてくれと言うのですが、いいでしょうかね。彼も外科医なんです」

「かまいません、お医者さんがふたりもいらっしゃるのなら、いっそう心強いです」

男の眉尻《まゆじり》が人の好《よ》さを感じさせるほど下がる。秀男は清羽とふたり、風間に促されながらゆっくりと歩く。いまは、この男を疑うときではないのだ。廊下には相変わらず低い機械音が響いていた。

案内された場所に診察室はなく、だだっ広い室内にはいきなり手術台と無影灯が置かれている。数メートル先にある銀色のワゴンには、ハサミやピンセット、メスや注射器など、見るだけで体が縮み上がりそうな手術道具が並んでいた。秀男はその光景に内心怯《ひる》みながら、顔には出さぬよう努めた。そっと清羽の顔を窺《うかが》う。満面の笑みだ。だんだんこの景色の異様さが、秀男の恐怖が見せる幻ではないかと思えてくる。この女は本当に清羽だろうか。

「らしくない部屋で申しわけない。あいにく下の階のオペ室は使用中でね。ここは友人の研究室なんです。衛生面も道具も、心配はないですよ。必要なものはすべて揃《そろ》っていますから」

風間が腕の時計を覗き込んだところで、ノックもなしにドアが開いた。入ってきたのはアラブ系の顔立ちから髭《ひげ》を取った風の男だった。髭がないせいで若く見えるのか、本当に若いのか、浅黒く彫りの深い顔立ちだった。男は低いフランス語で風間に話しかけると、さっさと壁にかかった手術着を身につけた。

風間が清羽に「さっきの部屋で待っていて欲しい」と告げた。秀男の様子を窺う清羽と目が合った。

「だいじょうぶよ、きっとすぐ終わる。ね、風間先生」

「麻酔が効いてきたらすぐに始めます。明日の朝にはブルウの病院に帰れますよ」

「ブルウ」がドクター・ブルウのことだと気づくのにわずかな間があった。体ばかりか記憶も精神力も限りなく乾いている。

「真子ねえさん、わたしはさっきの部屋に行ってる。風間先生、よろしくお願いします」

清羽が部屋を出て行き、秀男は手術台に横になった。風間はこの部屋を使い慣れているようで、丁寧な仕種《しぐさ》で手を洗い終えると戸棚から手術着を取り出して身につけた。点滴の瓶を吊《つ》り下げた銀色のポールが、白い部屋に映える。秀男は真っ白いドレスにプラチナとダイヤモンドをたっぷり使ったチョーカーを合わせた自分を想像して、恐怖感に蓋《ふた》をした。

「真子さんの腕は、細いなあ」

点滴を入れる場所を決めるのに多少難儀したものの、一滴二滴と体に入ってくる透明な液体は、十を数える頃には甘くてつよい酒を飲んだようになった。気持ちがいい。これは何だろうという思いも湧《わ》いてくる。秀男はその酒の名を知らない。口を開こうにも、唇を動かすのさえ億劫《おっくう》になってきた。

風間が注射器から点滴の管になにか液体を入れた。カッと音を立てて、手術台の真上の照明が点《つ》いた。目を開けようにも眩《まぶ》しくて敵《かな》わない。耳から入ってくる情報がすべてになった。風間の大切な友人は、いつまで経っても名乗らない。風間も友人の名を言わなかった。

室内に浅黒い男の声が反響した。

――ラ　シャット？

秀男は自分の両脚の間で言葉を交わす男たちの声から、知っている単語を拾い集めた。オンムは男、ファムは女、フィエーブルは熱、ラ　ケルは選択。そして、ケル　イディオはなんという馬鹿《ばか》。

　それでも手術の内容に多少でも感心する部分はあるようだ。彼はドクター・ブルウのような乱暴な診察ではなく、秀男の新しい性器を物珍しげに見たり触ったりしている。ふたりの声がどんどん遠くなってゆく。これはなんという名の酒だろう。

「真子さん、僕の声が聞こえますか」

覚えているのはそこまでだ。


　目覚めたのは白い部屋だった。また二日も三日も眠っていたのではないか。秀男はかさつく視界のなかに清羽を見つけた。どうやらまだ三途《さんず》の川を渡ってはいないらしい。

「清羽、あたし今度は何日眠ってたの」

「ねえさん、ほんの二時間よ。今回はそんなにたくさんの薬は使ってなかったみたい。体力が落ちてるんだろうって、風間さんが言ってた」

「三十年くらい寝てたような感じ。すごく怠《だる》い。あたしどうなったの？　元に戻っちゃってたら笑うわね」

　話せるところをみると、前回の手術より麻酔が弱かったというのは本当だろう。浦島太郎が玉手箱を短期間に二度も開けたら、こんな気分になるだろうか。今度眠りこけたら死んでいるのではないか。秀男は一本一本手の指が動くかどうかを確かめながら、真白い天井を見た。清羽がベッド脇の椅子《いす》から立ち上がり、入り口近くの壁に取り付けられた受話器を持った。内線電話だろうか、何もかもが白い。

「真子ねえさんが目を覚ましました」

秀男は、兄と会えば必ず言われてきた「目を覚ませ」のひとことを思い出す。目は覚めているのだ、いつも。覚めていないのは――覚めるのが怖いのは現実のほうなのだ。

時間の感覚がおかしくなっているのか、またたっぷり眠ったような気がして清羽に訊ねると、風間に電話をして三分も経っていないという。これはとうとう玉手箱の中に入ってしまったと思うほかなかった。

手術着を外した風間が部屋にやってきた。ベッドの両脇に風間と清羽がいないとまったく広さがわからない部屋だった。ベッドの周りは、右も左も椅子ひとつを置くくらいの幅しかなく、ドアに続く足下の空間だけはベッドの倍ほども距離がある。まるで鰻《うなぎ》の寝床だ。この幅とドアまでの距離、どこかで覚えがあると目を瞑《つむ》った。

記憶にあるのは半年ほど通った高校の生徒指導室だ。ちょっと髪を伸ばしたくらいで何をあんなに追い詰めることがあるだろう。校則？　ふざけるな、あたしはカーニバル真子なのに。

「気分はどうですか、真子さん」

風間が秀男の顔を覗き込んだ。

「良くも悪くもない。とても怠いけれど、まだ生きてます」

風間は少し笑って「頑張りましたね」と言った。口調ひとつで、物事が良い方向に向かっているのかそうではないのかがわかる。なるほど言葉が通じるというのはこういうことなのだ。

「風間先生、あたしの体はどうなってたんですか」

秀男を見下ろした風間の表情に変化はない。

「熱は化膿が原因だったと思われます。直腸と繋《つな》いで作った女性器の縫い目が膿んで破れていました。大雑把に言うと、膿んだところを取り除いて縫い直したんです。あの病院は術後の経過をもう少し丁寧に見るべきですね。発想と技術自体は悪くないんです。友人も感心してました。ただ、経過観察が雑なんです。傷につよいか弱いかというのは体質に左右されるし、この手術が成功か失敗かと問われたら成功ですよ」

あとは化膿さえ治まれば傷口は癒《い》えてゆくだろうと言う。

「ありがとうございます。パリに風間さんがいてくれて良かった」

死ぬか生きるか、というときにも秀男の口からは男の鼻をくすぐるような言葉が湧いてくる。褒められたい客はとことん褒めちぎり、邪険にされたい客にはそのようにする。風間は称《たた》えられたい。秀男は全身から力を振りしぼり、男を称えた。

「ひと晩ここで様子を見て、明日の朝お送りします。真子さんは体力を落とさないよう、しっかり食べて眠ってください」

食べものを腹に入れるのは怖かった。塞いだと聞いてはいても、すぐには自分の体を信じられない。目を伏せた秀男の視界に、風間がそっと滑り込んでくる。

「だいじょうぶ、膿んだところはもうないし、傷口はしっかり塞ぎました。なにか、あまりお体に負担のかからないものを届けますから、食べられるものをお口になさってください」

ここぞというところで出るように訓練をした涙が下瞼《したまぶた》に溜《た》まる。十年以上もそんな風に過ごしてきたので、秀男自身もこの涙の本当のところをはっきりとはかることが出来ない。清羽がベッド脇で涙を拭《ぬぐ》った。秀男は浮かべた涙をこぼさない。下瞼から一滴でもこぼしてしまったら、途端に安くなってしまうのだ。

「清羽さん、ひとつお願いがあります。明日の朝ドクター・ブルウの病院に戻るまで、このフロアからは出ないでほしいんです」

「わかりました、だいじょうぶ」清羽が涙を止めて頷《うなず》いた。

また少し眠ったらしい。目覚めると、清羽が風間の差し入れを受け取っているところだった。背中と股間《こかん》に痺《しび》れを残してはいるものの、両手が自由に動き、少量ずつだがおむつに尿がしみ出した。腫《は》れはまだ引かない。本当に良くなるのかどうか、時間しかそれを証明してくれないのだった。気の短い秀男にとっては拷問《ごうもん》だ。

清羽がそろそろとした仕種でトレイを持ってきた。

「ねえさん、美味しそうなサラダとスープよ。パンもちいさく切ってくれてる。食べられるものを食べてくださいって、風間さん。口内炎が気の毒なので酸《す》っぱいものとか沁《し》みるものは避けたみたい。味気なかったらごめんなさいって。あの人、やっぱりいい人だったわ」

秀男は半身を起こして、清羽とふたりで少しずつ食べ物を口に運んだ。レンズ豆ひとつを喉《のど》に流し込むのでさえひと仕事だ。ひよこ豆、細かく切った甘いトマト、蒸した人参《にんじん》、ゆで卵に、いい香りのオイルがなじんでいる。豆のスープは、体を温めてくれるのではなかったか。

「ねえさん、美味《おい》しい？　食べられる？」

時間をかけてひとつひとつ飲み込んでいると、清羽が両方の眉尻を下げながら秀男の顔を覗き込む。食べ終わったら、また眠ってしまいそうだ。なるほど人の体は、食べて眠っての繰り返しで癒えてゆくのだと、その単純さに可笑しくなる。

スープは半分、サラダは三分の一ほどを腹に収めた。体力をつけなければならないと清羽は言うが、それ以上はどうにも飲み込めない。トレイを膝から下ろし、清羽に渡した。

「明日、病院に戻ったら、わたしが持って来た缶詰とカップヌードルを食べてね。本当

もゴワゴワのがに股よ」
の。一時間もたないのよ。栓をして綿とガーゼを挟んで歩いているから、おまたはいつ

「尿道さえ炎症を起こさなければ、大丈夫みたい。ただ、オシッコがとんでもなく近い

「清羽、あんたのシャットはもうなんともないの？」

にあそこの食事はひどいもの」

　たとえこの穴めがけて男が何人群がってきたとして、それが一体なんだろうかと秀男は思った。麻酔で無感覚になった膣《ちつ》そっくりの穴は、見た目をどんなに女陰に似せようと、この体にとっては「傷」なのだった。

　十五の年から体にたたき込んできた仕事は、傷を面白おかしく語ることだろう。傷に神経など通わせてはいけない。深ければ深いほど、理解などされないのだ。どんなにつよい薬を使っても、気持ちだけは麻痺《まひ》しなかった。体以外の神経を抜いて見せるのが、今までもこれからも秀男の仕事なのだった。

「ねえ清羽」

　秀男はかさついた唇にアルガンオイルを擦りこみ、人の好い後輩に話しかける。

「あたしたちのシャットは、女そっくりに作った傷口なんだ。今回切ったり貼ったりしながらつくづく思ったよ。この先ハンフリー・ボガートやアラン・ドロンみたいな、とんでもなくいい男が現れたとして、あたしたちを抱きたいって言ったとして、そんな夜

が叶《かな》ったとしても、その男はあたしたちの傷口にてめぇのいきり立ったもんを突っ込めるような、実《じつ》のないいかれポンチ。そういう奴らは本当の痛みなんてさっぱりわからない朴念仁《ぼくねんじん》か、酒で頭がやられた酔っ払いだ」

それが今のところの、秀男が思い描ける男の内側だった。秀男が本当に欲しい男は、端《はな》からカーニバル真子なんぞに興味がないのだ。

清羽の肩が落ち、首が前に倒れる。その表情を見ることは叶わないが、似たような心もちになっていたのか、返事はない。

「だから清羽、あたしたちはもう、本気で男になんか惚れちゃ駄目。この穴に、大きな期待なんかしちゃいけない。ただの傷口なんだから」

清羽は食べ残しをまとめてトレイを整えたあと「お手洗いに行ってくる」と言って部屋を出た。秀男は白い綿のカバーを巻いた毛布の中へ体を滑らせ、広さのわからなくなった部屋の天井を見る。近いのか遠いのかもわからない。ここまで白くする必要がどこにあるんだろう。ドクター・ブルウの病院は清潔とは言いがたい施設で、朝から晩までガヤガヤとうるさかったけれど、ここよりは生きもののいる場所だった。

秀男はカサブランカで手に入れた体がこの先どんな痛みを覚えても、心ほどには痛まぬ気がした。とりあえず命は助かったのだという安堵《あんど》が押し寄せてくる。

秀男が望むと望まざるとにかかわらず、この体は否応《いやおう》なしに男という生きものを選別してゆく。誰の相手もできるけれど、誰の気持ちも薄めてしまう。カーニバル真子の体が女になるには元男の肩書きが必要で、元男だから売り物になり週刊誌が騒いでくれる。今まで以上に、美しくならなければ。

秀男は自分の存在に求められる価値について、頭が割れそうなくらい考えた。膝《ひざ》のあたりから少しずつ皮膚感覚が戻ってくる。

だって、元男じゃないと、ただの女になってしまう。

カーニバル真子がただの女じゃ、なんの価値もない。

ただの女じゃ、あたしは稼げない。

誰もそんなあたしを求めちゃいない。

この傷を面白がるヤツには人の心なんぞ死んだってわからない。けれど秀男にはわかる。理解されない痛みだからこそ、この傷口には価値があるのだ。

生きていれば日本に帰ることが出来る。秀男の願いは生きて東京に戻り、日劇での凱《がい》旋《せん》ショーを成功させることだった。生きて帰るためにはなんでもする。

ふと、南方の戦線でフランス兵と恋に落ちたマヤのことが頭を過《よ》ぎった。

マヤの胸には、惚れたフランス男が歌った「枯葉」が終わることなく流れ続けている。男が男に惚れて許されるのはヤクザ映画だけで、本当のところはちっとも理解されないまま戦後の酒場に埋もれてきたのだ。

「戦場じゃ、生きて帰るためならなんでもやる。前線で狡《こす》っ辛《から》く弾をくぐり抜けたか、馬鹿みたいに運のいいヤツが、こっちに帰ってきてふんぞり返ってた」

マヤが終戦後に命からがら戻った日本では、天と地がひっくり返っていた。

秀男の耳の奥に、終わらぬ恋を抱えて歌い続ける彼女の「枯葉」が流れてくる。

生きて——生きて帰りたい、日本へ。

ああ、とびきり派手な舞台で踊らなくちゃ。

カサブランカは、秀男にとっての戦場だった。

明かり取りの窓さえない病室だった。窓辺に砂が入り込むこともないし、通りをゆく物売りの声も聞こえない。どこかから鈍い機械音が聞こえるほかは、静かな建物だ。

命があればこっちのもんだ。あたしはこの体でこの先抱えきれないほど稼いでやる。

心を奮い立たせるために、ありったけのつよい言葉を胸に並べた。

働いて対価を得る道具としての体なのだった。秀男は自分の意識が再び「稼ぐ」ことに向かっているのを喜び、励みにした。応援も慰めも、励ましも落胆も、すべて自分のことは自分でやる。

マヤの歌声が聞きたかった。

翌日の昼、秀男が何食わぬ顔でベッドに寝ていても、愛想のないファティマが消毒にやってきただけだった。産科の病棟が人手不足でしょっちゅう呼び出しがあるとぼやいている。ドクター・ブルウはどうしているのかと訊ねてみるが「サヴァサヴァ」と返ってくるのみだ。

清羽が街に買い物に行ってくると外出したところで、秀男は枕元《まくらもと》の手鏡を取り出した。二度も切ったり貼ったりしている場所は、置き土産のつよい痺れとおかしな突っ張り感がある。穴が埋まらぬよう張り型を差し込んでいるのはいいのだが、尿道にまで栓をしているいま、いつこの不自由さから解放されるのかを考えると気が遠くなる。

秀男は手鏡に映ったものをまじまじと見た。腫れて熱を持った陰部は、乾かし足りない干し柿《がき》そっくりだ。

こんなもののために大金つぎ込んで痛い思いして。

いつか母が「お前が痛いときはかあさんも一緒に痛いの我慢する」と言ったのを思い出す。痛いと口にすれば、母が痛いのだ。日本へ無事戻ることが出来たら、口が裂けても「痛い」とは言うまい。好きに生きてきたことに後悔など毛の先ほどもないけれど、母に痛い思いをさせたくはない。

ここから人間をやり直すには、華やかに飾り立てた十五年は少し長すぎやしないか。情けないほど、深夜テレビや週刊誌を飾った時間がきらびやかに脳裏で光り出した。

人前で輝くことが出来るのならどんなひどいフラッシュでも浴びたくなるんだ、と言った俳優は、秀男を抱いた一週間後にビルから飛び降りて死んだ。

あのときでさえ、秀男の心は一ミリも痛まなかった。あぁまたひとり死んだな、と数秒手を合わせて次の仕事先に向かったのだ。死にたくなる理由は、生きていたい理由といつも同じだけその身に詰まっている。

芸能界は、不思議な場所だった。誰かが消えると、瞬《まばた》きひとつする前に別の人間がその場に座っていた。生きたままいなくなるのは日常で、死ぬときも同じように代役が列を作って待っている。悲しいふりは完璧に演じるけれど、誰も悲しまない。みな、次から次へと面白いことを求めて走っているので、悲しんでいる暇などなかった。

秀男がカサブランカで性転換手術に失敗して死ねば、喜ぶのは週刊誌とチャンスを得た「次のカーニバル真子」で、世の中のほとんどはすぐに秀男のことを忘れ、目新しいタレントに飛びつくだろう。

秀男は、自分が死んでも悲しむ者の顔が浮かばないところで、自分はまだまだ生き残ることが出来るだろうと考えた。三途の川を豪華客船で渡る秀男には、地獄の閻魔《えんま》も手を焼くはずだ。

栄養のあるものを食べ、がりがりに痩せてしまった体におっぱいと尻を戻さねばならない。このまま舞台に上がったのでは色気もへったくれもない、興ざめだ。

腋《わき》に挟んだ体温計を見る。熱は七度台まで下がった。焦《あせ》って無理さえしなければ生きて日本へ帰れる。ひとつ深呼吸を出来るほどに、昨日までの不安が薄れた。

熱が下がった頃、ようやくドクター・ブルウが回診にやってきた。隣のジョゼットは秀男を勝手に外泊させたことがバレやしないかと不安げな表情だ。秀男はちいさくウインクして「だいじょうぶ」と伝えた。同じようなウインクが返ってきた。

ドクターが、秀男の傷口に一本二本と指を入れ、満足げに頷いた。痺れがつよく、まだ痛みは感じないものの、再び破れて腸のものが出てきたらどうしてくれるんだと気が気ではない。こんな穴ひとつのために死んでなどいられないのだ。

化膿《かのう》した箇所を取り再縫合した傷口を見て、ドクター・ブルウが「完璧だ」と賞賛している。

「『やっぱり俺の手術は世界一だ』と自慢しています」と清羽が訳してくれた。

どいつが世界一だって？

秀男は全身から微笑みを集めて精いっぱいの笑顔を作り、日本語で返す。

「どの口で言いやがるこのヤブ医者。お前のお陰でこっちは死ぬところだった。さんざん金をふんだくって、ろくすっぽ穴も塞《ふさ》がずに世界一か。ふざけるのもいいかげんにしろよこのチンコ野郎。いつかてめえのケツにすりこぎぶち込んでやる」

ドクター・ブルウがジョゼットと清羽に向かって「なんと言ってるんだ？」と首を傾《かし》げる。清羽は「さぁ」ととぼける。

「メルスィエ」

秀男が「感謝している」と告げると、ドクター・ブルウは「おお」と嬉《うれ》しそうに微笑んだ。

「お前さんは文句ばかり言ってたが、手術は完璧だ。明日、退院してもいい」

秀男はドクターの言葉を疑った。この男はいったい何を言っているのかと清羽に問いかける。

「明日、退院してもいいそうです」

熱が下がらなかったときと似たような恐怖が首の付け根から背筋を流れてゆく。この病院で死人が出ているのは単なる噂《うわさ》ばかりでもないことが、脳天気な医者の言葉ではっきりしたのだった。

抜糸をしても半年間セックスは禁止。半年過ぎてから、経過に問題がなければ好きに使っていいという。

好きに使うもなんも。

秀男はこいつらの「サヴァサヴァ」にはもううんざりだと思いながら、ドクターにちいさく手を振った。ドクターとジョゼットが病室を出て行ったあと、秀男はベッドから下りて、隣の部屋に顔を出した。今日はまだローラ・ベルの顔を見ていない。

「ローラ・ベル、あたしよ。寝てるの？」

ベッドは平らで、花も荷物もベル本人も、なにもなかった。挨拶《あいさつ》なしの退院か。秀男はしばらく空室を眺めたあと「生きてりゃいつか会えるだろう」とつぶやき、戦友の無事を祈った。

抜糸を終えた清羽にまた泣かれた。よくそんなに他人のことで泣けるものだと感心し、それゆえ清羽は芸能界に入りたいなどと言わぬのだと腑《ふ》に落ちる。清羽にとってはパリが自分の舞台なのだろう。魚だって深海と浅瀬、海か川、生きて死ぬ場所を選ぶのだ。

「清羽、荷造りを手伝って欲しいの。明日はモロッコでいちばんいいホテルに泊まって、パリに帰ろう。チケットを取ってちょうだい。あんたには言葉にならないくらい世話になってるわ。感謝してる」

「ううん、これは真子ねえさんの運と根性のたまものよ。わたし、ねえさんについてきて良かった。いつかパリでいいパトロン見つけて、お店を持つの。毎日着物を着て、お金持ちのフランス男と暮らすのよ」

もう二度と会えなくなった、札幌のゲイバー「みや美」で一緒だったミヤコのことが頭をかすめてゆく。もしもミヤコが生きていたら、秀男は真っ先に彼女をパリに連れてきていたはずだ。ミヤコの夢もフランスでお店を持つことだった。秀男は、清羽のささやかな夢が夢で終わらぬよう祈る。祈りの先になにがあるのかを、自分はまだ見ていない。

「清羽、夢はちゃんと叶えなくちゃ駄目よ。背中に背負ったまま死ぬなんてもってのほか。死んだら負け。あたしたちが死んだところで、誰も悲しんだりしない。家族はいい厄介払いが出来たと大喜びで、店も業界も後釜《あとがま》が列を作ってる。あたしたちは本来この世にないものになったんだ。痛い思いしたぶん、しっかり元を取るんだよ」

「真子ねえさん、ありがとう」

礼を言われるようなことはなにひとつしていなかった。清羽に芸能界に入らぬことを言い含めてのことだった。日本初の陰茎切除芸能人は、自分でなくてはならない。カーニバル真子がこの世にふたりいてはいけないのだ。

「清羽、この礼はしっかりするわ。フランスで身を立てられるよう、あたしに出来る精いっぱいのことをする。だから、なにかあったらすぐに連絡をちょうだい」

「ねえさん、年明けのショーを成功させてね。わたしはパリでねえさんの成功を祈ってる」

清羽が手のひら大の手帳から一枚を破り、秀男へと差し出した。

「これ、風間さんの連絡先。ねえさんに伝えて欲しいって。研修先の電話番号みたい。抜糸と経過観察をしたいから、もしパリに戻ったら、出勤している曜日に連絡くださいって言ってた。退院が決まって良かった。ここのドクターは自分の手術が手直しされてても気づかないぼんくらだけど、さすがに縫い目だけは気づくと思うのね」

　メモには風間の名前と電話番号と、少し大きめに水曜日と記されてある。電話の指定も午後二時、という中途半端《はんぱ》な時間帯だ。

「あたしが連絡していいの？」

　清羽はなにを訊ねられているのかすぐにはわからぬようだ。秀男は言葉を選びながらもう一度訊ねた。

「あんたじゃなくて、あたしが直接連絡を取っていい相手なの？」

　ああ、と合点がいった様子で清羽が笑う。

「風間さんとはそういうんじゃないの、だいじょうぶよ。わたしはどっちかというと、リッツ・カールトンの社長のほうが好み」

　思わず声をあげて笑った。自分の内側からこんな笑い声が漏れたのはひどく久しぶりで、秀男は意識的に笑い続けた。

　翌日、迎えに来た清羽と受付で退院手続きをしているあいだ、また新しい患者がやってきた。いかつい体つきの男とちいさな体の二人組だ。イタリア人らしい。ふたりでくねくねと体をくねらせながら秀男の方へと歩いてくると、ちいさな方が秀男に訊ねた。

「ユー、ジャパニーズ？」

　英語はお互いカタコトなので案外通じる。イエスと答えると、二人ともぱっと笑顔になる。いかついほうがいきなりカンツォーネ調で歌い始めた。

「シレトコノミサキニ、ハマナスノサクコロ」

清羽と顔を見合わせ、何が起こったのか目で問いあう。

「なに、どうしてここで『知床旅情』なわけ」

訊ねると、このふたりも日本でブルーボーイがもてはやされた時期に訪日していたのだという。

「ギンザ『エル』？ アイムカーニバルマコ。スィンク ユー」

ふたりは「イエス」を何度か繰り返した。

「マコ、イエス。マコ、イエス」

秀男はここで銀座の尻尾《しっぽ》みたいな出会いをしたことで気をよくした。殺されるかもしれないと思ったことも、経過はどうあれ熱が下がり腫れが引き始めていることでよしとする。いつまでも恨み辛《つら》みを重ねたところで、状況は変わらないのだ。一歩でも前へ出た者しか残れない。今日がその一歩であるような気がして、努めて笑顔を作る。

ふたりに「グッバイおちんちん《カッツォ》」と言って手を振った。

秀男は、清羽が勧めるカサブランカでいちばん評判のいいホテル「モンスーン」に一泊することにした。ここで少し体を休めてパリに戻る。ドクター・ブルウは一週間後に抜糸に来いと言ったが、既に秀男の性器は、風間かあの褐色の医者が縫い直したところだ。気づけばブルウが怒って大騒ぎするのが目に見えているので、ここはさっさと街から立ち去るのがいいだろう。

ホテル「モンスーン」に腰を落ち着け、秀男は久しぶりにルームサービスでまともな食事を摂《と》った。いつ痺れが取れて痛み出すか知れない陰部のまま椅子に座るのは、考えただけで恐ろしかった。尻の下には清羽に頼んで、バザールで買ってきてもらったふかふかのクッションがある。

「ねえさんの好きな真っ赤なクッションよ。薔薇《ばら》の刺繍《ししゅう》はないけれど、四隅の房が格好いいかなって。いかにもモロッコって感じ。気に入らなかったらもう一度探してくる」

「充分よ、清羽。腰とお尻がうまいこと沈んで、これなら座っていられそう」

清羽はカサブランカでの買い物が気に入ったようだ。秀男のほうは、体がこんな状態ではどんな服も買う気は起きない。清羽はもう化粧をして口紅もしっかり塗っているのだが、秀男の唇は口の中から乾いてしまっているので、始終オイルを塗って保湿に努めている。

パリに居てもカサブランカに来ても、観光をしたいとは思わない。結局、さんざん誘われたベルサイユにもエディット・ピアフの墓にも行かなかった。旨《うま》い酒とショッピングしか楽しみがない自分が、そのどちらも楽しめない状況が悔しかった。

ホテル「モンスーン」は、客層も悪くない。けれど一歩外に出ると、汚い毛布を被《かぶ》った物乞《ものご》いがうろついている。秀男は物乞いに声を掛けられるのが何より嫌だった。芸のひとつも見せることをせずに、幾ばくかの金を要求する輩《やから》の表情にはどんな同情心も湧いてこない。歌のひとつも歌ってみせろと思うけれど、憐《あわ》れみを誘う声ではどんな曲も美しく響いてはこない。

清羽はまた街へ買い物に行ってくるという。

「清羽、あんたは元気ねぇ」

「ねえさん、クッションのほかになにか必要なものがあったら言って。探してくるから」

「あたしはいいわ。明日はもうパリだもの。外に出てまた調子が悪くなったら大変」

清羽は、それじゃあ遠慮なく、と言って部屋を出て行った。

秀男はせっかくのクッションを汚してはいけないと、ちょうちんブルマのような大きなパンツに脱脂綿とガーゼを敷き詰めて穿《は》いた。腫れがひいてきたのはありがたいが、少しずつ傷口に遠いところから感覚が戻り始めている。姿勢を保って座っているのがつらい。

こんな調子で十時間以上も飛行機に乗れるのかどうか、考えるだけで気が滅入《めい》った。それでも、帰らねばならないのだった。パリのアパルトマンに日劇からの連絡が入っているかもしれないと思うだけで、秀男の気が急《せ》いた。

「カーニバル真子、手術後初の舞台！」というニュースに飛びついてくる大衆を、両手で束ねて踊らねばならない。

色とりどりの布で飾られたホテルの部屋は、外に広がる砂漠の砂を忘れるくらいに鮮やかだった。ホテルの隣にはおおきな広場があり、観光客や物売り、大道芸人が行き交っている。空は青かったり薄くグレーになったりを繰り返していた。

ひとりでぼんやりしているとまたあの客船の夢を見そうで怖かった。麻酔に引きずり込まれてゆく眠りも、酒に酔うのとはわけが違った。

眠っているあいだに何をされているかわからないのは、怖い。

いま本当に生きているのかどうかを確かめる術《すべ》が、痛みだけになるとは思わなかった。これが神様の間違いを正した罰というのなら、この先自分は死ぬまで見えないものと闘い続けなければならないのだ。

不意に、尿道に差し込んだ栓が脱脂綿を圧した。秀男はトイレに立ち、栓を抜いて小水を出す。黙って座っていたのではどこに飛ぶかわからないので、上半身をできるだけ前に倒した。

女って不便ねえ、とひとりごちた。

それでも、生きて帰れば檜舞台《ひのきぶたい》が待っているのだった。恐怖の境を過ぎた秀男は、ぴったりしたパンツ一枚で踊ってやるんだという意地を支えに生きている。
粘膜に傷をつけぬよう気をつけながら、再び栓を尿道に差し込んだ。痛みは、生きていることの証《あかし》だと諦《あきら》めることにした。秀男はつくづく「諦め」ほど便利な言葉はない、とため息を吐《つ》いた。諦めは、そのあと何もしなくていいのだった。双子のようにそっくりな「仕方ない」の隣にありながら、それはまったく別の意味を持っている。
秀男は、ぬるい水をコップ一杯飲んだあと、スーツケースのポケットに入れてあった便箋《びんせん》を取り出し、姉に手紙を書いた。

ショコちゃん、無事手術が終わりました。たくさん心配かけてごめんね。眠って起きたら女になってました。親指一本分、体が軽くなったみたい。なんだか不思議な気分です。これで好きな衣装で踊れるかと思ったら万々歳。かあさんに元気でいること伝えておいてください。あと、日劇の正月公演が決まりました。あたしと橘《たちばな》まりあの二枚看板だって。なので、パリのお店は銀座から代わりの女の子たちが来て引き継ぐの。十一月の半ばには帰国するから、安心してね。帰ったら連絡します。くれぐれも、かあさんに心配ないからって伝えてね。

読み返してみて、聡明《そうめい》な姉が却って心配するのではないかと案じた。「無事」と書くことで、秀男の心の揺れを察知されはしまいか。秀男はまたひとつため息を吐き、泣きたくて震える唇を噛んだ。乾いた唇がピリッと音をたてて切れた。

パリに戻った秀男を待っていたのは、新しく入ったという女たち三人と手紙の束、愛犬のポメラニアン、ギャルソンだった。一か月も預けておいたのに、まだ秀男のことは忘れていない。飛びついたと思ったら吠《ほ》えるのを堪《こら》えてお漏らしをする。

「なによあんたもオシッコ我慢出来ないわけ？　あたしとたいして違わないわね。まぁ、こっちは嬉しい楽しいに関係なく垂れ流しだけどさ」

ギャルソンの出迎えがこの一か月の最も嬉しい出来事だった。

抜糸もまだの体を引きずりながら、秀男は久しぶりにギャルソンを連れてパリの街路樹の下を歩いた。枯葉が石畳に降り積もり、薬と体力不足でぼんやりとする耳の奥にでたらめなシャンソンが流れてくる。誰が歌っているのかと耳を傾ければ秀男自身の鼻歌だ。

休み休み歩いていると、まるで自分が犬に散歩させてもらっているような気分になる。人通りのある道へ出ると、どこからともなく糞尿《ふんにょう》の臭《にお》いがした。数歩にひとつふたつと犬の糞が転がり、踏まないよう歩くのが大変だ。

街路樹の下で立ち止まるたびに、秀男はギャルソンに話しかけた。

「ねえギャルソン、もうちょっとで日本に帰るんだよ。パリは、あたしらみたいな人間にとってはなるほど寛容で居心地いい街だったけど、長く居るところじゃなさそうだ。あたしはどんな景色にも懐《なつ》かしいなんて言える資格はないけど、落ち着かない性分に生まれたからにはそれなりに痛い思いもついてくるってよくわかった。懐かしさなんかじゃなく、誰に頼りたいわけでもなく、あたしは生き延びるために温かいご飯が食べたいの。不思議ねえ、炊《た》きたてのご飯にちりめんじゃこのっけて、卵をかけてぐちゃぐちゃにしてお腹《なか》いっぱい食べたいのよ」

戦地から戻ったマヤは、本当に食べたいものを食べ、歌いたい歌を歌うために禁欲的になったのだろう。絞って絞りきった欲望のかたちが垣間見《かいまみ》え、秀男はいっそう胸にマヤの歌声を響かせる。ピアフやひばりとはまったく違うその歌声は、今日も銀座の片隅で人の心の移り気やままならなさを包んでいるのだ。

久しぶりに訪れた街角の産婦人科で、ホルモン注射を打ってもらう。看護婦が「痩《や》せたわね」と眉を寄せながら針を入れる。もう針の一本や二本では痛みも感じないし、どうということもなかった。いつかこの程度のことが痛く感じるようになったとき、自分は本当に幸福の中に居るに違いない。秀男を包むあらゆる痛みが、なりを潜めて大きな傷口を庇《かば》っていた。

ギャルソンを散歩させ、注射を打ち、化膿を止める薬を飲み、食べて眠る。急激なホルモンバランスの乱れで、ひどい頭痛が舞い戻るが、秀男には体の痛みはどこか他人事《ひとごと》のように思えた。

「パピヨン」は清羽が仕切り、秀男は手を引いた。

アパルトマンのしぶい蛇口をひねってシャワーを浴び、無理をしてクッキーやパンを腹に入れる。眠くなれば眠る。酒を飲めば回復が遅れるので、アルコールは一滴も口に入れない。

秀男がため息をひとつ吐くと、ギャルソンがそばに寄ってくる。

「大丈夫よ、ギャルソン。こんなのはいまだけ。こんなガリガリじゃあおっぱいも膨らんでこない。頭の痛いのはお互い我慢よ。お花にはね『返り咲き』ってのがあるの。ずっと咲いてるより驚かれるし同じように咲いてもずっと綺麗《きれい》なんだ。あたしは日劇の舞台で一気に咲くの。そのあとは狂い咲きって言わせてやるんだ。だから、いまは一生懸命に休むんだよ」

秀男はアパルトマンの毎日で、これまでとは違うことをどうやっていままで通りに見せかけて凌《しの》いでゆくかを、ギャルソンに話して聞かせた。

日本に帰って、いっときは大騒ぎしてくれる男たちもいるだろう。ひとつひとつ、顔も思い浮かべることができる。けれど、好奇心を愛情と勘違いしない程度に年を取ることが出来てやっと、手術に踏み切れたのだった。

この先、どんな男が現れたところで、あたしの痛いところを面白がるだけなんだ。

意識が、芸能界で「生き延びる」から「生き残る」へと変化した。

死ぬかもしれないという恐怖は、ほかのどんな感情も殺すことができた。あれほどよくしてくれた清羽にさえ、最後の切り札を渡すわけにはいかない。ましてや好奇心と色欲を隠さず言い寄る男になど、どんな感情を与えられるものか。

秀男が切り落としたものは、体の一部であって、その実際は年齢を重ねる過程で豊かになってゆく、あるいは湿っぽく変化してゆく感情なのだった。

もう前に進むしかない体を作ってしまった。本来この世になかった体なのだ。いいことだったのかそうではなかったのか、答えを得るにはもっとずっと、気が遠くなるほどの時間がかかる。

ひとつ大きな仕事を終えたというのに、この枯渇《こかつ》した感じはいったい何だろう。陰茎を切り落としてさえ世の中はまた、カーニバル真子に飽きるのではないかという恐怖が秀男を苦しめる。弟が死んで、母の愛情がまた自分に戻ってくると錯覚していた幼い頃と、何ひとつ変わっていないのではないか。

ふと、一年前から引退が囁《ささや》かれている大関、霧乃海《きりのうみ》の四股《しこ》を踏む姿が過ぎった。

文次《ぶんじ》――小学校に入学して、初めて好きになった男だった。釧路《くしろ》川のほとりで育ったふたりには、ふたりにしかわからない世の中との隔絶がある。父を知らない文次の体には異国の男の血が流れており、彼は自らを「あいのこ」と呼んだ。秀男は男にしては貧弱な体、よく回る口と興味の矛先によって、女に「なりかけ」と呼ばれていたのだった。若い頃、小学校卒業と同時に相撲部屋に売られた文次を両国の北海部屋まで訪ねて行った。あんなに身を飾って行ったのに、結局自分が秀男だと名乗れずに終わった。ふたりで過ごした子供の時代が完全に終わったとき、秀男は文次を手に入れることを諦めたのだ。

とうとう横綱になれなかった文次は、今頃、何を思っているだろう。深夜のテレビで半裸で踊る秀男を、一度くらいは見てくれたろうか。ふたりの距離は釧路駅のホームで別れてから離れる一方だ。

留守中に届いた分厚い手紙の束のうちほとんどは、帰国の際は連絡をくれ、と記された業界人たちの走り書きだった。その中に、一通見慣れた筆跡の葉書があった。何を思ったのか赤富士の絵はがきだ。

ノブヨったら相変わらず趣味が悪いわねえ。

そろそろ戻ると聞きました。空港に迎えに行くから連絡ちょうだい。ノブヨ

ふっと涙腺が緩《ゆる》みそうになる。ノブヨはずっとノブヨのままだった。この世の中で自

分だけが何かに背《そむ》いているような気はするものの、粉々の感情が内側に集まり出すといいことがない。秀男は急いでノブヨの絵はがきを束の下へと潜り込ませた。
もう一通秀男の目にとまったのは、章子からの手紙だった。

ヒデ坊、便りのないのは元気な証拠ですよね。こちらはずいぶん涼しくなりましたよ。最近は、どこへ行ってもオセロゲームばかりです。わたしもちょっとは強くなりました。ひと夏ヒデ坊のいない東京で暮らしましたが、なんだかちょっとさびしかったな。ノブヨちゃんから、そろそろ帰ってくるんじゃないかと聞きました。外国は不便も多いんじゃないかなと、体調を案じてます。ねえヒデ坊、もしも楽しいパリ生活だったなら、お土産をねだってもいいですか。大事に使うので、ストールを一枚お願い。高いものじゃなくていいです、もったいないから。東京で、ヒデ坊の帰りを首を長くして待ってます。オセロをしながらお土産話を聞かせてね。気をつけて帰ってきてください。章子

手術を受けることは伝えてあったが、ただの一行もそこに触れることはなく、母のことも書かれていなかった。この一通こそが姉なりの気遣いなのだ。秀男がもしも怖《お》じ気《け》づいて手術をしないまま帰国しても、章子は「良かった良かった」と言って迎えてくれ

る。手術をして戻っても「無事で良かった」と言うに違いなかった。

ショコちゃんには、ストールと口紅と香水と、うんとセクシーな下着を買って帰ろう。

秀男は郵便物にひととおり目を通したあと、疲れを覚えてベッドに横になった。ギャルソンが秀男の腕の中に潜り込んでくる。

「お前は、あたしがいなくて少しでもさびしがってくれたのかい」

音になるかならぬかの鼻息で応《こた》えた愛犬の耳のあたりから、パリの匂《にお》いがする。

この街には秀男をマダムと呼ぶ文化があって、それはそれで心地いいけれども、そのぶんどこかよそよそしさも併せ持っている。ひとつありがたいと思えるのは、必要ないと判断したらするりと離れてくれる情のなさだろう。それゆえの、礼儀としての「マダム」なのだった。

その日、少し眠ったあと秀男はメモに指定されている曜日の午後二時に風間に電話をかけた。電話に出たフランス人に何度か「どちらさまですか」と繰り返し訊《き》かれながら、どうにかこうにかドクター風間を呼び出してもらう。

「やあ、パリに戻られましたか。具合はどうですか」

「おかげさまで、どうにか生きてます。熱も下がりましたし、栄養を摂って少し休んだら、帰国できそうな気がしてきました。本当にありがとうございます」

「その調子でしたら、無事に抜糸できそうですね。清羽さんはブルウのところで済ませたとおっしゃっていたけれど、真子さんはまだですよね」

「あたしはもう、あの病院には戻りたくないです。風間先生にお願いしてもいいですか」

一週間後に風間が抜糸をしたのは、設備の整った病院ではなく秀男のアパルトマンだった。

「研修中の身なので」と恐縮する男に、気にしないでと告げる。カサブランカでも友人の研究室だったことを思い出した。やはり日本人は冷遇されているのかと気を回すものの、本人に問うのは酷だろう。いずれにしても、秀男の傷口を任せられるのは今のところこの男ひとりなのだ。

風間は薄暗い部屋で額にライト付きのベルトを取り付けた。ベッドの縁に寝かせた秀男の脚を広げて、穴の奥にある糸をパチリパチリと切る。秀男の股間を覗《のぞ》き込む男の顔は、額のライトが眩《まぶ》しくてよく見えなかった。

膿《う》んで破れた箇所もほぼ回復しているという。常に下腹部にしくしくとした痛みはあるものの、このくらいはと諦めた。母がよく言っていた、これが「仕方ないねえ」なのだ。

「腫れもずいぶんひいています。痛みはどうですか」

「痺れが取れたところから、痛み出しました」

「真子さん、いつパリを発《た》つんでしたか」

「十六日です、今月の。その日に戻らないと、日劇の舞台稽古《げいこ》に間に合わないんです」

「それはハードだなあ」

頭に着けたライトを外し、風間が道具を片付け始めた。

秀男はまた、ふかふかとした脱脂綿を敷き詰めたブルマを穿いた。神経が痛みを伴って戻ってくるほどに、もうないはずの陰茎を引っ張られているような感覚がつきまとった。目に見えないだけで、まだ付いているような感覚だ。

背筋を伸ばして、立ったまま頭の上まで脚を上げるなんて、今はとても無理だろう。

風間が、息を吐くくらいの軽さで「あなたのことは、芸術品だね」とつぶやいた。

普段なら、鼻を高くして「そうよ」と流し目のひとつも送っているところだ。

「痛みに耐えるだけ価値のあるものだと、僕は思う。いつか日本でこの手術が認可されたときは、僕が大手を振って看板を掲げますよ」

「そんな日が、来るといいわね」

風間は「いつか来ますよ」と微笑《ほほえ》んだ。

今のところ、この男がパリで医師として大きな顔をしている気配はなかった。ここでしっかり話をつけておかねば後々面倒なことになっても困るので、単刀直入に訊《たず》ねた。

「今回、風間先生がいなかったらあたしは死んでたかもしれない。それ相応のお礼をしたいんですけれど。あたしに出来る範囲で。考えていただけます？」

風間は少しばかり戸惑った表情を隠さなかったが、ここに金が介在することによって口外してくれるなという思いは伝わったようだった。しかしこの朴念仁、秀男の美しさを認めながら、決して女としては見ていないことが気に入らない。

ここは「好きだから助けたかった」くらい言えよ、と肚《はら》の中で毒づいた。

「そうですね、真子さんは日本のスターだから、そのほうが安心して帰国出来るかもしれませんね」

「別にそういう意味じゃないの。正直なところあたしは人の親切というのにあまり慣れていないから、失礼なことを言ってるんだけれど。ずっとこんな風に生きてきたもんだから、許してね。死ぬかもしれないっていう経験をしても、人間そうそう性根なんてものは直らないのね」

風間はひとつ長い息を吐いたあと、指を一本立ててにやりと笑った。

「じゃあ、このくらいでどうでしょう」

ついさっきまでの好青年の印象ががらりと崩れた。

「もう半年くらいはパリにいたいんです。でも調子に乗って遊びすぎたのか、仕送りだけではきつくなってきた。出来ればこのくらいいただけると、助かるかなって」

「指一本じゃわかんないわ。フランなの？　円なの？」

冷ややかな口調にならぬよう気をつけながら身構えた。

「円ですよ。百万円。十万じゃ、あっという間になくなってしまう。法外かもしれないが、それだけあれば僕も少し楽です」

風間はそう言ったあと、首をぐるりと回して不良めいた気配を漂わせながら言った。

「真子さんは、僕に口止め料を払いたいんですよね」

ひとかけらのプライドも見せないことで、男はいったい何を守りたいのか。

「そうね、そういう意味もあるかもしれない。命の恩人だっていうのに、カーニバル真子はこんなヤツよ。でも百万で買った命だと思って大事にする。本当にありがとう」

秀男は再びカーニバル真子に戻り、寝室の隅にあるスーツケースの底から百万円の入った封筒を取り出した。日本を出るときにタニマチからもらった餞別《せんべつ》だ。荷物の底に忍ばせておいた金がこんなところで役に立った。

秀男が差し出した金を、風間はあっさりと受け取った。ギャルソンが秀男の足下にまとわりついて離れない。つま先で軽くお腹をつついて退けた。

秀男は体から湿ったものをすべて放って、風間に微笑んだ。

「風間先生、なんならあたしのここ、最初に使ってもいいのよ。あなたなら、破れてもまた縫ってもらえるし」

風間は苦笑いを浮かべ、「遠慮しておきます」と応えた。
しくしくと傷口が痛んだ。この傷は、プライドで出来ている。

つかの間訪れた長閑《のどか》な休暇、秀男は体調のいい日は百貨店に出かけた。酒もない毎日では、ショッピングしか楽しみがなかった。清羽は時間を見つけては美術館やベルサイユの宮殿、偉人の墓場を見て回っているというが、秀男はそんな場所には興味がないし、日の高いうちは頭痛がひどい。観光と言ってもせいぜい知らない街角でコーヒーを飲み、美味《おい》しそうなクッキーやチョコレートを見つけるくらいしか楽しみがないのだった。

秋から冬へ移りゆく街のカフェでコーヒーを飲んだあと、百貨店の下着売り場で抱えきれない数のショーツを買い込んだ。紐《ひも》つき、レース、黒や白や赤。ちいさな布で収まるくらいの尻《しり》に、透けたショーツはよく映えるだろう。黒いオーガンジーのガウンや、シルクのスリップ、豪華な下着をひと箱ぶんも買い込み日本へ送れば、疲れも痛みもどこかへ吹き飛んで行きそうだ。

すっかり痩せた体は程よく腰もくびれ、臍《へそ》は美しく縦に伸び、鎖骨も浮き出て、あとは胸が膨らめばいいだけだ。秀男はいつ帰国するかを日本にいる誰にも言わなかった。すべては日劇ミュージックの正月公演制作発表を華やかにするためだ。いつ帰国したのか問われたときは「内緒よ」という言葉を用意しておく。本当はずっと日本にいたのではないか、という噂も飛び交うだろう。それでいいのだった。

パリを発つ日、オルリー空港まで見送りに出たのは清羽ひとりだった。断ってあったのに、心配だからという理由で眉尻《まゆじり》を下げながらついて来たのだ。

「真子ねえさん、わたしずっとこっちにいるから、たまには遊びに来てね。何か欲しいものがあったら言って、すぐ送るから」

「清羽、あんたには本当に世話になったわ、ありがとう。日本が恋しくなったらいつでも連絡ちょうだいね」

清羽はまた目の縁を潤《うる》ませて、秀男に抱きつかんばかりのさびしがりようだ。

「体にだけは気をつけるのよ。しばらくは風間さんもこっちにいるようだし、何かあったら彼に頼ればいい」

最後まで言い終わるか終わらぬかのところで、清羽の表情が硬くなった。どうしたのかと問うと、風間が消えたのだという。

「消えたってどういうこと。このあいだ、あたしの部屋で抜糸したばかりなのに」

金を受け取ってそのまま帰ったと言いそうになり、慌《あわ》てて飲み込む。清羽は唇を一文字にして首を横に振った。

「あのフランス男、リッツ・カールトンの社長ってのは嘘《うそ》っぱちだったの。風間さんは医者には違いないけど、研修に来てるっていうのも嘘」

「あんた、なんでわかったの、それ」

清羽は、店で本物の研修医に会ったからだという。

「こっちに来てる医者はひとかたまりで仲がいいっていうから、風間さんはどうしてるか訊いたら、みんな口を揃《そろ》えてそんな人知らないって言うのよ」

秀男は空港に響き渡りそうなほど大きな声で笑った。

清羽は言いにくそうに、本物の研修医がしていたという噂を話して聞かせた。

「なんでも、性転換手術禁止のパリで新しく開業したっていう闇《やみ》医者がいるそうなの。もしかして、ドクター・ブルウの手術を盗んだの、風間さんじゃないかって。わたし、ねえさんに悪いことしたと思って、言いにくかったの」

秀男はおおかたが腑に落ちて、なにやら清々《せいせい》とした気分になった。手術前ならば、簡単に引っかかっていた類《たぐ》いの男だが、自分はもうあんな輩には惚《ほ》れずに済むのだと思うと目の前が明るくなる。

「いいじゃないの、助かったんだし。地獄に仏って言うけどさ、仏の国に詐欺《さぎ》ってのも悪くないと思うのね」

高らかな笑い声を残し、秀男はパリを発った。

# 第二章　女の体

　空っ風の吹く東京に戻った秀男を待っていたのは、オイルショックで時短営業を強いられている夜の街と、正月公演の稽古《けいこ》、そしてグラビア撮影を含めた三本のインタビューだった。

　銀座「エル」に帰国の連絡を入れたあとは、少しずつ噂《うわさ》が広まるのを待てばいい。ネオンがさびしい銀座でも、秀男の思惑は半分あたり、渡仏前には少し陰りが見えた取材申し込みも今回は待つ暇なくお呼びがかかった。

　秀男は裡《うち》に半分しらけた芯《しん》を感じながら、しかしここからが自分の勝負どころなのだと体を整えることに専念する。内側と見てくれが必ずしも一致しないのはいつものことだ。モロッコの日々ですっかり痩《や》せた体は、腰もくびれていい具合だった。胸もほど良く戻ってきた。痩せれば、多少膨らみが足りなくてもウエストの細さが胸を引き立ててくれた。

パリの百貨店で買ったいちばん高いショーツは両腰を紐《ひも》で結ぶ白い総レースだ。ぎりぎりのポーズを求められたらその紐を引っ張り、尻《しり》を半分露《あら》わにすればいい。女そっくりに作った体である。脱ぐのではなく脱げそうに見えること、見えそうで見えないことが大切なのだ。

グラビアはすべてヌード撮影だという。秀男はクローゼットの中から一枚二枚と高価なショーツを抜き取り、電灯に透かした。

こいつでまた度肝を抜いてひと勝負だ。

家賃五十万のマンションは、集中暖房で隅々まで温かいはずなのに、日本に戻ってからいつも体のどこかが冷たかった。全身が温かいということがないのは冬のせいだと思っていたが、どんなに毛皮を着込んでも指の先や耳やつま先、どこの臓物かはわからぬが胴体の内側が冷たい。

あまり寒いと人に会いたくないし、自分がこの先どこへ向かうのかも不安になってくる。

ただそれが秀男の習い性なのか、それもまたいいことだと思えるときがあった。行ったり来たりの不安定な心もちを抱きながら、不安があれば隙《すき》はなくなると自分に言い聞かせる。

秀男は着ていたものを脱いでつま先から薄いショーツをひき上げた。細い腰にぴったったりと吸い付いて、布地はどこも飛び出たり浮いたりしない。鏡に映った姿を見て、ほうっと息を吐いた。体の内側から冷気がこぼれ落ちる。そうか、と納得した。この冷たさは自分自身なのだった。何よりも誰よりも秀男自身が冷え切って、もう何をどうしたところで温まりはしないのだ。

引き払ったパリの部屋を思い浮かべ、あの場所に置いてきたものが何だったのか考えた。同時に、自分の体から何を切り取ったのかが、じわじわと迫ってくる。腫《は》れのひいた股間《こかん》は、神経の繋《つな》がりがいまひとつ悪いものの見かけはどうやら女のものとそう違《たが》わぬようだ。飛び出していたものがそのまま内側へ向かう空洞になった。秀男を冷やす裡の空洞は、果てのない荒野に変わった。脳裏を故郷の湿原とサバンナが過《よ》ぎった。乾いているように見せかけた泥炭《でいたん》の浮島、あるいは湿った感情を湧《わ》かせる乾いた大地。どちらも何の役に立っているものかはっきりとしない。

体の線は女より引き締まり、出るところは出て引っ込むところは引っ込んで文句なかった。化粧をすれば誰もが振り向くだろう。

まあそれは、技術だけどさ。まごうことなき女の体を鏡に映せば、悦に入りながらも頭の芯までが冷えてゆく。

ああ、本当に。

本当に、この世にないものになっちゃったんだ、あたし。

帰国してまず、章子が訪ねてきた。精いっぱい元気な顔をして見せたけれど、姉の目はごまかせず、少しばかり泣かれた。

「やめてよショコちゃん、泣かれるようなこと何にもしてないって」

「元気で戻ってきてくれて、本当に良かった」

「前よりずっと元気よ、余計なもんついてないし、身軽になったくらい」

うん、と頷《うなず》く姉には、モロッコでのことは口が裂けても言えない。

痛い思いをした上に章子に泣かれたのでは割に合わない。誰よりも、章子にだけは「良かったね」と言ってもらいたかった。開口一番にその言葉が出てきたことで秀男の気持ちも収まる先を得た。

その日秀男は、タクシーで紀尾井町の出版社にやってきた。ロング丈のロシアンセーブルを着込んで車から滑り出ると、歩道をゆく誰もがこちらを見る。シャネルのサングラス、波打たせた長い髪、鉛筆と変わらぬ細さの十センチヒールだ。午後の街には乾いた風が吹き、ストッキングを着けない足首に巻き付いてくる。どんな冷たい風も視線も、秀男の内側ほどではない。比較される何ものもないことのつよさが、秀男自身をいっそう冷やしてゆく。

社屋の扉に向けて歩き出すと、さっと横から男がひとり現れた。

「カーニバル真子さん、お待ちしておりました」

百八十センチはあろうかという長身に眼鏡の奥の瞳《ひとみ》を光らせた三十前後の男は、今回秀男にグラビア撮影を依頼した「週刊ビッグ」の記者だと名乗った。

「この度は取材をお引き受けいただきまして、ほんとうにありがとうございます。ビッグでグラビアと芸能を担当しております、江木《えぎ》と申します。帰国後初めての撮影と伺って、こちらも大変感激しております。セットはしっかり組んでありますので、控え室で少しお休みになられたあと、撮影と取材に入らせてください」

江木は社屋へと案内しつつ、前屈《まえかが》みになりながら秀男に話しかけてくる。

「あんた、あんな寒いところで、ずっと突っ立って待ってたわけ？」

「時間に遅れないかただと伺っていましたので、そんなに長くはお待ちしませんでしたよ」

おや、と秀男は左側で微笑《ほほえ》む男の顔を見上げた。

「ビッグとはもう何年も前からお仕事してるけど、ずいぶんと記者さんも入れ替わってるんでしょうね」

以前何度か取材を受けた記者の名を告げる。こういうときだけははっきりと人の名を思い出すことが出来るし、黒縁眼鏡のレンズの厚さも覚えている。前任記者は嫌なものの訊《たず》ね方をする男だった。

陰茎を切るのはいつなのか、切ったらまず何をしたいか、どこで切るのか、切るのが延び延びになっているのはなぜなのか。切る切る言われているうちに、切らねば前にも後ろにも行けなくなった。結果的にそのしつこさのお陰で思い切ることが出来たのだから、よしとしなくてはいけないのだろう。

「ああ、いまは編集長になっています。去年からです。カーニバルさんとご縁があることは、本人もずいぶんと自慢しておりますよ。今回お引き受けいただいたことも、飛び上がって喜んでおりました」

舌の真ん中まで出かかっていた「嫌なやつだった」という言葉を急いで飲み込む。秀男にとって、フランスへ行く前の記憶はひどく苦い。しかしそれゆえの「甘み」を手に入れるのが今日なのだと思えば、記憶の味などどうでもいい。

「そりゃ良かったわ。なんにしろ、誰かが喜んでいることが大切よ」

「喜び勇んで、カーニバルさんのご帰国に合わせて編集長自ら書いた記事もあるんです。後ほどお持ちしますよ」

細い廊下を何人もの人間がすれ違う。閉まったドアの隙間から、煙草《たばこ》の煙が細く太く漏れてくる。人の動きに合わせてあっちへ散り、こっちへなびき、煙は正直だ。

煙草のにおいがしみついたエレベーターに乗り、江木が三階のスタジオへと案内をする。秀男はヒールのかかとを鳴らしながら、廊下をゆく。三階は大小の部屋に番号を付けた会議室の階らしい。

「こちらがスタジオ、隣が本日の控え室です」

スタジオへと入ってみた。カメラマンひとりに助手がふたり、天井から吊《つ》ったバックスクリーンにライトを合わせている。

「おはようございます、今日はよろしくお願いします」

カメラマンにも何度か会ったことがあった。

「こちらこそよろしくお願いします」少しはにかんだ顔であご髭《ひげ》を揺らした。

瞳はまるで、見たことのない動物を見るような光り方をしている。床に伸びるバックスクリーンの横には、豹《ひょう》のぬいぐるみと赤い和傘、籐《とう》の椅子《いす》があった。

「ねえ、今日は脱ぐのよね」

カメラマンが「はい」と頷き、肩の上から江木が続ける。

「大きくプリントしますよ。『性転換成功物語』ってのが、いま考えている大見出しなんです」

「せいこう、ってどのせいこう？」

最初は不思議そうな顔をしていたがすぐに意味が飲み込めたようだ。江木は「大成功にしましょうか」と言ってひとり笑った。「成功」でも「性行」でも「精巧」でも問題はない。どんな見出しがついたところで、最後は記者と雑誌が持って行きたいところにしか記事は落ち着かない。気づかれぬようひとつ息を吐いた。

「やっぱり、性転換、って言葉は必要なのね」
「それはもう外せませんよ、つい最近まで男の体だった人がこんなんなっちゃうってい
う、世間の度肝を抜くようなグラビアですからね」
秀男はどんどん冷えてゆく。袖《そで》を抜いて肩にかけた毛皮が急に重くなった。世間なん
て、一瞬だって止まってはくれない。一度寝て捨てるならまだしも、触れもしないで飽
きてゆく薄情者だ。
秀男はそこまで考えて、ああそうだった、とひとりごちる。だから週刊誌は毎週新し
い話題と写真を出して、早さにしがみつくのだ。人によって長くても短くても、一週間
は一週間だ。自分も長くその一週間にしがみついて生きてきたのだった。
「あたしは写真にはなにも説明なんか要らないと思うけど。でも世の中、言葉が欲しい
人も多いんでしょうから仕方ないわよね」
不安そうな瞳でこちらを見ているふたりの助手に会釈《えしゃく》をして、秀男は隣の控え室に入
った。長椅子とコート掛け、等身大の姿見、会議机が一台あるきりだった。
「お願い、灰皿ちょうだいな」
モラビトのバッグから煙草とライターを取り出し、顎《あご》を上げる。気づきませんで、と
江木が慌《あわ》てた様子で部屋から出て行った。
秀男は肩から毛皮を外し、会議机の上に置いた。夜の街ならば黒服がうやうやしくク

ロークへと運んでゆくのだった。ロシアンセーブルの飴色《あめいろ》が少ない光を集めている。つやつやと輝き、秋の草原のようだ。

背中に腕をまわしてファスナーを下げ、光沢のある黒の膝丈《ひざたけ》ドレスを足下に落とした。両脚を抜いて拾い上げたドレスは、高低差のあるところに落とせばどこまでも流れてゆきそうなとろりとした素材だった。水によく似ている。つまりはこれよ、と秀男はドレスを片手にしばらく眺めながらつぶやいた。

低いところに流れるのは仕方ないけれど、その先には大きな海がなくては。

じゃないと、こんな痛い思い出来るもんか。

何がしたくて何を手に入れたいのか、ぶれてはいけない。レースのブラジャーを外し、ショーツと傷口のあいだに挟んでいたガーゼを取る。消毒薬と膿《うみ》が浸《し》みたガーゼを丸めてビニールのポーチに入れ、手のひら大に切った新しいガーゼを小さく折りたたんだ。そっと、張り型の入った人工膣《ちつ》の入口を覆《おお》う。こうしておけば、一時間くらいは膿でショーツを汚すこともない。

恐ろしいのは、この傷口になんの感覚もないことだった。触っても抓《つね》っても、なにも感じない。神経が新しい体を自分のものと認識するまでにはもう少し時間がかかるらしい。痛みを感じないということは、傷がついても気づけないということだ。

モロッコからこのかた、神経が届かない部分を抱えた体は、秀男から安眠を奪った。

眠っても、一時間もするとすぐに目が覚める。そのたびに「生きているようだ」と思いまた眠るのだが、一時間も経《た》たぬうちに再び目が覚めた。ホルモン注射を打ち、体重は維持できるようになったものの、ときおりふらつく体はどうにもならない。

マスコミが騒いでいてくれるうちはなんとか走りきるつもりでいるが、タイミングを見計らって軌道修正をしないと、いつか倒れてしまう。

秀男は姿見の前で体をひねり、下着の跡や変色、自分の皮膚に写真の邪魔になるものがないかどうかを確認する。ショーツはレースにして正解だった。光沢のあるもので覆うと、人工的な女体はおかしな具合に安っぽくなる。これがグラビア撮影を前に、持てる下着をすべて着けて試して得た結論だった。

本物はどんな安物を穿《は》いてもいい。

けれどあたしは、一流の皿に載せないと三流より不味《まず》いずぶずぶの養殖魚になっちまうんだ。

髪の毛の根元のあたりに両手の指を入れ、鏡の前で持ち上げた。二の腕から腋《わき》、胸から腰へと流れる線に抜かりはなかった。

灰皿を片手に部屋に入ってきた江木が、小さく叫んでドアを閉めようとした。秀男はわざとダミ声を太くする。

「ちょっと、こっちは見られて恥ずかしいもんはつけてねえんだ。それより灰皿だよ」

江木が秀男の体から視線を外しながら会議机の端にガラス製の灰皿を置いた。礼を言って引き寄せ、煙草に火を点《つ》けた。

「すみません、僕はスタジオのほうにおりますので、何かあったら声を掛けてください」

「いいよ、ここにいなよ。取材するんだろ。今のうちに何でも訊《き》いたらいいじゃないか。裸を見るのが嫌ならガウンもある。ただで見られるんだから、もっとありがたそうな顔しなよ。あたしは体に跡がつくといけないから立たせておいて。あんたはそのへんに腰掛けていいわよ」

江木は申しわけなさそうな顔をしながらも、そうした事情ならと言って長椅子に腰を下ろした。ズボンのポケットから手帳と鉛筆を取り出し頭を下げる。秀男のほうも「じゃあ」と真正面に立つ。この男への態度は間違っていなかったようだ。気を取り直した風の男が、まず秀男に浴びせた質問は「もう使ったんですか」だった。耳の上のあたりがカチンと鳴った。闘いのゴングは、プライドの角が打たれた金属音がする。

「まだよ。医者に止められてるの。最低半年は安静だから」

「使うご予定とお相手は、もう決まっているんでしょうか」

「さんざん銀座で金をかき集めたからね。みんなにアンタが最初の男よって言ってある。誰になるかはまだ決めてない。そのときにその気になった相手とすると思う」

「どんな男性がいいですか」

放っておくと延々とこの手の質問しか来ないだろう。新しい煙草に火を点けて、しばらく黙ってみる。冬だというのに、江木のこめかみが汗で光り始めた。

「どんな男でもいいわ、そのとき好きであれば」

室内にさらさらと、鉛筆が滑る音が響いた。秀男がそのとき発するのは、本音でも嘘《うそ》でもない。誰かが求めるただの言葉でしかない。「正直」なんて言葉は嘘をつけない頭の悪いやつのいいわけだった。いつか故郷の釧路で流しの漁師に教わった、これが秀男が持つ芸の芯である。

江木が作った数秒の沈黙は秀男を不安にさせた。持ち上げようか、それともヒールのかかとで踏んづけようか。煙草の煙に隠れて男を観察していると、ふっと空気が揺らいだ。

「手術前と今と、何が一番変わりましたか」

週刊誌記者が意を決した質問にしては平凡だった。秀男はダイヤの指輪が光る左手で煙を払い「立ちションが出来ないわ」と答える。

「今まで立ちションをしていたんですか」

「あたりまえじゃないの。思えば、あれは便利だったわ。いちいち座って紙で拭《ふ》くなんて、女の体って不便」

「女の体ですか。女、とはおっしゃらないんですね」
　懐《ふところ》を探るような問いは嫌いじゃない。いっそうヒリヒリとした答えが頭に浮かんでくる。
「だって女じゃないもの。あんた、記者のくせにおかしなこと訊くんじゃないわよ」
「女になりたかったんじゃ、ないんですか？」
「女の体、よ。勘違いしないで」
　ああそうか、と秀男はまた煙に隠れた。陰茎を切断する男は女になりたい、したがっ
て「まともじゃない」としておかなければ、自分がまともと信じている奴《やつ》らにとっては
精神衛生上良くないのだ。
　男に惚《ほ》れる男は任侠《にんきょう》映画の中だけで、その男が男と乳繰り合いたいのはクレイジー。
誰も見たことのない形でふらふらと面白おかしく暮らしている馬鹿《ばか》を見たら、人間って
やつは己が揺らいでしまうんだ。
　秀男が新しく手に入れた体は、脱皮というには少々痛かった。命ひとつで脱ぎ捨てた
あとは、もう形がない。蟬《せみ》のように以前の形がそっくり残るわけでなし、蛇のように皮
が珍重されるわけでなし。ならばこの、新しいユニフォームで闘うしかないのだ。
「何に成りたいとか、どういう風に成りたいとか、実はそういうのはないの。今日も明
日も明後日《あさって》も、見せて恥ずかしくない体で踊りたいだけ。ねえ、あたしあなたの訊きた

いことに答えてる？　さっきからずいぶん平行線で、正直あまり面白くないんだけど」

江木はワイシャツの袖でこめかみの汗を拭《ぬぐ》いながら「すみません」と小声で謝った。手帳に視線を落とし、なにやら考え込んでいる。下手くそなインタビューは本当に疲れる。これから撮影だというのに、取材してもいいなどと言うのではなかった。いや、と秀男は煙を払う。質問がないなら、こっちが好きに喋《しゃべ》ればいいだけだ。

「あんたさ、あたしたちみたいなのとヤったことある？」

「ありません」と答える男の額が汗で光り始める。色黒は嫌いじゃない。でも、そんな情けない顔はしないでほしい。

「つまり、そういうことよ。あたしもこの体ではまだヤったことがないの。ずいぶんと股《また》のことばかり訊くけれどね、ちょん切ったのはチンコだけじゃないのよ。それまでの付き合いだって男だって、ぜんぶ最初からやり直しなんだから。過去もちょん切ったってこと、なんでしっかり訊かないの」

言ってしまってから、こんなこと言うのではなかったと、自分にがっかりする。こんなのは、カーニバル真子ではない。爪楊枝《つまようじ》を大木にできる口先が、なにをそんなに真面《まじ》目《め》くさったことを。煙草をもみ消した手で、ひりひりと毛穴を集めて隆起する乳房に触れた。

ホルモン注射で膨らんだ胸もまた、本来この世になかったものだった。もともとないものを無理やり膨らませているのだ。夜の店でする笑い話のように、あることないことを詰めた風船を割ってきゃあきゃあ言うのに似ている。

シーツの上には男と女に限らず、いつだって嘘の花が咲いているじゃないか。

その時その時で、相手が求めた者になるのだ。そうやって生きてきたはずが、今日は少し感傷的だ。秀男は自分の甘さがどこからきているのか考え、あまりの面倒くささにちいさく咳払《せきばら》いをする。

江木の鉛筆が手帳にひとつ丸を描いた。

「失ったものと、手に入れたものを、教えてください。僕もこのインタビューが決まってからずいぶんと考えました。カーニバルさんについての記事のほとんどに目を通しました。けれど、あなたのインタビュー記事には大きな欠陥があったんです」

「欠陥なんて、生まれたときからてんこ盛りよ」

秀男の合いの手に負けず、江木は上体を前に出し、眼鏡の奥の瞳を光らせた。

「カーニバル真子さんのインタビュー記事には、ほとんどご本人の感情が書かれてないんです」

「どういうこと？」

「何があったか、どうしたか、といったことは流れるように語られているんですが、どう思ったかを拾えていない記事ばかりだったんです」

この男はいったい何を言っているのだろうと秀男は首を傾《かし》げた。そんなこと、あたりまえではないか。どう思ったかなど口に出したらこっちはおまんまの食い上げなのだ。

「それって、記者の質問が下手だったってことじゃないの？　あたしはちゃんと答えてきたつもりだけど」

「そこなんです。僕も、このままじゃあそんな記事を書いてしまいそうなんです」

「あんたも下手くそだってことよ」

秀男は江木に煙草を勧めた。頂戴《ちょうだい》します、と中腰で煙草を受け取った男にカルティエのライターで火を差し出した。

取材はこのあとも入ってくる。誰が何をどう書こうと、常に記者の好奇心に左右され続けるのだった。カーニバル真子に関する記事は記者の数だけある。好きに書いていいのだ。誰も理解できないことが最大の武器なのだから、秀男がわざわざ、自らそこを突いてはいけないのだった。

「何をどんな風に話したって、あんたたちも好きに書くじゃないの。最初からオチを決めていたみたいに。だから、あたしがどう思ったかなんて話は意味ないし、必要もないのよ」

「そういう一面もあります」

江木の首が前に折れる。モロッコ以前と以後で何が変わったか。それは誰にも見えないし、見せもしない秀男自身の「仕方なさ」だった。毎日がお祭り騒ぎのカーニバル真子にとって、辛気くさい話題としち面倒くさい思想など御法度《ごはっと》なのだ。さすればたいがいの陰茎は秀男の手の中で硬くなるし、一度寝てしまえば二度目は面白くないことがわかる。もともとが男なのだから、見てくれをいくら女にしたところで得られる快楽に変りはない。お前も同じだろう、とお互いの快楽に判子を捺《お》し合ったところで何になる。

快楽だけの話なら、男の体のまま女のことが好きな男の気を惹《ひ》ければ、こんな回りくどい体なんぞ要らないのだ。残念ながら、快楽ひとつで生きてゆくには自分の舞台は広すぎる。成りたいものに成るために、女の体はこの先、火を噴くほど働かなくてはいけない。

それにしても。

部屋にこもった煙が、自慢のセーブルにしみこんでゆく。秀男は毛皮をそっと撫《な》でた。内側の命はもうない。毛皮だけ見せて、さあ美しいだろうと凄《すご》めたらどんなに楽だろう。

自分は、まとった皮膚を変えて生きている。だから面倒な説明が必要なのだろう。

控え室のドアに、控えめなノックが響いた。江木が「ちょっと待って」と太い声で応《こた》えた。

「なにか、羽織ってください。すみません配慮が足りずに」

「いいわよ、このままで。どうせ隣のスタジオで脱ぐんでしょう。面倒くさいわ」

秀男は煙草をもみ消し、白いレースのショーツ一枚でドアを開けた。廊下にいた若い助手が、秀男の姿を見てその場から飛び退《の》いた。人間の体がふわりと数十センチ後方に飛んだのを見て、声をたてて笑う。秀男自身、自分のこんな笑い声を久しぶりに聞いた。

ああ、笑える、だいじょうぶだ、まだ笑える。

「カーニバル真子さん、入りました！」

バックスクリーンは薄い青とグレーを混ぜ込んだような色だった。へぇ、と吊り下げられた布を見上げる。ふと、故郷の夏を思い出した。霧に覆われた故郷の街は、いつもこんな色の空を広げていた。

母には姉の章子から無事帰国の連絡が行っている。秀男からは電話もしていなかった。元気かどうかは、章子のほうが説明が上手《うま》いし、母を安心させられる。状況を説明しかねるときの秀男にとって、姉の吐《つ》く木綿に似たやさしい嘘は何よりありがたかった。

「撮影、よろしくお願いします。邪魔なものがなくなったんで、どんなポーズでもだいじょうぶよ。ガンガン指示してちょうだい」

秀男の陽気さとは裏腹に、現場は薄気味の悪い緊張が漂っていた。誰か、冗談のひとつも言ってくれないか。期待するほどに、しわぶきひとつが気に掛かる。

「ちょっと、なんだか辛気くさい現場ね。音楽くらい流しなさいよ。こっちだって気合いが入らないじゃないの」

「すみません、ラジオでいいでしょうか」

「いいわよ」

江木がスタジオを出てゆく。秀男はその間に鏡の前で髪と化粧、肌の調子を確かめる。床に流したバックスクリーンの上に立つと、撮影助手がフラッシュの度数を確かめるため近くにやってきた。さっき驚いて飛び退いた若い男だ。

「すみません、失礼します」

「いちいち断らなくてもいいから、仕事しなさいよ」

語調をつよくすれば、この場の空気すべてが秀男のものになる。ここにいるみんなが、陰茎を切ってまで女の体を欲した男を興味本位で眺め、そして畏《おそ》れている。相手が怖がっていればこっちのものだった。

江木が小型のラジオを持ってスタジオに入ってきた。

「ちょうど、今年の流行歌特集をやってました」

ほっとした様子で、撮影に写り込まない場所にラジオを置く。流れてくるのは、カーペンターズの「イエスタデイ　ワンス　モア」だった。秀男は両手を天井に向けて上げ、両腕の間で首をゆらゆらと揺らした。タイダンスに似せて腰もくねらせてみる。いつか練習した演目が、こんなところで活《い》きてくる。シャッター音が響き始めた。

カメラマンが、もっとカメラを睨《にら》んでくださいと言う。秀男は顎を引き、三脚の上に据えられたレンズを睨んだ。連写。もっと睨んで。いいです、すごくいい。

流行歌が次々に流れてくる。

豹のぬいぐるみを持ち上げ、くるりとターンをした。片手でうなじから髪の毛を持ち上げてポーズを取る。秀男は視点をカメラへと移し、いまの自分を想像する。

ぬいぐるみじゃあ、ちょっと格好悪いわね。

動きを止めて、部屋の隅に突っ立っている江木に声を掛けた。

「ちょっと、控え室にあるあたしの毛皮持って来てちょうだい」

江木が慌てて部屋を出てゆき、すぐに戻ってきた。両手に掲げるようにして秀男のコートを差し出す。

秀男はバックスクリーンの前に毛皮を敷いて座り込み、すっと左足を天井に向けて上げた。十センチのピンヒールが光る。ストリップの舞台でさんざんやってきたL字ポーズだった。もう、ショーツの内側を気にせず脚を上げることが出来る。

さっさとやらないと、ショーツに膿が浸《じ》みてくる。焦れてカメラを睨むと、近くでぼやぼやしている江木に向かってカメラマンが「どけ」と怒鳴った。

つややかな茶色の毛皮は、すっかり痩せた秀男の体を優しく抱くように横たわる。どんな優男《やさおとこ》だって、この毛皮ほどの包容力はなかった。本当に優しい男とは床を一緒には出来ないし、秀男もそんなことはしたくない。好きな男はいつだって手の届かないところにいる。彼らは験《げん》の悪いまがい物を嫌うし、何より玩具など相手にしない。

輪郭を曖昧《あいまい》にしながら、文次の面影が通り過ぎてゆく。

柔らかで張りのある毛足が背中に心地良くて、唇が半開きになった。連続して響くシャッター音と、場違いな演歌と、動けずにいる助手と記者と、絶え間ない尿意と、期待どおりに使ってもらえない豹のぬいぐるみ。

不意に悪戯《いたずら》心が湧いて、陰茎のあった場所にぬいぐるみを挟んでみた。本物の毛皮の上で安っぽい豹がいかにも情けない。ふと、この体もこのぬいぐるみと同じだと気づき、秀男は笑った。笑いの意味をどう解釈したのか、場が和み、助手も江木も笑った。腹に力を入れると今にも小便が漏れそうだ。

「ありがとうございます」

熱っぽい声でカメラマンが叫び、撮影は終了した。秀男は尻の下に敷いていた毛皮を持ち上げ肩に掛けた。

女の体を手に入れたカーニバル真子は、本物をまとわなければただの安っぽいぬいぐるみで終わってしまう。

今日の撮影のことは一生忘れない。その予感は、シルクの裏地の冷たさに似ていた。

手洗いへと急ぎ、尿道の栓を抜くと溜《た》まった小便が音を立てて流れていった。漏らさず済んだとほっとして、控え室に戻り煙草に火を点けたところで再び江木がインタビューさせてくれと言う。

江木はすっかり慣れたのか、秀男の「女の体」を見てもうろたえたり目を逸《そ》らしたりしなくなった。週刊誌記者の態度は世間の切っ先なのだ。秀男はもう切るものがない自分の体を、ドレスで覆った。

「いい撮影だったそうです。カメラマンが喜んでいます。ありがとうございます。大きく出させてもらいますよ」

「あたりまえじゃない。切った貼《は》ったで作った体の、大事なお披露目なんだから」

「正月から、日劇ミュージックホールの舞台も始まりますね。年末はそちらのピーアールもしていかなけりゃならない。カーニバルさんも大忙しですね」

「今日もこれが終わったらお稽古。舞台が待ってると思うから日本に戻って来られたの。手術では散々な思いをしたけど、切って貼って塞《ふさ》がっちゃえばなんてことないわ」

「今回のグラビアに向けての記事をお持ちしました。これ、編集長自ら書いたものです。今回の撮影に賭《か》けるうちの意気込みを見ていただきたくて」

江木が今週号だと言って差し出した最新号の表紙はぴんから兄弟が飾っている。開いて見せた頁《ページ》には、大きく『男↓女！　神を欺《あざむ》く彼らの行方』とある。

神を欺く？

あたしは仕上げを間違った神様を許しながら生きてきたんじゃなかったか。

秀男のこめかみにカチンとぶつかったのは、かなり飛ばし気味と取れる記事の終盤だった。

「──聞けば既に国内で『切った』男たちも存在するという。ただ切っただけで、ヴァギナはないそうだ。そこが舶来品のカーニバル真子との違いだろう。ゲイボーイやブルーボーイが群をなしてテレビ画面に映し出される日も近い。真ん中にいったい誰が立つのか、真ん中で立つものを手放した彼らの今後から目が離せない。しかし、老婆心《ろうばしん》ながら、彼らは自身の老後をどう考えているのか。カーニバル真子は、老人になるのか老婆になるのか。本気で考えねばならぬとき、正常な神経ならば気が狂うに違いない」

ひとつ大きく煙を吸い、出来るだけ時間をかけて吐き出した。江木はにこやかに秀男の反応を窺《うかが》っている。話題にしたので喜べと言わんばかりの笑顔に、煙草の煙をひとつ吹きかけてやる。

「たいした勇み足ねえ」

「うちがグラビアの初っぱなだと聞きましたんで、編集部全体に力が入ってるんですよ」

「ふざけんじゃねえよ、この馬鹿が」

江木の口はぽかんと開いたままで、目は瞬《まばた》きもしない。

「あたしがいつ、どこのどいつに老後の世話を頼んだってんだ。ちょっとこれを書いた編集長のところに案内しな」

「カーニバルさん、なにかお気に障《さわ》ったんでしょうか」

「お気でも尻でも、あたしに触ったからにはけじめのひとつもつけてもらおうか。編集長に会わせろって言ってんだよ」

怯《おび》えた目の江木が、大きな音を立てて椅子から立ち上がった。控え室から飛びだそうとする彼を追って、秀男も廊下に出る。

「どうか控え室でお待ちください」

振り返るたびに繰り返す言葉には構わず、ヒールの音を響かせ後を追った。角を曲がり、煙草の煙でむせかえりそうな部屋の前を通り、突き当たりの編集部へ。

「編集長」

江木の声が裏返る。

立ち上がった男を確認して、秀男は右手に持っていた最新号の週刊誌を丸めた。ひとかたまりになった机の向こう側で、泣きそうな顔の江木と見覚えのある男の顔が並んでいる。他の記者たちは出払っているのか部屋にはこのふたりだけだ。机の上には大小のコーラの空き瓶が並んでおり、そのひとつには吸い殻が溜まっていた。

「なんの責任もない方々にまで、老後の心配をおかけしております、カーニバル真子です。この記事をお書きになったというのは、そちらさんですか」

できるだけ声を低く、顎を引いて下から睨みつけた。

頬を引きつらせた男が、江木と同じ言葉を繰り返す。

「なにか、お気に障ったんでしょうか」

今度は黙ったまま、睨みつけた目を外さない。瞳が乾いてもじっと睨み続ける。

「カーニバルさん、今週と来週と、その次もうちはあなたの記事を打ち続けるんですよ。そんなに怖い顔をなさらなくても、あの、お互いに」

丸めた週刊誌を思い切り投げつけた。男のすぐ後ろにあったドブネズミ色のロッカーが、銅鑼《どら》そっくりな音を立てる。闘いの合図にも聞こえ、秀男は怒鳴る。

「ふざけんなこの野郎。老後の心配もケツの始末も、てめぇらの知ったことか。週刊誌がなんぼのもんだ。正常な神経なら気が狂うとはよく言ったもんだ。言うに事欠いて、気が狂うとはどういうことだ」

編集長の目が秀男の下半身に移った。秀男はずいと一歩前に出る。一メートルの距離を置いて、唇の端をこれ見よがしに持ち上げた。

「気が狂うに違いないって言うのなら、この場でお前の金玉潰《つぶ》してやろうか。アメリカンクラッカーよろしく、どいつにもふたつあるんだ、ひとつくらい潰れたところで困りゃしないだろう。なに、殺すって言ってるわけじゃない。こっちが正常な神経かどうか確かめてもいいと言ってるんだ。正常じゃなけりゃ、ブタ箱にも入れられないんだし」

男の体なんぞたかが知れてる、金玉を取ろうがサオを切ろうが死にやしないんだよ、と言ったところで相手の体がひとまわり縮んだ。

「あたしは正常な神経じゃないんだろう、お前たちにとっては。だったらここで、それらしいところを見せてやるよ」

一歩近づき、事務机の上にあったコーラの空き瓶を摑《つか》んだ。ここからがカーニバル真子の舞台だった。

空き瓶は割るな、割れたら持つな。

振り下ろすなら額、後頭部は駄目。

死なない程度のダメージでさっさとケツをまくれ。

江木の手が電話に伸びた。コーラの瓶を電話に振り下ろした。派手な音を立てたあと、仏壇の鈴《りん》にそっくりな音がした。電話までがチンと鳴って秀男を馬鹿にしている。ふと、胸の裡が静まりかえった。ここは振り下ろした瓶を納めるところだろう。

積み重ねた喧嘩《けんか》場での勘だ。

「警察に届けるなら、ご勝手に。記事にするのもご自由に。けど、ひとをキチガイ呼ばわりした落とし前だけはつけてもらいますよ。出るとこ出ましょう」

コーラの瓶を机に叩《たた》きつけて、編集部を後にした。後方の気配を窺いながら廊下を行く。編集長も江木も、どこかに電話をしている様子はなかった。

その後もひとつ終えたら次の取材と、毎日取材が入り続けた。怒らせたら大変だという噂が広まっているようで、記者も言葉を選ぶようになった。しかし、選んでもみな結局同じことを訊きたいのだった。

「これから十年後、老後はどうするんですか」

秀男はその質問が出るたび、口の端を上げてみせる。取材に名を借りた「世間」は、秀男の一番弱いところをどうにかして暴《あば》きたいようだ。「今後」の言葉にカーニバル真子がどう反応するのか遠巻きに眺めたい。それは自分自身には決して現実として降ってくることのない色の雨である。

「今はいいでしょうけれども、今後どのように生きていかれるおつもりですか」

「今後って、いつ？　あたしはいつだって今しかない、お祭り騒ぎのカーニバル真子だけど」

次第に虚《むな》しくなってゆく「今」に蓋《ふた》をして、カーニバル真子を固めてゆくしかないのだった。

日劇の稽古も仕上がってきた頃、こぞってカーニバル真子の凱旋《がいせん》記事が週刊誌を賑《にぎ》わせた。同じことを訊ね、同じように答えているはずなのに記事の内容はまちまちだ。同じなのはグラビアの仕上がりで、ポーズを取る胸も腰も美しく、レースのショーツには無駄な膨らみがなかった。

その日、秀男が稽古を終え新宿のマンションに戻ったのは、午前二時のことだった。クリスマスソングが流れる街角を避けてタクシーに乗っても、またクリスマスソングだ。

こっちはそれどころじゃないのよ。

貧血、頻尿、未《いま》だ痺《しび》れが残る傷口の世話と舞台稽古が続いていた。稽古場には週刊誌記者が詰め、休憩時間はない。どうせ今だけよ、という声も聞こえてくるが、その「今」を続けてきたからこその「今」なのだ。

バッグから鍵《かぎ》を取り出しながらマンションの部屋の前に立つと、ドアノブに高島屋の紙袋が掛かっていた。そっと中を覗《のぞ》く。赤いリボンに飾られた包みが入っていた。二つ折りになった手のひら大のカードを開く。

メリークリスマス、ヒデ坊　少しでも体を休めて、どうか元気でいてください。舞台が落ち着いたら、一緒にご飯を食べましょうね。　章子

里心がつきそうになって、必死で涙を飲み込む。鼻の奥に大きな石でも詰まったみた

いだ。乱暴に鍵を回し、急いで玄関へと入った。

化粧を落としてシャワーを浴びた体から、すぐに熱が奪われてゆく。家賃を払うためにやってきたことのあれこれが、急に虚しく思えてくる。こんな夜に相応《ふさわ》しい男はいない。秀男自身が、自分に相応しく生きているのかどうかさえ問えなかった。

ソファーに腰掛け、膝の上に章子からのクリスマスプレゼントを置いた。包装紙を傷つけぬよう、そろそろとテープを剝《は》がす。箱の蓋を持ち上げて現れたのは、ふかふかのタオルと香りの良いシャボンのセットだった。

秀男はきめの細かいタオルに顔を埋《うず》めてみた。シャボンの香りが移って、真新しい枕《まくら》みたいだ。このまま眠れたらどんなにいいだろう。

カサブランカで麻酔が覚めてから、不眠が続いていた。眠ったら最後、またあの大きな白い船に乗って三途《さんず》の川を渡るのではないかという恐怖が、自然な眠りを遠ざけている。薬を使って眠るとき、秀男の脳裏にはうっすらとした死への覚悟が浮かんでは消えた。毎日をそんなふうにやり過ごしているカーニバル真子にとっての「今後」は、見かけの性別を変えることよりも遠くて不確かな現実だった。

ショコちゃん、ありがとう。

タオルから離した頰が濡《ぬ》れている。この涙を章子からの贈り物で拭ってはいけない気がして、ガウンの袖を使った。

ショコちゃん、みんなあたしのやったことを馬鹿だと思ってる。インタビューは毎日入っているし、年明けからは舞台も待ってる。マヤねえさんにもノブヨにも、ショコちゃんにだってなかなか会えないくらい忙しいのに、どうして――どうしてこんなに虚しいんだろう。その言葉を必死で腹の底へと押し戻した。

年末に出されたオイルショックによる石油緊急事態宣言のなか、日劇ミュージックホール新春特別公演『橘まりあ・カーニバル真子 二大スター夢の共演！ 虹色《にじいろ》ファンタジー』の幕が上がった。

初日から立ち見も出る大入りで、劇場の床が抜けそうな大騒ぎだ。二か月間一日の休みもなく、平日は昼から三回公演、週末と祭日は一日四回公演になる。

お色気時代劇とトップレスレビュー、看板スターによるソロステージ、衣装だけではなく小道具ひとつにもずいぶんと金がかかっている。楽屋には歌舞伎《かぶき》俳優から届いた「カーニバル真子さん江」の暖簾《のれん》が掛かり、胡蝶蘭《こちょうらん》が次々に運び込まれてくる。置き場もなくなり、廊下にひとつふたつと増えてゆく蘭の鉢を眺めていると、秀男の気持ちはメントールでも塗ったみたいに冷えた。

鏡前《かがみまえ》で化粧の準備をしていると、暖簾をつまんで橘まりあが顔を出した。鏡に映ったまりあの表情はすっきりとした笑顔だ。ああこの女も緊張とはほど遠いところにいるのだと気づき、秀男もにやりと彼女に笑みを返した。

「大入りだってよ、今日は袋が出るぜ、真子ねえさん」

「ああ、あたしたちの看板がありゃあ、何だって出来るさ」

ふふっと笑い、まりあが「こいつぁ春から縁起がいいや」と芝居口調で言いながら近くにやってきた。煙草をくれというので、箱を振って一本立たせる。慣れた仕種《しぐさ》で指に挟むまりあの前に、秀男はライターの火を立てた。

「まりあ、あたしやっぱりションベン近いみたい。下手に我慢すると舞台でジョロジョロやっちゃいそう。ソデにおまるを用意しといたほうがいいんじゃないかと思ってるんだけど」

「勘弁しとくれよ、真子ねえさん。そんなん置かれた日にゃ、おまるにまたがってるねえさんを想像しただけで笑い出しちまう。それに、舞台からはけるときに足をひっかけたら、あたりはねえさんのションベンだらけだ。便所に行けるチャンスは『ねずみ小僧』で二回あるだろ。レビューの衣装替えのときに一回、あとはソロの前に一回。二時間のうち四回じゃあ足りないかね」

「そうね。早変わりには自信あるし、なんとか時間浮かせて漏らさないようにがんばってみる」

「それでも我慢できないときは、さらっと便所に行っちゃったらいいよ。舞台の上でさえ走らなけりゃ、案外気づかれないもんだ。ねえさんが舞台にいないときは、おいらが町娘をたぶらかして保《も》たせるさ」

舞台の目玉は、男の秀男が女役で女の橘まりあが男役というねじれ配役だった。体格もまりあのほうががっちりとしており、舞台上では秀男が華奢《きゃしゃ》に見える。すっかり細くなった腕や腰回りは、胸さえ膨らませておけばいいプロポーションだ。

「ホースが付いてるときは、こんなこたぁなかったんだけどねえ。ちょん切ると不便なことが増えたねえ。品薄のトイレットペーパーも、ホースがあれば必要なかったし」

「いやいや、ねえさんのお陰でこのとおり満員御礼だ。ちょん切られたモノは不憫《ふびん》だが、この舞台は成功間違いなしだ」

橘まりあの宣言どおり、新春公演は一週間経っても立ち見が出る盛況ぶりだった。松の内が明けてもまだ客足が続いているので、劇場もずっと大騒ぎだ。時々、舞台から消えるカーニバル真子には、出演者のアドリブで「長いホースをちょん切ったため、出演者はただいまトイレタイムです。客席のみなさまもどうぞごゆっくりお過ごしください」と入り、客席の笑いを取った。

舞台も三週間を過ぎた頃、鏡に貼り付けた大入り袋も扇子《せんす》ほどになった。楽屋には秀男の使うゲランの匂《にお》いが満ちた。花の匂いも香水の香りも、疲労が溜まりゆく秀男に寄り添い、いつしかひとりの部屋よりも楽屋が心地良く思えてきた。

連日、新聞や週刊誌の記者もやってくるが、ひっきりなしに銀座「エル」や大阪「カーニバル」、マヤやノブヨからの差し入れも届く。秀男はそのたびに、大部屋を含め大小の楽屋を回り「人工オソソの真子ちゃんから、幸福のお裾分《すそわ》けよ」と言って菓子や寿《す》司《し》、果物を配った。

その日、舞台がはねたあと、楽屋にふらりと現れたのは、舞台女優となり映画の助演女優として名前が定着してきた巴静香《ともえしずか》だった。

静香と知り合ったのは、秀男が大阪のゲイバー「カーニバル」で売り出し中の頃だった。足を怪我《けが》した巴静香の復帰舞台で踊ったのが、お店以外での初のステージだった。気に入らないダンサーがいると次々クビにしてゆく巴静香の鼻息の荒さが復帰に対する焦《あせ》りだったことも、秀男が蛇を使ったストリップのステージで彼女を諫《いさ》めたことも、いまはもう子供時代の遠い思い出になっている。大阪時代からの戦友は、いつもふらりと現れては秀男を若い日に戻してくれた。

「真子、元気そうじゃないか」

「静香、よく来てくれたわねえ、元気だったの。今年は年賀状も出さないでいてごめんね」

「お前がえらい大忙しだってことは知ってるよ。お互いこんな仕事してるんだから、会えないくらいがちょうどいいのさ」

舞台も映画も主役を張らないせいで却《かえ》って忙しい静香がひょっこり現れ、秀男の疲れも飛びそうだ。今日の舞台は自分でもまあまあの出来だった。新劇から古典、ミュージカルも映画も思うままに演じ分ける静香から、どんな感想をもらえるかと秀男は傍らの座布団《ざぶとん》を差し出した。

女だてらに胡座《あぐら》をかいて、差し入れの一升瓶を立てる姿に、懐《なつ》かしさと頼もしさを感じていると、静香が茶道具の湯飲みをふたつ並べて酒を注ぐ。そんな仕種のなかに、大阪ミュージックでの舞台を復帰作として演技派女優と呼ばれるまでに舐《な》めた辛苦がこぼれ落ちる。差し入れの寿司折りを勧めながら、静香の注いだ酒を受け取る。

大部屋のダンサーたちが「お先に失礼します」と暖簾の向こうから声を掛け、劇場を後にするなか、巴静香が「いい場所じゃないか」と微笑《ほほえ》んだ。秀男は静香からの祝い酒をひとくち飲んだ。空きっ腹に沁《し》みてゆく。傷の治りが悪くなるからとビール二杯をちびちびやりながらごまかしていた日々があっさり遠のいた。

「お陰さんで、客が入っていると現場の風通しもいい。こうしてると、大阪ミュージックの面白かったことばかり思い出すねえ。パリに行く前にいくつか静香の舞台を見させてもらったけど、勉強になったなあ」

巴静香が正統派シェイクスピアの舞台に立ったのだった。客の入りはそこそこだったと聞いた。大きく跳ねなかったのは、主役の俳優に華がなかったせいだろう。

静香が珍しく重たげな口調で「真子」と切り出した。湯飲み茶碗《ぢゃわん》を軽く合わせて、言葉を待つ。優しげな目元に、わずかだが不安が過《よ》ぎった。

「真子、この舞台は元気が出るし、おそらく評判もいい。話題にもなる」

静香の重たい言葉はそこで一度途切れ、そして幾分明るさを秘めた「だけど」へと続いた。

「これが終わったら、少し休むがいいよ」

「なんで？　話題になったら次から次に仕事が入ってくんのよ。どれにしようか迷ってるくらい。あたし今なら、静香を呼んでまた一緒に舞台に立てるんだから」

最後のひとことは余計だったが、またふたりで客席を沸かせてみたい気持ちは本当だ。

静香は首を横に振った。

「悪いが、しばらく一緒の舞台には立てない」

「なんでよ。あんたまさか、あたしに小言を言いに楽屋に来たわけ？　それってやっかみじゃないの？」

痛い思いをして、膿と血にまみれながら舞台に立っているところへ、まさか友人に休むことをすすめられ、共演を拒まれるとは思わなかった。静香が「そこなんだよ」と頷《うなず》いた。

「真子、お前さんだって気づいてるんだろ。タレントとして新人じゃなくなった今も、ゲイバーの延長で舞台に立つことの無理に。毎週のように週刊誌に載って、次から次へ、男だ女だ真ん中だって、過激なことを言っては話題になってきたけど、それもここらで一度仕切り直しが必要なことくらい」

「静香、この舞台はあと一か月以上あるんだ。この時期にそんな忠告ってないんじゃないか。やる気が失《う》せるような話はその辺にしといてちょうだい。じゃないと、いくらあんたの言葉でも突っ返しちゃいそうだ」

うん、と引き下がる静香の頬が、ほんの少しこわばっていた。

気づいているんだろうって——決まってるじゃないか、と秀男は声にせずつぶやく。話題だけでやってきた仕事も、これ以上切るものがなくなったあとは、テレビや舞台が望むものを出していかねば続けることは出来ない。いつまでも「モロッコ帰りの性転換お色気路線」で生き残るのは無理なのだ。ストリップティーズは終わった。あとは、モロ出ししか残っていない。私生活を切り売りしながらほそぼそとライトを浴びる自分を想像しないよう努めてきたのだが、静香の言葉はそんな秀男の襟首を掴んで離さない。

静香が、湯飲み茶碗に注いだ酒を二杯続けて腹に流し込み、太ももを叩いた。

「さて、そろそろ帰る」

今までなら、ここで「マヤさんのところで一杯やって行こうよ」とウインクし合い、朝まで飲んだくれていた。巴静香はただのやっかみで満員御礼の秀男に苦い言葉を吐いたわけではない。

ゲイバーの延長で舞台に立つことの無理。そんなこと、わからずにやってきたわけじゃあない。台詞《せりふ》だって極限まで少なくしてもらい、出来ないところはすべて脇《わき》の役者に助けてもらい、結局ピンスポットの下で脱ぐときしか単独の拍手をもらえない。

華はあっても舞台が必要とする芸がない。そんなことは痛いほどわかってるさ。

ここで一度舞台の勉強をし直せということなのだろう。静香の忠告は正しい。だが、数々の取材申し込みとテレビ出演、準レギュラーの依頼。いま、仕事のおおかたを放り出して勉強だの休みだのは、どう考えても無理だ。

秀男はぎりぎりの歩み寄りとして、静香にひとつ頭を下げた。

「ねえ、あたしをあんたのいるプロダクションに入れてもらえないかな」

立ち上がりかけた腰を座布団に戻し、静香が秀男の顔を覗き込んだ。ふわりといい香りがする。白檀《びゃくだん》か。

「ひとりでやって行くんじゃなかったのかい」

「毎日、わたわたしちゃってて、楽屋にいつ誰が来るなんて、ぜんぜん把握できなくなってきてる。約束とか、時間の間違いとかはしょっちゅう。パリから戻ってきたら、仕事先の感触もちょっと変わっててさ。正直マネージメントを誰かに任せないと、倒れちゃいそうなんだ」

章子もノブヨもそれぞれの仕事に就いた。パリ行きもモロッコも、すべて自分で決めて勝手をやってきたのだ。忙しいから、またちょっと手伝ってくれとは言えない。

「ギャラが全額入らなくなるってことだよ。いいのかい？」

「地方の営業だけ別ってわけにもいかないんだよね」

「会社を通すってことは、そういうことだね。ピンハネされるのが嫌ならやめたほうがいい。けど、悪いことばかりでもないのさ。いろんな仕事が入って、そのたびに勉強になる」

「この先もやっていかなけりゃならないし、仕事に専念したいんだよ」

最後のひとことが、どういうわけか薄くてペラペラだ。このまま静香と袂《たもと》を分かつのが嫌で言っているのか、本気なのか、当の秀男にもはっきりとはわからない。

ひとつ息を吐いて、静香が「わかった」と言った。

「うちは弱小だけど、社長はわりに真面目なんだ。カーニバル真子がマネージメントを任せると言ったら、おそらく泣いて喜ぶよ」

近々、会社のほうから連絡するようにしてくれるという。多少実入りは減っても、継続して仕事が出来るようにしてもらえることのほうが大切だった。マネージャーがいれば、仕事先と直接大きな喧嘩もせずに済むだろう。

コーラの瓶を持って暴れた「週刊ビッグ」は、あのあと江木が何度も謝罪にやってきたが、秀男が直接話さねばならぬので落としどころを見つけるのが大変だった。タレントとしてやっている以上、結局はこちらが折れなくてはならない場面ばかりなのだ。謝られながらも、どこかで脅されているような気分になる。こうした面倒からは、出来れば距離を置きたい。そして、言いにくいことを言ってくれる静香の判断は間違っていないのだと、暗に伝えたかった。

日劇の舞台は二月末に千秋楽を迎える。傷口は癒《い》えては膿《う》み、膿んでは癒える。途中、何度か高い熱を出した。病院へ行けば尿道炎の診断だった。尿道に差し込んだ栓を、駆け込んだ手洗い先で常時清潔に保つのは難しい。傷から膿、尿道から血。そんな日々にも楽日がやってくる。

週刊誌には「カーニバル真子とホンモノ女性器のどちらが具合がよろしいか」という記事が大小取り混ぜいくつも並んだ。ふるっているのは見出しで、毎週、みんなよくこんなことばかり思いつくものだと感心するほどだった。

『女か妖怪《ようかい》か、それともサギか』
『カーニバル真子の下半身徹底研究』
『人工なら、いくらでも発射OK？』

手も繋《つな》いだことのない男たちが、カーニバル真子と女の違いを事細かに説明していた。

「とにかく、上手いんですよ。僕は下手な女より真子さんのほうが良かったな」

「真子はさ、女よりいい声を上げるんだ。嘘でも気分いいじゃないかナニの最中ってのはさ」

「やっぱり、最終的にはホンモノがいいよ。男の手口を知らないんだから」

男性誌女性誌取り混ぜて、何冊あるのか当の秀男にも把握できない。見つけるたびに面白おかしい記事を読む羽目になる。

読まないという選択はないのだった。核心はいつも、すべて外れていた。秀男は、ここが自分の弱いところだとつくづく思う。手に余る自意識が、自分の評判から目を逸らすことを許さないのだ。

楽日の支度が始まった隣の楽屋がなにやら騒がしかった。耳を澄まし、騒ぎを聞いていると、誰かが看板ダンサーの橘まりあを怒鳴っているようだ。秀男はガウンの前を整え、廊下に出た。

「うちの人があなたになにをどう言ったか知りませんが、わたくしとの離婚など食卓での会話にも出たことはございません。朝からいやらしいメッセージカードを届けられた家族の身にもなってごらんなさい。それも今日でお終《しま》いにしていただけますね。主人は、仕事であなたを励ましていただけだと申しております」

こんなことは、夜の街にいれば日常茶飯事だ。男に入れあげたり巻き上げたりしたあとの尻拭《しりぬぐ》いは、自分の手でしっかりしなければならない。秀男の思いつくかぎりの顔を並べ上げ、おそらく劇場のプロデューサーか舞台監督のどちらかだろうと当たりを付ける。

気の強さでは秀男に引けを取らないはずの橘まりあがなにか言い返す様子はない。これから大事な楽日のステージだというのに、いったいどこの馬鹿女房が寝取られ亭主の尻の穴を広げにやってきたのか。

まりあ、さあ早く言ってやれ。色目を使ったのはてめぇの亭主で、こっちはちょいと遊んでやっただけだ。そんなに大事な亭主なら、しっかり首輪でもはめときな。

苛々《いらいら》するほどに、まりあの声は聞こえて来なかった。

秀男は橘まりあの楽屋の前を通り、女子便所で用を足して戻った。女の声は先ほどより細く高くなっていた。まるで金属を叩いているようだ。

「あなたね、何かおっしゃったらどうなんですか」

床に何かが放られた音がする。女がこのまま穏やかに帰る様子はない。さて、と秀男はガウンの紐《ひも》を結びなおした。

「まりあねえさん、おはようございます、真子です。今日もよろしくお願いします」

出来るだけ語尾を伸ばし、たらたらと声を響かせながら暖簾の内側へ入ると、細い眉《まゆ》毛《げ》をつり上げた狐目《きつねめ》の女が立っていた。

「ねえさん、お客様でしたか。これは失礼しました」

「真子ちゃん、ご挨拶《あいさつ》ありがとう。楽日、どうぞよろしくね」

「おかげさまで、いい経験でした。本当にありがとうございます。まりあねえさんにはどんだけ助けられたか」

秀男は、さっと狐目の女に視線を走らせる。カーラーの巻き加減が甘くて後頭部が崩れたセット、自分の顔をじっくり見たこともなさそうなアイライン、色選びが間違っているピンクの口紅、顔の細さを理解していない頬紅の位置。きつい顔が余計きつくなって、これじゃあ男だって一緒にいるのが嫌になっちまうさ。

それに、この声だ。

秀男の品定めするような視線に、女が怯《ひる》んだ。こちらを見たまま一歩、後ずさりする。

「どうも、カーニバル真子です」

女は合点がいったようで「ああ」と声に出し、遠慮のない視線を送ってくる。こんなのには慣れっこだ。今さらのんびり暮らすどこかの奥方に何を言われたところで、傷つく場所なんぞ残っていない。

「わたくし、大友《おおとも》の妻です。この度の舞台では主人が大変お世話になりました。本日は楽日ということで、とりわけお世話になった橘まりあさんに直接お礼を申し上げに参りました」

女は軽い咳払《せきばら》いのあと顎《あご》の位置を高くした。

やはり、舞台監督の女房だった。秀男はそれはそれはと頭を下げる。

「楽日の出番前に、監督の奥様から直々にとは、ご丁寧にありがとうございます」

厭味《いやみ》も通用しない大友の妻は「主人がたいへんなお世話になったものだから」と更に顎を上げた。

彼女とまりあの間に、紙袋がひとつ放られていた。金色のリボンと紫色のネクタイが絡《から》まりながら突っ込んである。まりあも下手を打ったものだ。女房持ちのいい男なんぞ、掃いて捨てるほどいるだろうに。それとも別居中とか、関係が破綻《はたん》しているとか、別れるつもりだとでも囁《ささや》かれたのか。

「あら奥様、いやだわ、これって。こんなにしちゃって」

大げさに身をのけぞらせたあと、紙袋を手に取り中身を引っ張り上げる。切り刻んでこそいなかったが、開けたときの女房の怒りが伝わってくるような、いたましい状態だった。

まりあと大友の女房の双方を交互に見たあと、秀男はさも悲しげな声を出す。

「あたしが高島屋で選んだネクタイじゃないの。どうしてそれがこんなことになってるのよ」

女房の顔色がさっと変化する。怯えるような瞳《ひとみ》を向けられ、秀男は軽く彼女を睨んだ。

「これが天下の日劇ミュージック舞台監督の仕打ちですか。あたしの贈り物が気に入らないなら、自分で突っ返せばいいじゃないの。ずっとあたしのことを好きだって言ってくれていたのに」

視界のなかで、まりあの体がぐらりと傾いた。秀男はさっとまりあの前に立った。女房の目は怒りに不安が加わり、左右の揺れが止まらない。ぱくぱくと動かした口から「カードが」と聞き取り、秀男は紙袋の中をさらう。手のひら大の水色のカードをつまみ上げた。

『はやく一緒に暮らせますように。M』

なるほど、と納得しながら、まりあの脇の甘さに怒鳴りたくなる。こんなことはやっちゃいけない。ましてや情夫《いろ》の自宅になんぞ何も送ってはいけないのだ。

稽古《けいこ》中に監督とまりあの間にあった、ほんの少し湿度の高いやりとりを思い出して、ああと首を振る。やっぱり女は馬鹿《ばか》だ、と肚《はら》の中でつぶやいたあと、男もだ、と付け加えた。

秀男はことさらゆっくりと、千秋楽の舞台でもここ一番の台詞を放る。

「間違い上等でさぁ。世の中、間違いなくして事は前には進まない。惚《ほ》れたあたしが馬鹿だった、どうか許しておくんなさい」

女房の顔が呆《ほう》けたようになったところへ、そのMは「真子のM」だと告げた。血相が変わるとはこのことだ。女房の意地にかけても、ここは勝たねばならない。しかし、大事な楽日にこの女を勝たせるわけにはいかないのだ。心中ものの相手役であるまりあの腰が退《ひ》けてしまっては舞台にケチがつく。それではせっかくの二か月が台無しになってしまう。

「相手は橘まりあだと、宅の主人が白状しましたが」

事実か、はったりか。女の頬のひきつり具合で測る。

秀男は、はったりに賭け、口調をしんみりとしたものに切り替えた。

「もしもそうなら、奥様、大事な亭主を男に寝取られたあなたのプライドを思ってのことでしょう。あたしは大友さんのそういうところに惚《ほ》れてました。でも、今日でお終いにします。舞台がはねたら、一切合切《いっさいがっさい》忘れます。あたしと一緒になったところで、誰が幸せになるとも思えない。大事なもんを切ったとはいえ、男ですからね。穴は作りましたが、男は男のまんまです。まだ傷口が治りませんので、使ってはおりません。本当に失礼いたしました」

今日のところはどうかお引き取りいただけないだろうか――そのあとの数秒がひどく長かった。秀男は退かない。まりあも動かなかった。

狐目がいっそうつり上がる。大友の妻は品良く立ち去る機会を失った。

「ふざけないでちょうだい。男だか女だかわからない化け物に、うちの亭主が手を出すわけないでしょう。言っておきますけど、人前で裸になれるような人たちが、まともな人間だなんて誰も思っちゃいませんよ。金輪際《こんりんざい》、普通の家庭を引っかき回したりしないでくださいな」

「お言葉ですが奥様、あたしたちの裸はお金で出来てるんです。見るにはお金が必要なんですよ。銭湯を覗けば見られるような裸とはわけが違うんです。大友さんも、あたしたちが舞台でおっぱい見せないとご飯が食べられないし、奥様に洋服一枚買って差し上げられないんですよ」

「何を言ったって駄目よ、人としてまともじゃないんだから」

彼女は「ふん」と鼻を鳴らしたあと、暖簾に顔をぶつけるようにして出て行った。

どちらからともなく大きな息を吐いて、まりあと顔を見合わせた。

「まともだの普通だの、しち面倒くさいったら。まりあ、あたしたちのおっぱいには世界中の平和が詰まってるってのにねえ」

秀男がおどけて言うと、まりあが「ほんとだ」と両手で胸を持ち上げる仕種をした。

素顔はどこかあどけないのに化粧をした途端に歌劇女優になる、全身に迫力を秘めた女だった。目が合ったところで、まりあが照れ笑いをうかべた。

「よりによって真子に、格好悪いとこ見せちゃったなあ」

「いつからなの」

「一か月を過ぎたあたり。別居中だって聞いてたし。まさかあたしが男につまずくとはねえ」

真子には知られたくなかったなあ、とつぶやいたあと、まりあは短く礼を言った。

「大友と、ちゃんと切れる？」

「切らなけりゃ、どうしようもないじゃない」

「オトコもちんぽも、切るときゃ痛いのよ。わかる？」

まりあの視線がほんの少し宙を舞い、秀男に戻ってくる。

「切らないことには、前に進めないって、真子もよく言ってたもんね」

空気が緩んだ。これで、だいじょうぶだ。

「もう、あんなのに引っかかっちゃ駄目よ。一度や二度じゃないんだよ。この先もずっと同じことやるよ、ああいう男は」

「言い切るんだなあ、真子は」

「あたりまえじゃない、男のことは内側も外側もお見通し。わかんないのは女のほう」

まりあが唇をへの字に曲げた。

「じゃあ、どうすりゃ良かったんだろうねえ」

どうすりゃ良かったのか、そんなことは数を撃って確かめるしかない。まりあの初心《うぶ》につけ込んだ男も、いつかきっと取り返しのつかない痛い目を見るだろう。秀男に言えるのは、男を信じるなということだけだが、それもまたカーニバル真子に言われて納得できるものでもないだろう。

「本当に好きなら、寝ちゃ駄目よ。せめて一回きり。たいがいの男は二回目から他の女と比べるから。やったぞやれたぞの珍しさと面白さだけ食って、あとはお終い。なんでも惜しまれてやめるのがいいんだよ」

まりあが声をあげて笑った。食う、というのが可笑《おか》しいと言って、けらけらと響くい笑い声だ。廊下から「おはようございます」の声がふたつ三つ聞こえ、挨拶を終えて出てゆく。みな、千秋楽の楽屋で二枚看板が楽しく過ごしていると思っているようだ。

「さ、泣いても笑っても楽日だ。まりあもすぐに次の舞台だろう？　最後まで気を抜かないでいくよ」

千秋楽の楽屋は、華やかな気配とうっすらとしたかなしみに包まれ、秀男にとって別れがたいほど居心地のいい場所になった。

最後の一幕、フィナーレ前のソロ歌謡を前に、予定どおり手洗いに走った。便器にしゃがみ込もうとした秀男の背中に、覚えのある激痛が走った。しまった、と思ったときはたいがい遅い。小便のつもりで出したものは真っ赤な血だった。疲れと消毒不足で、また膀胱《ぼうこう》がいかれてしまっている。まったく、女の体は心底面倒くさい。

ため息を吐《つ》いている場合ではなかった。流れる血をガーゼでおさえ、刺すような痛みと絶え間ない尿意をこらえ、舞台に向かった。

舞台袖《そで》で黒オーガンジーのフード付きガウンを羽織る。ふんだんなオーストリッチのフリンジを付けたロングガウンだ。カツラの中でまとめていた髪を解き、両手で空気を入れる。ほどよいカールが現れたところで、フードを被《かぶ》った。

トップレスのダンサーたちが舞台袖に戻ってくる。暗転のあと、蛍光の目印がついたアンティーク調のカウチに向かった。ひと足ごとに背中に痛みが走る。痛みを逃す方法は、暗に「実力がない」と告げた静香の言葉だったり、悪ふざけが過ぎる週刊誌記事だったり、秀男の感情を揺らす何ものかだ。

ふと、ソロの一曲を橘まりあに向けて歌うことを思いついたのは、カウチに腰掛けマイクを握ったときだった。ピンスポットとイントロを合図に、ゆっくりとフードを外した。

いま秀男に降り注いでいるのは、客席を見えなくするためのライトだった。明るすぎてなにも見えない。ライトは熱いのに、背骨まで冷えた体はこの先も一生温まることはなさそうだ。

橘まりあの今日を以《もっ》て終える恋と、なんということのないつまずきのために、秀男は「カスバの女」を歌った。

恋してみたとて一夜《ひとよ》の火花――

ここが聴かせどころのはずなのに、客席はこのあとの歌詞でゆらりと揺れ、ところどころで嘲《あざけ》り混じりの笑いが起きる。客席にはいろいろな人間がいる。物珍しさで瞳をきらきらさせている男も女も、偽物《にせもの》を確かめにやってくる人間も。

明日はチェニスかモロッコか――

地の果てを見たことのない人間になにがわかる。秀男の闘いは常に地下の隠れた場所にあった。遠く故郷、釧路の湿原が瞼《まぶた》に広がる。豊かに見える地の下には、絶えず見えない水が流れていた。あの水は、渾々《こんこん》と湧《わ》き続けて橋の下をくぐり大海へと出てゆく。出自など、なんの役に立つだろう。同時に、いま居る場所のなんという危うさよ。泣くところも笑うところも、すべてを嘘《うそ》にするのだ。そうでなくては、嘘がただの嘘になってしまう。

闘いは同時に、弔《とむら》いでもあった。

カーニバル真子はその、モロッコから生きて帰ってきたのだ。

膀胱の炎症による熱なのか、背中にも胸元にも冷たい汗が流れていた。

内藤《ないとう》企画とタレント契約を結んだのは、凱旋公演が終わり半月ほど経《た》ってのことだった。桜の開花とともに新しく動き出すのだ。公演後、章子にだけは、自分のマネージメントを預ける先を決めた、という報告をした。
「それがいいよ、ヒデ坊。なにもかもひとりでやってきただろうけれど、餅《もち》は餅屋だと
わたしも思う。健康管理もしてくれるだろうし、わたしも安心」
誰を措《お》いても章子には連絡する。姉の性分として誰も何も否定をしないことがわかっ
ているのだ。不安がないわけではない。不安をあおるような忠告も、あえて言語化しな
い心細さも、章子になら打ち明けられる。章子は、秀男とはまったく別の理由と方法で
「痛み」を口にしない。姉弟《きょうだい》として三十年あまり手を繋ぎやってきたけれど、いつだっ
てお互いの「痛み」に大きく踏み込んだりはしなかった。
神楽坂《かぐらざか》近くにあるビルの一室で本契約が終わり、社長自らマネージャーの紹介を始め
た。
カーニバル真子にマネージャーが付く、ということの新鮮さに、テーブル越しの男の
顔をまじまじと見た。恰幅《かっぷく》に加えて人の好《よ》さそうな社長が頰をテカテカさせながら横に
座った。
「うちは舞台女優五人と演歌歌手五人を抱える、ちいさなプロダクションです。巴静香
と付き合いが長いと聞いてますし、長くおひとりでやってきたことも存じ上げてます。
昨今の活躍で、仕事の幅も広がってゆくはずなので、この轟《とどろき》と二人三脚でよろしく頼み
ますよ」

社長の横にいた男が椅子《いす》から立ち上がり、頭を下げた。

「初めまして、轟洋司《ようじ》です。よろしくお願いします」

色黒なのは悪くない、鼻は団子だが口元には品がある。濃い直線の眉は漫画にしたら海苔《のり》を貼《は》り付けたように描かれるだろう。ただ、目は——こちらになにひとつ情報を与えなかった。

大きな会社の社長であったり、スターであったりスポーツ選手であったり、なかなか肚を見せない男たちとの付き合いも少なからずあったが、自分に付いたマネージャーがそのどの部類の男たちとも違う気配をまとっていることが不思議で、秀男は「へぇ」と声に出した。

「なにか、ございましたか」

「いいえ、いい男だなと思って」

秀男の口は咄嗟《とっさ》のために付いている。その場その場で、言ったことをごまかさずに済む、適したひと言が間違いなく出てくるのだ。長くそれを頼みにやってきたし、するりと口から滑り出る言葉を、悪いとも良いとも思わない。おかしな沈黙は夜の街では御法《ごはっ》度《と》だった。

「いくつ？」

「三十五です」

マネージャーという生きものがいったいどんな心理的訓練を積んでいるものかわからないが、笑いもしないし、ふて腐れている印象も受けない。内側から感情の一滴も漏らさぬ目と相まって、こちらが揚げ足を取れるような語尾も残さなかった。横から、社長の内藤が朗らかに言った。

「轟には、もうひとり持たせてましてね。なに、行きつけだった新宿のバーで頼まれた、駆け出しの演歌歌手なんですよ。デビューがいつになるかもまだ決まってないくらいの、十五だか十六の小娘なんですわ」

なので轟はほぼカーニバル真子専任のようなものだと続けた。

「ああ、そういえばあの新人も生まれは北海道とか言ってたな。よくしてやって下さいよ。うちにマネージメントを任せていただけて光栄です。今後ともどうかよろしく頼みますよ」

人の好さそうな社長に対して、轟の穏やかとは少し違う気配が秀男の興味を引いた。いずれにしろ、頼りないのがいちばん困る。このくらい落ち着いた男なら、目端《めはし》も利《き》きそうだ。

取材への対処と、今後の仕事について話し合おうということになった。しかし轟は内藤企画の事務所が入っている神楽坂の雑居ビルから出ようとしない。秀男は事務所の中にある狭い応接室のねずみ色の壁を見ながら、冗談だろうとつぶやき、煙草《たばこ》に火を点《つ》けた。

「ここで、今後の話をするの？」

「はい、なにか不都合でも」

「不都合はないけど、殺風景で気が滅入《めい》りそう。なんかこう、もっと音楽とか流れる、せめて近所の喫茶店とか、雰囲気のいい場所はあるんじゃないかと思うのね」

轟はぐるりと、向かい合わせのソファーとテーブルでぎゅうぎゅうの部屋を見た。彼の視線の先を追うと、事務所の稼ぎ頭なのか、ヒット曲を持つ演歌歌手が薔薇《ばら》を一輪手に持ったポスターが貼ってある。

「彼、最近売れてるみたいねえ」

轟は返事をしなかった。秀男はテーブルの真ん中にあるガラス製の大きな灰皿を引き寄せ、灰を落とした。轟が、表情も変えずに言った。

「ここで間に合うことは、ここで済ませましょう」

なるほどこの男は、無駄が嫌いなのか。秀男は数人の「カーニバル真子をあまり良くは思わない人間」を思い起こし、並べた。みなおしなべて潔癖を気取るケチくさい男たちだった。手の内がバレることを極端に畏《おそ》れ、足下を見られぬよう腐心する。アウトローに対する憧《あこが》れがつよいくせに、本物のアウトローの前では萎縮《いしゅく》するのだ。

ふふん、と鼻を鳴らし、秀男はミニスカートから伸びる脚を組んだ。

二本並んだすねが斜めに決まり、緋牡丹《ひぼたん》の刺青《いれずみ》も美しく映えるポーズだ。十代に若気の至りで入れた薔薇の筋彫りから、見事な牡丹へと生まれ変わった絵柄だ。これは換えのきかない自慢のアクセサリーだった。静まりかえった部屋には時折り、遠くで誰かが暖房の配管を叩《たた》くような音が聞こえてくる。テーブルを挟んだ真向かいに座った轟は、濃い眉を一ミリも動かさず言った。

「夜のお仕事をしながら芸能活動を続けたい、ということでしたが」

「ずっとそうやって来たの。いけないかしら」

「これは仮定の話ですが、テレビも映画も夜の収録、あるいは生番組というのがあります。お店がメインとなると、仕事を選んで行かねばならないということです」

「今までも、出来ることとしてきたし、出来ないことだってしてきたの。何にだって、折り合いってのがあると思うのね」

秀男は、轟の杓子《しゃくし》定規なものの言い方に苛々してきた。

「今まで電話ひとつ自分ひとりでやってきたことよ。メモを取りながら、毎日時間で動いてきたの。お店にはいろんな人がやってくる。ちょこっと映画やテレビに出てるだけで満足してたら、あたしは今ここにいないの」

銀座で広げてきた人脈でプロダクションを選べば、夜の街に借りを作る。そんなことはしたくなかった。巴静香の紹介という選択が、轟の態度ひとつで揺らぎそうになる。

芸能活動もお店も、均等に体重をかけていたい。そうでなくては偏《かたよ》ったときに「都落ち」の肩書きが付くではないか。

秀男にとって最も遠いのが「地に足の付いた生活」だが、浮いたつま先が頼りないのはいけなかった。どんな高さで空を飛ぼうと、行き先は秀男が決める。

「僕が思うに、カーニバルさんのこの先の活動を、話題性だけで引っ張ってゆくのは大変です。着実に仕事として、片手間ではない活動をサポートしていきたいと思っています。サポートを任された以上、一年や二年で消えてもらっては困るんです」

「片手間、って言い方はないと思うわ。すべてに全力のつもりよ」

痛いところを突かれ、返した言葉にうんざりする。この男は、静香と同じことを言っているのだった。ホステス稼業《かぎょう》の延長の話芸とお色気、話題性でなんとか三十と少しまでやって来たが、自分にはもう「切るモノ」も「隠すモノ」も、ましてや「ちらつかせるモノ」もないのだった。それが何を意味するか、当の秀男も薄々気づいていた。

「僕の言い方が悪いのは謝ります。よく威圧的だと言われます。もしカーニバルさんにもそう思われているのだとしたら、気をつけます」

轟に持った硬い印象がほんの少し和らいだ。同時に、こんなことで一喜一憂していられるかという思いも湧いてくる。

「あたしとしては、取材先とつまんないトラブルになるのを避けたいの。誰にとってもいいことがないと思ったのよ。日劇に出ながら、夜は銀座の『エル』に勤めてた。そのあとは客とアフター。あたしが出ればお店は大入り満員なの。週刊誌とテレビとお店、どれもがカーニバル真子には必要なのよ」

痺《しび》れが取れて神経が繋がったところから、しくしくと傷が痛み出している。想像出来ない痛みなど、誰に訴えたところでどうにもならない。ならば笑い話の衣でくるみ、痛む傷にも居場所を作ってやるしかない。今までどおりテレビにも映画にも、店にも出る。それは譲れなかった。

「わかりました。当面は、月の半分、もしくは十日はお店に出るという希望が叶《かな》うよう、仕事を組んでいきます。それ以外のことは、話し合いながら進めて行きましょう」

その日、秀男は「エル」に出勤し、馴《な》染《じ》みの客たちにシャンパンを五本空けさせ、日付が変わってから部屋に戻った。高い酒を飲ませるのも腕次第だ。気持ちよく飲んでもらい、気持ちよく払ってもらう。

秀男はただのホステスじゃない。カーニバル真子で、ダンサーで、元男で、タレントなのだ。客が店に払う金は、あのカーニバル真子に名前を覚えてもらう対価である。パリから戻ってから「エル」の日給は跳ね上がった。手術にかかった費用はあっという間に取り戻せたが、痛みと不眠は去らなかった。みな、日劇の舞台は良かったと口にし、そのたびに秀男の鼻も高くなる。

しかし、パリに行く前とはまるで違う速度でその気持ち良さが去ってゆくのだった。化粧を落とし、ガラステーブルの上にバッグの中のものを広げた。独りでいる夜が増えてからの、眠る前の習慣だった。

化粧道具、財布、ハンカチ、化粧紙、扇子、スケジュール手帳、皺《しわ》だらけになった裸ん坊の札。

お店に出ているあいだ、客が秀男の着物やワンピースの胸元に挟むチップは、テーブルを移動するたびにバッグの中へと押し込まれる。一枚、二枚、十枚。高い酒を飲み、横に座ったホステスに多額のチップを渡せる客はそう多くない。そうした大口をどのくらい持っているかが夜に咲く花の価値なのだ。

舞台監督の大友が、打ち上げの一週間後ふらりと「エル」に現れても、カーニバル真子はいつもどおりだ。面倒かけたらしいな、と言われても、なんのことかという顔をしてみせる。

「あいつとは、別れた」

「あいつって、どっちのあいつ」

「まりあのほうだよ」

「お祝いしなくちゃね、まりあの」

にっこり笑えばシャンパンが一本空いた。

夜が長くなるか短く終わるかが懸かったここ一番で、女たちが憂《うれ》いを見せて勝負に出るところを秀男は顔を下げも瞳を濡《ぬ》らしもしない。強気を崩さず弾丸のように喋《しゃべ》る。

有名人たちは秀男が横にいるとくつろげるという。秀男が喋っている間は心置きなく自分を取り巻く人間の観察が出来るのだ。銀幕のスターや紅白歌手に耳元で「ありがとう」と囁かれると秀男のほうがほっとする。

くしゃくしゃになった一万円札を一枚一枚のばしながら重ねてゆく。数えると六十六枚あった。ひと晩のチップとして悪くない数字だ。手帳を開き、「エル」と書かれた日付の欄の右端に(66)と書き込んだ。この数字が秀男の虎《とら》の子である。箪笥《たんす》の奥に仕舞い、ほどよく貯《た》まったところで故郷の母に送った。着物を送っても、貴金属を送っても、辛抱が癖になった母の役には立たない。ならばまとまった金を送るのがいい。

現金は、一生出来そうもない親孝行の、いちばんわかりやすい形だった。

重ねた札をゴムで束ね、箪笥の奥にしまい込んだ。誰に、何に対してなのか、秀男は戻した引き出しに向かって手を合わせる。

さて、と口に出したところで、電話が鳴った。夜更《よふ》けに鳴る電話は「エル」のママか、秀男がこの時間にしか戻らないことを知っている男か、あるいは友人たちだ。誰だろう、と受話器を取った。

「真子、わたし」巴静香だった。

「このあいだはありがとう。今日、内藤企画の社長に会って、ちゃんと契約してきた。轟っていうマネージャーも付いた。スケジュールの管理や仕事先との打ち合わせもやってくれるって。これで楽屋にいきなり来る記者もいなくなるだろうし、助かるわ」

「轟が真子のマネージャーとはねえ。ちょっと驚いた」

なぜかと訊《たず》ねると、わずかな間のあと「あいつは我がつよいから」と返ってきた。

「我のつよさなら、こっちも負けてないと思うけど」

「マネージメントで我がつよいのって、吉と出るかどうか、賭《か》けみたいなところがあるんだよね。それで駄目になっちゃうタレントもいっぱい見てきたからさ」

静香の言う轟の我のつよさとは、自分の思ったように「売る」ことだという。タレントの特性を無視しての営業は、良く出れば売れ、悪く出れば格が下がる。

「あたしの場合、これから売り出すっていうわけでもないし、いくらマネージャーでも言いなりになんかならないけど」

静香は言葉を選ぶふうで、時々、おかしな間を空けては曖昧《あいまい》な言葉を積んでゆく。なにか言いにくいことでもあるのか、静香にしては珍しいことだ。秀男は思ったままを口にした。ようやく、秀男と互角に気のつよい女の口が開いた。

「あいつさ、女優をひとり殺してんだよ」

「殺し？ 穏やかじゃないなあ、なによそれ」

「直接、何かしたってわけじゃなく、なんていうのか、追い込んじゃったんだ。最初は舞台女優としてじっくり修業からってことで入社したんだけど、何を考えてんのか轟と組んでからばんばんテレビに出るようになってさ。顔を売るという点ではいい流れだったんだけどね」

顔が売れ出してすぐ、テレビドラマの脇役から一気に青春ドラマのヒロインに抜擢《ばってき》された女優は、その一本で終わった。

「演技が、そこでストップしたんだ。ろくな勉強もしないで青春ドラマのヒロインだからさ、初心さが受けたのは間違いないんだけど、その印象がつよすぎて次の仕事が来ないんだ。で、今さら舞台に戻って脇役からっていう状態でもなくなってね」

しばらく海外に行ってきます、という言葉を信じた関係者が次に対面したとき、彼女は自室で首を吊《つ》っていた。

「ちょうど、真子がパリに行ってるあいだのことさ。世の中はもうそんなことなんかとっくに忘れてるけどね。轟があの子のことでちょっとでも反省しててくれりゃあ、良いんだけど。結果的に、芸能で食えないっていうのは、わたしたちにとっては死んだも同然だからさ」

秀男はなるほどと思いながら「相手が違うだろうさ」と独りごちた。

「あたしはだいじょうぶよ。今さら誰に何を指示されたって、嫌なものは嫌。あんまり押さえつけられたら、いつもみたいにケツまくってお別れだ。まぁ、そんなことするたんびにクサクサしちゃって男に金遣って後悔してるけど」

静香は夜更けの部屋に舞台で鍛えた高らかな笑い声を響かせる。秀男も笑った。表舞台で負けた女優はもうこの世にいない。そんな話を聞いたからといって、しんみり悼《いた》んでなどいられなかった。

一週間後、轟から入ってきた仕事はレコードデビューだった。

受話器を持ったままカーテンを開けると、とうに上りきった太陽が眩《まぶ》しい。時計を見ると、午前十一時半だ。夏かと思うくらいの気温だ。つくづくこの明るさは性に合わないと思いながら、それでも鍵《かぎ》を外し窓を開ける。部屋にこもった煙草の煙が春の匂《にお》いに負けて追い出される。どこか頼りない気持ちを思い出す風は、学校と名の付くところへ通い始めた頃の不安を呼び起こした。

「あんた、なに寝ぼけたこと言ってんのよ。あたしが歌を歌いたいなんて、いつ言ったのよ」

「お店や日劇ミュージックホールでも歌っておられると、インタビュー記事などで話されていたと記憶していますが」

「それとこれとは話が違うだろう」

苛立った秀男は「冗談は顔だけにしとけよ」と声を低くした。間髪《かんぱつ》を容《い》れず「冗談ではなく」と返ってくる。

「レコードを出しますと、仕事が入れやすくなるんです。踊りはまったく問題ないですし、あとはボイストレーニングとか、欲を言えば楽器とか、地方《どこ》の仕事が入っても困らないような芸事を用意しておけば、仕事の幅が広がります」

轟の言うところは、レビューの舞台と深夜のテレビと週刊誌、年に一本あるかどうかの映画の仕事だけで満足してはいけないということだった。クラブ勤めを続けるのなら、それなりのポジションまで行かねばならないと言うのだが、秀男にはまだピンとこない。

「あたしがお店に出れば、お店は儲《もう》かるし、あたしの名前も売れるのよ。喋るだけで喜んでもらえるし、踊りと喋りと客の良さでここまでやってきたんだから」

「踊れることは存じています。喋りも問題ない。現場の捌《さば》きも見事です。ただ、それだけではショーマンとして少し弱い。夜のお店でも、お客さんのいる席に着いてのおしゃべりでその場を沸かせることはできるでしょうが、店全体を束ねるには、また別の芸が必要だと思うんです」

轟は少し間を空け、「それに」と続けた。

「日劇の二部で歌った『カスバの女』は良かった。いい味があるじゃないですか。あれはプロの歌い手にひけをとらない喉《のど》と声ですよ。僕としては、あの世界を増幅させて、打って出たいんです」

「歌を出して、そのあとレコード売るために全国ドサ回りじゃあ、割に合わないわ。あたし、売れない歌手がどんだけ冷や飯食ってるか、さんざん見てきたんだから」

どんなに歌が上手《うま》くても、売れない歌手は一生売れない。他人のヒット曲ばかりの地方ステージで、そのうちおかしな汚れ技を覚えて、夜の底まで沈んでお終いだ。デビュー後十年でようやくスマッシュヒットを打った歌手が語る苦労話なんてのは、上手いことこさえた安アクセサリーみたいなもんだ。

「レコードを出すなら、今だと僕は思いますよ。得意なことばかりやってると、じきに打つ手がなくなります。芸の幅を広げるという意味でも、歌うなら今です」

逃げたくなるような沈黙を経て、轟が言った。

「週刊誌が騒いでいるうちに、次の手を打つんです。上手い下手じゃあないんです。物事には時機というのがあるんです」

秀男は思わず胃のあたりを押さえた。この男はいったい何を言ってるんだろう。

——あいつさ、女優をひとり殺してんだよ。

静香の言葉が急に重たい塊になって、秀男の背中に貼り付いた。冷たい汗が背中から腰のあたりまで伝う。太陽はちょっと眩しいけれど、まだ汗が流れる季節ではないだろう。

「何をそんなに焦《あせ》ってるのよ、頼んだのはスケジュール管理と取材現場のケツ持ちだけだったのに」

「それだけの仕事なら、僕が付く必要ないんですよ。今後あなたをどうやって芸能界で活躍させるか、徹底的に現場と市場を観察した上での戦略ですから」

自信に満ちた轟の声に警戒しながら「戦略？」と問うた。

「作詞家のアタリはつけてあります。僕に任せてください。悪いようにはしません」

轟は一拍置いて、「やりましょう」とたたみかけた。

「カーニバル真子さんはこれまでも、これからもあらゆる意味で挑戦者であるべきだと僕は思っています。なので僕は、このチャレンジなくして今後の生き残りを保証できないんです」

死んだ女優も、こんなふうに言いくるめられたのだろうか。それとも、一緒に夢をみたくなるような心持ちになったのだろうか。

だけど、あたしは死なない。どんな三途《さんず》の川からも泳いで戻ってきてやる。

「わかった。プロダクションに入っておきながら、やらないで文句言うのは確かにおかしい。ただ、いい気になってあたしを好きに動かせると思わないで。薄っぺらい肚の中が透けたときは容赦なくボコボコにするから覚えておいてちょうだい」

秀男は、数件のグラビア撮影と取材申し込みの依頼を轟に引き渡した。今までどおり昼間の時間を利用してのタレント活動は変わらない。夜の九時にはお店に出る。違うのは、楽屋にいきなりだったり家の電話に入っていた仕事が、この先は内藤企画を通してやってくること。今までは来た話を片っ端から片付け、闇雲《やみくも》に仕事をしてきたけれど、週刊誌のインタビューひとつにもギャラが発生するなどということは最近まで知らなかった。

「いったいどういう仕事の仕方をしてきたんですか」

「電話もらったり、なんとなく楽屋やお店に来た順番にこなしていった」

「よくなんの問題も起きなかったなあ」

「問題ばかりよ、好き勝手書かれて、こっちは文句も言えない」

轟は、今後はそんなことはなくなりますからと言い切った。彼に言わせると、フリーで十年もタレント活動をやって来られたことが驚きだという。

「役者とか作家とか、話してるとみんなあたしのことを面白がって『来い来い』って言ってくれるのよ。いろんな人を紹介してもらいながらやってきたの」

「僕らから見たら、奇跡みたいな話ですよ」

人の紹介だからこそ、何をされても文句は言えない。時には喧嘩《けんか》に持って行き、自分が汚れなくてはいけないこともある。「あいつはああいうヤツだから」で締めてもらう術は、秀男が周りと自分の折り合いをつける方法のひとつだ。

男性週刊誌のおおかたは一巡した。女性誌は服を着たままの撮影ばかりなので、却《かえ》って気を遣う。話題が下半身に集中したり、脱いでいれば現場を支配できる。しかし対談やインタビューでは、自分の言葉が記者の都合で違うかたちになってゆくのを止められない。見たいように見られ、聞きたいように聞かれ、書きたいように書かれ、言いたいように言われる。

そうやって生き延びてきたのだった。不満はないが、満足もしていなかった。

受話器を置いて、煙草を二本立て続けに吸った。

取材がまばらになってきた蒸し暑い七月の初め、エアメールが一通届いた。差出人はパリの清羽《きよは》だった。扇風機の風量を最大にして床に座り込み、清羽からの手紙を読んだ。

真子ねえさん、お元気ですか。今年の夏、パリはとても涼しいです。でも、お店は人が入っています。だいじょうぶよ。ねえさんが帰国したあとも、しょっちゅうカーニバル真子目当てのお客さんがやってきます。このあいだ、ものすごく若くていい男がやって来てね、ボクの真子がいないって言いながら泣くの。慰めるのに大変でした。ピエールって、覚えていますか？　わたしは店で会った記憶はないんだけど、彼はねえさんと恋人同士だったと言うの（そんな人いた？）。手紙を預かったので同封します。パリが恋しくなったらいつでも来てください。ねえさんに会えるのを楽しみにがんばります。清羽

追伸には「お節介とは思ったけど軽く訳しておきました」とある。フランス語は耳では覚えているけれど、文章となるとさっぱりわからないのでありがたい。預かった手紙を読んだことを隠さない清羽は、カーニバル真子がそんなことくらいでは怒らない人間だと知っているのだ。

清羽の柔らかなペン文字が懐《なつ》かしかった。カサブランカの地獄みたいな日々から、十か月近く経っている。

ピエール？　いったいどの男だったろう。手術前は毎日毎晩、誰かれなく誘い、ブローニュの森やポンヌフのホテルでいちゃついていたのだ。自身の存在価値が皮膚と体温しかない頃、あれはあれで幸せなことだったなと思う。

ピエールねえ。

フランス語で埋まった薄い便箋《びんせん》と、清羽が訳してくれたメモを開いた。秀男は数秒、ピエールからの手紙を眺め、清羽のメモに視線を落とす。

愛するマコ、僕がパリを留守にしているあいだに帰国してしまったと聞いて驚いています。待っていてくれると言った言葉は嘘でしたか。いや、放っておいた僕が悪かった。さんざん悩みましたが、僕はマコのために生きていたいし、日本へ行ってもかまわない。マコ、会いたい。早く会いたいです。ピエール

この男といったいどこで会ってどんな約束をしたのか、まるで覚えていなかった。逆に、心当たりがありすぎて、人物も顔も絞りきれない。この手紙を笑いながら訳している清羽を想像して、秀男も笑った。

とうとうパリジャンまで騙《だま》しちゃった。つぶやけば、更に可笑しくなってくる。まったく、男は万国共通で「好きだ」と囁き合っているときは本当に好きなのだ。けれど、それが明日も明後日もというわけにはいかない。人の心だし、そんなものは酒と一緒にきれいさっぱり醒《さ》めてゆくものなのだ。

ときどき、明日も明後日も醒めない男と出会うこともあったけれど、醒めないまでも薄れてゆく気持ちは止められない。ああこのまま居ても居なくてもいいお互いになるくらいなら、と別れを切り出せば、例外なく泣かれた。怒りださないときを見計らえるのも、秀男の特技だった。

何にでも切りのいいときがある。そこを間違えると、プライドに振り回され却って面

倒なことになる。

ピエールか。

つぶやくだけでついつい笑ってしまう。買い物と酒と男以外、面白いこともなかったパリだけれど、不思議と気候は体に合っていた。故郷によく似た郊外の景色も、本物の故郷に帰れない自分にとってはいい慰めだった。十時間以上クッションなしでシートに座っていられるくらい傷が癒《い》えたら、また行ってみようという気持ちになる。

週刊誌の取材では、女の性器についてあけすけに告白し、「指を入れたら気持ち良くてびっくりした」と言っては周りを驚かせた。

カーニバル真子に求められることのすべてを提供してゆく。自分は自身を素材とした料理人である、という立ち位置で対応していると、たいがい間違いはなかった。本当のことを言ったところで本当のことを書いてくれる媒体などないのだから、出来るだけ面白い嘘を吐くのだ。爪楊枝《つまようじ》を大木にする舌は、ゲイバー仕込みだった。

秀男は清羽からの封筒に便箋を戻した。そして、部屋を出る頃には中身を忘れた。

七月の終わり、神楽坂の内藤企画に呼び出された秀男は、轟に一枚の紙を手渡された。十五の年から育ててくれたマヤの手前、ボイストレーニングを数回受けただけで歌手の肩書きをつけるのは嫌だとごねて、余技という位置づけは譲らなかった。

「デビュー曲です」

手書きで縦に書かれた歌詞のタイトルは「あたしはおんな」。

少し右肩上がりで太いペンを使った手書きの文字は、どこかで見たことがある。タイトルと歌詞の隙間《すきま》に、控えめな大きさで「あずまのぶよ」とあった。ノブヨが作詞のときに使っている表記だ。

「ちょっとあんた、これ、どういうことなの」

「何がですか」

「ノブヨにあたしの歌を書かせるって、どういうつもりなの」

「子供の頃からお互いのことをわかり合えているふたりがタッグを組むんです。いい話題になりますよ。それに、悪い歌詞じゃあない。吾妻先生も二つ返事で承知してくれました」

「あたしは何も聞いてないけど」

「僕が口止めしておいたんです」

轟には一切の迷いがない。この男はこうやって人を取り込んでゆく気質らしい。真《ま》っ直《す》ぐな、滑稽《こっけい》なほど自信に満ちた目で「真子さんの歌を一緒にヒットさせましょう」と言われたときのノブヨを想像してみる。

ああノブヨはまだ甘い、とため息を吐いた。なんでも挑戦か、と独りごちる。そりゃそうだろうよ、と裡《うち》の秀男が返してくる。ふと、マヤもこのことを知っているのだろうかと考えた。長く夜のお店で歌ってきたマヤは、決して表舞台で歌手を名乗ろうとはしない。

肩書きというのは、上手い下手とは別のところにある、と言ったのは誰だったか。

秀男はノブヨが書いた歌詞を読んだ。

ここは新宿　ネオン街
あたしを生んだ　まよい道
傷をつけたり　泣かせたり
あんたを捨てて　生きる街

夜風に涙を　乾かし歩く
ひとりきり　ひとりきり
あたしはおんな

街の名を変えて、二番へと続く。ノブヨらしい歌詞だった。秀男にはわかる。この歌の「あんた」も「あたし」も、どちらも秀男なのだろう。どんな曲がついたかは知らないが、夜の女が男を捨ててひとり生きてゆく歌として書かれながら、秀男のことしか謳《うた》ってはいない。

「真子さん、どうです。悪くないでしょう。吾妻先生は僕のオーダーをかなり忠実に歌詞にしてくれました」

ねえ、と秀男は座った場所から轟を見上げた。

「ノブヨに、どんなオーダーをしたの？」

「レコード会社のディレクターも同席し、カーニバル真子にしか歌えない、女の生きる道を書いてくれとお願いしました」

「ああ、そうなの」

自信たっぷりの言葉と、相変わらずの表情のなさ。女の生きる道、とはオーダーした当人たちもわかっているのかいないのか。そして、ノブヨという飛び道具だ。

歌入れを終えたら、秋にはレコードを出すという。カーニバル真子の名前がまだ熱いうちに、あらゆる手立てを講じてゆかねばならない。そうでなくては、次々と似たような色のタレントが出てくる。轟の鼻息は荒い。

「マルチなんですよ、今後のタレントは、マルチで勝負しなけりゃ」

「マルチって、なに？」

「多芸多才、豊富な引き出しのことです」

轟は、自分の思いつきと行動力に少し酔っているように見えた。秀男は肚《はら》の中で「こいつは昼間っから酔っ払いか」とつぶやいた。

「わかった」

酔っ払った客を相手に仕事をしてきたけれど、この先は自分に酔っ払ったマネージャーと仕事をしてゆくのか。酔っ払いだらけだ。それもまたいいかと思えるほど、傷も癒えてきている。

そろそろ「処女喪失企画を」という男性週刊誌の申し込みが溜《た》まってきていた。男が興味を持ちそうなこともわかるし、女が裡に持つ恐怖感もわかる。いま、秀男はどちらでもないし、どちらでもある。性別を曖昧にすることで得てきた特典が、喪失企画でどう変化してゆくのか、勘だけに頼れない何か、予測のつかない人の心の動きを目の前にしている。

売るのなら、高く売らねばならない。眉間《みけん》のあたりを、故郷の色町で見た女たちの赤い長襦袢《ながじゅばん》が通り過ぎてゆく。

新しい性を「喪失」しないわけにはいかないのだった。それが、世間が自分に望んだことなのだから。

秀男はその夜久しぶりに、赤坂に移ったマヤの店「ＭＡＹＡ」へと向かった。梅雨明けのどうにもならない暑さが、地下の店の空調で和らいだ。カウンター数席とボックスがふたつのちいさな店だ。自称二十五歳はいまも健在だが、実年齢は非公表を続けている。相変わらず細い体を日々の鍛錬で維持しているけれど、最近は化粧ののりが悪いとぼやくたびに周りに「充分でしょう」と突っ込まれている。

単純に考えても秀男よりも二十は上で、それ以上であってもおかしくない。五十を過ぎたマヤは、マヤであり続けることが仕事になっているようだった。秀男はマヤに会うたびに、自分がその年齢に近づいているのであって、彼女は本当に年を取らないのかもしれないと思う。ぴたりと時間を止めた気配を感じるのだ。

マヤはマイクを握って「枯葉」を歌う。子守歌で、鎮魂歌で、別れの歌だ。

秀男が現れると、カウンターの中のマヤが「おや」という顔をする。

「今日は『エル』には出ないのかい。同伴出勤の真子がひとりとは、ずいぶん余裕あるじゃないか。風邪でもひいたかね」

「今日はお休み。プロダクションに行った帰りに髙島屋でウインドウショッピングしてきたの」

「ご飯は？」

秀男は正直に、パリから戻ってこのかた、食べ物が美味《おい》しいと思ったことはないのだと告げた。マヤは驚いた顔もせずに「そうなの」と頷《うなず》いた。

「腹に何も入れないってわけにもいかないだろう。喉ごしのいい手延べそうめんがあるから、茹《ゆ》でてあげるよ。出汁《だし》は大阪仕込みだ」

五分もしないうちに、冷たい汁にゆらゆらと泳ぐそうめんを差し出され、カウンターで口に運んだ。ブローニュで食べた気取ったフランス料理より、アフターで客とつまむ銀座の寿司《すし》より、するすると体に流れてゆく。味は、やはり磨《す》りガラスの向こうにあるような気がするものの、ここ最近ではもっともほっとする食べ物だった。赤坂のバー「MAYA」の店内が、まるで大阪の地下食堂街みたいな匂いに包まれている。

「今日は開店休業だね。最近はこんな日も多くなったねえ。まあ、世の中もっと面白いところがあるだろうし。なにより世の中油ぎれだし」

マヤがひとりで客を待つ店は、馴染みの客が高齢でひとり去りふたり去りしているうちに、本物の「隠れ家」になりつつあるという。

「マヤねえさんは、商売を面倒くさがるから」

「そんなこと言ったって、お前」

ふと、この店をなんとか出来ないか、と考えた。ため息は嫌いだ。なんとかなる、なんとかするでやって来た秀男には、いくら世話になったマヤでも彼女のぼやきはつらいし、聞きたくない。

「あたし、月に何回かここで働いてもいいかな。『エル』のママも、マヤねえさんのお店なら何も言わないわ。場所も離れてるし、客層も違うし」

マヤはぽとぽとコーヒーを落としながら「天下のカーニバル真子が何を言ってるんだか」と取り合わない。

「マヤねえさん、冗談じゃあないの。ここがなくなったら、あたしが帰るところがなくなるの。悪いけど、客を入れさせてちょうだい。取材もここで受ける。場所代はちゃんと払うから」

マヤが目を伏せ「好きにおし」と言った。泣かれるのは好きじゃない。泣くのはもっと好きじゃなかった。あの鉄の壁に似たマヤの涙腺が緩くなっているなどと、思いたくない。秀男はそうめんの出汁を飲み干し、続けた。

「馬鹿《ばか》なマネージャーが、あたしを歌手デビューさせるって言うの。マヤねえさん、歌い方を教えてちょうだい。作曲の先生は、あたしの声は歌に向かないって言ってたんだけど、ちょっときんたまを撫《な》でたらすぐ『いい声だ』って。ふざけてるったらありゃしない」

歌を歌うことになった、と告げるには少し勇気が必要だったけれど、その日初めてマヤが楽しそうに笑ったので、安心する。

「お前がレコードかい。どんな歌だか知らないけれど、そりゃあ面白いことになってきたねえ」

「ひとりで仕事を受けてひとりでこなしてきたけど、正直トラブルもあるの。事務所がないと、記者もずいぶんひどいこと書くし。静香の事務所に頼んだの。ふたつ返事で決まったのはいいんだけど」

マネージャーがさ、と言いかけたところでマヤが「轟かい」とつぶやいた。

「マヤねえさん、轟のこと知ってるの？」

「お前が日劇に演《の》ってるあたりから、ここに来始めた」

なるほど、そういうことか。

「ノブヨが書いた歌詞なのよ。来月歌入れ。夏の終わりには発売だって」

マヤは「ふうん」と軽く流すが、秀男はその横顔になにやら影を見て取る。生きる上で、これは何より優先させてきた夜の街の勘である。

「ノブヨ、あたしに何にも言わなかった。レコード会社と轟に作詞の依頼をされてるとも。驚かせたかったって言ったって、なんだか釈然としない。あの男、なにを考えているのか、思いつきであたしを動かそうとするからちょっとムカムカしてんのよ」

秀男は立ち上がり、マヤに電話を貸してくれと頼んだ。レースのカバーを掛けた黒電話がカウンターに置かれる。秀男はそらで覚えたノブヨの部屋の電話番号を回した。呼び出し音をいくら鳴らしても、出ない。

「どこに掛けてるの？」

「ノブヨのところ。どこ行ってんのかしら」

「ノブちゃんなら、たぶんもう少しでこっちに来ると思うけど」

マヤが腕の時計を見ながら言う。作詞家として名前が売れ始めたノブヨだが、仕事の打ち合わせはほとんど「ＭＡＹＡ」を使うという。赤坂という立地もいいようだ。

「いいところあるじゃない。取引先も一緒かな」

マヤが口元をもぞもぞと動かしながら、そうめんの器を下げる。なにやらぬるい気配を感じ取りながら、秀男はバーボンを喉に流し込んだ。酒だけは、本来の味がするから不思議だった。舌に刺さり、喉に刺さりながら胃の腑《ふ》へと流れてゆく。酒を飲まねば眠れないし、寝てもすぐに目が覚める。いっそ起きていられるだけ起きていようかとも思うのだが、うとうとするとまた、三途の川を渡る船に乗ってしまいそうで怖いのだった。

　酒と薬で気を失うように眠り、数時間で現実に戻るということを繰り返しているお陰で、腰はどんどんくびれてゆきグラビア撮影ではそのスタイルの良さにため息が聞こえるほどだった。

「素晴らしいプロポーションですね。新しい体はもう試されたんですか」

「人工の性器でもやっぱり、初めてって痛いんですか」

「ちょっと下着なしで撮らせてもらっていいですか」

「そこまでして男とセックスしたいんですか」

質問はどんどん次の居場所へと移ってゆく。世間というかぶり物をして、さまざまな問いが秀男に浴びせられた。

「そろそろ使いたいと思ってるの。モロッコに行く前、最初の男にしてあげるっていろんな男たちからお金もらったからね。この先しばらく、初体験が続くわね」

記者やカメラマンとのやりとりは、フランスへ行く前も帰ってきてからも、失礼の度合いは変わらない。女の体になったとしても、カーニバル真子は女ではない。だからこそ好きなことを訊《き》けるし言えるのだろう。

秀男はレースのコースターにグラスを置いて、ほの暗い思いへと落ちた。

男でも女でもないあたしは、人間でもないと思われているんだろう。

どちらかでいなければいけないとしたら、なんという窮屈。けれど、その窮屈さを笑い飛ばしてきたからこその「カーニバル真子」ではなかったか。思いはぐるぐると同じ場所を回り始め、呼吸を浅くしてゆく。ああ、こんなのあたしじゃない。秀男は胸の裡に立ちこめる煙を払い、残りのバーボンを一気に流し込んだ。

頭痛薬の効果が薄れる頃、「ＭＡＹＡ」のドアが開いた。ようやく来たかと振り向くと、入口に立っていたのは無表情の轟だった。カウンターに秀男が居ることに気づいたノブヨが、さっと男の陰から出てきた。表情筋がまったく動いていない。秀男は舞台用の声を出来るだけゆっくりと放つ。

「待ったわよ」

ノブヨはばつの悪そうな顔で秀男の隣に腰を下ろした。なにか足りないと思ったら、ノブヨの顔に眼鏡がなくなっていた。轟がどこに座るのか黙って見ていると、悪びれもせず秀男を挟んだ隣に座る。

カウンターの中のマヤは、開き直った顔で水割りの用意を始めた。

「ふたりお揃《そろ》いとは、びっくり。なにか食べて来たの？」

ノブヨは消え入りそうな声で「寿司」と答えた。秀男はすかさず、轟の方に向き直った。

「ちょっと、あたしは事務所の薄いお茶で、なんでノブヨは寿司なわけ？　ふざけるのもいい加減にしなさいよ」

「作詞家の先生ですから」

「いったいどこの先生よ、ただのノブヨじゃないの」

言ってから、おかしな言い方になったと気づく。ただのノブヨはなかったか。

ふたりが男と女の関係にあることは、店に入ってきたときの雰囲気ではっきりとわかった。誰が見破れなくても、秀男にはよくわかる。このぶんだと、マヤも知っているし、昨日今日の間柄《あいだがら》ではないのだろう。

あたしだけ蚊帳《かや》の外か。

ノブヨの声が、店に流れるシャンソンを縫って秀男の耳に届いた。

「秀男が歌詞を気に入ってくれたって聞いて安心した」

「よくあたしに黙ってたわね、あんた」

「言うと反対されるかなって思って。使ってもらえるかどうかもわからなかったし」

語尾を待たず、轟が割って入る。

「僕が吾妻先生に、黙っていてくださいとお願いしたんです」

「あんたには訊いてない」

ぴしゃりと返すと場の空気が張った。

苛立《いらだ》ちは頭痛のせいだ。今日はもう部屋に戻ろう。くさくさしたときはベッドで遊ぶに限るのだが、いまはそれが出来ない。苛立ちも頭痛も、すべて自分の体がすんなり快楽へと向かわないことに原因があるのではと思えてくる。快楽なんぞもう要らぬという覚悟で受けた造膣《ぞうちつ》手術だったはずだ。秀男はそう自分に言い聞かせ、スツールから降りた。人の体の一部とは、あればあったでなければないで、それぞれ面倒に出来ている。

「おや、もう帰るのかい。歌唱指導はどうするね」

「マヤねえさん、このふたりの前では歌いたくない」

「くさくさしたときは、歌って脱ぐのがお前の定番だったろう」

秀男は自分の唇の両端が下がっていることに気づき、努めて頬を上げた。

タレントは多芸多才で豊富な引き出しがあると売り込むのはマネージャーの仕事だろうが、そのマネージャーは秀男の友人とデキており、頼みの友人はいまその男に骨抜き状態だ。まったく、と声に出しそうになり、唇をきつく閉めマヤに向けて微笑《ほほえ》んだ。何もかもを飲み込んだ笑顔が返ってきた。

「まあ、久しぶりに一曲歌おうか。そのへんにちょっとスペースを作っとくれ」

マヤがレコードを止めて、8トラのミニジュークボックスにカートリッジを入れる。轟とノブヨが妙に息の合ったふうでスツールを壁側に寄せる。

「こいつのお陰で、知り合いのバンドマンたちが次々職を失ってるのさ。ギターがなくても歌えるってのは便利だけど、こっちの気分なんぞお構いなしで伴奏が走ってるなんて、なんだか味気ないもんだね」

それでも、バンドを入れる場所もない店では重宝しているという。天井に取り付けたスピーカーから、「テネシーワルツ」のイントロが流れ始めた。マヤはカウンターからいちばん遠い場所に立った。

アイ ワズ ダンスィング――

擦《かす》れた声でマヤが歌い出すと、その場にこもっていた重い空気がそっくりそのまま別の場所へと移動してしまった。

ナウ アイ ノウ ジャスト ハウ マッチ アイ ハブ ロスト――

秀男はああ、とひとつ胸に納得を落とし込む。

――なんて大事なものを失ってしまったのだろう。

いや、と首を横に振った。大事なものだから、自ら捨てたのだ。

歌い終わったマヤが、三人ぶんの拍手に迎えられカウンターに戻ってくる。秀男の顔を覗《のぞ》き込むようにして言った。

「楽しく歌えばいいんだよ。これがあたしの歌唱指導だ」

「わかった、楽しむことにする」

秀男はスツールを戻している轟に訊ねた。

「曲調はなに？　すっかり訊くのを忘れてた」

「マンボです。ボサノバとマンボで意見が割れたんですが、ここは真子さんの雰囲気を活《い》かそうじゃないかということに」

「マンボか。いいかもね」

視界の端で、ノブヨがほっとした表情を浮かべた。こんな男にふらつくようじゃ、まだまだだわと喉元まで出かかるのを堪《こら》え、ノブヨの新しい恋にとりあえずの拍手を送った。

「歌うからには、しっかり売ってもらわなくちゃ。大きなお披露目も必要よね。やるなら日劇で演《や》ってるときがいちばんだったけど、まあいいわ。マヤねえさん、ここにマスコミ呼んで歌手デビューを宣伝するわよ」

マヤが返事をする前に、轟が「いいですね」と近づいてきた。

「そうしましょう、ここで記者会見だ。マヤさんも吾妻先生も、真子さんも無理なく背景に溶け込んで、いいお披露目になりますよ」

轟が珍しくうわずった声でそう言うと、ノブヨが今日いちばんの笑顔になった。眼鏡を外してする恋は、いったいどんな景色が見えるのだろう。秀男は無駄にいい自分の視力を恨めしく思ったり、可愛《かわい》げのあるノブヨの一面を羨《うらや》んだりしながら、それでもやはり、友の幸福が嬉《うれ》しかった。

「轟、あんたノブヨを泣かせたら承知しないわよ。この子は十三の頃からずっとあたしの友だちなの。似合わない学生服を着て、猫背で歩いていた頃からの大事な親友なんだから。覚えておいてね」

ふたりがどんないきさつで男女の仲となったのかは聞かない。いずれ恋が終わるとき、ノブヨの口から漏れてくることだ。始まったからには終わる。人によって長さはまちまちだけれど、恋は必ず終わる。ノブヨが少しでも長く楽しめるよう祈り、さて、自分は彼女の曲をなんとかヒットさせなければいけないと奮い立った。

店の有線からシャンソンが流れ始めた。ドアが開いて、馴染《なじ》みの客がひとりで入ってくる。秀男は新規の客を潮にして、帰り支度をする。すれ違いざまの「おや、もしや」

という客の眼差《まなざ》しに向かい、カーニバル真子として大きくウインクを返した。

秋の初め、秀男は貸しのある雑誌や喧嘩しながらも繋《つな》がっていた記者たちに手当たり次第「MAYA」に集まってくれるよう案内を出した。狭い店内は人で埋まり、秀男がマイクを持って立てるのは、カウンターの端しかない。

歌いながらひとりひとりの顔を見る。股《また》ぐらを触り合った男もいれば、怒鳴り倒したやつもいる。それでも集まってくれたのだからと、精いっぱい「あたしはおんな」を歌った。歌のあとはあちこちから野次に似た質問が飛ぶ。

「さあ、ここからは飲みながらやりましょうよ。なんでも答えるから、なんでも訊いて」

「タイトルの『あたしはおんな』はご自分で決めたんですか」

「うちのマネージャーが作詞家の吾妻ノブヨ先生に日参して、やっと書いてもらったとっておきの歌詞なの。吾妻先生はあたしのこと、よくわかってくださってると思う」

「踊って脱いで、性転換をして、更に歌ってと来ましたが、この後もなにか世間を驚かせる企画を考えていますか」

「あたしはなにひとつ、人を驚かせようなんて思ってないわ。やりたいことをやりたいようにやっているだけ。世間はあたしじゃないし、あたしも世間じゃないの。あたしはあたし」

秀男がカウンターに置いたバーボンを喉に流し込めば、記者たちも手元のグラスに口をつける。いいぞ、もっと飲め。そこ、ビールは足りてる？　秀男に訊かれ「もう一本」の返事がくる。

「あんたたち、飲んだからには、ちゃんといい記事書いてちょうだいよ」

ぱらぱらと笑いが起こる。

「レコードデビューにかける思いをひとつ聞かせてください」

「そりゃあ、あんた。レコード大賞と紅白に決まってるでしょう」

爪楊枝を大木にするのはお手の物なのだが、言い飛ばしながら、どこかでそんな自分を冷めた目で見ている秀男がいる。その目こそが「世間」かもしれぬと気づいたところで背筋に冷たい風が吹いた。

あたしはあたし。

体の中には今日も、冷たい臓物が詰まっている。

# 第三章　傷口に射精

金木犀《きんもくせい》の匂《にお》いがきつくなる頃、秀男の仕事も夜の店と深夜番組に落ち着きつつあった。空いた時間で、章子に勧められた『かもめのジョナサン』を読むも、ピンとこない。それよりも『ノストラダムスの大予言』に「やっぱり好きに生きなくちゃ」と己の意思を後押しされたような気分でいる。

轟がマネージメントをしてノブヨが作詞をしたデビュー曲「あたしはおんな」は期待したほど売れず、季節が変わってもヒットの兆《きざ》しはなかった。

「エル」と「MAYA」のホステスを掛け持ちしながら宣伝するも、せいぜい馴染《なじ》みの金持ちがポンとお札の束を渡して「これで買ってこい」だ。

一センチの札束でレコードを買えと言われても、そんなことは秀男のプライドが許さない。哀れみの含まれた金は、一度拝んでそのまま簞笥《たんす》の引き出しに入れた。金は金、母に送るつもりの金にご立派な入口は必要なかった。

「ありがとう、嬉《うれ》しい。これだけ買ってもらえたら二曲目も出せるわね、きっと」

「こんなん、いつでも言うてや。わし真子ちゃんの大ファンやからな」

大阪時代からずっと可愛《かわい》がってもらっている呉服問屋の会長は無類の阪神《はんしん》ファンで、巨人の長嶋《ながしま》が引退したといっては「エル」で豪遊する。彼がカーニバル真子の応援に使う金は、一回の来店につき万札の厚さが二センチと言われていた。「エル」に「MAYA」に、秀男が歌うと言えば必ずそこへやってくる。踊ると言えば「シャトーラトゥールを持ってこい」だ。すぐさま黒服が走り、マルゴーだ、ドンペリだと口にすればたちまち帯付きの金が消えるのだった。

最初のうちは顔を背けていた流行作家も、無理やり席についてパチンコ玉のようにしゃべり続けると、ふた月かからずカーニバル真子を指名するようになった。

テレビを見た、噂《うわさ》を聞いた、誰の紹介、仕事の依頼──テレビと舞台がないときは店におり、そんなときを狙《ねら》ってさまざまな人間が秀男の前に現れ流れてゆくのだが、不思議なほどレコードの売り上げは上がらない。

気に入らないのは、轟がマネージメントしている若い演歌歌手がデビューした途端に世間に騒がれ始めたことだった。「薄幸《はっこう》の天才演歌歌手、南美霧子《なみきりこ》」という惹句《じゃっく》をつけられた少女は、確かに歌い方も独特であまり聞いたことのない声だ。上手《うま》いというよりも、聴かされてしまうような妖気《ようき》が漂っている。事務所で初めて挨拶《あいさつ》された日、その目の昏《くら》さに秀男は思わず訊《たず》ねた。

「あんた生きてんの？」

「はい、生きてます」

笑う、ということのない女だった。

それでも、秀男のことを「ねえさん」と呼び慕ってくるので、そのように振る舞っている。轟は悪びれもせず、南美霧子のほうで忙しいので行ける現場にはひとりで行ってくれるだろうかと言う始末だ。

「真子さんのほうは、また新しい企画と付き人を考えますから。レコードも次の準備に入っています。僕としては、もうちょっと頑張ってほしいんですよね」

まるで、こちらが望んで歌っているような言い草にカチンとくるのだが、秀男としてもこのまま引き下がれないほど売れなかったのも事実だ。カーニバル真子に、売り上げ低迷なんぞあっていいわけがない。

轟に言わせれば、レコードはタレントの名刺代わりだという。歌を歌っていれば、仕事の幅が広がり、どこでどんな役に立つかわからない、というのが彼の言い分だった。マヤはといえば秀男の歌を褒めもけなしもしない。それが何より嫌なのだが、口には出せない。

その日秀男は「エル」が引けたあと、帝国ホテルにほど近いビルに急いだ。仕事中、さっ引く部分が見つからないほど好みの男に出会ったのだ。秀男より少し若い風で、ひとりで「エル」にやってくる男がしがない給料取りであるわけもなく、それだけで興味をそそられる。

上背は見上げるほどで、顔も肩幅も手足も大きい。秀男にはなかったものばかりを持っている男だった。

「ねえあなた、このあとどこか行くの？」

「いつも最後は好きな音楽を聴いてから帰るんだ」

「どんな音楽？」

「なんてことないよ、オールディーズとか、ポップスとかラジオでよく流れてるやつ。俺は雑食だから」

雑食というひとことが気に入った。あたしも連れてって、とねだった。男は軽く「いいよ」と応《こた》えて、先に行ってるからと店の名前を告げて「エル」を出て行った。

久しぶりに華やいだ夜更《よふ》けだった。ビルの五階へ着くと「マンハッタン」の文字に迎えられた。女の黒服がうやうやしく腰を折る。ベロアのドレスに羽織ったショールを外し、預けた。クラッチバッグには今夜集めたチップが、おそらく三十万は入っている。

分厚いドアの向こうには、ライブハウスとくくるには大きな舞台と段をつけた劇場様の客席、舞台と同じ幅のダンスフロアがあった。男は舞台正面のいちばん奥まった席に座りひとりで煙草《たばこ》を吹かしている。秀男は男の居場所を確認してから化粧室に立ち寄った。

鏡に映った顔の、浮いた脂《あぶら》を取り去り粉をたたき、目元のよれを直し頬紅を足す。唇にはシャネルの赤を心もち大げさに滑らせる。店の照明にあわせて化粧の濃さを変えるのだった。秀男はクラッチバッグに化粧品を戻しながら、どんなカンバスよりも色をのせる甲斐《かい》を思う。この顔が自分の武器なのだ。

「おまたせ」

男の隣に浅く腰を下ろした。用があればすぐに立ち上がれるのと、背筋腹筋を鍛える手段でもある。そして何より、こうしておけば常に男の視界に自慢の横顔を置き続けられるのだった。

「いま、ライブが始まったばかりだ。いいところに来たね」

「大きなお店ね。こんなところにライブハウスがあるなんて、知らなかった」

「友人がやってるところでね。いつもここを最後にしてるんだ」

「エル」で隣に座っていたときも、男は名乗らなかった。そんな客は山ほどいる。ボトルが入ってもいなかったし、知り合いがいる様子もなかった。いきなりカーニバル真子を指名して横に座らせ、いきなりのひとことが気分良かった。

「やっぱり、本物のほうがきれいだ」

あたり前じゃないのと笑って応えながら、男の職業がさっぱり想像できないことが不思議だった。ラフなパンツにさほど高価とも思えないジャケット姿。靴は磨かれてあったけれど、煙草を吸う仕種《しぐさ》と言葉遣いは、勤め人でもヤクザでもなさそうだ。

秀男の経験から考えると、給料取りならたいした演技者だし、ヤクザならかなり危険な部類だった。会話も多くなく、かといって少なくもない。隣にいるからといって体に触るわけでも気の利《き》いたお世辞もあからさまなベッドの誘いもない。男は二度「本物のほうがきれいだ」と言った。

秀男は男の言葉に、駆け出しだった頃を思い出した。なりたてのゲイボーイだった北海道時代、店を一軒めちゃめちゃにして駆け落ちまがいの暮らしをしていたことがある。少し金が入れば男も変わった。たいしたこともないご面相の女に寝取られた挙げ句、その女から吐き捨てられた言葉まで蘇《よみがえ》ってくる。

「所詮《しょせん》、前にモノがぶら下がってる、女の真似《まね》をした偽物《にせもの》」

間違っちゃあいないがあんまりだ。ああ、とひとつ頷《うなず》いた。この男もまた、本物と偽物の間で何か重たいものを抱えているのかもしれない。

男に分け隔てがあるとすれば、秀男にとっては金のあるなし、そのひとつだけだ。ビールと水割りと指名料で出た請求にも驚かず支払いを済ませた男に、秀男の期待は高まった。

ドラムにキーボード、ギターとベース、トランペットもサックスも揃《そろ》えたバンドには、ボーカルが三人。常に誰かが歌い、誰かが踊り、見ていて飽きることがない。

「いいお店ね。日本だってことを忘れちゃいそう」

男はまんざらでもない風で煙草を取り出した。さっと火を点《つ》ければ、「エル」では得られなかった近さとなる。

リズムのいいスタンダードナンバーで時が過ぎて、曲は「アンチェインドメロディー」へと変わった。フロアで踊っていた客が散り、チークダンスの客が数組残る。男が秀男の顔をのぞき込んだあと立ち上がった。

差し出された大きな手のひらに右手をのせた。今まで通り過ぎた幾人もの女の影をちらつかせ、男が秀男の体を支えて揺れた。耳元に息がかかる。

「会ってみたかったんだ」

男の背に回した両手で応えた。

言葉なんぞ要るか。

久しぶりに出会った好みの男だ。この夜を逃してなるものか、と更に力が入る。秀男は男の太ももを両脚で挟んだ。両手で腰を抱かせ、曲のサビにあわせて背中を反らせる。男の太い笑い声が耳に届く。支える手に力がこもる。まるでベッドの上にいるようだ。周りの目も明日のことも、売れないレコードも、思い通りにならなかったあれもこれも、ベッドの下を流れる川に放り投げたい。男の太ももに預けた両脚の間には、もう邪魔なものがないのだった。秀男は体を起こし、男の耳をひと舐《な》めするくらい唇を近づけて、名前を訊ねた。

男は、北澤英二《きたざわえいじ》と名乗った。

一時間後、秀男は男が仕事場にしているという六本木のマンションにいた。

リビングと寝室、書斎を備えたいい部屋だった。女と暮らしている気配はない。ベッドもこざっぱりしたもので、起きてそのままになってはいるけれど、不潔な感じはしなかった。週に二度ハウスキーパーがやってくるといい、家具らしい家具もクローゼットからはみ出すほどの洋服もない暮らしは、秀男とは棚を違えた贅沢《ぜいたく》に思えた。

シャワーで湿った体にバスタオルを巻いて、男が戻るのを待つ。寝室の照明は戸口近くにあるスズランによく似たかたちのアップライトのみ。秀男は三つのスズランのうちふたつを消した。

唇の紅のおおかたを拭《ぬぐ》い、髪の毛を背中に垂らす。正直なことを言えば、まだ怖い。パリから戻って一年近く経《た》つけれど、実際にこの体を試したことはないのだ。

処女喪失企画、と銘打って週刊誌の仕事もやったし、複数の男たちの座談会に話題を提供もしてきた。どの男も、今までどおり手を使った「本物を超える快楽」を本物と信じ込んでいたし、秀男にとっても都合が良かった。

芸は身を助くって、本当だったわねえ。

明るい場所で脚を広げて見せて、あとは暗くして男の上にのる。オイルを垂らした右手を輪にして、尻《しり》の下で硬いものを包めば、誰もそれが「男の手」だとは信じない。好奇心に負けて人の傷口にこんなものを突っ込んで気持ちいいヤツは、それだけで蹴飛《けと》ばしたいほどだったが、期待に応えるのも秀男の大事な仕事だった。

「吸い付くみたいに締まる、いい体だ、すごいよ」と言われれば、「あたしも気持ちよくて気が狂いそう」と返した。

当たり前だ。吸い付くも締まるも、こっちは握力でコントロールしているのだ。パリへ行く前と同じことをしているのだが、誰も新しい穴の存在を疑わない。

いつか「はっきり言って手品よね」とつぶやいた際、しばらくマヤとノブヨの笑いが止まらなかった。「それは手品ではなく立派な詐欺《さぎ》だ」と言って、ふたりは笑うのだった。

それも、今日までかもしれない。

秀男は期待と恐怖の入り交じった気持ちで、新しい部分に触れてみた。どこに神経が届かず、どこがまだ痛いのか、どこに快楽の芯《しん》が残っているのか、すべて自分が把握していないと痛い目をみる。息を大きく吸って、時間をかけて吐いた。この傷に、男を迎え入れるときがきたのだと思うと、体に残っているはずのアルコールがすべて蒸発してしまう。それでも、もしものときのために左の腋《わき》の下にたっぷりハンドクリームを仕込んでおいた。どんなに好みの男でも、あまりに大きなものは入れられない。

北澤がバスタオルを腰に巻いた姿で寝室に戻ってきた。

「いいところに住んでるのね」

「仕事部屋なんだ」

「そうだったの、大きな仕事をしているんでしょうね」

男に仕事の中身は訊ねない。肥大した虚栄心をたたき壊すのは御法度《ごはっと》だ。プライドなどというやわやわとしたものが、金を生み金を育て金をばらまくことを、誰より秀男がよく知っている。

「本物のカーニバル真子よ。よろしく」

男が好んでいるらしい「ホンモノ」のひとことに力を入れてみた。暗がりだが、男の体が持つ活《い》きの良さは伝わってくる。どうか白目をむくほど大きくありませんように。祈るような思いで男のバスタオルを外した。男の体を仰向《あおむ》けにして、臍《へそ》から唇を這《は》わせる。手の中で硬さを増してゆくものは、硬いけれどそれ以上大きくはならなかった。

ラッキーとかハッピーとか、ブラボー、フランス語ならユッピー。

あらゆる喜び語を頭の中に並べて、秀男が選び取ったのは「やったぜ」だった。

この大きさならいけるという確信をもって、男の手に自分の胸を与える。そっと触れてくる手のひらにはまだ湯の熱が残っている。湿った体を少しずつ重ねてゆくと、男の様子が変わった。陰茎に添えていた秀男の手を取って、深呼吸をする。

「がっかりしただろう」

「なんのこと？」

「俺の――」

自分の体に引け目があるのは秀男とて同じだった。見てくれがこれだけ男くさければ、余計に卑屈にもなるだろう。どんな慰めも通用しない、陰茎の大小は男だけの弱みである。秀男は重ねた体を離して、男の横に仰向けになった。

「好きになっちゃった」

男が体を起こし、秀男の顔をのぞき見る。両手を伸ばして、厚みのある体を引き寄せた。秀男の胸の上に顔をつけて、男が泣いている。

泣くことはないじゃないの、あんたはあんたよ。そんなこと、言われたことない。馬《ば》鹿《か》な女としか知り合ってなかったのよ。本当にいいのか。わかったわ。なにが。あんたの口癖。なんだよ。

――ホンモノ。

長い口づけに続いて皮膚の隅々まで唇を這わせたあと、秀男は覚悟を決めて男の体の下へと潜り込んだ。こんなことは初めてだ。大きな体の下になることも、シーツを背中にして無防備に男を受けいれることも。

腋の下に仕込んでおいたクリームをこっそり傷口に滑らせた。男がゆっくりと秀男に向かって進みくる。プライドの欠片《かけら》を持ち寄りながら、永遠に交われないふたりになった。男は少し文次に似ていた。似ていることで、あきらめがついた。

モロッコで作った傷は、今日を境に疵《きず》になる。カーニバル真子というユニフォームを着て闘う自分を、心底惚《ほ》れた男に見られるのは嫌だった。この先どんなに好きな男が現れても、その男は秀男ではなくこの戦闘服を抱く。秀男は秀男に戻る最後の道を自ら断った。

男の先端が、戻りつつある神経の襞《ひだ》に触れた。声が漏れる。痛痒《いたがゆ》さに身をよじった。肩口から石鹸《せっけん》の香りがする。男の吐息にはアルコールが、そして頬には涙があった。「本物」が口癖の男は、カーニバル真子という虚像を抱き、痛がる傷口に射精できて満足したようだった。

男の微《かす》かないびきを聞きながら、秀男は下着を着けドレスの上にショールを羽織った。朝まで居たら、カーニバルが終わってしまう。

外に出ると、からからに乾いた風がひとつ、秀男の足首にからまり流れていった。男が眠るマンションを見上げる。遠いところから、痛かった記憶が痒みになって胸に戻ってきた。

いつかマヤに書いた手紙に「あたしは偽物の女なんかじゃなく、あたしの本物になりたいと思います。本物のあたしになれるよう、また一から鍛えてください」と綴《つづ》った。あれからもう十数年という時間が流れている。

秀男は自分が「あたしの本物」「本物のあたし」になれているかどうか、空に問うた。四角い空にいくつか星が瞬《また》いた。

星はどれも遠慮がちに光っている。秀男はひとまず、これと決めた冬の星に礼を言った。

ありがとうございます。

お前の満足はお前だけのものだと、星がひとつ瞬《まばた》きをして教えてくれた。

北澤と知り合ってから一週間、秀男は自分の世界が広くなったことを仕事の端々《はしばし》で感じるようになった。第一に「エル」の店内がすべて視界に入る。現在どの席に誰がいるか、誰が横に座り誰がヘルプで、誰と誰が不仲なのか。ママが気に入らない客、あるいは客が気に入らないホステス、そして自分が着かねばならぬ席。その日、前触れもなく現れた客に秀男はくるくる踊り出したい気分で横に着いた。

「いらっしゃいませ。いつ来てくださるかと思って待ってたの」

「このあいだは面白かったよ。評判も良かった。ありがとう」

深夜テレビの「お色気討論会」で司会進行をしている河合幸太《かわいこうた》だ。秀男は夜の店で培《つちか》った腕で、男たちの下ネタ討論にいい味付けをした。下半身の話をさせれば、さすがの遊び人たちも秀男には敵《かな》わなかった。テレビで流せるぎりぎりを選び取ったせいか、秀男が出た回は視聴率も良かったという。

河合は、見事に前髪の一部だけ白髪になっていて、それがトレードマークになっている。「エル」の女の子たちは夜中にテレビを見ているようではおまんまの食い上げなので、名前こそ知られてはいても、ここではあまり顔が売れていない。いち早く気づけるのも秀男が店以外の仕事に就いているお陰なのだった。きゃあ先生嬉しい。腕を取り、飲み物を訊ねた。

「真子さんの顔の立つもので」

そういうときはとびきりいいワインを注文する。精算書が来る前に財布ごと女の子に預けられる客はそう多くない。秀男は横に座っただけで男の度量を測ることが出来る。もう、そのくらいのことは朝飯前だ。

「で、レコードのほうはどうなんだい」

「マネージャーにだまくらかされて出したはいいけど、あたし歌は向いてないんだと思うわ」

「キャラクターだけで持って行けるほど、歌の世界も甘くないからねえ」

映画に出ても舞台に立っても、歌を歌っても、結局同じことを言われ続けてきたのだった。歌も踊りも演技もどれも半端《はんぱ》と言われれば、ケンカは出来ても反論は出来ない。

「あたしはやっぱり、お店で踊ったり酒飲んだりしているのが好き。テレビに出れば、こうして新しいお客様とも出会えるし、カーニバル真子としては上々なの」

河合のグラスにワインを注いだ。秀男のグラスにも返ってくる。乾杯のあとのひとくちは、遠いフランスの土の香りがした。静かなところがいいという河合には、店内で最も目立たぬ角の席を用意した。ママがＶＩＰの客をもてなす席だ。全体が視界に入り、誰がこちらを見ているかひと目でわかる。今日の「エル」に、騒がしい客は来ていないようだ。

男が背広の胸ポケットから細めの葉巻を取り出した。一度火を消した痕《あと》がある。金色のライターを光らせて、火を立てた。河合は少ない動作で葉巻に火を移し吸い込んだ。

「いいドレスを着ているじゃないか」

「パリで買ってきたの」

今日のドレスは体にぴったりと張り付くデザインの真っ赤なロングだ。右の太ももから大胆に入ったスリットが、鍛え上げた脚をちらつかせる。これならば、脚に描いた牡丹も見えない。人の好き嫌いのある彫り物は、見せないに越したことはない。

河合がもったいぶった口調で秀男の顔をのぞき込んだ。

「北澤は、どうだった」

「なんのことかしら」

「知ってるよ、業界じゃもっぱらの噂だ。あの北澤英二がカーニバル真子を持ち帰りしたって」

「あら、そんなことあったかしら」

これがホステス同士なら「あいつを食ってやった、旨《うま》かった不味《まず》かった」といった話になるのだが相手は上客である。わかっていてもしらばっくれるのが筋、食いつくのは野暮。

一週間でそんなに広まるのも、銀座とその界隈《かいわい》がひとつの村あるいは町内会と同じだからで、客もまた階層で持っている情報がまったく違った。

北澤英二が作家だと知って驚かぬわけもなかったが、涼しい顔を心がけた。なるほど「仕事部屋」のひとことを思い出した。あらそうだったの。なんだ、本当に知らなかったのか。河合も別段夜の出来事を深追いしたいわけではなさそうだ。再びワインを注ぎ合い、背広を褒め、靴を褒め、見たこともなければ興味もない彼の女房を褒めちぎる。一本飲み尽くそうかというあたりで、河合が懐《ふところ》から手帳を取り出す。素知らぬ顔で中身を窺《うかが》う。空白がほとんど見当たらないものの、細かすぎて何が書いてあるのかまではわからなかった。河合は手帳の一角に目をとめて「うん」とひとつ頷き、再び懐にそれを仕舞った。

「その北澤な、このあいだ出た新刊『遥《はる》か海の墓標』がけっこう売れてる。俺はあいつ原作のドラマのナレーションもやってるんでね。なかなかいいものを書いてるぞ」

「明日本屋さんに行ってみるわね」

「北澤は、自分の仕事のこと真子ちゃんに言ってないのか」

「自分から名乗るような作家はたいしたもんじゃあないってことくらい知ってる。河合さんも北澤さんも、極上のワルで粋《いき》な男なの」

「粋」の言葉に微笑《ほほえ》む男は、そのあともう一本赤ワインを空けて上機嫌で支払いを済ませた。そうして、外まで送りに出ると、さんざん飲んだとは思えない真顔で「実は俺、北澤の本は全部読んでるんだ」と秀男に打ち明けるのだった。

居るか居ないか、ひとつ自分に賭《か》けをして、秀男は店が退《ひ》けたあと北澤のマンションを訪ねてみた。誘われもしないのに男の住まいに行くことなど、かつてなかったことだ。行こうとも行きたいとも思わずにいた今までが、こんなに簡単になくなるのだと知って薄ら寒い。

エレベーターに乗り込み八階のボタンを押した。ちいさな箱の中には、微かにオリエンタルの香りが漂っていた。真夜中の建物に機械音が響く。場所柄、朝も夜もない人間たちが住まう気配がする。いつ出て行っても、いつ戻っても、ここは決して寂しくはない場所なのだろう。

北澤の部屋の前で、一度大きく息を吸い、吐いた。一週間前の高揚感が戻ってくる。あれからまだ一度も連絡を取り合っていない。もっとも、秀男も自宅の電話番号を伝えていなかった。

ちょっと先走っているだろうか。感情のあれこれを肚《はら》に仕舞っておける術《すべ》は身につけたはずだ。ちらとでも嫌な顔をされたら、泥酔《でいすい》したふりをして下りればいい。いっそ部屋に居ないでくれたら、簡単に今日を先送りできる。秀男の内側は回転木馬のように上下する。

インターホンのボタンを押した。防音設備のいいマンションだ、内側からの音はほとんど漏れてこない。二度鳴らしてはいけない。二度目の呼び出し音には厄介な感情が混じる。何度か演じる羽目になった男たちとの修羅場で、二度三度と鳴り響くインターホンはいつも秀男に軽い恐怖感を連れてきた。

深呼吸の間を置いて、ドアが開いた。けれど出てきたのは北澤ではなく三十がらみの眼鏡をかけた女だった。想定していない場面に、どうしようかと一瞬焦《あせ》ったものの、するりと口から「ごめんなさい」がこぼれた。

「いやだあたし、また部屋を間違っちゃったかも。ここ、七階じゃなかったのね」

　くるくると辺りを見回しながら去ろうとしたところへ、中から北澤の声がする。

「その声、真子さんじゃないか」

　嫌な展開だ。男なら知らんぷりしろよ馬鹿。肚で毒づきながら、気づかぬふりをしてエレベーターへ向かった。背後から今度は北澤がドアの外へと出てくる気配だ。

「真子さん、待って。もうちょっとで用が終わるから。部屋で待っててください」

　いったいどういう場面なのか何もかもが想定外で、秀男は格好良くその場を去ることが出来なかった。振り向くと、無精髭《ぶしょうひげ》を生やした北澤がだらけたジャージーとカーディガン姿で突っ立っている。ドアのそばで、女がそれを見ていた。

　女は秀男に向かってひとつお辞儀をして、自分はもう会社に戻りますから、と言う。そして北澤に向き直り「先生、お疲れさまでした」と頭を下げた。

　一分ほど玄関先で、女と二人気詰まりな時間を過ごした。目が合っても女は軽く頭を下げるのみで、無駄なことは言わない。角封筒を受け取った女は「失礼しました」と一礼すると、エレベーターホールに向かって歩き出した。

　部屋に通され、改めて北澤の様子を眺める。

「今日が校了で、身動き取れなかった。びっくりしただろう。こんな仕事をしています。連絡もせずにいて、すみません」

　先週とは違う男と会っているようだった。疲れているのか、目がくぼんで顔色も悪いし無精髭まで。秀男がリビングのソファーに腰掛けたところで、北澤はブランデーの瓶とグラスをふたつ持ってやってきた。

「今月も、なんだかんだでギリギリになってしまって。毎月、毎週、こんなことの繰り返しだ。先週は本当に、梅雨の晴れ間みたいな一日だったんだ」

グラスに注いだブランデーを、男が先に半分空けた。秀男は突然訪ねてきたことを詫《わ》びる。

「そんなことになってることも、北澤さんのお仕事のことも、なにも知らなかったの。ごめんなさいね」

「細々とだけど、小説を書いている。一か月まるまるこんな殺風景な部屋に閉じこもって、毎日偽物の女とヤってるんだ」

ああそれで。秀男は男の言う「ホンモノ」が理解出来たような出来ないような、少し笑いながらその言葉を聞いた。

「ホンモノのカーニバル真子とヤった感想をまだ聞いてなかったのを思い出したの」

北澤は無精髭を恥ずかしそうに撫《な》でたあと「会えて嬉しい」と言ってうつむいた。そのひとことが嘘《うそ》でも本当でも、そのまま押し倒したくなるようなつぶやきだった。

夜更け、抱き合ったまますするおしゃべりは、極上のシャンパンとボンボンみたいに美《お》味《い》しい。

「あなたは毎日偽物の女とヤるのが好き。あたしは客の前ですっぽんぽんで踊ったり歌ったりしているのが好き。誰もあたしを理解しないし、しようとも思わないし、できないの。そのくせ周りには誰よりあたしを知っているってな顔をする人間が大勢。ねえ、こんなに楽しい遊びってある？　あたしにとって遊びっていうのは、これ以上ないくらいさびしいことなの。だけど、ひとりでいるとほっとするぶん自分がどこにもいないような気がしてくる。生きているんだか死んでいるんだか。モロッコでまた、おかしな夢でも見ているんじゃないかって思うんだ」

「孤独を確かめながら生きていれば、死んじゃあいないことだけは自覚できるんだ。俺はそれでいいと思ってる。真子さんといれば、生きてるのも悪くないなと思えてくるよ」

今日は男が、秀男に「ありがとう」と言った。秀男の内側で、星がいくつも流れて行った。

年の暮れ、轟がマネージメントしている新人歌手がレコード大賞新人賞を獲得した。朝も夜中もなく働く「薄幸の天才演歌歌手、南美霧子」にかかりきりの轟が、明らかにカーニバル真子の売り込みを横に置いても、どうということはない。店に出れば相変わらず贔屓《ひいき》にしてくれる上客がやってくる。ねえ、ちょいと困ってんのよ。おや、俺に何とかなることかい。うん、今月の売り上げをもうちょっと。そんなやりとりを楽しめる客と過ごす時間は、秀男にとっても楽しいのだ。

店に出ながら、夜中のお色気番組にも出演し、好き放題なことを言っては肌を見せて引き上げる。テレビで見る「カーニバル真子」が目の前で酒を注ぎ、浴びるように飲む姿を見にやってきた男たちは、金が続く限り銀座「エル」に通う。

週に一度、マヤの店の応援に出ることで、売り上げもアップしていると聞けば嬉しい。いま秀男の幸福感は「必要とされている」という実感に支えられていた。

年明け、内藤企画の新年会に出席した秀男は、立食パーティーというので竹の柄の訪問着を着て出かけた。いつもは都内の焼き肉屋か、良くて和食割烹《かっぽう》だったというから、南美霧子のヒットでよほど儲《もう》けたのだろう。

第一ホテルの宴会場に到着し、クロークにミンクのショールを預けたところで、隣に巴静香が立った。新年のやりとりを交わしたあと、すぐまたいつものがらっぱちが戻ってくる。

「正月はハワイにでも出かけたのかい」

「あたしにハワイは無理よ、入国出来ないもん。みんなが遊ぶときに稼ぐのが趣味なの。脳天気な芸能人とは違うんだから」

「おや、天下のカーニバル真子を入国させないとはアメリカもおかしなとこだねえ」

「あちらじゃあ、あたしみたいなのは精神病扱いなの。看板だけ偉そうなのは、アメリカもそのへんの選挙事務所もそう変わらないのよ」

松の内は毎年、政治家や筋者や歌舞伎《かぶき》役者や野球選手の集まる場所で顔を売り、客を繋《つな》ぐ。轟が南美霧子のことで秀男を疎《おろそ》かにしているぶん、勝手がしやすい。

黒いドレスに渋い銀色の編み上げブーツを履いて、静香はすぐにでも舞台で踊れそうな姿だった。

「このあいだの舞台、面白かったねえ。静香が歌もいけるとは思わなかったから、正直びっくりしたんだよ」

「新進気鋭の演出家だからね。いきなり歌は入るし、全員で動きを揃えたりさせるし、とにかく台詞《せりふ》回しが早くて早くて。おかげでいい勉強になったよ」

『新装　浮雲』の解釈には賛否が分かれたものの、舞台はずいぶんと話題になった。静香の役どころはヒロインのライバルだったが、本人がいい勉強になったと言うくらいに、今までとは違う仕上りだった。

「そっちもいろいろ忙しい一年だったろう。週刊誌の常連じゃないか」

「ありがとう」

着物の裾《すそ》を軽く蹴りながら会場に向かう。しっとりと体に吸い付くような絹物を着ていると、気持ちが締まってくるのがわかる。轟のマネージメントはどうだと問われ、南美霧子で忙しいぶんこっちの手が薄くなって助かっていると返した。静香は豪快に笑い、その声を聞きつけた関係者がふたりの前に立ちはだかり、次から次へと挨拶が始まる。

「本年もどうぞよろしく」

「おふたり揃うとあでやかですねえ」

「写真を一枚、いいですか」

ふたりで背を合わせたり頰を寄せ合ったりの写真を何枚か撮らせたあと、「内藤企画新年会」と看板の立つ会場へと入った。

立食用のテーブルが五つ、バンケットにドリンクサービス。静香が耳元で「社長、今年はえらい張り込んでるわ」と囁《ささや》いた。周囲の視線を集めながら中ほどまで進む。給仕をしているのは銀座の知った顔と知らない顔だ。こんな場面があるのなら「エル」の女の子たちに声を掛けてくれればいいのに、とぼやいたところで、周囲の気配がさっと入口へと流れてゆくのを見た。

振り向くと、轟に伴われて南美霧子が入ってきた。真っ赤なパンタロンスーツにかっちりとしたおかっぱ髪、真っ白いのか青白いのかわからぬ無表情に、ぽってりとそこだけ濃いピンク色の口紅。低い背丈を白いエナメルシューズで底上げしている。静香がため息をひとつ吐《つ》いた。

「今年の金の鳩《はと》賞も取らせる、いやレコ大本賞だって、大騒ぎ。それにしても」

「正月早々、陰気だねえ」

ふたり同時に同じ言葉を漏らし、思わず顔を見合わせた。

「北海道出身だっていうから、ちょっと声を掛けてみたんだけどさ。なんかこっちの元気を根こそぎ吸い取られそうな陰気さなんだよ」

「学校に通わないで、親と流しをやってたって、今どきそんな子いるのかい」

「いても不思議じゃあないけどね。あたしも十五で家出少年だったし」

今じゃあ三十過ぎの妖怪《ようかい》、と続けると静香の軽やかな笑い声が返ってきた。南美霧子のデビュー曲「霧子のブルース」がヒットしたことで、内藤企画も少々鼻息が荒くなっている。新年会にレコード会社の幹部がやってくることなど、今までなかったという。

「あたしの歌はさっぱりよ」

静香が秀男の顔をまじまじと見て言った。

「お前さん、ほんの少し会わないあいだにちょいとひがみっぽくなったのと違うかい」

「やめてよ、ひがんでる暇なんかないんだから」

それならいいけど、と言われると却《かえ》って気になってくる。同郷の少女歌手がラッキーなスタートを切ったのだ、もっと喜んでやらなければいけない。

鼻息荒い社長の長い挨拶のあと、ようやく乾杯の音頭となった。もう誰もがしびれを切らしており、会場はあっという間に飲み物を欲し始めた。酒を用意する銀座の花たちが忙《せわ》しなく動く様子を眺めていた秀男の前に、するりと赤いものが滑り込んできた。

「真子ねえさん、あけましておめでとうございます」

南美霧子がまったく感情のこもらぬ声で無表情のまま頭を下げる。

「大ヒットおめでとう。レコ大新人賞と紅白、すごいわねえ良かったじゃないの」

「おかげさまで」

「北海道のご両親も喜んでるでしょう」

ああ、はい。相変わらず歯切れの悪い女だ。茶化すつもりで「親戚《しんせき》増えたんじゃない」といたずらっぽく笑いかける。「はい」と素直に頷かれ、切り返しに困った。

「毎日テレビと取材で大変だったでしょ。たまにはマネージャーに無理を言ってでも休まなくちゃ駄目よ。轟は業突《ごうつ》く張《ば》りだから、言うこと聞いてたらぶっ倒れちゃう」

ぽつりと「真子ねえさん」と漏らした少女に、うっすらとした表情の変化があった。その頑《かたく》なな頬がわずかに上がったような気がしたのだ。

「同郷っていいわねえ、しばらく帰ってないけど、こうやって離れた場所で話すとなんとなくいいことばかり思い出すもんね」

轟が慌《あわ》てた様子で霧子の名前を呼んだ。秀男に新年の挨拶もしないまま、勝手に歩いては駄目だと彼女に文句を言っている。

「轟さん、明けましておめでとうございます。今年もよろしく」

「ああ、ご挨拶が遅れてすいません。こちらこそ、よろしくお願いします」

さっさと秀男から視線を外して、霧子を連れてステージの方へと足を向けかけた轟が、「あ」と言って振り向いた。

「真子さん、来週対談が入っていますからよろしく。伝えるのが遅くなってすいませんでした」

「わかった、あたしはいいから霧子の面倒みてなさいよ」

はっとして静香を探した。今の、聞かれなかったろうか。さっき言われた「ひがみっぽい」のひとことが鼻の内側を通り過ぎて苦い。静香の姿が見えないことに安堵《あんど》しながら、日時と場所は事務所から追って連絡があることを確かめ、轟に向かってしゃらしゃらと手を振った。

社長が慣れない立食パーティーの会場を回りながら挨拶している。どっしり構えて客を待っているほうが客は混乱しないだろうに。秀男は会場を練り歩いているホステスに濃いめの水割りを頼み、煙草に火を点けた。

煙に隠れて水割りを飲んでいると、するりと横に男の気配がする。見れば懐《なつ》かしい顔があった。

「真子さんどうも、お久しぶりです」

大阪時代にずいぶんと取材を受けた「週刊ドラゴン」の花園《はなぞの》ひろしだ。眼鏡は相変わらずだが、ほんの少し頭頂部がさびしくなっている。

「あらやだ、びっくり。こんなところで会うとは思わなかったわあ。元気にしてたの」

花園は少しはにかんだ目元を眼鏡の縁で隠すようにして「まあまあです」と応えた。

今は同じ出版社の月刊誌で編集者をしていると言って名刺を取り出した。

「あら、週刊誌記者じゃなくなっちゃったの。せっかくパリから戻ってきたのに、あんたからぜんぜん取材申し込みがないんで拗《す》ねてたところよ」

「もっと早くにご挨拶に行きたかったんですがね。編集長が頭の硬い男でして、すみません」

五年も前から「マダム・マダム」編集部にいるという花園の、最近ようやく慣れてきたという肩書きは副編集長だ。

「平《ひら》の記者とは響きが違うわねえ、副編集長。いいじゃないの。おめでとう」

「十年経って、こういうかたちでまたお仕事ができるのもご縁です。来週の件、よろしくお願いします」

対談が入っているとは聞いたが、花園の雑誌だとは思わなかった。

「轟さんも南美霧子の大当たりですっかり敏腕マネージャーだ」

敏腕気取りよ、と口を衝《つ》いて出そうになる。轟もこの男も、なんだかよく似た気配だ。

調子の良さには気をつけなくちゃ。痛い思いをしてきたあれやこれやが耳の奥でチリチリと警告を送ってきた。

「対談の話、さっき聞いたばかり。相手は誰なの」

花園はにやりと口元に力を入れて、自信満々の顔で「綺羅京介《きらきょうすけ》です」と言った。戦後のブルーボーイの草分け的存在である。

秀男はその名前が挙がったことをいぶかしんだ。綺羅は秀男がパリへ行く前も帰ってきてからも、カーニバル真子がどんなに騒がれていても、一切の接点を持とうとしなかった。夜の街で漏れ聞いたところによれば「わたしはああいう手合いとは違う」の一点張りで「カーニバル真子の芸には品がない」と言い切っている、と聞いていたのだ。

綺羅京介がカーニバル真子との誌上対談を承知したと聞いて、首を傾《かし》げた。

「よく承知したわねえ。いったいどんな手を使ったの」

「どんな手もなにも、今をときめくカーニバル真子と誌上対談となれば、向こうだって悪い気はしないでしょう。僕がもちかけたとき、ふたつ返事でしたよ」

現場で返事をするのはマネージャーだ。花園の話を半分以下に聞いたとしても、綺羅京介の反応は意外だった。頭の硬い編集長を説き伏せたことをずいぶん自慢にしているが、実際はどうなんだろう。

「ふたつ返事ねえ」

そのまま煙草の煙に隠れようとする秀男を引き戻すように花園が言った。

「僕はさ、正直なところ向こうとしても嬉しい限りだったと思うんだよなぁ」

「どういうことよ」

「毎度週刊誌を賑《にぎ》わしているカーニバル真子とは対照的に、彼には今それほどスポットがあたってない。ここで一気に巻き返しを図るチャンスですからね」

綺羅京介は政界や文壇との付き合いも華やかといった記事を何度か目にしていた。

『時代の寵児《ちょうじ》と「精神的な惹《ひ》かれ合い」を通してお互いを高めてゆくのがわたくしの恋のスタイルなのです』

上流芸能人などという言葉があるとしたら、綺羅京介のためのものだと、秀男も信じて疑わなかった。それだけに、十五の年から夜の街でたたき上げ、毎度、新しい男と寝たり起きたりすったもんだして、恋の賞味期限は三か月などと謳《うた》ってきた自分とは相容《い》れない人種だと多少の遠慮もしていたのだ。

「あの綺羅さんがねえ」

歌と朗読の一人舞台で各地を回っていると聞いたのはいつだったか。美しい青年歌手は、歳《とし》を増してどんなふうに変化したのだろう。花園が口元に手を添えて耳打ちする。

「綺羅さんね、最近神楽坂の近くでお店を始めたんですよ。自分は歌手だから、ただで歌を聴かせるわけにはいかないってんで、マイクも８トラもないスナックなんですけど」

「あら、初耳よ、それって」

「記事にはなりませんから、ご存じないのも当然です」

花園に言わせると、その店もさほどふるっていないらしい。財界、政界、文壇の面々が入れ替わり立ち替わり訪れるという目算が少し狂ったようだという。

「最初こそ賑わいましたけどね。あてにしていた先生たちは、檀家《だんか》回りがたくさんあって、なかなか彼のところまでは足が向かないらしいんだな。まぁ、それもいいわけだと僕は思うんだけど。はっきり言ってちょっと斜陽なわけですよ」

花園の言葉に半ばぞっとしながら「へぇ」とことさら平気な顔をしてみせる。綺羅京介の話題は、いつ名前を替えて自分に降ってくるかわからぬこの世の浮き沈みだ。しかしそんな話を半分に聞いたとしても、秀男の心もちは揺れながらシャンパンの泡のごとく上を目指して立ち上ってくるのだった。

面白い話にはためらわず乗ってみる。そう信じてやってきたのだ。今さらなにを怖がることがあるだろう。花園のひねくれたもの言いは癇《かん》に障《さわ》るけれど、これも変わらぬ浮世のならいである。

「楽しみにしてるわ。よろしくね」

舞台の方が騒がしくなってきた。南美霧子が新曲を披露するという。轟の新たな弾が放たれる現場は、社長すらも緊張しており、紹介も少々つっかえ気味だ。

「当社の新人、南美霧子の歌唱力には絶大な期待をしております。北海道が生んだ歌謡界の宝と信じ、我々も大切に大切に育てて参りました。しかしながら、昨年の爆発的ヒットも、この子を守《も》り立ててくださった皆様のお力を抜きには考えられません。今年もひとつこの、南美霧子をどうかよろしくお願いいたします」

そこまで言うと額の汗を拭いながら舞台を下りた。社長のいない舞台の上で、霧子が所在なげにしている。テレビで見るときも、インタビューの際も、霧子はいつも陰気な空気を漂わせた。ことさら若さや華やぎを求められるテレビの世界にあって、彼女は最初から異質だった。笑っているのは、社長と轟だけだ。同じ事務所の女優も歌手も、なにやら例年とは違う気配を遠巻きに見ている。秀男は静香を見つけ、居場所を隣に移した。

静香がグラスを持った手を揺らした。秀男もメンソールに火を点ける。おかしな間のあと、会場にサックスのイントロが流れ出した。正月早々もの悲しいメロディーだ。

伴奏が入った途端、ひとりで舞台の上に立つ霧子の視線がまっすぐ対岸の壁に向けられた。ここがどこなのか、いつなのか、誰がいるのか、自分が誰なのかもわかっていないような、思わずぞっとするほど昏《くら》い空気が立ちこめる。静香が秀男の耳元に口を寄せた。

「相変わらず、気味の悪い女だな」

赤いパンタロンスーツという装《よそお》いに、あまりに不釣り合いな薄暗い気配を漂わせ、霧子がすっとマイクを持ち上げた。爪《つめ》を割りながら絶壁を這い上がってくるような声だ。気味の悪さは、こちら側にある恐怖感のせいもあるのだろう。見たことのない生きものが、聞いたことのない声で歌い出した。

生まれしくじり　ネオン町
ちいさなお店が　ふりだしで
懺悔《ざんげ》を肴《さかな》に　酒を売り
愛をいつわり　あなたを欺《だま》す

いけないなんて　習わなかった
愛なんて　愛なんて
あたしのかたちをした人形

「塀の中のブルース」、タイトルもタイトルだが、内容も内容だ。一度聴いただけで秀男の人生が半分否定されたような気がしてくる。同じ歌うのなら、人形だっていいじゃない、と落としたほうがすっきりする。それでお互い楽しいならば、と続くだろう。霧子はそこを最初から諦《あきら》めてみせる。デビュー曲の「霧子のブルース」も、嘘か本当かわからないがどん底の貧乏を経験してきた生い立ちと、通り過ぎていった人間の薄い輪郭をなぞるような歌詞だった。

「正月早々、なんでこんな陰気な歌を聴いてるんだ」

静香は轟の自信たっぷりの横顔を顎《あご》で示し、このあとどこかで飲み直そうと言った。

「いいわね、こんな日、滅多にないもの」

内藤企画所属の俳優と歌手が揃って客を見送ったあと、轟と霧子はすぐに次の現場へと向かった。なかなか仕事に恵まれない新人俳優が、会場へとって返し、余ったオードブルを紙皿に移している。それを眺めながら静香は「みんなあそこから出発するんだ」とつぶやいた。

「なんだかんだ言っても、食べてきたもんねお互い」

「真子は飯より男を食ってきただろう」

「旨かったのも不味《まず》いのも、いろいろいたわね」

「カーニバルだからな」

名前も顔も思い出せない男たちは、その時々で大きな慰めだったり力だったり、渡りの船だったりした。

ホテルの出口へと向かう赤い絨毯《じゅうたん》を進みながら、秀男はそっと告げる。

「静香、あたし好きな男ができたよ」

「訊《たず》ねてもいい男なのかい」

小説家の名前をつぶやいた。静香は「なるほど」と返し、「何冊か読んでるよ」と続けた。

「お前さんが惚れて釣りが来るほどいい男なのかい」

「ぴったりなの。それだけなんだけど」

モロッコで手に入れた新しい体が、悦《よろこ》ぶことを覚えたのだった。秀男にとっては初めての経験だ。なにをするにも痛かった時間を経て、体が痛みの向こう側へとひょいと居場所を移した。狭いのか広いのか、ひととき自分を預けてもいい肉体は、自分が欲した男のかたちをしている。

「初めて使ったんだよ」

「どうだった」

「良かったの。思っていたよりずっと。穴を空けて良かったって、初めて思った」

静香が秀男の告白を聞いて、「あたしも相手を探そう」などと言う。

「いま、いないの？」

「舞台やってるあいだに浮気されて、そのまま会ってない」

「まあ、よくあることだわね」

その逆もあったことは聞いているし、縁がないのが普通だと思っているのでどこも痛まない。秀男や静香にとって、縁を持続させようと思うほうが何倍も気力が必要なことだった。

さて北澤との蜜月《みつげつ》はどのくらい続くだろうかと思えば、なにやら男が恋しくなってくる。触れれば素直に反応する体も、小説家の繰り出す台詞も、スズランひとつに落とした照明も、真夜中のコーヒーもブランデーも、時間と酒を売り続ける秀男の楽しみだった。北澤と一緒にいる時間は、女の体を得た秀男への褒美《ほうび》なのだった。ときどき線香花火のようにちりちりと燃える。束の線香花火は一本一本大切に火を点《つ》けなくては、すぐに燃え尽きてしまう。

静香、と隣に囁いてみる。

「女の体も、思ったより悪くなかったわ」

冬枯れの歩道でタクシーに手を挙げる。舞台で鍛えたふたり分の笑い声が夜の街に響いた。

翌週「マダム・マダム」の対談会場となったのは、赤坂のホテルの一室だった。上層階の窓からは灰色の東京と血管に似た道路が一望できる。秀男は綺羅京介を迎えるため、撮影の準備と打ち合わせを兼ねて先に部屋に入った。

服装は少しおとなしくした。黒いシルクの膝丈《ひざたけ》ドレスにダイヤのチョーカーとイヤリング、指にはルビーとダイヤのコンビリングだ。これなら失礼にはならないだろうという秀男なりの配慮だったが、花園はその姿を見て「すごいな」とため息を吐いた。

スイートルームの椅子《いす》を内向きの斜めに並べ、背後に東京のビル群とお堀が入るように配置する。恰幅《かっぷく》のよいカメラマンがライティングの準備をしていた。記事担当は副編集長の花園ひろしで、デスクがいまホテルのロビーで綺羅京介の到着を待っている。現場スタッフは三人。秀男は内藤企画に入る前と変わらず、ひとりで仕事場にやってきた。マージンを取られているぶん、なにやら損をしている気分だ。

乾燥しきった街の景色を見ていても、北澤の仕事場を探してしまう。秀男の内側に在るのは、うまく体を繋げられた快楽の記憶と、男が繰り出す思いも寄らない気障《きざ》な台詞だ。

「いつも、これが最後じゃないかと思いながら抱いてる」

「最後だったら、どうするの」

「怖いね」

ためらいなく吐かれた昨夜の言葉を耳の奥、胸の奥、体を繋いだ部分で思い出す。それだけでまた、すぐにでもあの腕の中に戻りたいと思うから嫌になる。

「どうしました、真子さん」

窓辺に寄ってきた花園が心配そうに眉尻《まゆじり》を下げる。なぜそんなことを訊ねるのかと問えば「心ここにあらず」の言葉が返ってくる。

「そんなことないわ。対談、向こうはどういう感じなの」

「是非、日本におけるお稚児《ちご》の文化について語り合いたい、というコメントをいただいてますがね」

「お稚児文化って、なによ」

「『秋夜長物語《あきのよながものがたり》』とか『弁の草紙《べんのそうし》』とか、ああいうところじゃないですかね」

「ずいぶん硬いところから来るのねえ。硬いっていうか、いらっしゃるところが高いんじゃないの、それって」

「まあ、真子さんの思うようにやってください。僕はそれをちゃんと読者に伝えるんで」

秀男はため息を飲み込み、一度目を瞑《つむ》った。綺羅京介が育ててきたプライドと、カーニバル真子が持つ熟練の客捌《さば》き、この対談がどっちに振れても花園は面白がるだろう。写真を撮られ現場で話す自分たちは、ひとつ間違えば見も知らぬ人間に糾弾される。話題が続くほど、同じ列車に乗ろうとする人間も増える。

嘘は吐かず、本当も言わない。いつもどおりやればいいのだ。

「流れに任せるわ」

相手のあることだった。言葉も景色も流れてゆくのだ。いっときも留まってはくれない。

「綺羅先生のご到着です」

なるほど、向こうは「先生」か。秀男は一度窓の外に広がる灰色の街を見下ろしたあと、軽く深呼吸をした。気持ちは平らだが体には妙なこわばりが訪れ、切り落とした陰茎のあたりがしくしくと痛んだ。来る仕事は拒まずにやってきたが、今回は少し安請け合いが過ぎたろうか。痛みは内側へと抜けて、快楽のあった部分も侵してゆく。

「ごきげんよう、みなさん」

ファルセットをかけたような声とともに綺羅京介が現れた。傍らには見るからに運動選手上がりの青年を連れている。差し出された名刺にはマネージャーの肩書きがあった。

綺羅京介は、黒々とした髪を顎のラインでまっすぐに切りそろえ、弧を描いた眉とくっきりと目を縁取ったアイライン、頬紅はなく唇には紫に近い赤を置いている。ワインレッドの丈長ジャケットスーツは、いつかテレビで観《み》たステージ衣装だ。いったい素材はなんだろう。ドレープのきいたヨーロッパ風のカーテンを思い出した。

「初めまして、カーニバル真子です。お目にかかることが出来て大変光栄です。本日はどうぞよろしくお願いいたします」

彼は、今まで見てきたどんなゲイボーイとも違った。秀男の通り一遍の挨拶《あいさつ》には何も返さず、唇が顔の三分の一を切り落とすほどに長くひき結ばれたかと思うと、余裕とも取れそうな実に妖《あや》しげな微笑みを浮かべるのだった。

間に立った花園は、自分で仕掛けておきながら体が固まったように動かない。マネージャーがどちらの席に座らせればいいのかと問うて初めて我に返ったようだ。

「綺羅先生は、右側ということでよろしいでしょうか」

「けっこうよ」

絨毯の上を滑るような仕種《しぐさ》で、秀男の前を過《よ》ぎる。使っているのはディオールだった。夜の街で嗅《か》ぎ慣れた香りを鼻に吸い込んで、ようやく秀男の痛みが遠のいた。怖がることはない、相手もただの人間だと鼻の奥にある勘が教えてくれた。

ああこんな真っ昼間だから怯《ひる》んでしまったんだ。窓の外に広がるビル群のなかに、ぽっかりと緑に区切られた皇居があった。秀男は結界などという言葉を思い浮かべた自分にほんの少し失望しながら、カメラから向かって左側の席に腰を下ろした。

室内は、綺羅京介の放つディオールと秀男の衣服に染《し》みこんだゲランで充満している。煙草《たばこ》の一本も吸っておくんだった、と悔いても始まらない。彼がそのトレードマークである真っ赤なキセルを持たない限り、秀男が先に灰皿を持ってこいとは言えないのだった。

花園が頬をひくひくさせながら、つまらない前座を演じている。カメラマン、副編集長、デスク、マネージャーとともに、斜めに角度をつけた椅子に座っている綺羅京介を視界に納めた。

「本日はおふたりに、お忙しいところ貴重なお時間をいただきましてありがとうございます。どうぞ、お互いの思うところをご存分にお話しください」

綺羅京介が首を傾けて会釈《えしゃく》をする。まだ秀男のほうを見ようとはしない。おかしな沈黙が流れれば秀男の咎《とが》ということか。さりげなさを装い訊ねた。

「綺羅先生、今年のお正月はどちらでお迎えになったんですか」

「ハワイよ」

俗な答えに戸惑いながら、ハワイでは何をしながら過ごしたのか訊ねた。

「なにもしないわ。ただ海を見ていただけ。人もたくさんいるけれど、そのぶん海も広いから」

「お休みはやっぱり海外へ行かれるんですの」

「そうとも限らないわ。行きたいところは、そのときによって変わりますしね。いちばん居心地のいいのは自分の家なのよ。あなたもそうじゃなくて」

「そうですね、自分の部屋の居心地に勝るところはありませんね」

おっと、こんな調子じゃ会話が保たない。秀男はできるだけ綺羅の口調に惑わされぬよう注意深く腰を低くする。

「綺羅先生には、いつかお目にかかりたいと思っていました。こうしてお時間をいただけて光栄です」

「週刊誌の記事、拝見していました。モロッコでお体の手術をされたとか」

「はい、見かけも女にしてみました」

「してみました？」

「はい、女の体にしたら何か面白いことがあるんじゃないかと思って」

綺羅は少し間を置いてまたあの顔を上下に割るような笑みを浮かべ、ようやく秀男の方を向いた。

「戻れない道を選んだわけね。で、なにか面白いことは起こりましたか。大きく変わったことはなに」

「目に見えて変わったのは、女物の下着がきれいに穿《は》けるようになったことですね。男と遊ぶ回数は以前に比べて減りましたけど」

「あら、どうしてかしら」

「中間地点というか、相手側が落としどころを見つけづらくなったんじゃないでしょうか。女みたいだけどよく見りゃ男、という目に見えて面白いところから、よく見ても女だけど内側は変わってないというおかしさですね。見たことのないものって、確かに薄気味悪いもの」

綺羅が今度はビブラートを利《き》かせながら笑った。

「あなた、ずっと女になりたかったのではなかったの」

「正確に言うと、女の体が欲しかったんです。ちゃんと衣装を着こなして踊りたかったということです。性別より、すわりのいい衣装を着た感じです。これが、自分の新しい居場所だと思ったんです」

別に切り落とさずとも良かったのだった。男と遊ぶにはなにも問題はなかったし、女と同じ快楽を望んでもいなかった。確かに衣装は美しく着こなすことが出来るけれど、秀男はこの期《ご》に及んでまだ己の居場所のあやふやさに不満を残している。浴びせられる「まともじゃない」という言葉の暴力的な響きは、自分にしかわからない。それを悦んでいると思われてなんぼのカーニバル真子だとどれだけわかっているつもりでも、だ。

「女の体は、どうですか」

どうとでも取れる質問の、意味を問うのは野暮だ。できるだけ嫌な響きを残さぬよう、短くすっきりと放つ。

「下着が汚れます」

綺羅があきらかに不愉快そうにその黒い眉をしならせる。途端、愉快になってきた。

「便利なことはなにもないです。強いて言うなら妊娠しないってことくらい。これはきっとあたしより男のほうが嬉《うれ》しいことじゃないかしら。いくら中で出してもいいんだから」

若い頃の章子を思い出した。北海道の川湯にある老舗《しにせ》旅館に嫁ぎ、女将《おかみ》修業の最中に三度も妊娠しながら流さざるを得なかった姉が浮かべた薄い微笑みを思い出し、また手術痕がしくしくと痛んだ。

「ということは、神様に逆らったわけね、あなた。神様の創造物としてこの世に生まれた、持って生まれた運命を自分で変えたということよ」

「神様、ですか」

「そうよ。わたくしはずっと神様のもとで生きてきました。もちろん男性を好きだということは隠しません。だからいつも許しを請《こ》うために気高く、心がけて美しく生きています。祈りと懺悔が、わたくしの表現の本質だと思うのよ」

表現の本質、ときたか。

花園の走らせるペンの音がさわさわと辺りに響く。ここで「神様」を出してくる綺羅の本意とはなんだろう。秀男はこめかみが痛くなるのを堪《こら》え、彼の横顔に目を凝らした。長く自分の身は自分で守ることを誓って生きてはきたけれど、表情のひとつも変えずに「神様」を説く人間に、これ以上気を遣うこともないのでは、という思いが湧《わ》き上がってくる。信じる者しか救わない神様は、最後の最後で心が狭い。秀男は神様よりはるかに心の広いマヤや夜の街に救われながら生きてきたのだ。

綺羅は神に背いた秀男のことを間違っていると言いたいのだろう。しかし秀男は、仕上げを間違った神様を許し続けている。どちらが正解とか良い悪いではなく、この男とは永遠に交わらない道を歩いているのだという確信が、細かな粉に姿を変えて胸の内側に降り積もってゆく。

生きることへの期待がそもそも違うのだろう。

秀男は、勘違いで塗り固めた恋に破れ、生きることに疲れ果てて死んでいった同輩たちの顔をひとつひとつ思い浮かべる。みんな笑っている。当然だ、そう見えるように厚化粧をしているのだから。

意地を通すには金がかかる。金はあるところから流れてくる。そのためにこの体と口を与えてくれたのが神様なら、なにを懺悔する必要があるのだろう。

媚《こ》びを売るのは、仕事だけでたくさんだ。

「あたしは、母親以外の誰にも懺悔したくはないですね」

綺羅の眉がこれ以上ないほど持ち上がった。不愉快な顔すらも美しく見えるよう意識してでもいるようだ。そこにどんな感情が含まれているのか、考えるほどわからなくなる。

「わたくしたちは、罪の子だとはお思いにならないの」

「罪だとは思いません。悪いことはそこそこやってきましたけれど」

「エル」や映画の制作現場で知り合った親分衆に気に入られ、任俠《にんきょう》世界の男たちとの付き合いもある。薬《シャブ》漬けの男に惚《ほ》れたこともあるし、一緒に楽しんだことも一度や二度じゃない。

どんないい男でも薬や義理で人が変わるという怖さも経験してきたし、吸うだけで体中の痛みがなくなる煙草も吸った。酒も似たようなものだ。

自分の体に自分自身がめり込んでゆくような快楽のあとに訪れる鬱々《うつうつ》とした気持ちに耐えきれず、頼むからもう一回くれと懇願したこともある。あの日夢から覚めたあと、ひどく悲しそうな顔をした男も、もう生きてはいないだろう。みな欲した人生を生ききったなら、それでいいのだ。

欺したり欺されたりしながら、最後はこっちが笑ってやろうと思いながらやってきたのだった。

振り返ればよく死なずに済んだと思うことばかりだったが、どんな場面でも神に許しを請うたことはなかった。強いて言うなら、三途《さんず》の川を渡りかけたモロッコで、罰が当たるとはこういうことかもしれないと弱気になったことくらいだ。

つと窓の外に視線を泳がせ、眼下の景色に溶けている人々が今夜幸福であるようにと祈った。同時に、北澤との逢瀬《おうせ》もそう長くは続かない気がして胸が詰まる。

ペンの音が止《や》んだ。顔を上げた花園の、瞳《ひとみ》がおかしな具合に光っている。記者時代になにか手応《てごた》えを感じた際に見せた顔だ。この男が持っている期待を無意識に探るのも、秀男の習い性である。

綺羅先生、と言葉を切った。

「あたしはむしろ仕上げを間違った神様を許しながらやってきました。だから誰に許しを請うたこともないし、これからもないと思います。あたしにとって、自分が悪いと反省したら、それは楽な道を選んだということです。悪いことをしたと思う先があるとすれば、母親に対してです。息子を産んで将来楽になれるはずだったところを、こんなやくざないかれぽんちになっちゃったんですから。謝る先は自分に都合のいい神様じゃなくて、痛い思いをしてあたしを産んだ母です」

「わたくしが、都合良く懺悔していると仰《おっしゃ》りたいのかしら」

「わかりません。でも、最後の最後に神様に謝ればいいという発想は、あたしにはないんです。もしも死ぬ間際《まぎわ》に神様に咎められたら、そのときは好き勝手に生きてきたことを謝ろうと思います」

綺羅京介が気分を害しているのは察していた。だが、記者が好き勝手にまとめた記事にうんざりしていたところへ今度はまさかの懺悔話で、秀男はしらけた気分を隠せなくなっている。気詰まりな空気に気づいていないわけではなかった。それでも、笑いながら相づちを打つことはしないでおきたかった。綺羅の話に丸め込まれたら、せっかく身につけた本物のダイヤやルビーが泣くような気がするのだ。

その後の数十秒は、秀男にとってはひどく長い沈黙だった。誰も間に入ってこの空気をどうにかしようという気配がない。企画した花園も黙り込んだ。秀男は、この場で何かあったら盛大にケツをまくってやろうと肚《はら》をくった。

綺羅が呼吸の音も感じさせずにつぶやいた。

「いい天気ね。わたくしたちの精進がいいせいよ、きっと」

張り詰めた空気が一瞬にして緩んだ。綺羅が「コーヒーを飲みたいわ」とマネージャーに指示する。彼は、秀男にもなにか飲まないかと微笑《ほほえ》みかけた。同じもの、と言いかけてやめる。

「すみません、あたし喉《のど》が渇いちゃったんでシャンパンかビールでお願いします」

綺羅の高らかな笑い声がスイートルームに響いた。美しいファルセットだ。頑《かたく》なだったのはどちらなのか、霧に紛れて見えなくなる。

数分後、ホテルのボーイがうやうやしくワゴンを押して部屋にやってきた。花園が気を利かせたものか、人数分のシャンパングラスとコーヒーが用意されていた。

わたくしも一杯、と言って綺羅がグラスを受け取る。どちらともなく軽くグラスを掲げて乾杯をした。

「美味しいわね」

「昼間の酒は回りが早いので大好きです」

「あら、夜のお酒はどうなのかしら」

「夜のお酒はどれだけ飲んでも美味しいし酔わないので、もっと好きです」

綺羅の機嫌は悪くなさそうだ。秀男はほっとして一気にグラスを空け、二杯目を注《つ》がせた。

対談終了後、綺羅京介は秀男に白くしっとりとした右手を差し出した。秀男はその手を握り礼を言った。東京の街が薄く暮れて、車と人の流れに沿って明かりが灯《とも》り始めている。

「楽しかったわ、あなたやっぱり面白いひとだった。会えて嬉しかった」

「ありがとうございます。あたしも嬉しいです」

「わたくし、神楽坂でお店を始めたの。たまに遊びにいらしてちょうだいな」

「ええ、是非」

安心しきっていた秀男の手をほどいて、綺羅京介が人差し指を軽く立てて花園を呼ぶ。

「あなた、そこの記者さん」

緊張の緩んだ花園が「はい」を連発しながら綺羅の前に立った。

「おかげさまで楽しい時間でした。ありがとうございました」

「いいえ、こちらこそお忙しいなか、本当にありがとうございます」

全員が綺羅を見送る準備を整えて、彼に注目していた。ジャケットの襟元を整えた彼が秀男を振り向き、微笑んだ。穏やかな別れのひととき、全員が安堵したところへ綺羅が舞台用の発声を緩めることなく言い放った。

「この対談は、どうぞなかったことにしてちょうだいな」

綺羅がマネージャーを伴い部屋を出て行ったあとも、残された全員が何が起こったのかわからずに立ち尽くしている。カメラマンが黙々と機材を片付け始めた。デスクがポットから四つのカップにコーヒーを注ぐ。うなだれるでもなく、花園がぼんやりとした瞳で窓の外を見る。秀男は渡されたカップの、苦いコーヒーを喉へと流し込んだ。

記事が仕上がってからのことではなかったし、花園への咎は多少薄まるだろう。セッティングに無理があった、あるいはカーニバル真子の態度が悪かったということで片付くのなら、それでいい。ここは「エル」の店内でも「MAYA」でもない。秀男が必要以上に媚びる必要はどこにもない。

それにしたって。秀男はめいっぱい声を張り上げて綺羅京介の真似《まね》をした。

「みなさん、今夜も祈りと懺悔でガバガバ飲みましょう」

最初に笑ったのが花園だったことで、秀男の気持ちもいくぶん救われたのだった。

北澤英二とカーニバル真子の関係が週刊誌に載ったのは、節分が過ぎて夜の街が少しばかり伸び悩む時期だった。心得た女の子たちは少し安くなったツアーでハワイへ肌を焼きに行き、秀男はテレビの仕事で大阪と東京を往復する日々だ。

轟は霧子のマネージメントに専念するということで、カーニバル真子の担当は内藤企画に入ったばかりの青年が務めることになった。こんな坊主《ぼうず》に何が出来るのかわからないまま、半ば犬の面倒を見るような感じで側《そば》に置いている。

新幹線に乗る前に買って来させた週刊誌をめくっていると、大なり小なりカーニバル真子がらみの特集や記事が載っている。話題を引っ張ってもらうことで、ここまで生きながらえてきたのだからと、まるきり嘘《うそ》でも堪えている。失礼な記事がほとんどだったが、週刊誌よりはるかに浮気な自分でいればいいのだと思えば、なんということはない。そなので、カーニバル真子に一行も触れていない週刊誌の傾向をとことん頭に入れた。そうすることで、次に何をすればいいのかが見えてくる。この十年の成果だろう。

ぱらりとめくったトップの記事に、秀男の手が止まる。

『塀の中のブルースは事実だった！　南美霧子の母・殺人罪で服役中』

「昨年『霧子のブルース』で自身の生い立ちを歌い彗星《すいせい》のごとく現れた天才演歌歌手、南美霧子。年明けに発売された『塀の中のブルース』は、現在服役中の彼女の母親を歌ったものという事実が判明した」

果たして嘘か本当か、若い頃から子連れで夜の街を歌って歩いてきた霧子の母親は霧子の父親であった夫を刺し殺した罪で懲役六年という刑に服しているという。

見開き二頁《ページ》がほとんど霧子の写真で、下に一段、粗い刷毛《はけ》みたいな記事が付いている。

「お母さんが戻ってきたら、温泉に連れて行ってあげたい」

霧子のコメントは写真の肩に太い写植で入っている。記事には母親がなぜ夫を刺し殺すことになったのかまでは書かれていなかった。秀男は胸が悪くなった。轟は最初からここまで見越して霧子を売り出したのだ。

生い立ち、母親の犯罪。世間は否応《いやおう》なく彼女への同情へと傾いてゆく。この記事で伏せられているのは、殺人の動機だ。おそらく轟が話題を引っ張るために記者を丸め込んでいるのだ。いずれどこかの記者が、すっぱ抜くか、スクープを持ちかけられて世に出る。轟のほくそ笑む顔が思い浮かぶ。霧子はどんどん話題に搦《から》め捕《と》られ、その場から身動き取れなくなる。

目先の話題で生き延びてきたのは秀男も同じだろうが、轟の仕掛けには容赦がない。話題が尽きたら霧子はどうなるのか、想像すると本当に吐いてしまいそうだ。女優をひとり死なせている、という静香の言葉がことあるごとに秀男を不安にさせた。轟から半ば見放された自分は、死に神にまたも相手にされなかったのだった。

秀男は隣の座席で今にも眠りそうな顔をしていたマネージャーの、脇腹《わきばら》を肘《ひじ》で突《つ》いた。

「ちょっと坊や、これ読んでごらんなさいよ。こんなことやるの、轟しかいないでしょう。なにか聞いてないの」

秀男に坊やと呼ばれても怒りもしない青年は、まだニキビ跡の残る頬を二度叩《たた》き記事を読んだあと「はい」と「いいえ」を繰り返した。

「どっちなのよ、知ってんの、知らないの」

「事務所でちょっとだけ、轟さんと社長が話してるのを聞いたことがあります」

言ってみろ、と凄《すご》みそうになるのを堪え、「教えてちょうだいよ」と半分甘えた声を出す。秀男が怒っているわけではないと安心したのか、ひとつ息を吐いた。

「ちょっと耳に挟んだだけなので」

確かではないと言うのだが、そんなものは狡猾《こうかつ》な逃げだろう。秀男に霧子の話を聞かせるときの坊やは、時折り、轟の口調も真似ながらかなり詳細だった。

「社長、とにかくこれで年内は引っ張れると思うんですよ」

「本当に犯罪が絡《から》んでいるのか」

「ええ、そこは間違いないです。あいつの母親は自分の亭主を出刃包丁で刺し殺したんですよ」

「嫌な話だな。どうしてそんなことになったんだ」

「女がらみ、と聞いてます」

「そんな薄暗い話ばかりで引っ張るのは、難しいんじゃないのか」

「刑期は六年です。もう三年経《た》っています。模範囚と聞いていますし、あと二年待たずに仮出所の話が出ると思うんですよ。そのときこそ霧子に光のある歌を歌わせればいいんです」

「そんなに上手《うま》くいくかね」

「霧子にはこの路線でやっていくと言い聞かせてますから。まあ見ていてくださいよ。刑務所の面会が出来るのも霧子ひとりですからね。これも挟み込んで行きます」

坊やがやってみせる轟の口真似が妙に上手く、やりとりの際に轟が浮かべた嫌な笑みさえも想像できて、秀男は更に気分が悪くなる。

「坊や、あんたも轟みたいになりたいわけ」

「いや、僕は正直なこと言うと本当は舞台俳優志望だったんです。しばらくはマネージャーの仕事をしながら顔を売れ、と言われました」

「なんだよ、あたしんところに来るヤツはなにもかも中途半端《はんぱ》だな」

坊やは頭を掻《か》きながら、さほど悪くも思っていない様子で「すみません」と言った。

南美霧子のスクープを載せているのは一誌だったが、来週はこの話題に乗っかりほとんどの雑誌が彼女を話題にするだろう。

レコードが売れる。

そして、レコードが先か霧子が先か、いずれにしてもすり切れるときがくるのだ。「薄幸」を売りものにする少女が同郷でなかったら、秀男も面白がって記事を読んでいたのだろう。挨拶に来た日と、新年会で見せた表情が過ぎる。

二月の沿線はまだまだ肌寒さを残していた。もう少しで真っ白い富士山が見えてくる。秀男はすっぱ抜かれた北澤との密会記事を何度も読んだ。話したこともない内容が、秀男の語りとして書かれている。

『やっぱり日本人がいいわ　カーニバル真子恋に堕《お》ちる』

「北澤さんと知り合ったのは去年の暮れよ。彼に誘われてお店がはねてから銀座のライブハウスで飲んだの。さすが小説家よね、選ぶ言葉がみんな格好良くてさ。パリの男たちとは言葉が通じなくて、体しか気持ちを伝え合う方法がなかったわけ。それはそれで刺激的だったけど、言葉が通じて更にその言葉に体が溶けちゃいそうになるって、今までなかった経験だったのよ。役者とはいっぱい付き合ったし、映画の中の台詞《せりふ》みたいなのもいっぱい聞いたけど、あたしのためだけに用意されたオリジナルの囁《ささや》きに、正直まいっちゃった。今は彼のことしか考えられない。彼はあたしをどう思ってるかって？　そんなの知るわけないじゃない。あたしが好きっていうだけでいいじゃないの、ただの恋なんだから」

北澤のコメントは一切なく、カーニバル真子が記者の質問に答えているだけの、片道記事である。いかにも自分の口調だと感心しながら読み、腹が立つのも忘れていた。何度も読み返しているうちに、本当に自分が喋《しゃべ》ったのではないかとさえ思えてくる。北澤の部屋を訪ねるときも、注意を払っていたはずなのに。

ああでも「お色気討論会」の河合幸太が、北澤と過ごした初めての夜から時を待たずにふたりの関係を知っていたことを思えば、この記事はとうにできあがっていたのかもしれない。頃合いを見計らって適当なところで載せておけばゴシップの好きな読者に受ける。

西に向かう新幹線の車内が、気のせいか少しずつ熱を帯びてくる。今夜の番組は夜の大阪探訪と称して、秀男が心斎橋あたりで面白い店を探すという企画だった。「大阪でいい男を探してや」と馴染《なじ》みのプロデューサーが電話で大笑いをしていた。この記事をどう利用すればいいか頭の中で組み立てた。秀男は、カーニバル真子に染みついた癖に救われていた。

あたしが好きっていうだけでいいじゃないの、ただの恋なんだから。

記事の最後にあった一行が頭を離れない。ただの恋だけれど、と逆に傾く心もちをどうにかこうにか「恋」のひと文字に落とし込む。通りかかった車内販売のワゴンから、幕の内弁当ふたつとお茶を買い求めた。

「ちょっと坊や、こういうことはあんたがやらなきゃ駄目なんだからね。ぽかぽか陽気に昼寝しようなんて、甘えたことするんじゃないよ。まったくどうなってんだ、うちの事務所は」

どうもすいません、と秀男から弁当を受け取り包みを解くマネージャーに、この先なんの期待もしてはいけないのだった。自分はやはりひとりでやっていくのが良いのかもしれない。

その夜、大阪のテレビ出演の仕事を終えた秀男は、古巣の「カーニバル」にも行かずホテルに戻った。やっと落ち着いて電話を掛けられる。時計を見ればすでに日付が変わっていた。

ベッドの縁に腰掛けて、薄暗いシングルルームから北澤を呼んだ。コール音二回、どうやらリビングにいたようだ。

「ごめんなさい、週刊誌に書かれちゃった」

「うん、知ってる。知り合いの編集者からちらっと聞いてた」

「怒ってない？　あたし、あの記事を書いた記者に会ったこともないし、あんなこと喋ってないんだけど。いかにもあたしが言いそうで、正直自分のことが嫌になっちゃった。困ってないかしらって、そればかり気になってたの」

気にしたって始まらないよ、と北澤が言った。電話の向こうに広がっている部屋と、男がいま何を思っているのかを必死で考える。手には好みの酒を注いだグラスがあるだろうか。音楽は聞こえてこない。耳を澄ましても、誰かが側にいる気配は伝わってこなかった。

「真子さんの方こそ、困ったことになってないの？」

「あたしは、こういう業界にいるから。書かれないよりはマシなのよ。まだ世間が興味持ってくれてて良かったじゃないかって、誰もがそう思うような仕事をしているの」

気づけば、いかにも男が喜びそうな言葉を並べている。北澤はカーニバル真子が吐くこんな台詞が好きなのだ。

夜ごと自分が頭の中で作り上げた女を抱いて、好きな台詞を言わせている北澤に今まで知らなかった世界を提供できるのも、カーニバル真子であればこそだ。ふっと息を吐いた。この先に在るふたりの景色が、アスファルトの亀裂《きれつ》に伸びる雑草の一本まで見えた。

こんな気分になったらもう、秀男の恋は終わりに向けて舵《かじ》を切らねばならない。何があろうと北澤がカーニバル真子を疎《うと》ましく思ってはいけないし、もちろん秀男自身が男に飽きてはいけない。男に引き留められることはあっても、男を引き留めるほど好きになってはいけない。心底惚れたら負けなのだ。

ベッド脇のスタンドの明かりに向かって「会いたいわ」とつぶやいた。受話器の向こうで男が自分もだと応える。お互い、いま欲しい言葉を投げ合いながらこの上もない幸福感に包まれた。

秀男はこの会話がいつか生ぬるい疑いにまみれてゆくのを識《し》っている。好きになるということは、そういうことだ。

疑わず、気持ちの上下なく、いつまでもその人の幸福を願うには、決して心底好きになってはいけない。

北澤さん、と言葉を切った。

ん、と男が次のひとことを待っている。

北澤さん、ともう一度彼を呼ぶ。どうしたの。男はもう次の言葉の心当たりがついているのだ。秀男は精一杯、女になる。

「あたし、北澤さんのことが好き」

くぐもった声で「わかってる」と男が言った。

「会いたい。今すぐ会いたい」

「始発でこっちに帰っておいでよ。俺も会いたい」

「すごく好き」

「うん」

「誰より、好き」

つよい言葉はすべて嘘になるまで研《と》がれてゆき、ひとつ諦めがついた。

翌朝、坊やにメッセージを残し、始発で東京に戻った。秀男は脇目も振らずタクシーに飛び乗り、まっすぐ北澤のマンションに向かった。

玄関で抱き合い、リビングでお互いの着ているものを剝《は》ぎ取り、寝室で肌を重ねた。男がこわごわ触れてくる傷口に、痺《しび》れに似た快楽が集まってくる。男を待っている傷口が震えた。指先にもつま先にも、髪の毛の先、体のありとあらゆる部分に、失ってもかまわないと覚悟をしていたはずの快楽が細かな棘《とげ》を立てている。体の奥へ北澤を招き、男の往来を受け止めた。

快楽の底から浮かび上がり、熱いシャワーを浴びたあとの体には、北澤との交わりを終えることに惜しいという思いが残っていなかった。

これ以上の交わりがもう訪れないことが、男の思考を理解しながら女の体になった秀男にはわかる。この先ふたりの時間を埋めてゆく気持ちはすべて虚構なのだ。

あたしはそんなに実のある人間じゃない。お祭り騒ぎにしか興味がないカーニバル真子なんだ。

週刊誌にふたりの関係を売ったのがやはり轟だったとわかったのは、北澤に二度泣かれたあとだった。綺羅京介との対談が不発に終わったことの穴埋めと言われては返す言葉もない。轟の戦略は南美霧子を刻み、カーニバル真子を舐《な》め尽くさんという勢いだ。

北澤は週刊誌の取材に一切応えなかった。秀男が彼の本気を疑うことはなかったが、それゆえに捨てるときの痛みは大きかった。

「なんで別れなきゃならないんだ。俺は記事なんか気にしちゃいない」

「飽きちゃったの」

「好きじゃ、なかったのか」

「過去形よ、仕方ないじゃない。あたしいつもこうなの。燃えるのも飽きるのも早くて嫌になっちゃう」

「俺とはただの話題作りだったのか。それともほかに、誰かいるのか」

「そこは否定しない。悪いけど、男はいつも行列作って待ってるの。楽しかった。ありがとう」

そろそろ神宮にも桜が咲き始める。花が咲けば人の心も湿った楽しみに満たされてゆくだろう。実のない女と諦め、北澤がさっさと自分を忘れてくれるのがいちばんだった。もう、大阪から飛びたい気持ちで戻ってきたときのような高揚に溺《おぼ》れる日はない。いちばんを経験したあと、誰が二番で満足できるか。秀男はカーニバル真子であるゆえに、真子をまっとうすることで新しい体を使い切る。そこに自分以外の善悪や常識を持ち込むのは面倒だった。

人間は自分たちが思うよりずっとシンプルに出来ている。自分はそのシンプルさを追求して、いっそうわがままに生きてやる。

そうでなくては、北澤と自分が泣いて別れる甲斐《かい》もない。

綺羅京介との対談掲載がなくなったことで、轟が秀男に向ける視線はより冷ややかなものになった。彼の戦略で売れている霧子がいる限り、我のつよいタレントは厄介者でしかない。たまに顔を合わせても、轟は「どうせ」という単語を連発した。

どうせ売れ筋じゃあないですし。

どうせ夜の店のほうが儲《もう》かるでしょうし。

どうせタレント仕事はただの宣伝ツールなんでしょうし。

轟の思考は、秀男の基準でゆけばひどく健全だった。「どうせ」の向こう側にあるものを期待しなくてもいいのだ。この世に垂れている糸は一本、売れるか売れないか。数字しか彼を納得させない。自分のマネージメントで成功を収めないタレントは必要ない。

その日秀男は、土曜の夜の生番組で南美霧子と同じ楽屋になった。冒頭で十五分ほどの大がかりなコントで盛り上げ、その後は歌とゲームと体操コーナーでホールの笑いを誘う。秀男はコントのコーナーでバーのママの役を与えられている。台本はあるが、最後にドレスをめくって半分尻を出して下手《しもて》へ消えればよいということだった。毎週のように「低俗番組」としてやり玉にあげられるが、不思議議と打ち切りの話が出ない人気番組である。視聴率も高く、轟が霧子のおまけみたいにして取ってきた仕事だった。

ヘアメイクがやってきて、轟が打ち合わせで楽屋を出た。メイク係が霧子の顔に薄昏《うすぐら》い化粧を施すあいだ、秀男はカーラーで髪を巻き、慣れた仕種で瞼《まぶた》にいつもと同じ色をのせた。

「霧子、あんたちょっと働き過ぎよ。正月よりずいぶん顔色悪いしほっぺたがこけてる。言ったでしょう、轟の言うことを聞いてたら殺されちゃうよ」

霧子は申しわけなさそうに頷《うなず》き「すみません」と言った。

「あたしに謝ってどうすんのよ」

霧子はおかしな吸引力で、その薄昏い世界に秀男を引っ張り込んでゆく。どうやったらこの少女を笑わせられるのか、ついつい習い性で考えてしまう。

「ねえあんた、長い鼻毛が二本も出てるわよ」

霧子の目が鏡に向かって大きく開いた。メイク係が慌《あわ》て始め、霧子は鼻の下を伸ばして鼻毛を探す。今まで見たことのない南美霧子の顔に、大声で笑った。冗談と気づいた霧子の細い眉が八の字に下がり、瞳《ひとみ》が揺らいだ。ぽってりとした唇が開く。

「やだあ、真子ねえさん」

やっと頬が持ち上がった。多少でも笑えば年相応の可愛《かわい》さがある。赤いベルベットのスーツがようやく明るく見えてきた。

「霧子、あんた笑うの下手くそだけど可愛いわよ」

少女の顔が途端に翳《かげ》った。どうしたのよ。ううん、なんでも。ここにはカメラなんかないんだから、言いたいことは言っちゃいなさいよ。数秒の沈黙のあと、ぽつりと霧子が言った。

「笑うなって、言われてるんです」

「誰がそんなこと」

「轟さん。笑ったらせっかくのイメージが崩れるから駄目だって」

こんな話には慣れっこなのか、メイク係は自分の仕事を終えると手早く道具を仕舞い始めた。

「先につまんないイメージ作っちまうから、そんなことになるんだ。あいつのあざとさにはうんざりするよ」

霧子はそれでも轟には恩があるからと目を伏せる。

「恩って、何の恩よ」

「育ててもらったし。売り出してもらったし」

「だから給料安くても我慢しろって、そう言われてんのね」

事務所が一から育てた歌手が、小遣い程度の給料で朝から晩まで働かされるということは知っている。チョコレートを何枚か買ったらなくなってしまいそうな金に恩着せがましい態度を被《かぶ》せ、母親の話を絡めながら霧子をいいように使っている男の、戦略だか戦法だか知らないが、そんなもので勝負が出来るほど世の中は甘くない。今の戦略は、必ず新しい戦略に負けるように出来ているのだ。笑うことも出来ない毎日ですり減ってゆく「商品」が、結果的に使い捨てになっても、轟のほうは爪《つめ》の先ほども痛まない。

あの男は同じ方法で女優をひとり殺している、という話をすれば霧子が怖がる。秀男は煙草に火を点《つ》け一服してから、マヤの口調をほんの少し真似た。

「その辛気くさい演技も、毎度じゃ疲れちまうよ。たまには馬鹿《ばか》みたいに笑いなさい」

「真子ねえさんが、馬鹿みたいに笑えることって何ですか」

真顔で訊《き》かれても困る。

「このあいだ、男と別れたことかな」

「真子ねえさんは、男と別れると可笑《おか》しいんですか」

「可笑しいし、バカバカしいわねえ。何度こんなこと繰り返せばいいんだろうって思ったら、笑えてくる。あたしはまだまだ馬鹿をやめられそうもないの。あんたの倍近くも歳《とし》を取ってるってのにさ」

うふふ、と霧子がくぐもった声を出して笑った。秀男はこの辛気くさい少女を笑わせたことが嬉しくて、北澤と別れたことにもなにか甲斐があったのだと短い恋を吹っ切った。

コント用の台本に目を落とす。今日の役どころは、ぼったくりバーのママだ。客に安い酒をほいほいと飲ませ、勘定のときに豹変《ひょうへん》する。札を数えているときに入ってきた客にまた安い酒を飲ませ、さあ勘定というときに警察手帳が出てくるという内容だった。客は今日の歌のゲストで、最後に出てくる私服刑事の役は去年劇的なカムバックを果した演歌歌手だ。

台本を読む傍ら、秀男はぽつぽつと放たれる霧子の話を聞いた。彼女の硬い扉からは、薄く開けただけでさまざまなものが流れ出てくる。母親と夜の街で生きてきたことは本当だったが、小学校にも通っていなかったというのは記事の誇張だった。

「読み書きが出来ないってことになってはいるけど、本当は本を読むの好きなんです」

轟には人前で週刊誌を開くのも禁止されているという。秀男はなるほどと頷いた。あの男はそんなふうに自分の手がけたタレントに窮屈な服を着せて鈴をつけ、檻《おり》の中で意のままに操るのだ。

「週刊誌に何が書かれてあるのかもわからないから、純粋培養の歌姫なんだって」

文字も読めなければ楽譜も読めないが、歌わせれば天才少女ということになっているらしい。

「わたし、真子ねえさんの『あたしはおんな』が好きです。なんだか自分で歩いている感じがしていいと思うんです。全国縦断コンサートが決まったんですけど、歌わせてもらっていいですか」

「いいけど、轟がなんて言うかわかんないわよ」

あの曲はあたしの友達をだまくらかして書かせたのよ、と喉元まで怒りがこみ上げてくる。

ノブヨは最近「MAYA」で会っても轟の話をしない。マヤも巧妙にその話題を避けているようだ。ひととおり「俺の女」をアピールし終えて、轟の興味も薄れたのだろう。別れたかどうかは知らないが、進展のある間柄ではなくなったとみて間違いなさそうだ。

ノブヨもあたしも、何やってんだか。

次の煙草に火を点けたところで、轟が楽屋に戻ってきた。轟に少し遅れて坊やもやってきた。

「真子さん、どうですかこいつの働きは。なにか足りないところがあったら言ってくださいよ」

坊やが彼の後ろで頭を下げる。こいつも轟の手下だ。

「よくやってくれてるわ、だいじょうぶよ」

「そうですか、安心しました。じゃあ、地方の営業も心配ないですね」

「地方の営業って、なによ」

轟が胸を張って、札幌のキャバレーで一本一時間の歌謡ショーだと言った。

「故郷に錦《にしき》、ですよ。北海道でカーニバル真子ここにあり、ってところ見せてきてください」

「歌謡ショーったって、あんた、なに言ってんのよ。あたしはダンサーよ。歌だけで一時間も保たせられるわけないじゃないの」

「歌はレコードで聴かせればいいじゃないですか。得意の話術があるでしょう」

霧子が横から心配そうな顔を出した。

「真子ねえさん、わたしの歌も歌ってくれませんか」

轟の表情が、嫌なものを見たように歪《ゆが》んだ。

「真子ねえさん、か。ずいぶん仲良くなったんですねえ。だけど、こいつにおかしな知恵を付けないでやってくださいよ、僕が預かっている大事な大事な歌謡界の宝ですからねえ」

「ねえちょっと、おかしな知恵ってどういうこと」

「言いかた悪かったですか、すいません。いつものことではあるんですがね、タレントや歌手ってのは、みんないいところまで行くと、周りからいろいろ吹き込まれて勘違いしちゃうんです。手間暇掛けて売ってもらった恩も忘れてびっくりするようなことを言い出しますからね。ああ、本番前におかしなこと言ってすいませんね」

びっくりするのはお前の頭の中身とスケジュールだ、と言いたいのを堪えて「それを言うならすいませんじゃなく、すみませんでしょ」と返す。しつけの厳しいママたちから、詫《わ》びのときに遣う言葉だけはしっかり習ってきたつもりだ。詫びの下手なやつに喧《けん》嘩《か》が上手かったためしはない。

煙草に火を点ければ、言いたいことも煙と一緒に飲み込んでしまえるようになった。カーニバル真子が何も言い返さないので安心したのか、轟が調子に乗ってきた。

「札幌が上手くいったら、今度は全国を回ってくださいよ」

なるほどこの男はカーニバル真子を出演料が稼げるキャバレーで売ることに決めたのか。満を持してもいなかった一曲が、別段売れても売れなくても、週刊誌を賑《にぎ》わし、顔が知られていれば、それでいい。レコードがバカ売れしないことで、心置きなく見習いのマネージャーに預けることも出来る。物事は轟の都合に合わせて流れてゆく。

秀男はここまで計算高い男の考えることが、どこかで煮詰まることを知っている。煮詰まれば次の手を打つことも、だ。興味の赴くまま思いつきで話題を作り、荒稼ぎをしたあと、売れなくなればお払い箱だ。常に「何にでも旬《しゅん》がありますから」といういいわけを用意しながら、売れれば勝ちで売れなければ負け。使い捨てという言葉が浮かび、霧子を見た。

赤いベルベットスーツの少女が、爪の周りに出来たささくれを一心にむしっていた。轟は、南美霧子がどこかで躓《つまず》けば平気で「俺の言うことを聞かなかったから」と言うだろう。そんな逃げ道を作っておく男は夜の街で嫌というほど見てきた。

秀男の強みは、ゲイバーではなく女性ホステスのいる店で堂々と働けるだけの容姿と話芸だった。相手が芸能界に興味のない人間ならば男と見破られずに付き合い続けることも出来た。暗がりで陰茎を巧みに隠せば、性交など想像と期待の産物だということがよくわかる。男と寝たい男が好きなわけじゃない。秀男がときどきしくじったみたいに惚れる相手は、あくまでも女と寝たい男なのだ。だから話がややこしい。

ふと北澤の面影が通り過ぎた。煙がそれを連れ去った。

そろそろオープニングが近づいているようだ。ディレクターが楽屋の扉をノックする。立ち上がった霧子を半ば抱えるようにして轟が楽屋を出て行った。

「なんじゃあ、ありゃあ」

後に続きながらそうつぶやくと、坊やが「うへへ」と笑う。

「馬鹿、うへへじゃないわよ。札幌の営業のこと、なんでお前じゃなくて轟から言われなくちゃならないの。マネージャーなら、ちゃんとそれらしくしなさいよ」

口元から笑いを消して、坊やが頭を下げた。

「すいません」

「だから、すいませんじゃなく、すみませんだって。今度あたしの前で間違ったらヒールでぶん殴るからね」

「すみません」

坊やとのコンビも、緊張感を解くのにいい具合になってきた。生放送の舞台袖《そで》にタレントや歌手が集まってくる。銀座「エル」で見た顔もいる。それぞれがそれぞれの緊張のなかにあり、その解消の方法もまちまちだ。男性マネージャーの股間《こかん》に手を挟んでいる女性アイドルもいれば、ひたすら手のひらに人の字を書いて飲み込んでいる歌手もいる。人前でにこやかに笑うほうが大変な人間が人前に出てゆくという光景は、いつ見ても不思議だ。

ふと隣にいた坊やに訊《たず》ねてみた。

「ねえ、お前も轟みたいな仕事がしたいのかい」

「南美霧子を発掘した敏腕マネージャーですからねえ。そりゃ憧《あこが》れますよ」

内藤企画の社長は霧子のことを新宿のバーから頼まれたと言っていなかったか。

これが現場なのだ。号令がかかり、出演者が一斉に舞台に並ぶ。もう少しでオンエアの時間だ。全国のブラウン管にカーニバル真子が映し出される。それがぼったくりバーのママ役でも、くノ一の役でも、女郎の役でも秀男は演《や》る。だってあたしはカーニバル真子なんだ。

なりたくて成ったカーニバル真子を、もう降りるわけにも辞めるわけにもいかないのだった。

その日のコントではカーニバル真子扮《ふん》するぼったくりバーのママが、刑事とやり合ったあとさっとドレスの裾《すそ》をめくり尻《しり》を出して逃げ、無事出番が終わった。男の尻だから放送には問題ないという。演出の方針とお茶の間の受けは、いつも世間や常識とは袂《たもと》を分けている。つまらない価値観を打ち破ることと視聴率は別問題だけれど、カーニバル真子でいる限り、人目に触れないことは敗北同然なのだった。

歌謡ショーへとコーナーが変わった。

霧子が一歩舞台に上がると、コントのドタバタも一気に吹き飛んでゆく。南美霧子の持つ陰が、その場の空気を一瞬にして変えてしまう。「塀の中のブルース」は週刊誌で火が点き、世間は「いつか霧子と母親を幸福にしてあげたい」という雰囲気に包まれていた。これが、轟の作ったシナリオだとしても、そのシナリオを凌駕《りょうが》するだけの力が霧子にはある。

マネージャーが轟でなくても、この少女は間違いなく売れるのだ。勘違いしているのは自分のほうだと気づかないのもまた、轟が持った得な性分なのだろう。

テレビは営業に比べればただ同然のギャラだが、出れば多少でも存在の格が上がる。テレビで見ない歌手は、歌手として世の中に認識されない。営業先の店で酒を売っていた秀男には、歌の上手い下手ではかりきれない、人気商売のからくりが痛いほどわかる。舞台の袖で、廊下で、すれ違うひとに挨拶《あいさつ》をし頭を下げながら楽屋に戻った。

土曜の夜の生出演を終え、ドレスを和服に替えて銀座「エル」に出た。

「真子ちゃん、テレビ観《み》て会いたくなったんだ。電話したら今日は出勤日だっていうから、タクシー飛ばして来ちゃったよ」

「ありがとう、嬉《うれ》しい。ここはぼったくりバーじゃないから安心して飲んでってね」

今夜秀男が隣についたら、それだけで十万二十万の金が財布から消えてゆくのがわかっていてやってくる客ばかりだ。

眠るために酒を飲むのが癖になっており、その眠りがより深いものであるよう祈るようにして睡眠薬を飲む。酒は買って飲むものじゃない、客に飲ませてもらうものだった。

「ねえ、あたし美味《おい》しいワインが飲みたいわ」

懐《ふところ》の具合を知っている金持ち客にしなだれかかる。すぐにロマネコンティが出て来た。高い酒はおかしな酔いかたをしないのでいい。だからこそ自分も高い酒のようにあとくされのない人間でいたい。

翌朝ようやくうとうとし始めた頃、電話に起こされた。

ふらつく足下に気をつけながら片手でカーテンを開けると、すっかり高くなった太陽が秀男を責める。持ち上げた受話器の向こうから母の声がして、それだけでぱっちり目が覚めた。最後に話したのはいつだったか。パリから戻ってからは章子を介してお互いの安否を知るだけで直接話すことはなかった。

「ヒデ、元気そうだねえ」

「いやだ、かあさん、電話するなら先に連絡ちょうだいよ。びっくりするじゃない」

「そんじゃあ一回切るかい？　それもなんだか面倒くさいねえ」

マツが咄嗟《とっさ》の冗談に付き合ってくれたのが嬉しくて、陽光がわずかに柔らかくなった。何年間もの不義理も親不孝も、マツの声にかき消される。里心など一ミリもないはずだった日々がたちまち遠のいてしまう。

「なんかあったの？」

「なんもないよ」

マツは息子の心中を察してくれたのか「元気そうで嬉しかった」と気が遠くなるくらい語尾を伸ばした。

「昨日テレビにお前が出てるの見てさ。夜中のは何遍か見たけども、家族全員でテレビ見てていきなりヒデの声が聞こえてびっくりしたんだわ。ああ元気そうだと思ったらホッとしてさ」

「そうだったの。かあさんが見てくれるなら、あの時間帯に出るのも悪くないわね」

傍らにはおそらく父も、長男の昭夫《あきお》夫婦も、その子供たちもいたのだろう。全員が秀男のことを喜んでいるとは思えない。マツの心もちはどうだったかと想像すれば次の仕事に陰ができる。努めて明るく「仕事は順調よ」と続けた。

「かあさんこそ元気なの。みんなはどうなの」

「みんな元気でやってる。とうさんがこのあいだ猫を拾ってきて大騒ぎだけど。あのひとが動物を好きだったなんて知らなかった。繁子《しげこ》はいま三人目がお腹《なか》におってさ。秋には生まれる」

「かあさんはどうなの」

「わたしはこのとおりだ。仕送りのお礼も言わないで申しわけないねぇ」

「仕送りったって、たいしたもんじゃないでしょう」

「なんだか申しわけない気がしているんだよ」

「黙って受け取ってくれてるのがいちばん。かあさんが好きなときに遣ってちょうだい」

嫁の繁子は正直者だが、実の兄については信用ならなかった。母に送ったものが兄に流れていないかどうかが気がかりだ。ただそれを母に問うことは出来ない。訊ねればマツを困らせる。マツに渡す金はすべてマツが管理していて欲しいと思うのは、秀男のわがままに違いない。

兄夫婦の子供が増えれば、いつか両親が兄の家に居づらくなるのではないか。これは章子に言われて改めて気づかされたことだった。

家が手狭になったからといって、親を追い出すような嫁ではないが、長男は違う。昭夫がいつか、故郷に戻って親の面倒をみていることを恩に着せる日が来るような気がしてならなかった。情よりも責任が先に来る長男は、息子としての責任で情を切ってゆくようなところがある。

「かあさん、孫が三人となれば面倒みるのも大変になるわねえ。結局子供を育ててばかりで何にも自分の楽しみなんかなかったんじゃないの」

「そんなことないさ。繁子はいい嫁だ。わたしに出来ることは孫の面倒をみるくらいなもんだからね」

「とうさんは何をやってるの」

「ときどき、知り合いに呼ばれて大工の真似をやって小遣い稼ぎをしてるよ。いい気分転換になっているようだ」

富男《とみお》と福子《ふくこ》はと言いかけたものの、母の気遣いが増えるだけと黙った。母が相手だと、お店で客と話すようには言葉が出てこない。

「ヒデ、テレビは太って映るなんて聞いてたのに、お前ずいぶん痩《や》せたように見えたよ。体の調子はどうだい。細っこい体で大声出して舞台を走り回ってたけど、ちゃんと食べてるのかい」

「食べるのも飲むのも大好きだから、安心して。少し痩せないと入らない衣装があって、走って運動して無理やり体重を落としたんだから」

「そうかい、それならいいんだけども」

お茶の間の時間帯に出るのも考えものだった。頬の削《そ》げ具合ひとつでマツが心配していることまでは考えが及ばなかった。ましてやモロッコで死ぬ目に遭ったなどと知ったら母の胸の裡《うち》はどのくらい痛むだろう。自分自身の落とし前として、この人にだけは最後までしっかりとした嘘をつき通さねばならない。それは嘘でありながら、どこかで真実に裏返るはずだ。マツが週刊誌に書かれていることを知らないはずはないのだ。街では大騒ぎになっていると、顔も覚えていない同郷人からの電話で、要らぬ情報も耳に入ってくる。

「ねえ、かあさん、なんか嫌な目に遭ったりしてないかい」

「嫌な目ってなにさ」

「近所や知り合いからあれこれ言われたりしてないかなと思って」

「わたしたちは他人様《ひとさま》から後ろ指を指されるようなことはなにひとつしてないよ」

「あたしの耳には、いろいろと嫌な言葉がいっぱい入ってくるんだよ」

地元では嘲笑《ちょうしょう》の渦《うず》であるという。あんな息子を持って親は外にも出られない。そんな言葉が棘になって秀男にも届く。

マツがおっとりとした口調で言った。

「お前の耳は、ずいぶん大きいんだねえ」

ああ、と秀男は裡にひとつ母への思いを落とし込む。母に自分のステージを見てもらおう。札幌の営業に母を呼べばいいのだ。章子に頼んで、札幌で落ち合ってもらおう。そして、ドレスを着て歌って踊っているところを見せて、一ミリでも安心してもらえたらそれでいい。

浅はかなことは百も承知で生きてきたし、これからもそうだろう。けれど、自分の成りたいもの、成りたいかたちになって楽しく仕事をしている姿をテレビ以外で見せるのは、この機会を措《お》いて考えられない。

「かあさん、札幌までならひとりで出て来られる？」

「汽車に乗れば、行けると思うけども」

「あたし今度、札幌のキャバレーでショーをするの。たまには家から出といでよ。ショコちゃんにも声かけるからさ。三人でなにか美味しいもの食べようよ」

初めは驚きこそしたが、マツは「そうだねえ」と二度言って、晴れやかな声で「行こうかねえ」と続けた。

「日にちがわかったらショコちゃんに教えるから、ふたりで連絡取り合って見に来て」

「だけども、いったい何を着て行こうかねえ」

「あたしが送った着物が山ほどあるじゃないの。北海道なら夏場だって単衣《ひとえ》の大島で大丈夫よ」

「なんだかもったいなくて、どれも袖を通してないんだよ」

「だから、着るなら、そういうときなんだってば。タンスの肥やしのほうがずっともったいないじゃないの。大島にスカッとした帯を締めていらっしゃいよ」

秀男の言葉にいちいち笑って応《こた》えるマツが、会えることを喜んでいると感じ取れる。

まったく、と秀男は胸の奥で悪態をついた。

あたしって人間は、親きょうだいを前にしてるときの演技ばかり達者になっちまった。

それもそう悪くはないと思える今日は、なにか良いこともあるのだろう。札幌に出て来られるようになったら、次は東京に呼ぼう。東京タワーを見たら、驚くだろうか。故郷にある百貨店の屋上より高いところに上ったことのない母が驚くような景色が、ここにはある。マツの電話は秀男の気持ちを持ち上げ、そして札幌でのステージへと心の準備を進めた。


五月の半ば、秀男は札幌の古巣「ペガサス」に向かった。

桜も終わりに近づいた札幌には、嫌な思い出すらも脚色できそうな懐《なつ》かしく埃《ほこり》っぽい風が吹いている。通りに面した壁には『カーニバル真子ゴールデンショー』という看板に等間隔のライトがあてられていた。誰よりも歓迎してくれたのは、変わらず化粧の厚いリン子ママだった。

「マメコ、すっかり立派になっちゃって。立派でもないもん切り落として立派な女になっちゃうなんて、あんたってばもう」

目に涙を滲《にじ》ませ、アイラインが崩れぬよう上手に泣くママを見て、するりとそのごつい上半身に抱きついた。ママの肩が震えている。

「あたし、ママのお陰でこの世界で生き残ってる。覚えてる？『みや美』の楽屋で初めて化粧をしてくれたこと。あれから十五年以上も経っちゃった。あたし、三十を超えたのよ」

「みや美」で出会ったバーテンダーのトメ吉《きち》は、ゲイボーイにさんざん貢《みつ》がせながら涼しい顔をしているような男だった。同じ水の男に入れ込んではいけないと重々承知の稼《か》業《ぎょう》だが、時折りうっかり惚《ほ》れて痛い目を見る。バーテンダーの次郎を連れて道内を転々としていた頃は、恋なのか意地なのかわからぬ感情に振り回されっぱなしだった。あれが若さなら、もう要らない。

「マメコ、あたしらはここから先が勝負なんだよ。お前ほどの上玉がほかに居るとも思えない。あたしもこの世界にはずいぶん長いこと居るけれど、やっぱりマメコってのは出世名だったねえ」

マヤは元気でいるのかと問われ、赤坂でお店をやっていると答えた。

「マヤが赤坂でお店かい。渋すぎて客の入らない、いい店なんだろうねえ」

「よくわかるわねえ、その通りよ」

すすきのの「ペガサス」を任されてから十年経つというママは、内藤企画から営業の案内を受けたときは冗談ではないかと思ったという。

「まさかあのカーニバル真子がうちでショーをやってくれるなんて、思ってもみなかったからさ。それでも古巣の強みで申し込んだらオッケーって。そこからは宣伝しまくったんだ。一週間くらいやってくれれば全員入れたのにさ。びっくりするくらい、今日の予約が取れなかった客がいるんだよ、マメコ」

そう言ってママはまた泣いた。今度はぽろりと涙の粒が落ちて、慌ててハンカチを取り出している。

「ママ、今日は釧路の母親と、東京にいる姉も来るの」

「聞いてるよ、席はちゃんと用意してあるから安心しなさい」

礼を言えば「水くさい」と返ってくる。「みや美」はもう営業していないが、こちら「ペガサス」は女もゲイボーイも入り乱れての大箱だ。秀男が札幌を去り、世にカーニバル真子の名前が響いた頃から、驚くほど志願者が増えたという。

「高校に行って詰め襟着るくらいだったら、ここでドレスを着たいっていう坊主《ぼうず》が後を絶たないのさ。なんもかんもお前のせいだよ」

白粉《おしろい》で埋めたはずの皺《しわ》が幾筋か開いた。お前のせい、と言うほどに嫌がってはいないようだ。

「見込みのありそうなのは見つけたの？」

ママが唇を真《ま》っ直《す》ぐにして首を横に振る。

「なかなか二代目ママメコを見つけるのは難儀だねえ」

「そりゃそうよ、あたしは別品だもん」

「自分で言ってりゃ世話ないよ」

開店前の「ペガサス」は、フロアの準備が進んで厳《おごそ》かな気配が漂っている。絨毯《じゅうたん》にも壁にも染《し》みこんだ煙草《たばこ》とアルコールの匂《にお》い、そして女たちが着物に焚《た》きしめた香のかおり。北海道に来るのは初めてという坊やは、空港からずっとキョロキョロしている。

「バンドが来たら、音合わせをするから。楽屋で話しましょうよ」

ママはそのときだけ鼻をつんと上に向けた。

「お前さんの使う楽屋は、専属とは別室だからね」

「あら、いつからそんな部屋が出来たの」

「そういう時代なのさ。スターを呼ぶには環境を整えなくちゃ。条件も聞かずに来てくれるような一流歌手はいないんだよ」

そんなもんかと思いながら、案内された楽屋に入った。四畳半ほどの小部屋だが、トイレも洗面台も鏡前《かがみまえ》もある。壁はまっ白で、鏡前は照明付き三面鏡だ。衣装を掛けるドレスハンガーも、ロング用に背が高い。坊やがトランクから衣装を取り出し、ハンガーに吊《つる》した。

「いい楽屋ねえ。あたしが居た頃はホステスたちと一緒にワイワイやってたのに」

「そういうのを嫌がる歌手もいる時代なのさ」

古巣には古巣の十年があるのだった。ママは秀男が「ペガサス」を出てからのことは、週刊誌で充分知っているようだ。

「いろいろあったんだねえ。でもあたし、あんまり覚えてないわ」

「いいんだよ、マメコはそれで」

秀男はその日、パリで注文したオートクチュールの黒いドレスを着て「ペガサス」のステージに立った。

バンドを背に、出っ張りの前まで出てマイクスタンドに片手を乗せる。ただでさえきつきつの客席は満杯だ。二列目の端のテーブルにマツと章子の顔が見える。

「ボンソワール、北海道が生んだ世界遺産、カーニバル真子です」

客席から「きれい」の声が飛び、それぞれに「そりゃどうも」「あたりまえよ、金かけてんだから」と応える。

一曲きりの持ち歌を、手拍子を催促しながら歌い上げた。満杯の拍手はそれだけで気持ちがいい。スタート地点の札幌となれば、気分も格別だ。拍手が途切れたところで、語りの時間だ。ピアノがしんみりといい具合に後ろを務めてくれる。

「ご存じのとおりモロッコへ行って、大事なところをちょん切ってきました。キチガイだなんて言われたりしたけど、カーニバル真子にとっては必要なことだったの。ヨーロッパってのは不思議なところでね、あたしよりいかれたヤツがたくさんいるのよ。どこからどう見てもごつい大男が化粧ひとつでジュリー・ロンドンみたいになっちゃうんだから」

フロアがしんみりとしたところで「肌襦袢《はだじゅばん》、モンペと鍬《くわ》、オマンコタレブー」とフランス語に似せてジュルジュルと言ってみる。途端に笑いが起こった。

「フランスの男を百人ぐらい喰ってしまえば、フランス語なんてのはなんとかなるもので。ずいぶん覚えて帰ってきました。ブラーグは嘘《うそ》つけ本気かお前、コニエはひっぱたくぞ、デュモランは殺す、フリックがポリ公で、フリッケが捕まる。まあいろいろあったんですけどね。ユヌヴィエイユトゥピイ、今は立派な鼻持ちならないクソババアです。今夜はあたしのステージで、どうぞ最後まで楽しんでいってちょうだい」

拍手を受けてイントロが流れ出す。用意してあるのはほかに五曲。あとは喋《しゃべ》りで繋《つな》いでゆく。それでも時間が埋まらなければ脱いでやろう。視界の端で母と章子がにこにこと笑っている。今日はそれだけで価値がある。

秀男が二曲目に選んだのは、マヤの持ち歌である「枯葉」だった。いつかマヤが教えてくれた歌詞の意味を胸の奥で繰り返しながら歌う。

トゥワトゥメー――

エジュテメー――

(俺たちの思い出と後悔が枯葉になって落ちてくる。かき集めてみても遠いあの日は戻らない。けれど、俺はお前を忘れない。木々が葉を落としやがてどこかへ運ばれてゆくように、打ち寄せる波も俺たちの足あとを消してゆくが、ふたりで過ごした日々は俺の胸にいまも在る。そこんとこ、お前も忘れてないだろうよ――)

トメ吉や次郎の顔が通り過ぎてゆく。文次の顔が近づいては遠のく。この街に置き去りにしたものが今夜一気に秀男の元へと戻ってきた。けれどそれもすぐに波と同じく退《ひ》いてゆく。そんなことの繰り返しだったなと、諦《あきら》めというには少し湿度の高い思いを歌詞にのせて歌った。

視界の端でマツがちいさく頷いている。章子がハンカチで目を押さえているのが見えた。

なにを泣くことがある、ショコちゃん、ここは笑いながら見るところなんだよ。急ごしらえで歌えるところまで持って来た「バラ色の人生」は、歌っていてひどく気持ちがいい。それだけにボイストレーナーには気をつけるようにと言われていた。流さずにひとつぶずつ音を大事に歌えという指導を受けて、楽器を覚えるように声を出していった。プロについて習えば、ある程度の完成を見ることが出来た。トレーナーが言うには「耳の良さだけで歌っている」らしいが、そんなことは構わない。一曲終えるごとに、喋りを入れた。

「あたしね、北海道の生まれなんです。えっ、ご存じなかった？　地元じゃちょっとしたいい女で通ってましてね、そりゃあちっちゃな頃から可愛《かわい》かったもんで。ちょっとそこ、笑うところじゃないわよ。でもね、生まれたときからこんなんだったから、よく叱《しか》られました。怒ったり叩《たた》いたりするのはもっぱら父親でね。母はまったく気にしていないふうでしたよ。二十歳かそこらのとき、タマを取っておっぱい膨らました姿で実家に帰ったんですよ。そしたらね、うちの母親はさすがに肝《きも》が据わっててね『かあさんのおっぱいより立派だ』なんて言うわけ――」

母親って、ありがたいものね、と言ったところでフロアが静まりかえった。章子のハンカチがしきりに上がったり下がったりしている。

「あたしもずいぶんと週刊誌では好き勝手なこと書かれてますけどね、書かれなくなったらお終《しま》いなのが芸能界。まあ、えらいところに足を突っ込んじまったと思うんだけど、これが楽しくてね。北海道を出て十年と少し経《た》ちますけど、毎年、毎月、毎週、毎晩、カーニバル真子として暮らしていられるありがたさですよ。最近は色恋より仕事が楽しくて仕方ないんです。年を取りました。ここらでちょっと、親孝行のひとつもしたいと思って、今日は母をここに呼んでるの」

なにをどう感じてか、フロアから一斉に拍手が沸き起こった。

「かあさん、ちょっと、せっかくだから立って挨拶してちょうだい」

おずおずと、マツが立ち上がった。スポットが素早くマツを包む。秀男は母に降り注ぐ拍手の響きで傷口がしくしくと痛んだ。こんな痛みなど比べものにならぬ嘲笑を浴びて生活するマツの日々を、どうにかしなくては。

「かあさん、もういいって、もう座ってちょうだい」

笑いが起こったフロアに頭を下げて、マツも笑う。章子がステージに顔を向けて「うんうん」と二度頷いた。

客席を沸かせたあと、低い声で「テネシーワルツ」を歌った。

秀男は二番を終えたところで、スタンドのマイクを外した。フロアマネージャーがさっとスタンドを下に下ろす。秀男はドレスの裾を踏まぬよう気をつけながら舞台に座った。サックス吹きのバンマスに目配せをした。ウインクが返ってきた。

曲が「ハーレムノクターン」に変わった。古い人はみな辞めていったと聞いたが、バンドリーダーは当時のことを知っているのだろう。

テナーサックスが一歩前に出た。音を溜《た》めながら粘るような演奏をする。秀男は舞台の縁でドレスの裾をたぐり、自慢の緋牡丹《ひぼたん》を出した。ライトが秀男を包み込むと、フロアからため息が漏れた。くるりと体を回転させ、両脚を交差させながら高くあげる。ホステスや男たちの息づかいまで聞こえてくる。この脚を見てちょうだい。秀男の脳裏に、この店のフロアで踊っては脱いでいた日々が蘇《よみがえ》った。

かあさん、ショコちゃん、見てる？

これが、あたし。

これが、カーニバル真子なんだ。

邪魔だった陰茎を切り落としても、なにひとつ変わったものがないような気がしてくる。体の中心は痛いままだし、自分を見る人の目も変わらない。痛みを引き換えにしてなにか大きなものを得たのではないかと思ったのは、錯覚だったろうか。

そのまま舞台の下に降り、マイクコードの届く範囲でフロアに立った。

「カスバの女」のイントロが流れ始める。たった十センチ、地面から浮いたヒールのぶんを埋めるためにしてきたこと、してこなかったことが秀男の裡で跳ねては消える。

涙じゃないのよ――

何度も歌った曲だけれど、母と章子ふたりの前では初めてだ。

ここで切るのよ　アルジェリア――

歌詞を変えて歌えば、たちまち笑いが起こる。都会も田舎も、なにひとつ変わりはなかった。そのことを証明できるのが、このおかしななりをした人間ならば、秀男の存在にもこの先なにか意味が生まれるのだろう。

振り返っても前を見ても、自分を変えられるのは自分だけだった。

そういえばあたし、自分部の部長だったっけ。

中学校時代はノブヨとふたりきりで「自分部」の部長と副部長を名乗っていた。なにをすると決まってもいないはみ出し者の放課後遊びだ。自分のことしか考えなくていい時間が、最も贅沢《ぜいたく》で幸福だった。

間奏で前列の客が差し出した手を握る。きれい、という言葉が幾重にもなって耳へと滑り込んでくる。

「きれい」

「知ってるわよ」

わざとダミ声で返せば客席が更に沸いた。

売れないレコードを片手に地方を回るのは御免だと思っていたのに、どういう心境の変化だと自分に問うてみる。問うた先に、母と章子がいた。舞台を大きくしていけばいいことなのだと気づいたところで、両頬がめいっぱい持ち上がった。

鳴り止《や》まぬ拍手のなか、ステージに戻る。演奏が低いジャズに変わった。ライトが熱くて額がやけどしそうだ。秀男はドレスの裾を整え、マイク片手に胸元に手を入れ、両方の乳房をグイと持ち上げる。開いた胸元にみっちりと谷間を作って見せた。

「せっかく盛ったんで、よく見て行ってちょうだいね」

ゲラゲラと品のない笑い声に向かって「あんたちょっと笑いすぎよ」と言えば更に笑いが大きく広がってゆく。水を流すようなドラムのバチの音が心地いい。

「うちのかあさんもね、息子を産んだつもりがいつの間にか娘になってて、さぞびっくりしたと思うの。でもあたし、ただの一度も母親に叱られたことがないの、不思議よね。今日、初めて母にあたしのステージを見せられました。北海道、いいところね。こんなにいいところだったなんて、今日まで知らなかった。今となっては、どんな親孝行も叶《かな》わないけれど――」

どんどん心が縦へ横へと広がってゆく。おかしな解放感を手に入れ、秀男は続ける。

「出来るものなら、母にはずっと笑っていて欲しい。そしていつか叶うなら、お城で女王様みたいな暮らしをさせてあげたいの。そのときはみなさん、遊びに来てちょうだい」

両手を高く上げて広げると、フロアがわっと沸いた。絶妙なタイミングでバスドラムの音。秀男が歌う。

カモナ　マイハウス　マイハウス　カモン――

# 第四章　遠くはなれて

章子から、妹の福子に縁談が持ち上がっているという連絡が入った日、マネージャーの坊やからも電話がかかってきた。室内の温度が三十度に届いたのを見てエアコンを強くする。

「真子さん、対談の仕事が入りました。僕が初めてまとめた仕事なんです。よろしく頼みます」

受話器に煙草《たばこ》の煙を吐きながら、相手は誰かと訊《たず》ねた。坊やがもったいぶった口調で

「相撲界の金狼《きんろう》、霧乃《きりの》海《うみ》です」

一瞬耳を疑い、もう一度訊ねた。

「引退して北海部屋を継ぐことになった、霧乃海関ですよ」

秀男の鼻の奥に鋭い痛みが走る。誰の前でも、口にしたことのない名前だった。出来るだけ平静を装《よそお》いながら「相撲のことよくわかんないんだけど」と気の向かないそぶり

をしてみる。坊やはいっそう得意げに続けた。

「同じ北海道の釧路出身だっていうじゃないですか。小学校も同じで同級生だったと聞いています。これ以上のマッチングはないと思うんですよ」

なぜお前がそれを知っているんだ、と怒鳴りつけたい気持ちをどうにか収めた。そうかしら。そうですよ。一歩も退《ひ》かない坊やの口調が、自信に満ちているのが気に入らない。なにか大きな根拠があるとしか思えない。頭の芯《しん》がズキズキしてきた。

「そこで、ですね」

坊やの次の言葉を急いで遮る。

「ユリ・ゲラーがスプーン百本曲げたって、あの霧乃海関がそんな仕事引き受けるわけないと思うのね」

秀男の脳裏に両国の冷たい風と隅田川の川面《かわも》が蘇《よみがえ》る。もう二度と会うこともない人間同士になった日のことが、腹が立つほど鮮やかに浮かび上がる。

「それが真子さん、近々霧乃海関との結婚が決まっている北海部屋のお嬢さんが、真子さんの大ファンらしいんですよ」

幼い日、誰よりも好きだった文次が相撲部屋の娘と結婚をする。なにか大きな安堵感《あんどかん》に包まれたことが不思議で、意味もなく自分の爪《つめ》の先を見た。赤く染めた爪が秀男に向かって「受けて立て」と促しているようでもあった。

「許嫁《いいなずけ》がファンだと、引き受けちゃうもんかね」

「そりゃあそうですよ。当の霧乃海関が、入門した頃から憧《あこが》れていた人だって言いますからね」

もう、電話の向こうにいる若造の首を絞めたい気持ちで「わかった」と返した。秀男が承知したので、坊やはますます饒舌《じょうぜつ》になる。

問題は、故郷にいる父や母、きょうだいのことだった。テレビに出ても、雑誌でも、北海道は仕方ないとして釧路出身ということは伏せてきたのだ。デビューが大阪だったし、そこそこ大阪弁を操るので関西出身だと思われているのは都合が良かった。

もちろん本名も公表していない。すべては兄やほかの家族が母につらくあたるのを防ぐためであったが、漏れるところからは漏れているだろう。噂話《うわさばなし》など、穴の空いた風船みたいなものなのだ。膨れれば膨れるほど勢いよく遠くへ飛び出してゆく。

しかし、文次との対談となれば、そこを隠しておくわけにもゆくまい。電話を切ったあと、秀男は再び「いったいどこから文次のことが漏れたのか」とひと箱ぶんの煙草を吸いきるまで考えた。文次が自ら秀男とのことを言うわけがない。そんな男なら、最初から惚《ほ》れたりはしなかった。

シャワーを浴び、最近は眠ってばかりのギャルソンに餌《えさ》を与え、抱きしめる。男よりずっと温かい。ほんの少し力がなくなっている乳房に気づき、カレンダーを見た。そろそろホルモン注射を打つ時期だった。またあの頭痛に悩まされるのかと思うと気が重いが、鎧《よろい》はもともと重たいものだと自分に言い聞かせる。女の体は、秀男のユニフォームであり鎧だった。体を美しくしなやかに見せるぶん、その身には負担になる。人と会っているあいだは滝のごとく喋《しゃべ》り続ける秀男だが、言葉の内側あるいは本音など一度も語ったことがない。誰もそんなものは欲しがらない。

霧乃海関――文次と会った後、自分はどうなるのか。平らだったはずの気持ちに訪れる新たな峠である。今までただの噂で済んでいたはずの出身地がはっきりすることで、どんな厄介ごとを抱え込むことになるのか。決して秀男を良くは思っていない弟、妹、そして父や兄はどうなるだろう。仕事と名の付くものは、成功も失敗もたくさんやってきたけれど、自分の出自を自ら公表したことはなかったのだ。

秀男は腕の中で心地良さそうに眠る老犬に話しかける。

「ねえギャルソン、お前は血統書一枚あれば、何も語る必要がなくていいねえ。年がら年中家の中で寝たり起きたり食べたり。一生を赤ん坊みたいに暮らせるんだ。あたしもポメラニアンに生まれりゃ良かったかねえ」

ひとつ吐いた息が耳の毛を揺らし、目覚めたギャルソンが秀男の顎《あご》を舐《な》めた。

「ねえギャルソン、文次と対談だって。いったい誰がそんなことを」

いやな想像が湧《わ》いて、思わず腕に力がこもった。同じ土地の出身というだけで、今までなんの関わりも持たせずにいた自分たちを結びつけるのはいかにも乱暴だ。坊やのあの自信たっぷりの口調、断られることを想像もしていない口ぶりに、うっすらとした根拠が見え隠れする。

今夜は赤羽のキャバレーでの営業が入っていた。トランクにはスポットライト用のセロファンと楽譜が入っており、あとはドレスと化粧道具を入れればいい。髪の毛は後ろでくるりと巻いて留める。毛先を頭上で遊ばせれば、足りない身長をカバーできた。

ギャルソンをソファーのバスタオルの上に置いて、大急ぎで身支度を始めた。

トランクとバッグを提げて外に出れば、まだ太陽がアスファルトから照り返している時間帯で暑さにめまいがしそうだ。通りでタクシーを拾い、短く「代々木」と告げた。

新橋から代々木に引っ越したマヤは、それまで貯《た》め込んだものを吐き出して古いアパートを買った。家賃収入で店の改装費を貯められると踏んでの決断だった。それだけあったら多少でも洒落《しゃれ》た店を持てるのに、と言う同輩にひとことも返さなかった。重ねた年齢がはじき出した、それがマヤ自身の生き方だった。

いま、そのアパートの一室にノブヨが暮らしている。

タクシーの窓から見る夏の午後が、ネオンとスポットライトに慣れた秀男を珍しげに眺めている。主張の激しい太陽に心で喧嘩《けんか》を売りながら、何度か深呼吸を繰り返した。

ラジオから、ノブヨの書いた曲が流れてくる。アイドル歌手が歌っていても、どこか寒々とした歌詞だ。

あなたが　いなければ
白い花も枯れてしまう
あなたが　いなければ
わたしの朝がこない
もしもあなたが　いなければ
目覚める朝もいらないの

可愛《かわい》い丸顔に背中までの長い髪を左右に揺らしながら歌う少女は、まだ十六歳と聞いた。

「よくこんな辛気くさい曲書くわねえ」
「そのズレがいらしいんだよね」
ノブヨとのやりとりを思い出し、ひとつひとつ撚《よ》った糸を解いてゆく。ノブヨがこの曲を書いていた頃、まだ轟といい仲だったはずだ。無意識に別れを想像するのは彼女の習い性で、本人もそこは認めている。本当に別れてしまったあとのサバサバとした口調は、中学時代からひとつも変わっていない。

「だから言っただろう。ノブヨってば相変わらずバカなんだから」

「そこそこいい思いもしたんだから、いいんだ。肥やしだ、肥やし」

どんな恋も終わればただの肥やしと言い切るノブヨを、マヤとふたりでさんざんこき下ろすのは楽しかった。が、問題はノブヨがまだ轟に熱かったときにある。

タクシーからトランクを引きずり出し、アパートの階段をヒールでカンカン響かせながら上った。右端の青いドアの前に立ち、ドアチャイムを鳴らす。相手はノブヨだ、遠慮など必要ない。

「早く出なさいよ、ノブヨ。あたしよ。寝てんの?」

じりりと背中に汗がにじみそうなところで、十センチ、ドアが開いた。秀男の顔を確かめて、ノブヨがドアチェーンを外す。

「どうしたの、珍しい時間だねえ」

ノーブラでTシャツとホットパンツ姿のノブヨは、首にタオルを一本ぶら下げていた。

「色気もへったくれもないわねえ。これだから天然の女は嫌なのよ。傲慢《ごうまん》ったらありゃしない」

夏のあいだ窓という窓を開けて扇風機ひとつでしのぐひとり暮らしは、殺伐としているように見せてどこかに安心があった。ノースリーブのワンピースが台所の食卓椅子《いす》の背に掛けられて、見事なブリッジを決めている。しばらく男が来た様子もない部屋は、荒れに荒れていた。

食卓テーブルの上には、大学ノートと原稿用紙と筆記用具があっち向きこっち向きしている。ノブヨが紙とペン類をひとまとめにして端に寄せた。

「仕事中だったの、悪かったわね」

「そんなこと思ってもいないでしょうに」

冷蔵庫から瓶ビールを取り出し栓を抜くノブヨの、こめかみにうっすらと汗がにじんでいる。コップに注がれたビールを受け取り、一気に喉《のど》へと流し込んだ。無言でコップを差し出すと二杯目が注がれる。ノブヨも遅れながら一杯目を飲み干した。

「つまみ、要る？」

「いらない。お腹《なか》はすいてないの」

「こんな時間にトランク抱えてどうしたのさ」

「どうしたもこうしたも、あんたってば」

ノブヨはしまりのないやりとりのあいだも、首のタオルで汗を拭《ぬぐ》う。

「文次よ、文次」

「文次が、どうしたのさ。あたしのところに駆け込んでくるほどの事件なのかい」

すうっと吸ってすうっと吐いた。息にビールのにおいが混じる。

「あんた、轟に文次の話をしたでしょう」

ノブヨの瞳《ひとみ》が遠いところを探る。首を傾《かし》げかけ、急に立て直した。

「したかもしれない」

やはり、という思いが、ノブヨの不安そうな顔に吸い込まれた。出所はやはりノブヨだった。タクシーに乗り込んだときまでは確かにあったはずの怒りが、状況が飲み込めていない友の表情に負けている。頬のひとつもひっぱたいてやろうと思っていた気持ちが削《そ》がれてしまった。

「文次のことで、なにかあったの？」

「対談が入ったのよ。許嫁があたしのファンだとかで、むこうは引き受けなきゃいけなくなったんだと思うわ。轟の、次の手よ」

「轟さんが」

「別れた男にさん付けしなくていいってば。まったくあの男はいけすかない。ぜんぶ自分がレールを敷いて、人をまるで将棋の駒《こま》みたいにして使いやがるんだ」

ノブヨが冷蔵庫から二本目のビール瓶を持ってきた。音を立てて手酌をしたあと、まっすぐに喉へと流し込んだ。大きなゲップがあたりに響いた。

「まったく汚ねぇ女だな。あたしゃあお前のせいでこの先、どんだけ嫌な目に遭わなけりゃいけないんだか。口の軽い女を友達に持つとろくなことがないね」

ノブヨの手からビール瓶を奪い取り、更に二杯飲んだ。昼間のビールはもう少し旨《うま》いはずだがどういうことだ。

「あんた、文次のこと以外になに喋ったの」

「中学のときのこととか、高校中退して札幌に出たときのこととか。面白そうに聞いているもんだからつい」

悪いことをした、と言う口元はへの字だ。その対談は引き受けたのかと問われ、そうするしかないじゃないの、と答えた。

「嫌なら断ればいいじゃない。いつもそうやってきたでしょうよ」

「そうだけどさ」

会いたいのかと問われ、反射的に首を横に振った。

「じゃあ、なんなのさ」

ノブヨは自分が情報を流した張本人だという事実を棚に上げ、眼鏡を外して額から吹き出る汗をタオルで拭った。その姿を見ているだけで背中が湿ってきた。

「暑いわねえ、あんたの部屋。もういい加減クーラー取り付けなさいよ」

あさっての方向を向いている扇風機の角度をずらし、一方通行の風を顔にあてた。

「あんたが寝物語に話しちゃったことも、それを利用する轟のことも正直ムカムカする」

こうしてノブヨの前までやってくると、その怒りも多少は散った。目を凝らして見えてくるのは、決して望んでもいなかった対談を承知した文次の胸の裡《うち》だ。

「弟子入りしたときから好きだったお嬢さんなんだって」

しっかりと肌にたたき込んだ白粉《おしろい》を、ひと筋洗うように涙がこぼれた。扇風機の強い風が涙の粒を頰の外側へと流してゆく。なんでこんなことで涙が出てくるのか、さっぱりわからない。金ももらわずに涙を流すなんて、馬鹿《ばか》じゃないか。

自身の安っぽい涙に悔しがる秀男を見て、ノブヨが中学生の頃そのままの表情で首のタオルを差し出した。受け取って顔の近くまで持ってきたところで、思わず放る。

「こんな臭いタオルで何をしろって言うのよ、馬鹿」

ノブヨが足下に放られたタオルをつまみ上げ、鼻を近づけた。

「そんなに臭いかい」

「あんた、そんなことだから男に捨てられんのよ。天然女のあそこが臭いのは、手入れも気遣いもしないからなの。へっちゃらでスルメイカ食べるようなデリカシーのない女が、あたしの友達だなんて信じられない」

「秀男、あたしが捨てられたのはスルメイカ食って、あそこが臭かったからじゃないと思う」

怠《ざる》そうな仕種《しぐさ》で残りのビールを飲み干すノブヨは、もう轟に対する未練など髪の毛一本分も残っていないようだ。秀男は涙の引っ込んだ瞳で、食卓椅子に体育座りをする友を見た。

「ノブヨ、ホットパンツ穿《は》いてそんな格好してたら中身が見えちまう。少しは考えなさいよ」

「そんで、対談はするのかい」

「するしかないじゃない」

「なんでさ。気は向かないんだろう？」

気が向かなくても、許嫁が自分のファンでもそうでなくても、この再会は果たさねばならないことのような気もするのだった。一生に何度も、別れるために会う相手がいるとしたら、秀男にとってそれは文次なのだろう。

「懲《こ》りないねえ。会ったって、いつもみたいに横取りなんぞ出来る男じゃないだろうに」

ビールが効いてトイレに駆け込んだ。ノブヨがひとり気ままに暮らすアパートは、行く先々に彼女の性分が漏れ出ている。棚には掃除用具の横にむき出しの生理用品が並んでいた。

用を足して部屋に戻ると、ノブヨが氷を割っていた。どうするのかと問うと、ジントニックを作るという。

「あたしこれから赤羽で営業なのよ」

「こんなもんで酔うようなカーニバル真子でもないだろう。汗をかくせいか、喉が渇くんだ。つきあいなよ」

部屋の中は本や雑誌、脱ぎ散らかしたものや百貨店の紙袋が散乱しているが、用意してあるジンはビーフィーターだ。つくづくバランスの悪い女だと思うものの、そこはお互いさまだ。

「こんな汚い部屋で、あんたはよく酒を飲めるわねえ」

服は服、紙袋は紙袋、本は本でひとまとめにすると、まあまあ見られる空間が出来た。脱ぎっぱなしのジーンズの下から現れたクッションに腰を下ろし、扇風機の風に吹かれていると、こめかみあたりの髪がなびき始めた。この蒸し暑さのなかで酒を飲みのみ原稿に向かっているノブヨには、仕事以外のことはみな存在が薄いのだ。切ったレモンをグラスに搾《しぼ》っているノブヨに、いま抱えている仕事は何かと訊ねた。

「なんとかっていうアイドルの、三曲目。これが売れなかったら田舎に帰されるんだと」

へぇ、と返す。霧子のような新人もいれば、三曲で鳴かず飛ばずなら廃業を余儀なくされる歌手もいる。

「で、どんな曲を書いてんの」

「死ぬか生きるか、どっちにしようかっていう曲」

ロンググラスに氷を詰めたジントニックがやってくる。ひとくち飲むと、汗が引くような爽快《そうかい》さだった。

「あんた、家もぐちゃぐちゃで服の趣味も悪いし男にだらしないけど、酒だけはいいもん識《し》ってるわねえ」

「これは、お父ちゃん仕込み。戦後のバラックで、どこからどうやって手に入れるのか、酒の質だけは譲らなかったんだよね」

駅裏のバー「きりん」のマスターをしていた父親を亡《な》くし、ノブヨは天涯孤独となった。お互いつかず離れず、ときには一緒に、北海道の端っこから這《は》い上がってきたのだった。

「腹が立つくらい旨いわ」

「そりゃ、ありがとう」

すっと汗がひいて、先ほど感じたさびしさも胃の腑《ふ》へと落ちてゆく。何がそんなに心を揺らしたのか思い出せない。秀男の裡に、再び文次に会うという現実だけが残った。

ノブヨの部屋を出て、まだ暑さの残るアスファルトを表通りまで歩きタクシーを拾う。赤羽のキャバレーの名を告げた。ラジオから、霧子の曲が流れてくる。運転手がバックミラーをちらちら覗《のぞ》くのがわずらわしい。

「お客さん、もしかしたらさ、あの、あれかい、モロッコで女になった人じゃないのかい」

「カーニバル真子よ。今日でちゃんと名前を覚えてちょうだい」

「ああやっぱりそうだ。今夜は赤羽で仕事かい」

「歌って踊って、脱いでくるわ」

「へえ、そりゃ気前のいい仕事だねえ」

バッグから煙草を取り出して一本口にくわえると、たちまちカーニバル真子になる。

ノブヨの部屋を訪ねたのは、怒りの皮を被《かぶ》るしかなかった裸の秀男だった。

エアコンが効いた帝国ホテルのセミスイートは快適だ。もしも気に入った男と一緒ならば、裸のままシャンパンを軽く五本は空けるに違いない。

秀男は対談相手に合わせ、今日は加賀友禅の訪問着を選んだ。髪もしっかり夜会に巻いた。おしどりの絵柄は縁起の良さと掲載時期が秋口と聞いて決めたものだ。

対談開始時刻は午後四時。北海部屋の新親方、元霧乃海関との対談まであと三十分あった。その日は珍しく轟も現場にやってきた。坊やは緊張で落ち着きがない。目が泳ぎ、今にも小便を漏らしそうに震えている。

「坊や、そんなんだと目障《めざわ》りだから、どっか行っててちょうだい」

「そんなこと言ったって、真子さん」

情けない声を聞くたびに気持ちが盛り下がってゆく。ほぼ同時の入室とならないのは、どう考えても内藤企画が「ミセス画報」におもねっているからだ。親方とカーニバル真子との「同郷対談」を載せる上で、最も高い場所に爪を引っかけたのは、やはり坊やではなく轟だった。この男はいつか霧子と出所した母親の面会シーンもマスコミに売り歩くのだろう。

写真撮影にふたり、編集部からは三人、内藤企画からは轟と坊やのふたり、部屋付きのホテルマンがひとり、つかず離れず元霧乃海関の到着を待っている。カメラマンが対談用の椅子に助手を座らせ、明るさを測る。そのやりとりだけが部屋の空気を揺らす。対談は約一時間から一時間半、そのあとはレストランの個室での会食が予定されているという。北海部屋の娘、文次の許嫁も同行同席するということだった。

「まだかしらね」

「もうそろそろだと思います」

坊やの声がひっくり返っている。記者が自分たちの座る場所を右にしようか左にしようかと話す声が聞こえる。カメラマンが「ううん」とひとつ唸《うな》った。

「窓の外の景色なんですけど、ちょうど日が傾く時間帯なんで、刻々と変化するんですよ。カーテンを閉めたほうが安定した絵が撮れると思うんですけど、どうですか」

ライターを抜いて、編集部のふたりがひとことふたことやり取りしたあと、カメラマンに任せるということになった。五十がらみのカメラマンが助手にカーテンを閉めるよう指示する。室内があっという間に夜の気配をまとい始めた。

「中途半端《はんぱ》な夜景より、いかにもインペリアルっていうカーテンのほうが絵になるんだよなあ」

東京の夜景など飽きるほど見てきた人間が言いそうなことだ。秀男はいつかマツに東京見物をさせるとき、どれだけ高い場所でこの街を眺めさせようかと考える。帝国ホテルに泊めて、美味《おい》しいものをたくさん食べさせて、章子と三人でげらげら笑いながらくだらない話をたくさんするんだ。涼しくなったら、呼ぼう。ひとつ頷《うなず》くと、坊やが「どうかしましたか」と問うた。意味がわからず「何が」と返す。

「いや、真子さんニヤニヤ笑いながら『うん』って、いま」

「ここで日活のスターとひと晩中遊んだときのこと思い出したのよ」

カサカサとした笑いが起きて、部屋中に伝播《でんぱ》する。一気に現場の緊張が緩んだ。ああ、助かった。秀男はひとまずこの面子《メンツ》を束ねたことに満足した。あとは、もうどうにでも。考えるより風に吹かれるしかない。

引退して髷《まげ》を落とした文次はいったいどんな男になっているだろう。今まで努めて相撲中継は見ないようにしていたし、銀座の棲《す》み分けで「エル」には角界の関係者がやってこない。文次から遠いところに居たつもりが、ここに来てまさか本人と直接会うこととになるとは思わずにいたのだった。ほんの少し、呼吸が浅い。

せっかく引き寄せた秀男のペースを、轟がかき混ぜる。

「幼なじみと、何年ぶりの再会になるんでしたか。小学校卒業以来なんですよね」

「そうね」

「お互い、その後の活躍は知っていたと思いますが、なぜ会わずにいたんですか」

上京してから大阪の店に移ると決めたとき、ひと目会いたくて両国にある北海部屋を訪ねたことがある。怪我《けが》をして稽古《けいこ》も出来ない文次は、女装をした秀男を見ても表情ひとつ変えなかった。秀男だと気づいていたからこその無言だったと、今ならはっきりとわかる。

その文次が、弟子入りした頃から好きだった女と添えるという。やっと会えた理由は、その女がカーニバル真子のファンだったからだ。

秀男は肚《はら》の中で轟に向かって「てめぇの知ったことか」と毒づき、声をめいっぱい高くする。

「それを話すための今日よ。楽しみだわ」

ノブヨをだまくらかして仕入れた情報にはいくつもの穴がある。ここから先は、轟の術中に嵌《は》まらぬよう気をつけながら前に進むしかない。

部屋のブザーが響いた。

文次――

ダンスで鍛えた背骨がぐらつくような心細さを、奥歯で砕く。心持ちのせいなのか、珍しくも緊張しているのか、肌襦袢《はだじゅばん》の内側で背中に冷たい汗が伝う。帯のあたりで吸い込まれては、また汗だ。気持ちに体がついてこない。冷えた汗は太ももの内側からも体を冷やそうとしている。冬場でも充分通用するくらいの和装だというのに、今日はなぜか寒かった。

「北海親方がご到着です」

出版社のけっこうな上役と思われる男が、大きな和服姿の元力士を室内へと案内する。失礼のなきように、という態度がその場に満ちる。ほぼ全員が元霧乃海関に向かって腰を折った。

似たような光景をいつか見たことがあると思いたどり、「ああ」と腑に落ちた。いつか夜の店で見た、組親分の出所祝いの席だった。

髷と体重を落とした文次は、上質な羽織の上からでも鍛えあげた筋肉がよくわかる。たび重なる怪我を克服するために積んだ筋肉は、体重を落とす際にも大切な働きをしただろう。

秀男の鼻先に、両国の北海部屋を訪ねたときの風の冷たさが蘇った。恋心など口紅と一緒に川に捨てたはずだった。ここで再会しなければならないことが、面白おかしく好き勝手に生きてきた自分への罰というのなら、潔《いさぎよ》く受けてやろう。

「お世話になります」

短くそう言うと、文次は勧められた椅子へと歩み寄る。その後ろから可愛い京友禅の訪問着を纏《まと》った、人形のような女の子がついてきた。秀男の前までやってくると、彼女は文次の横に並び「初めまして」と頭を下げた。

「このたびはお目にかかれて光栄でございます。絲子《いとこ》と申します。どうぞよろしくお願いいたします」

横で文次が軽く頭を下げた。秀男は軽くしなをつくり、にっこりと笑いかける。

「ご活躍嬉《うれ》しく拝見しておりました。このたびはご襲名おめでとうございます」

「ありがとうございます」

周囲が期待する軽やかな昔話までは、途方もなく遠いものに思われた。そこにたどり着かねば、今日の仕事は成功しない。半ば思い描いていた再会の絵は、文次が秀男から目をそらしたりしないことだけで上出来だった。それ以上を求めれば、またどこか痛い部分が出てくる。

「お飲み物など、お申し付けください。すぐにお好みのものをご用意いたします」

ホテルの係のひとことで、その場の皆が救われてゆく。秀男は首を軽く傾げ、カメラから遠い場所へと移動した絲子に声をかけた。

「なにがよろしいかしら。せっかくだから、美味しいものを飲みましょうよ。ご存じだと思いますけど、ここのサンドイッチはとても美味しいの」

そして、手の届かぬ一メートル隣の文次には、ひとつ賭《か》けをした。

「文次、お前はなにがいい？」低く、男声で訊ねた。

その場の空気が締まったのか解けたのかわからない。戸惑いの気配のなか、絲子が嬉しそうにしている。

「自分は、」

「文次、俺らもう小学生じゃねえんだ。ジュースなんて言うなよ」

秀男の耳の奥で、マヤが「枯葉」を歌い始めた。どんなときも自分の内側で流れ続けてきた一曲だ。秀男の一世一代の演技にも、隣の唐変木は眉《まゆ》ひとつ動かさなかった。

「ここから先は、文次と秀男だ。『ミセス画報』だろうが何だろうが構ったもんじゃねえや。気楽にやろうぜ」

軽く頷く、ぴしりとなでつけた頭髪から、秀男の好きな香りが漂ってくる。もう鬢付《びんつ》け油ではない。この香りは絲子が選んだのだろうか。だったら好みは同じだ。

「可愛いお嬢さんだねえ」

「俺は婿《むこ》養子だから、花村《はなむら》文次になる」

文次も、秀男の作った舞台へと上がる。もう鈴木文次はこの世にいないのだと知って、いくぶん気持ちが楽になる。秀男は体をそぎ落とし、文次もその名を捨てた。

ありがとう、文次。

胸の裡で手を合わせ、秀男は小学校の幼なじみを演じ続けた。披露宴はいつなのかと問えば、十月だという。運ばれてきたシャンパンをフロアの係が細いグラスに注いで持ってくる。文次は一息に飲み干し、グラスを返した。

「披露宴は暑苦しいのばかりたくさん集まるから、涼しくなってからじゃないと大変なんだ」

その場にいた誰もが肩を揺らして笑った。鉛筆を走らせていたライターも、顔を上げる。

司会の編集者がするりと会話に滑り込んでくる。

「小学校卒業以来、おおよそ二十年の時間が経《た》っておりますが、今日はこの再会になにをお感じになられますか」

「なにをお感じになるもなにも、あたしらは棲む世界がまるきり逆じゃないか。文次が相撲の世界で頑張っているからこそ、こっちも後には引けない土俵際《どひょうぎわ》で闘ってきたんだよ」

「親方は、カーニバル真子さんが幼なじみの秀男さんだとご存じだったんですか」

文次はちらりと絲子のほうを見た。

「もともとは彼女が、カーニバル真子さんのファンで。今回対談のお話をいただいて、出身地が釧路だと伺って、それで」

「同じ土地の生まれと聞いて、そこからすぐに秀男さんだとわかりましたか」

いくぶん長い間のあと「ええまあ」と曖昧《あいまい》に頷く。秀男は今日のことを文次に後悔させないために出来るすべてを考え尽くす。

「そんなもの、誰かが『カーニバル真子はあんときの秀男なんだぜ』って耳打ちしたに決まってんだろう。つまんねぇこと訊《き》くんじゃねぇよ」

お前は黙って作り物の思い出話を聞いてろよ、と言葉にしないで軽く睨《にら》むと、質問者が「失礼しました」と引っ込んだ。

ふたりに用意された一世一代の舞台である。邪魔が入るとほころびが出てしまう。ここはすべて、秀男が仕切らねばならない。

「当時の釧路は漁師が腹巻きに出刃包丁を差し込んでキャバレーに行くような街でさ。文次もあたしも、漁師や炭鉱夫が酔っ払って落っことしたお金を拾ったり、季節ごとに港に出入りする流れもんたちと仲良くなったり。本当にいい時代だったよね」

「うん」

「文次は小学校に上がったときから、体もひとまわりじゃきかないくらい大きかったし、喧嘩も強かった。あたしはすんごいチビだったから、文次といるといじめられずに済んで助かったの。ふたりで釧路川の岸壁に座って歌を歌って遊んでいたら、橋の上から流れもんが声かけてきてね、おひねりもらって嬉しかったな。お金なんかなくても、道ばたにいっぱい落ちてるし、映画館じゃ可愛い坊主《ぼうず》だってんでタダで観《み》られるし、景気のいい街って本当に良かったわねえ」

「そうだな」

「文次とあたしの家は歩いてすぐのところにあったから、いつも一緒に遊んでた。あたしは新聞配達で家出の資金貯めて、文次は家業の手伝い。お互い、小学生のうちからずいぶん働いてきたねえ。まあそういう時代だったし、街も寛容だったから。なんたって流れもんをたくさん受けいれて、来る者は拒まず去る者は追わずの港町よ。あたしがちんぴら時代に街から街へ渡り歩いて好き勝手していられたのも、あの街で育ったお陰かもしれないわ。文次も自分の体ひとつで勝負の世界で生き残ったし、あたしも体ひとつでやってきたし。お互い姿かたちは変わったかもしれないけど、こうして話せば中身はなんにも変わってないわねえ。あんときのまんま大人になっちゃった感じ。ね、そうでしょう」

嘘《うそ》はついていない。文次は「うん」と「そうだな」を繰り返す。対談原稿になるときは、ライターが上手《うま》いことふたりが話したことに書き換えバランスを取るのだ。湿っぽいところをすべて抜いて、カラカラに乾かして話す。それが秀男が作り上げた会話の常識で、これまで身を助けてくれた芸だった。

訊かれたことにはちゃんと答えているので誰にも文句は言わせない。答えた内容を誰がどう解釈するかは、記者の腕にかかっている。結局みな自分の仕事に引き寄せるし、フィルターを通した内容しか記事にならない。

「なんたって、小学生だったからね。あたしはよく文次の家で作ってるさつま揚げ、北海道じゃテンプラって言うんだけどさ、それをこっそり食べたりしてたわけ。ああ、テンプラって偽物《にせもの》っていう意味もあったっけ。ねえ文次、あれは美味しかったよね」

あの家で文次がどんな仕打ちを受けたのか、どこで寝起きをしてどんな衣類を与えられ、どれだけ働かされていたのか、そんなことは今さら言葉にする必要もないことだった。相撲部屋の支度金で新しい工場を建てる叔父夫婦に、初めて「文次君」と呼ばれたと言ったときの横顔を、誰が忘れられよう。

「あたしたちの周りってみんな陽気で、いかにも浜の人間ばっかりって感じだった。繁華街が近かったせいもあるんだけど、毎日がお祭り。その辺を歩いている流しの漁師や炭鉱夫に、歌を聴かせたらチョコレートやキャラメルが飛んでくるの。あたしたちは、そういう陽気で開放的な街で育ったのよ」

「親方は、覚えていらっしゃいますか」

司会の質問に文次は頷き「はい」と返す。値の張る着物を着た可愛い許嫁が、にこにこしながらこちらを見ていた。秀男はこの、対談とは言えない時間を、まるごと文次の許嫁にプレゼントすればいいのだと、そこだけは譲らぬ姿勢で微笑《ほほえ》み続ける。泣いた話も、つらい話も、痛かった話も、必要ない。もうあたしたちは「あいのこ」と「なりかけ」じゃないんだから。

「あのまま、同じ中学に上がるもんだと思っていたら『俺は相撲取りになる』って、すごく嬉しそうに言ったの。すごいねえって、びっくりしたのを覚えてる。お相撲さんになって、家族や友達、みんなを幸せにしてあげたいって。文次はいつも、あたしたちのヒーローだったのよ」

嘘はついていない。聞いた人間がちょっといい想像を出来るように話しているだけだ。今日もこの口はよく動く。

芸は身を助くって、本当だったんだな。

そのぺらぺらとよく回る口に自らが呆《あき》れながら、秀男は喋り続ける。部屋の隅のほうで坊やの横に座る轟の瞳が、嫌な光りかたをしていた。

知ったことか。秀男は挑むような気持ちで「いい思い出ね」と、その場を束ねた。

「おふたりが最後に会ったのはいつだったんですか。

「東京へ行く日の、釧路駅のホーム。相撲部屋の兄弟子さんに連れられて、風呂敷《ふろしき》包みひとつで汽車に乗って行ったのよね」

文次のほうを見て、にっこりと微笑んだ。表情のひとつも変えずに「うん」と頷く。ちょっと動いただけで、なんていい匂《にお》いのする男になったんだろう。

日本一の横綱に――なってね。

ホームで秀男が言葉に出来たのは、それだけだった。大関で引退を決めた文次を、もう誰も責めたりしない。故郷では並外れて大きな子供だったが、角界では決して大きな力士ではなかった。度重なる怪我を克服し、「土俵の金狼」と呼ばれた男が、静かに現役を退いたのだ。

「お互い、見てくれは変わったけれど、こうして会ってみるとなんにも変わっていないような気がするわねえ。相撲部屋の親方と、カーニバル真子だっていうのにね」

文次は大きな目をわずかに伏せた。

言いよどむほどの言葉もなく、頷いたり相づちを打ったり、対談と名付けてはいても秀男が一方的に話し続け、仕舞いの時間がやってきた。あらゆる興味本位から文次を守らねばならない。それが秀男の今日の仕事だった。

「おふたりの、故郷に寄せる思いなどお聞かせください。カーニバルさん、いかがですか」

「あたしは十五で家出をして故郷を捨てたんだけれど、あの土地に生まれなかったらこんなに自由な人間にはなれなかった気もするの。あたしたち、もともとが開拓や一攫千《いっかくせん》金《きん》を狙《ねら》って故郷を捨てた人間の集まりのなかで育ったのよ。しち面倒くさい差別もおかしな区別もない、ごった煮みたいな土地だったから、自分のことは自分でやるしかないの。それは、大人も子供も関係なく、みんな同じだったような気がする。故郷って、いいもんだと思うわ」

鼻の奥に故郷の川縁《かわべり》に漂っていた魚の臭《にお》いが戻ってくる。大好きだった遊郭の女郎、華代《はなよ》が言った言葉がこだまそっくりに耳奥で繰り返される。目に砂が入った秀男の瞳を舐めながら、この世の泥を舐め尽くした女が言った。

「女ってのはさ、咄嗟《とっさ》にこんなことが出来なけりゃいけないのさ。嘘も垢《あか》も、この世の汚いものすべてを舐められるような人間じゃないと、やってらんないんだよ」

折に触れ、華代の言葉が秀男を守ってきたのだった。

「親方は、いかがですか」

椅子から背を離し、文次が背筋をぴしりと立てた。秀男も普段どおり浅く腰掛けながら、帯が反るほどに背を立てる。文次がようやく、重たい口を開いた。

「釧路は、子供時代を過ごした、大事な街です。親はもういませんが、わたしが最も心豊かに過ごせた場所でした。故郷での生活があったから、頑張ってこられたように思います。いまは、弟子たちに恥ずかしくない現役時代を過ごせたことが誇りです。そして、子供時代を一緒に過ごしてくれた友達と再会出来て良かったです。ありがとうございました」

その場にいた皆が感嘆し、拍手が湧いた。拍手の先に可愛い許嫁がいる。文次がここにいるのは、彼女のお陰なのだ。

対談がお開きとなり、秀男はシャンパンの残りはあるかと係に問うた。まだあるというので一杯飲ませてくれと頼んだ。

隣の椅子から、文次も立ち上がる。見上げた男の目には、たしかに自分が映っているはずなのだが、表情はまったく変わらなかった。撤収作業にざわつく周囲に聞こえぬよう、「今日はありがとう」と伝えた。文次は「いや」と首を振る。

長い時間がたちまち溶けて、自分たちの立っている場所が釧路川の河畔ではないかと錯覚する。心ひとつでいつでも戻れるような気がするのに、二度と手に入らないことも容易に理解できて、秀男は自分がふたつに割れてしまうのではないかと、全身に力を入れた。

真っ二つか。

割れた体の、さて自分はどちらに心を持たせようか。湿っぽいのは嫌いだった。いっそどちらにも心は渡さず、記憶の真ん中に流れている故郷の川に捨てようか。

秀男の脳裏に、幼い文次との会話が戻ってくる。

「ヒデ、お前は『なりかけ』かもしれんけど、俺は『あいのこ』だ」

「あいのこ、ってなに」

「日本人じゃない血が混じっとるそうだ」

憎々しげに顔も知らない父親を「殺しても殺しきれんくそたわけだ」と言い放った文次は、あれから砂と塩を舐めながら自分の体ひとつで生きてきた。

自分たちはいつだって、不完全を武器にして生きてきたのだ。これ以上なにをどう切り刻もうと、秀男は秀男のかたちでしかない。文次もまた、同じ思いで土俵に上がったのではなかったか。

変わらず秀男を見下ろしている文次の瞳に、笑いかけた。

「文次、あたしがこんなんなっちゃってて、びっくりしたかい？」

「いや、そうでもない」

「悪くないと思ってるんだよ、あたしとしては」

「悪くないよ。だから会いにきた」

心が、川に放る前に溶けて崩れてしまいそうだ。

「今日はご飯もあるって。旨い酒でも飲みながら、のろけ話のひとつも聞かせてちょうだい」

やっとその頬に笑顔がやってきた。これが、自分たちの望んだ再会だったと、秀男はひとり肚に錨《いかり》を下ろす。両国のあの一日は、お互いがまだ何者にもなっていないまま会ったからこその失敗だった。

文次は婿養子となり部屋を継ぎ、秀男はカーニバル真子の看板を背負う。それぞれの立場を得ていなくては、再会も苦いものに終わってしまう。

今ならば、わかる。

秀男は、手に入れた「幼なじみ」の役どころを胸の奥で撫《な》でた。

この部屋に入ってきたときの硬さも取れて、轟も挨拶《あいさつ》をしたあとは満足そうな顔で部屋を出て行った。

「ミセス画報」編集部主催の会食は、華やいだカップルが主役で、秀男の口も遠慮がちになる。秀男が黙ると、絲子が実に気の利《き》いた問いかけをするのだった。

「真子さんと呼ばせていただいてもよろしゅうございますか」

「あたしにそんな丁寧な言葉はいらないんですよ。こうしてお話ししてくださるだけで嬉しいんです。呼び捨てでくださいな」

座が温まったところで、彼女は「お願いがあるんです」と切り出した。

「十月の、披露宴にお越しいただくことは出来ないでしょうか。ご迷惑と思いながらも今日ついて参りましたのは、このお願いをするためでした」

この上、文次の横にウエディングドレス姿で座る女を見なくてはいけないとは、神様も相当な意地悪だ。文次の顔を見てはいけないと思いながら、視界には目の前に座るふたりが入る。文次がコップに注がれたビールを一息に空けた。

「いいのかい文次、あたしなんかが出席しても」

文次がぼそりとつぶやく。

「そういうことです。よろしく頼みます」

息を吸って、吐いて。秀男はひとつ頷き、そのあとしっかり頭を下げた。

「光栄です。承知いたしました」

会食に出たあと、坊やは秀男を「ＭＡＹＡ」まで送り届けて本日のお役目終了となった。

披露宴までのあいだに、秀男は二か月間の日劇ミュージックホールの舞台を務め、舞台がはねたあとは「エル」と「ＭＡＹＡ」の掛け持ちで走り回った。

息つく暇もないな、と周りに呆れられながら、適当に男と遊ぶ時間も取ってある。仕事の空き時間、舞台の待ち時間、秀男は煙草《たばこ》を吸うような気楽さで男を抱いた。誘えば、男たちはためらいながらも下着を下ろす。女に似せた体への好奇心と、相手が実は男であるという罪悪感のなさが彼らのたがを外すのだ。

男たちのほぼ全員が、カーニバル真子の「女」に挿入したと思っている。何もかもが嘘で装飾過多のデコレーションケーキかイミテーションだ。噂《うわさ》に違《たが》わず良かったという男もいたし、女とそう違わないといってつまらなそうにする者もいた。さらりと欲望に搦《から》め捕《と》られる男たちを相手に、秀男の興味は一回こっきり。どいつもこいつも、秀男を試しにやってくる。快楽の終わりに「次」を訊《たず》ねる男には「野暮なこと言いなさんな」とマヤの真似《まね》をした。

ただの連れションじゃねえか、こんなもん。

期待をしない、されないことで秀男は秀男のかたちを守る。悪い噂が立ったところで、誰が自分を裁けるか見てみたかった。肌をあわせても、誰の男を寝取ったとしても、ただの連れションなのだ。新しい体についている女陰もどきは、内臓に繋《つな》がっていないただの皮膚だ。突き当たりのある穴は、切り貼《ば》りを重ねた傷口だ。膝《ひざ》や尻《しり》よりは乳首に近い皮膚で、快楽の在処《ありか》としてはその程度だった。

自分の体の内側に男を迎え入れることの、明らかな実感はないし、もちろん放る快楽もない。自分という贋作《がんさく》に付加価値を付けるとしたら、額縁しかないのだ。

だからこそ、断じて身を飾るものは本物でなくてはいけない。秀男の、そこだけは決して譲れない、カーニバル真子としての甲斐性《かいしょう》なのだった。

その日、秀男は寝不足の顔に念入りに昼間用の薄い粉を叩《はた》き、できるだけ穏やかな表情に見えるよう眉山《まゆやま》をやわらかく仕上げた。目だけは彫りを深くする。化粧の前は薄い顔立ちが、しっかりと目化粧をすることで別人になる。カーラーで巻いた髪を解き、さっと逆毛を立ててブラシで表面を撫で、毛先を内側へとしまい込んではピンで留める。トップを盛り上げて、べっ甲のかんざしを差し込めば「カーニバル真子」のできあがりだ。

今日は文次の晴れ舞台だ。何を着ればいいのかあれこれと悩んだ末、招待客に和服の多い披露宴ならば、こちらも和服というところで気持ちが落ち着いた。文次のことを思えば、今日だけは目立たぬほうがいいのだ。主役は文次と、あの可愛くて若い女将《おかみ》さんだ。

和装下着を着け、長襦袢の襟位置を決めて紐《ひも》で固定する。加賀友禅作家の一点ものは、季節の花が描かれた藤色《ふじいろ》のお召しだ。おとなしいふりをして、実は着る人間を選ぶ不思議な絵付けである。

鏡を見ながら帯の高さを合わせた。金糸銀糸の慶寿錦絵《けいじゅにしきえ》図だ。こんな機会か正月の留め袖《そで》くらいにしか使うときがない。締めながら、ああもう一回あるんだ、と故郷のことを思い出す。末の妹の嫁入りが決まったのだった。

章子からの情報では、地元の銀行に勤めるしっかりした給料取りだという。後々のことを考え、マツが秀男のことを打ち明けた。そのときの嫁ぎ先の反応を、章子がずいぶんと面白おかしく語っていた。

「かあさんね、とうさんが席を外したときを見計らって、実はうちの次男坊はカーニバル真子なんです、って言ったらしいの。これで駄目だったら、今後も上手くいくわけないからって」

結果は、向こうが大喜びをするという、父と兄には非常に苦々しい反応で、マツはひとごこちついてほっと胸をなで下ろしているのだと聞いた。

妹の結婚式は来春。母や章子、兄嫁の髪と着付けは秀男に任せたいという。

「美容師がいるじゃないの、なんでわざわざあたしがやるわけ」

「かあさんは、ヒデ坊を自慢したいの。着物だろうがドレスだろうが、なんだってきれいに着せられるってところを」

章子にそう言われては、引き受けざるを得ない。道を大きく外れた次男坊を周囲に自慢するのは考えづらいことだが、たとえばそれが章子のリップサービスだとしても悪い気分ではなかった。

妹の結婚式で、さて何を着ようかとつぶやいた秀男に、章子はためらいなく「花嫁の姉は色留め袖」と言った。

背丈にあわせた姿見で、二重太鼓の高さと張りを確かめる。妹の結婚式でも、これを締めよう。

帝国ホテルの披露宴、秀男が案内されたのは各界の著名人たちが集う上座《かみざ》だった。

ぐるりと円卓を囲んだ顔ぶれを見て、知らぬ顔はない。名前を思い出せなくても顔は覚えている。手元の座席表と照らしては「なるほど」と胸の裡で頷いた。

秀男の左側には文壇でも露出の多い近藤誠一《こんどうせいいち》が座っていた。右は落語家の師匠、その向こうは歌舞伎《かぶき》役者。秀男を見て、みなゆったりとした微笑みを投げてくる。男ばかりの席にポンと置かれてほっとした。ここに女がいたらお互い居心地悪いだろう。お互いに張り合うつもりもないのに、周りがそれを放っておかない。最終的にこの並びにしたのが、あの朴念仁《ぼくねんじん》の文次だとは思えない。秀男は北海部屋の若き女将と、その娘を育てた相撲部屋と先代に心の中で手を合わせた。

「カーニバルさんは、新郎と新婦、どっちと関わりがあるのかな」

鬢《びん》に少し白い筋をなでつけた、ひと目で高級とわかる礼服に身を包んだ近藤誠一が秀男の顔をのぞき込むように話しかけてくる。

「どっちだと思いますか」

シャンパングラスを傾けながら、ふふふと笑う。

「わからないよ。新婦なら、へぇ、と思うし。新郎なら穏やかじゃないだろうなと思うだけだ」

「あら、どうして」

「知った男はぜんぶ食っちまうっていう話を聞いたのでね」

「お言葉ですけれど、もしそうだったら、こんなめでたいお席には呼ばれていないと思いますよ」

近藤が、ほう、と頷き、本当のところを訊いてくる。秀男は披露宴に出席すると決めたときから用意していた言葉を並べた。

「親方と同郷なんです。ずっと応援しておりました。十五で飛び出した故郷ですけれど、同じ土地で育った同い年の親方は、あたしたちにとっても大きな誇りなんです」

嘘じゃない。けれど、本当でもない。秀男の体と同じく、口から出て行く言葉もどこか真実とは別の棚にそれらしく並ぶのだった。

「北海道、だったかね」

「ええ、東のほうの港街です」

「太陽は東から昇る、と言うしねえ」

近藤は満足そうに頷き、グラスに注《つ》がれた辛口のシャンパンを一息に飲んだ。君、いける口なんだろう。ええもちろん。ウエイターがめざとく二人のグラスに金色の泡を注いでゆく。

司会進行は、テレビ局のアナウンサーだ。ここぞとばかりに今日の主役を言葉で飾り立てた。秀男は文次の功績と人柄を気持ちよく耳に流し込み、どこからも漏れ出ないよう気をつける。知らず、頬が上がってゆく。そこへ、隣の近藤が話しかけてくる。

「君さ、対談が一度流れてしまってるの、覚えていないかい」

「どなたとの対談ですか」

「僕だよ、決まっているじゃないか」人差し指を鼻に近づけて男が唇の片方を持ち上げた。

「それは失礼しました。近藤先生との対談が、あたくしの知らないところで流れていたなんて。それっていったいいつのことですか」

パリから戻り、日劇ミュージックのステージを成功させた頃だという。知らないってのはどういうことだ、おかしいだろうと近藤の眉間《みけん》に皺《しわ》が寄る。そのときはまだ内藤企画に所属していなかった。不思議ね、とつぶやくと近藤が「ははあ」と頷いた。

「僕のほうは熱烈ラブコールをしていたんだけどね。こりゃあ編集者にいっぱい食わされたかもしれないな」

マネージメントを引き受けている大手出版社の担当編集者が、独断で「先方の都合がつかない」ことにしたのではないかと彼は言うのだった。近藤誠一とカーニバル真子の組み合わせに、明るいものを感じなかった担当編集者の勘は正しいのだろう。この色好みの男性作家は、低い声で北澤英二の名前を出した。

「知ってるぞ、業界でちょっとした騒ぎになったからな。あの男の書くものはもともと頭でっかちでね、あんまり血肉の生々しさを感じなかったんだが、君と噂になった頃からちょっと変わってきたという評判だ。いったいどんな経験をしたものか、ますます興味が湧《わ》いてきたもんだよ」

秀男は鼻先で嫌みにならぬくらいの笑いを送った。この程度なんだ、と胸の裡で何度も繰り返す。この程度なんだ、あたしって人間は。そこには明るいも昏《くら》いもない。ただ「カーニバル真子」の毛皮をまとった影の薄い人間が、色のない景色に背を向けてライトを浴びている姿しかなかった。

「試してみますか」

近藤の瞳《ひとみ》が湿った光をもって秀男に向けられる。そうだ、そうやって乗ってこい。ここで会ったが最後だ。カーニバル真子の、お前も肥やしと踏み台になるんだ。

己の内側に向かって吐く台詞《せりふ》は、当の秀男も気持ち悪さで胃の腑が溶けそうになる。永遠にひとりの人間の、見えている部分とそうでない部分は、月のそれと同じだった。永遠に覗くことのできない月の裏側は、ひとの心によく似ている。いいね、と近藤が低く頷いた。こんな景色をいつか見た、と思った。いつだったか、ずいぶんと昔だ。

秀男の眼裏《まなうら》を、十九の頃に泣きながら渡った両国の橋と隅田川の川面《かわも》が通り過ぎる。文次に会わせてくれると言った男のいいなりになって、朝の連れ込み宿で抱かれたあの日だ。こんなもの、と身につけた上質の絹物の上から全身を抓《つね》りたい衝動に駆られ、奥歯を嚙《か》んだ。

この程度なんだよ、あたしは。

豪華絢爛《けんらん》な披露宴のあと、同じホテルの一室で近藤と寝た。

男の体には初老の日向臭《ひなたくさ》さが漂っていた。それに気づかぬだけの歳《とし》を重ねた鈍さがまた、この男の自信になっているようだった。

「うまいもんだなあ。まるきり女じゃないか」

男が煙草に火を点《つ》け、まだシーツの上に裸を広げたままの秀男に手渡し、行為の一部始終を褒めた。

「十五の年からこうやってきてますんでね」

「人生の半分以上、女のお株を奪ってきたと言うんだな」

「女のお株は奪っちゃいません。だいたい端《はな》から争っちゃいないんです。あたしはあたしのやり方で好きなひとと好きなように遊んでるだけです」

「でも、男が好きなんだろう？」

秀男は背中をシーツから持ち上げ、乱れた髪をかき上げながら言葉を選ぶ。このデリカシーのかけらもない作家に、さてなんと言ってご納得いただこうか。

「先生、勘違いしちゃあいけません。あたしは男が好きなんじゃなくって、好きなのが男ってだけです。ただの男と寝て、何が楽しいか。先生ともあろうお方が、ずいぶんとつまんないことを仰《おっしゃ》るのね」

作家は少し気色ばんだ表情で秀男の指先の煙草を取り上げた。それをテーブルの灰皿でもみ消したあと、再びベッドの縁へと戻ってきた。

秀男は男のなすままに、仰向《あおむ》けになる。男は秀男の両脚を開き、傷口に顔を埋めた。

「俺に何か胸のすくようなことを言えたとでも思っているのか。その減らず口を黙らせるなんて、簡単なんだ」

男の生暖かい舌が全身の疵《きず》をすくい上げた。生娘《きむすめ》のような声を喉《のど》の奥から漏らしてみる。舌はしつこく秀男の声を求めて動き回った。舌先で未知の秘部をひとつひとつ確かめるように、男の頭が上下する。

三回に一度、細く長く、声を漏らす。息、吐息、あえぎ、唇を噛んで身をよじる。

すべてがイミテーションだった。

秀男は腰を上下に振り、上り詰めるふりをする。何度も何度も。男はその寸止めの演技が自分の技と信じ、秀男の演技に振り回される。

「先生、駄目、もう駄目」

「駄目」と「まだ」のやり取りがよほど気に入ったのか、男は執拗《しつよう》に舌で秀男を攻めた。唾液《だえき》も少なくなった舌で、しつこく尿道を攻められているうち、ふるりと漏れた。男がそれを口に含む。変態だわ、こいつ。尿意を我慢するのを止《や》めてみた。

秀男の両脚の付け根で、男の喉が鳴った。

夜中、秀男は髪と着物を整えてバッグを持った。

「朝飯、一緒に食べないのか」

ガウン姿の男が起き上がって、ベッドの縁から声を掛けてくる。冗談じゃない。てめえのションベン飲んだ男と朝飯なんぞ食えるか。

「一見《いちげん》さんと、化粧のはげた顔で朝飯なんぞ、あたしの歴史にはなかったことでした」

男は「歴史ね」とつぶやいて間をあける。焦《じ》れたところで再び口を開いた。

「歴史というのなら、カーニバル真子はこのあと、どう成りたいんだろうな、と思うんだ」

「どう成りたいって、どういう意味ですか」

襟足に落ちてきた後《おく》れ毛をピンの奥へと潜り込ませる。

「踊って、歌って、女になって、そこを見せて、男遊びも自由自在、体もまあまあ女に近い。この国でカーニバル真子ほど人生を謳歌《おうか》している人間は、いまのところいないだろう」

「そりゃあ、ありがとうございます。最高の褒め言葉です」

暗がりのなか「だからこそ」と男は続けた。

「次から次へと、お祭り騒ぎを続けていかなけりゃならない。お祭りっていうのは、続けないことには、ただのさびしい記憶だからな」

秀男はこの夜から逃げ遅れた。無防備な皮膚に染《し》みてくるのは、辛辣《しんらつ》な指摘である。カーニバルの終わった朝は、見苦しい快楽の残骸《ざんがい》ばかりが降り積もっている。

そんなことは重々承知で夜に生きてきたのではなかったか。

「カーニバル真子に、終わりはありません。どうぞ次の展開を楽しみになすってくださいな」

部屋を去ろうとした秀男に、男が言った。

「次の映像化の、女優を探しているところだった。考えてみないか」

近藤誠一原作の『女稼業《おんなかぎょう》』を映画にする話が進んでいるのだという。主役は決定しているが、出番の多い遊女の朋輩《ほうばい》役が揃《そろ》わない。

「その気があるなら、名前を出す。嫌なら言ってくれ」

飛びつくのも見苦しい。しかし正直なところは喉から手が出るほどやってみたい。

「女優ねえ、悪くないわね」

「やるか」

秀男はバッグから名刺を一枚取り出し、ゆるゆるとベッドの縁へと歩み寄る。

「夜が明けて気が変わらなかったら、事務所に連絡くださいな」

この喧嘩《けんか》は買わねばならぬ。カーニバル真子を挑発したら最後、銀座のソファーほどに高くつくことを教えてやろう。

男が両脚で秀男の膝のあたりを挟み込み、立ち去るのを阻《はば》んだ。そして笑いながら「そういう台詞は男が使うもんなんだがな」と言い、その手で着物の裾《すそ》を割った。冷たい手のひらが着物の裾を広げ、再び滑り込んだ。冥界《めいかい》へと送ったはずの欲望が、かたちを求めて走り出した。

近藤原作『女稼業』のポスターは、主役よりも秀男の赤い長襦袢姿が大きく、たいそう主演女優の機嫌を損ねたものの興行成績はまあまあだった。跳ねもしないし、大ヒットとも呼べない。次から次へと女の肌が現れては、縛られたり赤いろうそくを垂らされたり、遊郭の地下牢《ちかろう》で繰り広げられる痴態が予告の大半で、文芸作品の色が伝わりきらなかった。仕上がりを観た近藤が怒りだしたという記事が週刊誌に載り、使われた写真は秀男の裸身だった。

その年はキャバレー回りとテレビ出演で暮れた。男をとっかえひっかえの暮らしに変わりはないが、少しサイクルが短くなったようだ。秀男の胸は膨らみを保つためだけにあり、痛むことはない。痛いのは、ホルモン剤の副作用でキリキリと締め上げられる頭だけだ。酒を飲んでも薬を飲んでも、その痛みが薄れることはなかった。そのうち痛いのが日常になり、頭の中はなかなか晴れることのない故郷の夏空色に染まった。

年が明けた一月の三日、章子が朝食を作っているところへ、電話が鳴った。

坊やが急に仕事が入ったと言って慌《あわ》てている。

「なんなのよ、まだ十時じゃないの。顔合わせは明日じゃなかったの？　おめでとうぐらい言いなさいよ、馬鹿《ばか》」

「いや、すみません、明日の顔合わせが済んだら、すぐに行ってほしい営業先があるそうなんです」

「あるそうなんです、ってそれいったい誰からの仕事なの」

坊やは言いにくそうに「轟さんです」と答えた。

「あいつが持ってくる急な仕事なんて、ろくなもんじゃないだろうに。お前はあたしのマネージャーなのにそれを承知したのかい」

坊やは済まなそうな声を出しつつ、やはり轟には逆らえないと言うのだった。

「営業先はどこなの」

聞けばそこそこ名のある料亭だった。予定していたタレントが熱を出したのだという。事務所の顔合わせが終わったらすぐにハイヤーを回してもらうから、と坊やも泣きそうな声だ。秀男は「わかった」と言って電話を切った。

章子が丁寧にドリップしたコーヒーをポットにいれて、リビングのテーブルに置いた。秀男のカップに注ぎ入れる。章子はもうしっかりと着替えていた。勤め人の朝は、正月といえども早い。秀男は電話がなければもう一時間はベッドにいただろう。

「正月早々、ヒデ坊は相変わらずねえ」

「明日、顔合わせのあと営業だって。前の日に入る仕事なんてろくなもんじゃないわ。轟の仕事と聞いただけで胸くそ悪いったら」

「仕事の電話で目が覚めるなんてのは、芸能人にとってはありがたいことじゃないの。楽しんでやっていらっしゃいよ。ヒデ坊のステージ、わたしは好きよ」

章子は三十半ばになっても独り身で、後妻の縁談を持ち込まれては断るのに難儀している。秀男はもう二度と嫁には行かぬと決めた姉とふたりでいるのが、最近の慰めだった。平川《ひらかわ》家の鬼子がふたり、正月だというのに実家にも帰らず、近所の神社でお参りをしたほかはテレビを観たり料理を作ったりで家にこもって過ごしている。

「朝ご飯に、おむすびと卵焼きとお味噌汁《みそしる》を作ってあるけど、食べる？」

「ショコちゃんがいるとありがたいわ。ひとりだと、何を食べたって味がしないのよね」

元日の昼に、どっさり食材を抱え「二、三日泊まってもいいかな」と笑顔で現れた姉に、秀男は正直抱きつきそうになった。頭痛と空腹と体の芯《しん》に残る怠《だる》さで、このまま三が日眠り続けてしまおうかと、睡眠薬を取り出したところだったのだ。

「ショコちゃんには、あたしの考えてることが手に取るようにわかるのかもね」

「そんなことないよ、ヒデ坊と一緒にお正月を過ごしたかっただけ」

「かあさんたちはどうしてるかしらねえ」

「電話したら、孫のお守りには盆暮れ正月がないなんてぼやいてた」

「あたし、こっちに呼んであげたほうがいいかしらって思ってんのよ」

章子はコーヒーをひとくち飲んだあと「それもいいわねえ」と少女みたいな笑顔を向けた。

「東京タワー行ってさ、上野動物園行ってさ、銀座ぶらついて、美味《お》しいものいっぱい食べさせて、日劇のショーでも観ましょうよ」

「一週間以上かかりそうだね」

秀男は、そのときは家で三人で過ごそうよと提案する。章子の目尻にくっきりとカラスの足跡に似た皺ができた。

最近はもう、家に常時男がいるということもなくなった。体を重ねたあとはさっさと帰って欲しい。そうでなくてはゆっくり休めない。都内の高級ホテルはおおかた造りも覚えたし、相手によってずいぶんと選ぶホテルに差があることもわかった。二股《ふたまた》、三股、四股も、誰もが思うかたちと考える数だけ存在するカーニバル真子だった。

ところで、と章子が訊ねた。

「ヒデ坊、洗濯物があったら出してね。お部屋も乾燥しているし、肌に悪いから洗濯物を干しましょう」

下着は毎日風呂に入るときに自分で洗う。仕込みの時代からの習い性だ。シーツも干すのが面倒で何枚か溜《た》めてクリーニングに出すようになった。

「洗うったって、あたしの服はガウン以外は家で洗えるものなんてないの」

「バスタオルもシーツも、枕《まくら》カバーも、ぜんぶ洗ってあげる」

章子のやりたいようにすればいい。秀男は寝室のドアを開けて「好きなもの洗ってちょうだい」と言って煙草の箱に手を伸ばした。

テレビを観ていないときは、雑煮や巻き寿司《ずし》、筑前煮《ちくぜんに》、いつも台所でなにか作っている。思い出話をすることもない。

「明日の営業、着物のままで行っていいのかしらね。まったく正月早々、前の日に入るようなステージなんて」

ろくなものがない、という秀男の勘は当たった。

新年の挨拶を終えたあと坊やに連れて行かれたのは、ずいぶんと奥まった場所に建つ料亭だった。ハイヤーの運転手がこれ以上は進むことができないと言って秀男を降ろした場所から、五十メートルは歩いたろう。

新年会の席だからと選んだ着物は、茄子《なす》紺《こん》に白抜き葡萄《ぶどう》模様の縁起柄だ。帯は能面で、年頭の仕事で喧嘩はしないようにと、章子が選んでくれた。絹もいいが仕立てても上等で体に上手いこと添って実に動きやすい。

「坊や、どこの会社だったっけ。聞くの忘れてたけど」

「御成門《おなりもん》商事、ってメモに書いてありました」

「商事会社がこんなところで新年会って、いったいどんな集まりなのよ。それに、御成門って」

裾さばきの良さに気をよくしながら、うなじの後れ毛に手を添えてはっとした。

「あんたそれ、こっちじゃないの？」

親指で斜めに頬を切る仕種《しぐさ》をすると、坊やが立ち止まる。細い道の先は行き止まりだ。

「それ、霧子に入った仕事よ。そっちにすごく人気が出てきたって聞いてる。あの子、とにかく危ない奴《やつ》らに好かれるのよ」

「もしそうだったら、どうしましょう」

「どうしましょうって、あんた、やるに決まってるでしょうよ。楽譜は持ってきてるのよね」

「はい、持ってきてます」

バンドも入ってるとなれば、客の職業がなんだろうと務めなければいけない。轟がほくそ笑む様子を想像して、秀男は奥歯を鳴らす。

「いいか坊や、なにがあってもビビっちゃ駄目。相手が誰でも、ステージはステージ。ギャラもらったら、次があるからってさっさとトンズラすんのよ」

仲居に案内された座敷にはずらりと三十人ばかり、黒いスーツの男らが左右二列に向かい合わせた膳《ぜん》を前にしてあぐらをかいていた。部屋中にもうもうと煙草の煙が充満している。ずいぶんと前から飲んでいたような気配も漂ってくる。

「なんだ、南美霧子は来ないのか」

太い声に出迎えられるも、怯《ひる》んでいる場合ではないのだった。

「明けましておめでとうございます。本日、新年のめでたいお席に参上いたしました、カーニバル真子でございます」

座敷にしつらえられた階段一段ぶん高いステージには、マイクスタンドが一本あるきりで、聞いていたようなバンドは入っていなかった。ふすまの前に座って気配を消している坊やに視線を送り、「なんでだ」と訊ねる。目を伏せる情けないマネージャーに肚《はら》で毒づきながら客席に微笑みかけ、訊ねた。

「あたし歌を歌いに来たんですけれど、伴奏はまだ到着してないのかしら。伴奏なしだと、ちょっとさびしくなっちゃうけど、いいかしら」

贅沢《ぜいたく》言うんじゃねえ。地鳴りのような野次が飛んでくる。オカマ、のひとことが飛んできたとき、秀男は内藤企画を辞めることに決めた。

「ちょっと待ちな」

立ち上がったのは右側の列の三番目に座っていた男だった。濡《ぬ》れたような黒髪をみごとに後頭部へとなでつけた、四十前後、細身の長身だ。秀男が驚いたのは、このいかつい軍団に不似合いな優男《やさおとこ》が、周囲の誰の反感も買わぬまま、次の間からギターを持ってきたことだった。

「ねえさん、なにを歌うか知らないが、俺の知ってるやつならなんとかなるぜ」

「シャンソンと歌謡曲と、持ち歌が一曲。楽譜はあるわ」

「寄こしな」

男は舞台の端に腰掛けると、腰の横に楽譜を広げた。せいぜい五曲、そのほかは喋《しゃべ》り、場が乗れば脱ぐ。

「ああ、どれも大丈夫だ。好きなのから言ってくれ」

「若！」

太い声が飛んだ。秀男は男の横で身を屈《かが》めて訊ねた。

「ちょっと、あんた何者なの」

「見ての通り、ちんぴらだ」

「あそこに、あんたのことを『若』って言ってるゴリラがいるけど」

「そうとも呼ばれてる」

客席が面白がっているのが伝わってくる。御成門商事か。秀男は客席に手拍子を求めて、持ってきた曲のなかでも一番明るいものを一曲目に選んだ。着物を着てきて良かった。

踊り踊るならちょいと東京音頭――

手拍子がうまい具合に合ってくる。ちらと脇《わき》を見れば、若がニヤリと唇を持ち上げた。ギターの腕前はプロ跣《はだし》。どこの組だか知らないが、若でギター弾きで男前。ここは気分良く演じたもの勝ちだろう。

三曲歌い終える頃には、場がしんなりと白けてきた。たんと酒の入った黒服たちの中には短くなった小指を鼻に突っ込んだまま半分寝ているのもいるし、今にも抱き合わんというほど耳と口を近づけて話に興じているのもいる。相変わらず煙草の煙がもうもうと立ちこめて、いい加減めまいがしそうだ。

ポロロン、と三曲目の演奏を終えた若の横に座り、訊ねた。

「ねえ、ここの会社のみなさんは、いつもこうなの」

「今日はまだお行儀の良い方だろうな。誰も殴り合ってない」

「ギター、上手いわね。どのくらいやってたの」

「どのくらいって、ガキの頃からこいつで喰ってた。親父《おやじ》の具合が悪いってんで家に戻ったら、若になってたんだ」

「プロだったの、どうりで」

御成門商事の若は、レコード会社と契約もしていたスタジオミュージシャンだった。

ソロデビューが叶《かな》わないでいたところに体調の優れない父親に請われ、やむなく実家に戻ったのだったが、初めての新年会がカーニバル真子のギター伴奏だったというわけだ。

「いろいろ大変ね」

「まあ、このまんま流されて行くんだろうね」

遠いところから「休んでんじゃねえよ。ギャラ払わねえぞ」の声がかかる。若の眉が八の字に下がる。秀男も負けてはいられないので立ち上がった。

「うるせぇ、打ち合わせしてんだ、ガタガタ言うんじゃねえ」

「なんだとコラぁ。指詰められたいのか、このオカマが」

すぅっと息を吸い、はぁっと吐く。

「コラ、誰がオカマだ、もういっぺん言ってみろこのゴリラ。こちとら指の一本くらい詰められたところで今さら痛くも痒《かゆ》くもねえんだよ。てめえら全員、ちんぽ詰めてからかかってこい」

真っ先に笑い出したのは若だった。ギターを抱えてひきつりながら大笑いしている。秀男の啖呵《たんか》と若の笑い声に、一瞬静まりかえった座敷が倍も膨らんだ。

「いいぞ、もっとやれ」野次がステージを盛り上げ始めた。

口笛が飛び、拍手が湧く。着物の内側は嫌な汗がだらだらと流れているのだが、どうやらひとつ難所を切り抜けたらしい。

「もっとやれだって」

「いいね」と涼しげに笑う若に「ちょっと色っぽいやつをスローから二、三曲続けてくれないか」と頼んだ。

「暑いから、脱ぐわ」

本気かと問うので、こっちが本職なのよと答えた。それが彼の得意なジャンルなのか、スパニッシュギターの名ナンバーが流れ出す。

「ベサメ・ムーチョ」だ。

くるりくるりと舞台の上でターンを決めて、秀男は帯締めの結び目を解いた。おお、と低い声が波となって広がってゆく。寄せては返す弦の音も楽しそうだ。

くるりくるり。回るたびに崩れてゆく襟元、じきに絹物の裾が床に滑り、たっぷりと時間をかけて秀男は着物を体から落とす。歌を歌っているよりはるかに自由だった。床に落とした着物を、坊やがさっと舞台袖へと引き抜く。上手《うま》いじゃないか。

胸をはだけ、長襦袢《ながじゅばん》を体から離す頃にはもう、座敷の視線はすべて秀男のものになっていた。ああ気持ちいいこと。久しぶりに小屋の空気を思い出した。指がなかろうが髪の毛がなかろうが、小屋の中では誰の上下もないのだった。扉一枚で、差別と偏見から逃れられる。生きる場所は違《たが》えてきたが、カーニバル真子のスタートは磨きに磨いたこの体を見せることなのだ。

ギターがいよいよ哀愁を帯びてきた。秀男は腰巻き一枚の姿で舞台の縁に腰を下ろした。持ち上げた足の先から、白足袋を抜き取る。右足、左足。高く上げた脚を交差させれば脚の間がちらりと見える。ちらりと見せるのがひと仕事なのだった。

左で片膝をついて、ゆっくりと右の膝を開いてゆく。緋牡丹《ひぼたん》が舞い、脚の中心に真白いレースの下着が現れると場の視線はそこへ集中する。くねらせた腰からヒモを下ろし始めた。男たちの喉を通り過ぎ落ちてゆく唾液の音まで聞こえてきそうだ。

正月早々、こりゃいい気分だ。ギター一本であっさり踊り子に戻れるとは思わなかった。肌をさらすほどに、秀男の胸に渦を巻く思いがある。

あたしは、あたしの本物にならなくちゃ。

他人の価値観で生きるのはまっぴらだと思ってやってきたはずなのに、いつのまにか人の目なしには生きられない世界にいる。この矛盾とどう闘うか。新しいカーニバル真子の、ここが腕の見せどころではないのか。

大盛況に終わった新年会。飲んだくれに酌をして回り、体のあちこちを触られながらの帰りがけ、ギターの若が秀男に言った。

「お互いもう、後戻りのきかないところにいるんだなって、あんたを見ててよくわかったよ」

「どういう意味なの」

「俺はこの先、ここを出ようなんて思ったらこの指か命のどちらかを落とさなきゃいけないんだ。しがないギター弾きにはもう戻れない。あんたもそうなんだろう」

「走り続けるしか、ないってことか」

にやりと口元を曲げた若の唇に軽くキスをして、行き止まりの料亭から出た。冬の日の空には明るい星が光っている。一年が始まったことも知らずに、馬鹿みたいに輝き続けている。

「あのう」秀男につかず離れず歩いていた坊やが決まり悪そうに言う。

「今日は、すみませんでした。俺、まさかああいう営業だとは思わなかったです」

「どうせ轟が取ってきた小遣い稼ぎよ。お前もひとつ利口になったじゃないか」

「本当に、すみません」

「あたしはカーニバル真子だから、出来ないことなんてないんだよ。好きに生きるためなら、何だってする。あたしがあたしでいられるなら、どんなことだってやれるのさ。本気で悪いと思ってるのなら、次の仕事から、事務所にあるあたしの楽譜はぜんぶ持って歩いてちょうだい」

街灯の下で坊やが首を傾《かし》げる。

「いつどこで、どれを歌ってもいいように、商売道具は常に持って歩けってことよ」

カーニバル真子のキーに合わせた楽譜は秀男の大事な商売道具だ。内藤企画を去るときは、事務所のものとなってしまう。どこで何が役に立つかわからないのだった。秀男は楽譜を持ち歩いている状態で事務所から逃げる。それでいい。

松の内も過ぎて、あちこちのショーで一曲踊ったり歌ったり、新年会のゲストやお座敷のお呼ばれ、テレビのアシスタントといった仕事でスケジュールが埋まっていた。珍しく夜が明ける前に部屋に戻れた日、秀男の体にはずっしりとした疲労が根を張っていた。しっかりストレッチしないと背骨が悲鳴をあげそうだ。

暖房をきかせた部屋でドレスを脱いで下着も取り、バスローブ一枚を体に巻き付ける。とにもかくにも部屋を暖めるのは、北国生まれの名残だろう。

化粧を落とし始めた真夜中の部屋に、電話の音が鳴り響いた。ひぃっと軽い悲鳴をあげて、嫌な想像を振り払うようにして受話器を取る。ブザーが鳴り硬貨が落ちる。公衆電話だ。

「真子ねえさん」

南美霧子だった。

「ねえさん、夜遅くにごめんなさい」

「朝早いよりいいわ。どうしたのあんた、こんな時間に」

寝ている間しかひとりになれない少女から真夜中にかかってきた電話は、秀男の気持ちをざわつかせる。面倒な電話だとわかっているのだが、「明日にして」と切ることができない。片手で受話器を持ち、片手で顔にクレンジングクリームをのばす。

「逃げたいんです」

「逃げたいって、どういうことよ」

「轟さんから、逃げたいんです」

きたか——死にたいと言われるより百倍ましだ。

「何があったのか、言ってみな」

枕営業だった。聞き覚えのある政治家の名前が耳に滑り込んでくる。

「霧子、あんた男は？ 枕は、やったことあるの？」

「デビュー前に一度」声が揺れる。

ひとつ受話器にむかって大きく息を吐いた。いつ呼ばれているのかと問うた。霧子は短く、明日と答えた。

「いま、どこにいるの。外なんでしょう」

「お堀の近くです」

轟が眠った霧子を見届けて、ちょっと外に出た隙《すき》に飛び出したという。秀男はすぐにタクシーに乗ることと、自分の住所を告げた。

「煙草屋の角まできたら、すぐ目の前だから。タクシー代はある？ とにかくさっさとタクシー乗って。南美霧子だって気づかれないように」

電話を切ったあと、秀男は急《せ》いた気持ちをなだめるようにして化粧を落とした。お堀のあたりからだと、意地の悪いタクシーでなければ二十分かからず着くだろう。

何をしていても「逃げたいんです」という言葉が耳から離れなかった。逃げる気力があればだいじょうぶだ。逃げられないやつがババを引く。

髪にブラシを入れてひとまとめにした。バスローブから厚手のセーターと革のパンツに着替える。電話がかかってきてから十分経《た》った。できるだけ闇《やみ》に馴染《なじ》む黒っぽいスカーフを頭に巻いて顎《あご》で結んだ。黒い羊革のコートを羽織り、右手に安物のレッキスを持つ。霧子が着の身着のまま出てきたとしたら、冬空に風邪をひかせてしまう。

いつもの癖で、姿見の前でくるりと自分の姿を映した。

「やだ、ガード下のたちんぼうみたい」自分の独り言に笑ったあと、マンションを出た。

乾いた夜に吹く風は、故郷のそれと比べると暖かく感じるほどだった。冬が来るたびに、肺まで凍りそうだった新聞配達の日々を思い出す。二度と戻りたくない時間のなかに、文次がいる。

煙草屋の前でぶらぶらしていると、黄色いタクシーが静かに止まった。霧子が、開いたドアから背中を丸めたチンパンジーみたいな恰好《かっこう》で滑り出てきた。寝間着の上からセーターを重ね、片手にちいさな財布を持っただけの姿だった。

「真子ねえさん」

「シッ、黙って」

霧子の体をさっと毛皮で包み、半分抱きかかえるようにして部屋まで戻った。熊《くま》のプリント柄の寝間着に運動靴、毛玉のついた安っぽい赤のセーター。秀男のいれた紅茶を飲んで、ひとごこちついた霧子は首をかくりと前に折って「ごめんなさい」と言った。

「いいのよ別に。それよりも、これからのこと考えなけりゃ」

逃げたいという気持ちが本当なのか、二、三日轟を困らせた後に戻るのか、それとも本気でこのまま表舞台から消えたいのか。秀男は壁に体をもたせかけ煙草を吸いながら、素顔はまだほんの子供にしか見えない霧子を見た。

「週刊誌なんて信じたことないけど、母親のこと、本当なの」

霧子は不安そうな瞳を向けて頷《うなず》いた。

「あと何年かで出てくるってのも本当？」

「模範囚だって聞いてます」

「出てきたお袋さんと、どうしたいの。一緒に暮らしたい？」

霧子は紅茶のカップを両手で包んだまま、しばらく下を向いていた。せっかちな秀男がしびれをきらしかけた頃、やっと顔を上げた。

「逃げたいです」

「わかった」

方針は決まった。ガラスの灰皿に煙草を押しつける際、人差し指のマニキュアが一か所欠けているのを見つける。ヒビが入ればそこにゴールドを入れてアクセントにするくらいの美学はある。

だけど、他人の指先がどうなったところで、知ったこっちゃない。それが轟ならばなおのこと。

「霧子、どこに逃げたい？」

「どこって」

「顔を変えてこの辺うろうろするか、それともあっさり海外に行くか。なんもかんも放って自由に暮らす方法は、いくつかあると思うけど」

「顔を変えるのは、嫌です」

秀男は少女の青い顔に向かって「いっぺん舞台を降りたら嫌でも変わるんだよ」と吐き捨てた。

「それなら、轟があたふたしているあいだに飛んじゃうことね。パスポートは持ってる？　ハワイ公演に向けて用意してたでしょう」

霧子が首を横に振った。

「轟さんが持ってます。わたしはテレビ局の購買部でおやつを買うだけのお小遣いしか持たされてなくて。わたしの物が入ったバッグはいつも轟さんの鞄《かばん》の中にあるんです」

ひどい話もあったものだ。秀男は少女の無知に呆《あき》れながらも、どうにかしてやろうというお節介を止められない。秀男自身も、逃げたいときにケツをまくって逃げて逃げて、逃げた先にモロッコや日劇の舞台があったのだった。逃げても逃げても、たどり着く場所が常にふりだしなのはなぜなんだろう。

さて、と意味なくテレビの上にある時計を見た。午前二時を回っている。ひと眠りしたら、昼には部屋を出てテレビ局に向かわなくてはいけない。ワイドショーに呼ばれているのだ。

「まずは寝なくちゃ。あたしは明日、昼にはここを出る。夕方までに姉に来てもらうようにしておくから、怖がらなくていい。あたしの姉はごく普通の勤め人だけど、誰より肝《きも》の据わったいい女よ。ご飯も身の回りのことも、何も心配はいらない。轟のことは、あたしに任せなさい」

特別に思いついたことがあるわけではなかった。ただ、考えていれば何かしらいい案が浮かぶような気がしているだけだ。心の隅というのがどこにあるのか知らないが、その場所は確かにあって、いつも秀男の行く先を示す標《しるし》か矢印が置いてある。

寝室に置いてある組布団《くみふとん》をリビングに運ぶのを手伝わせ、シーツと枕カバーは自分でなんとかしろと霧子に渡した。

「あたし、基本的に他人様《ひとさま》のお世話なんてのは無理だから、出来ることは自分でやってね。轟のことは、急いで何とかするから二、三日、時間をちょうだい。ここから出ないことと、あたしの姉を信じること、これだけは頼んだわよ」

章子もいきなり南美霧子の世話を頼まれれば驚くに違いないが、いつもどおりの笑顔で「わかったよヒデ坊」と頷くのだろう。

秀男は戸締まりを確認して、のろのろとした仕種でシーツを伸ばす霧子をリビングに残して自分のベッドに潜り込んだ。

ひと眠りして時計を見ると、章子が起きる時刻になっていた。秀男は姉にかけた電話で静かに切り出した。

「ねえショコちゃん、朝から何だけど、ひとつ面倒を頼まれてくれないかしら」

手短に霧子の話をすると、章子は「あら」と「まあ」を何度か繰り返した。最後に「この子をどこか事務所の手の届かないところに逃がしてやりたいの」と言ったところで、さして驚いた風もなく「わかった」と言った。

「とりあえず仕事が終わったらすぐにヒデ坊の部屋に行くから。細かな話はそのあとゆっくり」

聡明な姉はそして「だいじょうぶ、安心しなさい」と言って通話を切った。振り向いた足下に霧子が息をしているのかどうか疑うほど静かに横たわっていた。秀男はしゃがんで、そっと少女の顔の近くに耳を近づける。人形のように通った鼻筋、うっすらと開いた唇からかすかに空気の出入りがあるのを確認して、台所で水を一杯飲んだ。

その日秀男は、生出演のあと週刊誌のインタビューを終えたところで楽屋に戻り、坊やにひとつかまをかけた。

「あたし、ちょっとお休みが欲しいんだけど、社長は今日事務所に出てるかしら」

坊やは「はあ」と曖昧《あいまい》に頷いたあと黙った。秀男の鞄、化粧道具の入ったバッグを提げ、こちらを見ようとしない。

「ねえ、社長は来てるの来てないの、どっちなのよ」

「来てる、と思います」

「思いますって、お前の考えを聞いてるんじゃないんだ、事実を言いな」

不安そうに顔を上げた坊やに追い打ちをかけ、右の眉《まゆ》を徹底的に上げて睨《にら》んだ。

「来てます。事務所にいます」

秀男は「ああ、そう」と煙草《たばこ》を一本くわえた。火を点ける手を止めて、坊やの様子を眺める。持ち物を両手に提げたまま、上目遣いで秀男の次の言葉にびくびくしている。

「お前、今日はずいぶんと落ち着きがないじゃないか。腹でも下ってるのか、どっか調子が悪いのと違うかい」

坊やは「そんなことは」と首を前に倒した。

「どっか喫茶店でも行ってコーヒーでも飲もうかと思ったけど、社長がいるならまっすぐ事務所に行くことにする。いいね」

秀男に睨まれた坊やはすっかり萎縮《いしゅく》して、それでもなにか言わねばと思うのか上半身だけを左右に揺らし、まるでメトロノームだ。あのう、と口を開いたのは、煙草に火が点き煙をひとつ吐き出した後だった。

「今日は、事務所に行かない方がいいと思うんです」

「なんでよ。社長が来てるなら話があるのよ。これでも一応所属タレントだからね」

「とりあえず、明日以降ってことではいけませんか」

事務所内がどれだけゴタゴタしているか、ドル箱の霧子が雲隠れとは、雨かんむりだらけでさぞ視界も悪いことだろう。

「お前、なんか隠してるね」

坊やの顔からすっと血の気がひいた。

秀男は楽屋の隅にあったスタンド型の灰皿に煙草の先を押しつけた。隠してなんか――言いかけた坊やの後頭部の髪をわしづかみにして、きつく握った。いてて。事務所がどうしたって。痛いです真子さん。だから、どうしたんだ、事務所は。

半泣きの坊やがようやく「轟さんが」と言ったところで手を離した。

「轟が、またなんかやらかしたのかい」

「今朝から、事務所が大騒ぎなんです。これ、頼むから僕から聞いたって言わないでください」

「全部言えば黙っててやるよ。怖がるな、お前はあたしのマネージャーだろう。轟が怖くてカーニバル真子のマネージャーが出来るかってんだ、馬鹿」

いつものように秀男に怒鳴られ、坊やはほんの少し緊張が緩んだのかぽろりと漏らす。

「霧子さんが飛びました。轟さん、朝から電話で怒鳴り続けてて、社長も手が付けられない状態なんです」

轟が朝から血走った目をして事務所の椅子《いす》や机を蹴飛《けと》ばし続けていると聞けば、気分は悪くない。一体何人タレントを殺せば気が済むんだと胸の裡《うち》で吐き捨てながら、秀男は坊やの耳元に口を寄せた。

「週刊誌には、漏れてんのかい」

「いいえ、まだどこにも漏れてないはずです」

お前があたしに漏らしてるじゃねえかというひとことを飲み込んで、秀男はほんの少し表情を柔らかくする。

病気だ怪我《けが》だと理由をつけて時間を稼げるのもほんのわずか。捜索願を出せばすぐに週刊誌記者が嗅《か》ぎつけるだろう。轟の選択肢は時間を経るごとに狭まってゆく。運良く生きたまま霧子を連れ戻したとしても、週刊誌が彼女の脱走を書き立てるときは、事務所もマネージャーも丸裸だ。過去に女優がひとり死んでいることを、マスコミだって忘れてはいない。いちばんよいときに使おうと塩漬けにしているだけなのだ。

「轟はまたタレントを殺すかもしれないねえ。お前も知ってんだろう、あいつのマネージメントで女優がひとり死んだこと」

坊やは床に視線を落として小刻みに頷く。秀男はその耳に更に言葉を放った。

「霧子が死んでも、轟は懲《こ》りずに次のタレントを見つけて、また殺すだろうさ。タレントなんざ使い捨てでいいと思ってる。人間扱いしないからそんなことになるんだ。お前はまだあいつみたいなマネージャーになりたいと思ってんのかい」

「いや、最近はちょっと強引だなあって。力はある人だけど、僕にはああいうことはちょっと」

今夜霧子に入っているという枕営業のことを知っているのか、瞳《ひとみ》がゆらゆらと泳いでいる。

「坊や、お前あんな男の仕事を覚えたところで、ろくなマネージャーになりゃしないよ」

坊やの顔は上がりも下がりもしなかった。秀男は数秒の間を置いて、声を低くする。

「このまま轟の使いっ走りで終わるつもりなら、今日にでもあたしのマネージャーを辞めな」

「辞めて、どうすればいいんですか」

「そんなこと、自分で考えりゃいいだろう。もっともお前が考えなくても、轟がどうにかしてくれるだろうけど」

坊やは今まで秀男に見せたことのない硬い表情になった。人生の選択を迫られていることを、ようやく悟ったらしい。

「真子さんと轟さんの、どちらかを選べということでしょうか」

「そんな酷なことはいくらあたしでも言いやしないさ」

ただ、と一度言葉を切った。

「あたしはもうここには長く居られない。轟と刺し違えてでもやらなきゃいけないことがあるんだ。だから、あいつの下で働き続けたいなら、お前も泥を被《かぶ》っちまうから、今日限りであたしから逃げろって言ってるんだ」

「僕は、真子さんのこと、大切なタレントさんだと思ってます」

「ありがとうよ」

「轟さんも素晴らしい先輩で、憧《あこが》れてましたけど」

坊やは少し言葉に詰まって、ひとつふたつ息をすぅはぁしてから絞るように声を出した。

「タレントさんも、人間です。良くないことは、良くないんです」

坊やの青い尻《しり》にひとつケリを入れるような気分で、秀男が返す。

「で、あたしのマネージャーを辞めるの、辞めないの」

辞めないという選択があるとは思っていなかったのか、口をぽかんと開けて秀男の顔を窺《うかが》っている。

「だから、轟を敵にしたらふたりとも内藤企画には居られないんだってば。あたしについてくるなら、個人事務所の立ち上げってことになる。何から何までお前がこのカーニバル真子のマネージメントをすることになるんだよ。それじゃあなけりゃ、さっさと違う仕事なり事務所なり探すんだ」

坊やはごくりと唾《つば》を飲み「ついて行ってもいいんですか」と不安げだ。

「お前の尻のひとつやふたつ、あたしがなんとかしてやるよ」

坊やの目からはらはらと涙が落ちる。

「泣くこたぁないだろう馬鹿」

「だって真子さん」「なんだよ」「真子さん恰好いいです」

白けた気分で煙草をくわえ、坊やが泣き止《や》むのを待ち、ようやく本題に入った。

「事務所に行く。どんなに轟が荒れてても、いいんだ。あたしはあいつのやり方に文句があるんでね。その間に、お前はさ」

秀男は慣れたはったりで、自信たっぷりの笑みを浮かべて坊やに命じた。

「轟が会議室にいるあいだに、お前はあいつの鞄から霧子のパスポートが入ったバッグを持ち出す。いいか」

霧子に逃げられた轟は、朝からあちこち手当たり次第探しているが、まだ芳《かんば》しい情報を得られてはいないという。今日も、カーニバルのことなどどうでもいいから、お前も霧子を探せと命じられているらしい。轟の顔と声まで想像できて、秀男も少し気分が良い。さて、ここから先が肝心だ。

早速坊やに事務所に轟がいるのを確かめさせた。社長などどうでもいい。問題は轟と、その鞄である。カーニバル真子が話があるからと無理やり時間を取り付け、事務所に向かった。タクシーに乗り込む頃には、坊やの顔つきも変わっていた。ひとつ、悪いことを覚えた男の貌《かお》になった。ふふっと笑うと、坊やが怪訝《けげん》そうにこちらを見た。

「なんでしょうか」

「面白くなってきたなと思って」

「僕は、ちびりそうです」

「ちびろうが漏らそうが、お前はやることとやりゃあいいんだよ」

事務所の椅子に座り腕を組んでいる轟の、こめかみに血管が浮いていた。散々怒鳴り散らした後なのか、事務員も遠巻きにしている。社長は近所の喫茶店に逃げたらしい。

轟は秀男の顔を見るなり、どんな用件なのかと訊ねた。

「ちょっと、マネージメントの件で」

ちらと坊やに視線をやって「話したいことがあるんですよ」と続けた。秀男はちいさな顎を応接に使っている部屋に向けた。轟がしぶしぶといった表情で立ち上がる。坊やと目を合わせ片頬で合図した。ここから先は秀男が時間稼ぎ、坊やがこそ泥だ。

どすんと会議室の椅子に尻を落とし、轟が不機嫌さを隠さず「なんでしょうか」と切り出した。文句を言うつもりなら、何から何までこの男への文句に繋《つな》がるので、態度ひとつも好都合だ。

「なんでしょうか、ってこっちが訊《き》きたいくらいなんですけどね」

「だから、なんですかって。なにか文句でもあるんですか、うちのやり方に」

「事務所っていうか、まあ坊やのマネージメントはどうにもならないわね」

「もともとインテリの出ですから、カーニバルさんとは合わないかもしれないですねえ」

言い方にかちんときたものの、ここで部屋を出て行かれては元も子もない。秀男は「インテリ？」と聞き返す。

「親の金で大学行っておまけに海外留学までして、めでたく学士様になったっていうのに、歌だの芝居だのが好きで劇場に通っているうちに愛想を尽かされたらしい。実家の会社に入れたものを、馬鹿なヤツです。三男坊じゃたいして期待もされないってんで、うちの社長に直接会いに来た本物の馬鹿ですよ」

なるほど、秀男はあのボンボンぶりに納得がいって、大きく頷いた。

「その馬鹿が持ってくる仕事がひどいのよ。正月三が日にいきなり入るどんちゃん騒ぎだとか、キャバレーはまだいいとして、あたしをどうしたいのかまったく前が見えないの。その場その場で冷蔵庫の余りもんみたいな仕事ばっかり。こんなんじゃやってらんないわ」

轟は少し胡散臭《うさんくさ》そうな目で秀男を見た。

「今日はお忙しいなか、そんなことを言いにやって来たんですか。天下のカーニバルさんは今まで、電話一本で怒鳴って終わらせていたことを、なぜ今日に限ってそんなつまんないことを言いに事務所までやって来たんですか」

秀男はもったいつけて脚を組みかえ、時間をかけて煙草に火を点《つ》ける。この男、思ったよりも馬鹿じゃない。動揺がライターを持つ手に伝わってはいけないのだった。全身に意識をめぐらすということは、この場に不要な神経を自在に切り捨てることが出来るということなのだろう。

「で、カーニバルさんはいったい何がやりたいんですか」

「なにって、どういう意味よ」

「だから、うちの事務所に入って、マネージメントをして欲しかったわけでしょう。週刊誌もテレビも舞台も営業も、あなたがいちいち受けたり断ったりしなくてもちゃんと入ってきているし、なにも問題はないはずなんだけれど。これ以上どんな文句があるのか、あるなら具体的に簡潔にさっさと言ってくれませんか」

南美霧子の売り出しに成功したことによって、ただでさえ大きかった態度が更にひどくなっているようだ。

「呼ばれた映画はほとんど一日で撮影終了のちょい役で、正直やる気をなくすわ。そういうことも、ちゃんと話し合わなけりゃって思っただけよ。この先はちょろちょろと売れもしない歌を歌ったり、穴埋めみたいな話題だけで週刊誌に載ったり、キャバレーの上がりをプロダクションに巻き上げられたり、そういうことばかりだと、ちょっとね」

「そういうことをしてもらわないと、うちはあの坊やの給料も出せないんですがね」

轟は忌々《いまいま》しい表情を隠さずにひとつ唸《うな》った。よし、もう少しだ。この男をできるだけここに引き留めておかなけりゃ。

「正直言うと、あたしはもっと色々やれると思ってんのよ」

「なにが出来るのか、簡潔に仰《おっしゃ》ってくださいよ。穴埋めでも記事になり、売れなくても歌える場所があり、ちょい役だろうがなんだろうが、映画のエンドロールやポスターに名前が載るっていうことをもっとありがたく受け止めてもらえると、僕らも助かるんですが」

「それはそうなんだけどさ。もう少し、やり甲斐《がい》のある仕事を取ってきてくれないかしら、っていうのが正直なところなのよ」

「やり甲斐？」

「ええ、やり甲斐。あたしが感謝で泣いちゃうような仕事を、ひとつふたつ持って来てくれないかしら。お酒や化粧品のコマーシャルとか」

轟の顔がうんざりとした表情で上下に二倍も伸びたように見えた。

会議室のドアがノックされた。坊やがひょいと顔を出した。

「すみません、轟さんにお電話が入っています。どうしましょうか」

これ幸いと思ったか、あるいは霧子の情報が入ったと考えたか、轟はすぐさま立ち上がった。早くも意識はカーニバル真子から離れている。ドアに近づく轟に道を開け、坊やが秀男を見て唇の端を曲げてひとつちいさく頷いた。

さあ、逃げよう。

受話器を握った轟はこちらを向くこともなく怒鳴っている。

「だから、部屋よりその近所だって言ってんだ。誰がかくれんぼして遊んでるんだよ。馬鹿《ばか》か。喫茶店でも旅館でも、とにかく遠くには行ってないんだ。どこに目をつけてるんだこの野郎」

今日からまた個人営業か。秀男の胸にほんの少しすがすがしい風が吹いた。「エル」に向かうタクシーの中で、坊やがバッグの中からピンク色の手提げ袋を取りだして見せた。中にはちいさなノートと預金通帳と印鑑、パスポートが入っている。小花を散らしたハンカチは、色も褪《あ》せてくたくただ。

「真子さん、僕、寿命が十年くらい縮まった感じがします」

「馬鹿だね、その寿命はもともとなかったんだよ」

留学経験があると聞いたが、と訊ねた。坊やは恥ずかしそうに「ええ」と答えた。

「二年くらい、カナダにいました。ふたつ違いの女の子がいるホストファミリーの家で暮らしてたんです」

「英語はなんとかなるわけだ」

「まあ、多少は」

よし、と秀男の肚が決まった。

「ほとぼりが冷めるまで、ショコちゃんとどこか行かせようかと思ってたけど、まさかこんなところに適任がいたとはね。ところでお前」

秀男は改めて坊やに名前を訊ねた。眉を八の字に下げて、情けない表情だ。

「カジタトオルです。船の舵《かじ》に田んぼの田、トオルは透《す》け透けの透です」

スケスケの透、が気に入って秀男は「エル」に着くまで笑い続けた。

仕事を終えて坊やを伴い部屋に戻ると、霧子は章子が持ってきたケーキを食べながら、ふたり仲良くテレビを見ていた。こんなときはやっぱり章子に限る。

「お風呂《ふろ》にいれて、ご飯食べて、おしゃべりしてたの。わたしは明日午前中仕事に出て、午後からお休みもらうからだいじょうぶよ」

午後から動き始める秀男と、昼を境に交替する。合理的に静かに物事を考える章子らしい提案だ。帰宅した秀男と坊やを見て、一瞬怯《おび》えた表情を浮かべた霧子だったが、手渡されたピンクの手提げ袋を差し出すと頬に少女らしい赤みが差した。

「僕、舵田透と言います。下の名前は透け透けの透です」

章子が秀男と同じところで笑いだした。続けて霧子も笑う。秀男は煙草に火を点けながら霧子に告げた。

「あんた、いつまでもここに居るわけにはいかないし、轟がこのネタをマスコミに売ったあとじゃあ身動きが取れないんだよ。この先を決めるなら今日だ。轟は信じられないくらいイライラしてる。戻るのも逃げるのも、さっさと決めないと」

章子が霧子の隣に座り、ちいさな背中をさすり始めた。しばらくうつむいたあと、すっと顔をあげた霧子が言った。

「このまま、辞めたいと思います。歌うのは好きだけど、今のままじゃ嫌いになりそう」

「記者会見は、なしでいいのかい？」

出来るわけもないのだった。少し大人びた顔になった少女は、悲しい歌を歌うときと同じ表情になった。

「しばらく、静かに暮らしたいです」

秀男は指先に挟んだ煙草をこれ以上ないほど深く吸い込み、盛大に煙を吐き出した。静かに暮らすなんて、考えたこともなかった。たった一年や二年でステージが嫌になるほど働いた霧子には、好きな道で生きて行くために体を開くことも、人気もヒット曲も、なにもかも価値がないのだろう。

これは、天才と呼ばれる歌唱力があるからこその踏ん張りのきかなさ、あるいは弱さだ。

「わかった。日本じゃどのみちすぐにバレるだろう。あんたはあたしと違ってどこの国に行っても精神病扱いはされないんだ。思い切って誰も知らないところに行ったらいいよ。そのためにこの、スケスケの透を連れてきたんだ」

部屋の隅にいた舵田がパッと顔を上げた。こうなったらもう、一蓮托生《いちれんたくしょう》だ。

「お前、霧子をそのなんとかファミリーのところに連れてって、向こうで上手いこと暮らせるようにしてやりな」

「連れて行くって、僕も向こうに行くんでしょうか」

「当たり前だろう、こんなガキひとりでどうやって外国行くんだ。顔を知られるって、こういうことなんだ。人の記憶からうまいこと消えるまで、あたしんところに居るわけにもいかないじゃないか」

さっきからいったい自分は何に対してこれほど怒っているのだろう。秀男は口を開くほどに苛立《いらだ》ちが増すことに耐えられない。寝室に行き、引き出しの中から母に送るつもりで束ねた札を引き抜いた。ざっと百万はある厚みだ。母に送るのを怠けていたのが幸いだった。

金の横に、自分のパスポートがあった。そっと触れるとパリでの痛い思いが蘇《よみがえ》ってくる。あの街で自分は、命をひとつ買ったのだった。救ってくれたのはインチキな医者だったけれど。いまこうして脚を上げて踊ったり歌ったりしていられるのも、インチキに頼るしかない悔しさに耐えた褒美《ほうび》だろう。

リビングに戻り、手の中にあった札を数えもせずに坊やに渡した。

「こんだけあれば、なんとかなるだろう。霧子は片道だ。お前は用が済んだら戻っておいで」

最初はぽかんと口を開けていた坊やだったが、徐々に頬に力が戻ってきた。腕の時計を見て「うん」とひとつ頷く。

「わかりました。国際電話を掛けさせてもらってもいいですか」

「好きにしな」

言うか言わぬかのうちにメモを取り出し、坊やが受話器を持った。数分後に知人に繋がったのか英語での会話が始まった。向こうの声は聞こえないし、話している内容もさっぱりわからないが、感触が悪い感じはしない。この男は使いどころさえ間違わなければ、いい仕事をするかもしれぬとその声の張りを聞いた。

坊やの背中と秀男とを行ったり来たりしている霧子の視線が秀男でぴたりと止まった。

「霧子、これでいいんだね。あたしにしてやれるのはここまでだ。嫌になったら戻っておいで。でも、世間がみんなお前を忘れてからだ。なに、案外世の中なんてのは薄情なもんだから、安心していいよ」

「真子ねえさん」霧子の目がゆるゆると潤《うる》んでくる。もう勘弁してちょうだい。肚の中でそう吐き捨てながら、けれどどんなときに必要な言葉を知らないわけじゃない。

「お前はきっと世界のどこへ行ったって歌うんだろうさ。あたしは轟が大嫌い。だからちょっとお節介してるだけ。お前が生きてアメリカでもカナダでも自由になれるところへ行って、その先で鼻歌のひとつも歌えたら、轟にひと泡吹かせられると思ってるだけなんだよ」

大きな目から見たこともない大きな涙をいくつもこぼす霧子の背中を、章子がさすっている。

ああなんてお節介なんだ、あたしは。

受話器を置いた坊やが、少しばかり大人の顔になっていた。

「真子さん、僕が責任を持ってお届けします」

「頼んだよ」

翌日、秀男は明治座へと足を運んだ。シェイクスピアで会場を満杯に出来たのは、マクベス役が往年の映画スターであったことも大きい。静香は脇《わき》を固め、二役を演じていた。

巴静香さん江と書かれた紫色の暖簾《のれん》をくぐる。

「ごめんくださいよ、千秋楽おめでとうございます」

「おや、今頃来やがって、このいけず。お花をありがとうよ。どうなの、元気でやってんのかい」

「たいそうな大入りだったたって言うじゃないの。でも、最近のあんたの芝居は難しくてあたしにはとてもついて行けないや」

「シェイクスピアっていうだけで拒否反応なんだろうさ。難しいと思っちまったらそういう風にしか見えないもんだよ」

内藤企画を辞めたことを告げると、驚く風もなく「ああそうかい」と返ってきた。

「もっと映画やドラマの仕事を増やせるマネージャーだと良かったんだけどね」

轟が担当になったときから、我のつよいふたりが行き着く先が見えていたらしい。静香は「仕方ないんだ、これも出会い」と言って真白い顔にクレンジングクリームをなじませる。

「正式に社長に伝えたのは今日。事務所もなんだかゴタゴタしていて、あたしにかまっている暇なんかなさそうで、却《かえ》って良かったかな」

「ああ、聞いた。轟がなんかチョンボしたって話だろう」

「坊やもクビになった。社長は轟のいいなりで、なんだかちっちゃくなって見えたわねえ」

静香は「あたしもそろそろかな」と蒸したタオルで顔を覆《おお》った。隣の楽屋にマスコミが入ってきたようで騒がしい。コットンで顔に化粧水を叩《はた》き込みながら、静香がぼそりとつぶやいた。

「最近、朗読とかナレーションの仕事が面白くなってきたんだ。声だけで空間を作るのって、踊りや演技とはまたちょっとちがうスリルがあってさ」

「あんたは、いつもそうやって思うところに向かって走ってるわねえ」

「カーニバル真子ほどじゃあないよ」

へへっと笑う顔は、童女のようだ。楽しいことを見つけたときの巴静香は、たまにこんな顔をする。秀男は嘘《うそ》がないゆえにより激しく、虚構とライトに取り憑《つ》かれたこの女が好きだった。おそらく数少ない友人の中でも、ぽろりと正直な言葉を漏らしてしまうひとりなのだ。

「あたしは、自分にできることはすべてやってみたいと思っていたけど、求められていなかったら、ただの自己満足に終わっちゃいそうなの。いつかあんたに言われたこと、身に沁《し》みてる。せっかく女の体があるっていうのに、しっかり使いこなせない仕事ばかりだった。話題作り以外での役回りが薄いのは、つまりはそれがあたしの実力ってことなんだろう」

うん、と静香がまっすぐ秀男を見る。

「一から何かを勉強するのは、あんたの生き方にとって、もしかしたらとてもハードルが高いのかもしれない。だけど、毎月やりくりするみたいな生活を捨てて、一年、五年、十年単位で表舞台に残るには、やっぱり必要なことなんだろうね」

静香はひとつ伸びをして、首をぐるりと回した。

「真子、思い立ったが吉日だ。一からやるならいいところがある。あたしもときどき呼ばれる劇団なんだけど。好きで集まってる場所だし、偏見もない。あんたの武器は、偏見のあるところで吠《ほ》えることもそのひとつだったろうけど、いっぺんそれがないところに立ってみなよ」

言われるまで自分が偏見を武器にしているとは思っていなかった。静香の言葉は決して秀男を責めているわけでもなんでもないのだ。見たまま感じたままを口にするからこその巴静香だった。

「ギャラはないんだけどさ」

「いいわよ別に。お店で稼ぐもん」

静香の笑い声が楽屋に響き、なぜかこの女を最高の友と思った若い日が蘇った。今も変わらず、巴静香は男気の塊だった。秀男にとって耳の痛いことも言うけれど、必ず助け船を用意してくれる。誰より、秀男の明日を信じている。

ねえ静香。なに。思いもかけない言葉が唇からこぼれ落ちた。

「あんたやっぱり、いい女ね」

「知ってるよ」

午後十一時、静香に連れられて行ったのは、今まで足を踏み入れたこともないような地下の安っぽいバー「ろば」だった。煙草の煙が染《し》みた布張りの壁と、その壁にかかっているギター数本と、老いてちいさなマスターがいる。五人座ればいっぱいのカウンターに、ボックス席がひとつ。海底と錯覚するような酸素の薄さも、カウンターに座り一杯飲むと気にならなくなった。

静香がグラスを磨くマスターに「今日はみんなまだ？」と訊ねる。「もうそろそろだね」とマスターが答えた。濃いめのハイボールを頼んだが、まったく濃くない。静香が自分のバッグからさきイカの袋を取りだした。驚いて肘《ひじ》で彼女の脇腹をつつく。

「ちょっと、ここってつまみは持ち込みなの？」

「そう、酒しか出さない」

「儲《もう》ける気ないってこと？」

「いや、面倒くさいだけじゃないかな」

さっぱり要領を得ないまま、差し出されたさきイカを一本口に挟んだ。そこそこ稼ぎもあるはずの静香が通っているにしては、貧乏臭い店だった。酒を出すならたいがいのところは耐えられる秀男だが、商売をする気があるのかないのかわからないところでは勝手が読めない。

二本目のさきイカを受け取ったところで、変形したドアベルがいびつな音をたてた。店に入ってきた男はつるりとした顔の中肉中背、ツイードのジャケットの首に黒っぽい毛糸のマフラーを巻いている。勤め人にも見えないし、業界風でもない。これといって特徴の見当たらない、店に似合いの中年男だ。真っ先に静香に視線を止めた男が「よう」と片手をあげてカウンターに腰を下ろした。

「しーちゃん、紹介してよ」

男は秀男が嫌悪感《けんおかん》を抱かぬぎりぎりの業界慣れした態度で、静香を挟んでこちらをのぞき込んできた。カーニバル真子を知らないのは、ふりなのか本気なのか、こんなときは自然に構える癖が出る。

「こちら、あたしの大事な友達、カーニバル真子さん。ポンちゃん、知らないふりしたって駄目。目がキラキラしちゃってるよ」

ごめん。静香に小突かれた男は胸ポケットから名刺入れを取りだし、さっと秀男に差し出した。

劇団「砂上《さじょう》」代表 本間《ほんま》たけと

「初めまして、カーニバル真子です」

千秋楽の打ち上げに行かなかった静香の心境を深追いしてはいけないと、珍しく秀男も状況と距離を測っている。

本間はふたこと三言、今回の舞台について辛辣《しんらつ》な言葉を使った。わかってるって。いつもなら氷のひとつも投げつける静香が黙って聞いている。それだけで充分不思議な光景なのだが、秀男はこの場の視線が一向に自分に集まらないことが少々不満だった。ハイボールの濃いヤツ、もう一杯。マスターが口角を上げるだけの返事をして、すぐにグラスがやってくる。

ひとときおり本間の苦言を聞いたあと、それまでやや猫背気味だった静香がゆったりとカウンターから体を離し言った。

「で、ポンちゃんにひとつ頼みがあるんだ」

不意の頼まれごとに、男がグラスを持つ手を一拍止めた。

「なに、僕に出来ることならいいけど」

「ポンちゃんのところで、真子に勉強をさせてやってくれないかな」

言われた本間はぽかんと口を開けている。静香はそんな反応には構わない口調で続ける。

「あとは、演技の基礎だけだと思うんだ。それ以外は必要以上に度胸があるし、なにも教えること残ってないと思う。お互いのために、悪い話じゃないと思うんだけど」

首を傾《かし》げ「うん」とひとつ唸って、本間は「僕はいいけど」とつぶやいた。

「僕以外も、駄目とは言わないでしょう。あのカーニバル真子がちっちゃい劇団で基礎からやろうってんだから」

ふと、轟が殺した新人女優の話を思い出した。ああそういうことか。秀男は静香の思いが腑《ふ》に落ちて、友の気持ちに頭をさげた。

「来春の公演が終わってからということで、いいかな」

静香は「もちろんだ」と、手放しで喜び、今度はマスターにも一杯勧めて四人で乾杯をした。

「真子、最低一年は『砂上』で勉強したらいい。そうすれば、ちゃんと女優の看板を掲げて生きていける。あたしは真子とまた同じ舞台で腹から大きな声をだして、本物の芝居をやりたいんだよ」

静香は、うまく行かなかった今日までの舞台のことなど忘れたみたいに上機嫌で笑った。

「わかった、あんたがそう言うならやってみる」

巴静香の訃報《ふほう》が流れたのは、桜がほころび始めた三月のことだった——

# 第五章　シャンパンの泡　グラスの底

清羽のアパルトマンは大聖堂の裏側にあった。日本と変わらず、あちこちでジャニス・イアンの「恋は盲目」が流れている。枯葉が彩《いろど》りを添えても、パリの空はまだどこかで秀男を寄せ付けなかった。こっちが故郷に似た空をいくら焦《こ》がれたところで、この街のよそよそしさは続く。

開け放した窓からもったりと重たい秋風が入り込んでくると、発酵した落ち葉の匂《にお》いが鼻先をかすめていった。

清羽がお茶を淹《い》れているあいだ、煙草《たばこ》を三本吸った。問題は、たかがお茶一杯に時間をかけている清羽ではなく、秀男の隣に座って今にもしなだれかかってきそうな気配の青年だ。

「真子ねえさん、この子がピエール・トマ。ねえさんがこっちに来るって言ったら、飛び上がって喜んでたのよ。久しぶりのパリだし、どうせなら若い子のほうがいいでしょ

「誰が男を用意しておけって言ったのよ。清羽、あんたしばらく会わないうちにずいぶん余計なことをするようになったわねえ」

秀男が清羽のアパルトマンに転がり込んだ翌日、ブルーの瞳《ひとみ》と金髪の青年がやってきた。秀男を見たとたん抱きついてきたその腕を振りほどいてから、そろそろ三十分が経《た》とうとしている。

ピエールの言葉は、耳が覚えているフランス語とは少し違った。清羽に言わせると「きつい東北弁」くらいの訛《なま》りがあるという。それでもどうにか「いつまでパリに居られるのか」という問いだけは三度言われて理解した。

「一か月くらいかな。気が向いたらもう少し」

ここでは道を歩いていても、カフェでお茶を飲んでいても誰も秀男を気にしない。日本では必ず誰かが振り向くし、もともと人が振り向かないような場所には行きたくもないのだ。パリが向ける秀男への無関心は、そのままこの街が持っているよそよそしさと重なり、居心地は悪くないのにどこか心許《こころもと》ない。

「清羽、お茶はまだなの」

「はぁい、もう少しよ。最近コンロの調子が悪いのよね」

ピエールがしきりに話しかけてくるが、フランス語につよい訛りがあると聞けばもう耳が聞き取ろうという気力をなくしている。

「あんた、けっこうおしゃべりなのねえ。あたしは喋《しゃべ》る男って本当は苦手なんだけど」

こちらの言葉を理解しないまま、ピエールが次から次へと話しかけてくる。聞き取れる単語はわずかだ。

「アモフェイ、マコ、アモフェイ」

尻《しり》から空気が漏れそうな発音に首を傾《かし》げていると、ようやくトレイにティーカップをのせた清羽がリビングに戻ってきた。

「ちょっと、この子なんて言ってんの」

「自分はねえさんの恋人だって」

「ふざけんじゃないよ、東北訛りのフランス人なんて。あんたも余計なことしてくれるわねえ。あたしはこっちに気持ちを休めに来てるのに」

巴静香の、通夜《つや》にも葬式にも、秀男は結局顔を出せなかった。

真夜中の電話で、酒酔い運転の暴走トラックに撥《は》ねられて顔も体も砕けていると聞かされたところで気を失ったのだった。電話のそばで倒れている秀男を見つけたのは、年老いたギャルソンの世話にやって来た章子だった。

人間なんて明日なにがあるかわかんないんだ。美味《おい》しいもの食べて、楽しんで暮らさなくちゃ。

そう思ったのも一瞬で、その後は仕事に向かう気力がほとんど湧《わ》かないまま夏を過ごした。

独立後のマネージメントを任せた坊やに、数か月分の給料を前渡ししてさっさとパリに逃げてきたものの、パリにやって来ても、静香が遺《のこ》した心の穴は埋まらなかった。このまま行方のつかめないタレントとして消えてゆくのもいいかもしれない。そんな思いが胸に降りてくるたびに、静香と最後に交わした言葉が秀男を責める。

「あたしは真子とまた同じ舞台で腹から大きな声をだして、本物の芝居をやりたいんだよ」

とんだ嘘《うそ》つき女だったよ、あんたは。

秀男の嘆きなど構うことなく、業界は巴静香のことを忘れようとしている。その騒ぎ方は、一瞬赤く燃えて散ってゆく安い花火に似ていた。秀男の悔しさはひとしきり自分を遺して死んだ静香に向けられた。

ピエールが金色の前髪をかき上げた。薄い日差しに髪の毛が光る。青い目は美しいけれど、どこを見ているのかよくわからない。

窓の外を指さしながら早口でなにか言っている。それを清羽がいちいち通訳する。

「そんなつまらなそうな顔をしていないで、散歩でもしようって。美味しいワインでも飲んで来ようって」

「脳天気なことね。あたし疲れてるから今日はゆっくり昼寝でもさせてって言ってちょうだい」

「ねえさん、この子が嫌いなの？」

「好きも嫌いも、こっちにはよくわかんない子じゃないの。どこで会ったのかも覚えてないんだからさ。そう言ってやってよ」

清羽は少し口をもぞもぞさせて「そうもいかないのよ」と小声になった。どういうことだと問い詰めると、いまのパトロンの身内だという。

「なんだ、そういうことか」

「この子が連れてきたおじさまが、あたしを気に入ってくれちゃって。ごめんね」

右肩をすくめて口角を上げられては返す言葉はないのだった。

清羽が特別狡猾《こうかつ》なわけではない。みんなそうやって上手《うま》く回し回されてきたのだ。パトロンの身内が秀男を追いかけていると知れば、安く橋渡しをするのも礼儀のひとつだろう。

ピエールが持ってきた薔薇《ばら》の花が五本、大きなガラスの瓶に挿してある。まちまちな丈《たけ》でそれぞれが好きな方向を見ている薔薇は、秀男の慰めになったり苛立《いらだ》ちに通じたりしながら午後の陽をやり過ごしている。秀男がどんなに不機嫌になっていても、清羽はピエールを部屋から出そうとしない。それどころか、気《き》を利かせて部屋を留守にしそうな気配だ。

さて、どうする。

古いアパルトマンの窓辺にはモスグリーンの両開きカーテンが留められていて、それが妙に薔薇の色と呼び合っている。秀男は立ち上がり、窓辺に立った。窓、閉めようか。清羽がカップを置くと同時に、秀男は花瓶の薔薇を一輪、通りに投げた。

三階の窓から石畳に向かって落ちてゆく薔薇を目で追う。枯葉が薔薇を受け止めて数秒後、通りかかった男がそれを拾った。秀男は両手で頬杖《ほおづえ》をついて男を見下ろす。

「ボンジュール」

秀男の声に、男が窓を見上げて微笑《ほほえ》んだ。

「ボンジュール、マダム」

薔薇を振って、男が笑った。ほら、見なさい。秀男はバッグを片手に清羽に言った。

「ちょっと出かけてくる」

「やだ、ねえさん。ピエールはどうするのよ」

「あんたが相手してなさいよ。あたしはこっちに休みにきてるの。休ませてくれる男としか居たくないのよ」

「今日中に帰ってくる？」

「わかんない。気が向いたらね」

清羽が止めるのもきかず、部屋を出て階段を駆け下りた。玄関先で待っていた男は、秀男の顔を見ると極上の笑顔を返した。冬が近づいている匂いがする。このまま静香のことを忘れられたら、パリに来た意味もあるだろう。

男と連れだって、カフェでとびきり辛口のワインを頼んだ。びっくりするくらい臭いチーズとフランスパンも、赤ワインをひとくち含めばたちまち美味しく変化する。

これなのよね。

秀男は男の流し目に口角をちょいと上げて応《こた》える。窓から見たときはいい具合の優《やさ》男《おとこ》に見えたけれど、近くで見るとそれほど美しくもなかった。鼻筋はいいが頬の線が気にくわない。日本人に対して抵抗がないのはいいのだけれど、こんな時間に暇な人間にろくなものがいないことは秀男にもよくわかる。

こういうのって万国共通なのかしら。

男の、ほんの少しやさぐれた気配に、微笑みを返した。はにかんだふりをする青い目に、「まあいいわ」と告げる。問い返すふうの視線に向かって秀男は日本語で言った。

「もう一杯飲んだら、どこかで寝ましょう。楽しくないと、生きてる価値なんかないもん。あたしの友達、このあいだ死んだの。あの女の代わりで今夜あんたと寝るわ。仕事仕事でぜんぜんそんな暇なかったと思うもん。おまけにたまに付き合う男はろくなのがいないの。どいつもこいつもヒモかインポ。巴静香は、最高の女だったっていうのにさ」

言葉の意味を理解したのかどうか、男が「ウイ」と返す。ウイッじゃないわよ、と微笑めば、今度はウインクだ。言葉が通じない面白さを発見する。笑っていれば、たいがいのことはどうにかなるらしい。

もう一杯、とグラスを重ねているうちに、ボルドーを二本飲み干した。すっかり気分ののった男の部屋はモンマルトルの外れで、ドアのすぐそばには革命時代の弾痕《だんこん》があった。ベッドの周りにはなにもない。古いキッチンと、椅子《いす》とテーブル、ペルシャ絨毯《じゅうたん》。シンプルな部屋で、慎《つつ》ましやかな暖を取る。男は上機嫌で、秀男が元々は男だとは気づかない様子だ。

日本に居れば、顔は当然ながらこのガラリとした声と喋りですぐにカーニバル真子だと知れてしまう。ここではモロッコ帰りのチン切りタレントじゃない。女になった元男。ややこしいことだと思いながら、通じないフランス語に相づちを打つ。キスが上手いのが気に入って、さっさとベッドに潜り込んだ。

シーツから知らないフレグランスが香った。まだ体温を残していそうなその匂いを嗅《か》ぎながら、昨夜もここで誰かが脚を開いたことを考える。酒は充分飲んだはずなのに、嫌な想像ばかりが脳裏を撫《な》でてゆく。

男のものを握り、確かめた。このくらいならだいじょうぶだろう。乱暴にされると困る。あたしのここは接《は》ぎ合わせのパッチワークなんだから。

静香が最後に寝た男は誰だったんだろう。中学を卒業するかしないかの頃に入ったドサ回りの劇団でタップからバレエから、ダンスと名の付くもののほとんどを身につけてミュージカル、そして女優へ。足首を骨折して再起を図ったところで知り合ったあたしの戦友。

ねえ、静香。あんた本当につまんない死に方しちゃって、あたしをこんなに怒らせたら天国にだって行けやしないんだから。わかってんのか、バカ。

首筋から胸に流れ落ちる男の唇を受けながら、秀男の体がうねる。吐息に寄せて、言葉の通じない男に向けて話す。

「あたしはね、生きたり死んだりするのは人間だから仕方ないって、いつも思いながら生きてるわけよ。自分だっていつ死んだって仕方ないような生き方してきたんだから、誰にもそれ以外のことを望んだことなんてなかったわよ。だけどさ、友達に死なれてこんなんなっちゃうなんて、自分でもおかしくて。振り出しに戻っちゃった気がするのよ。どんな理由があったって、事故だってなんだって、これからの人間が死んじゃ駄目なのよ。どん底から這《は》い上がって来たんじゃないの、一緒にさ。静香はバカよ、あたしより先に死ぬ理由なんてどこにもない。運が悪かったなんて、爪《つめ》の先ほどの理由にもならないの。何があったって、あたしなんかより先に死んじゃ駄目なのよ」

男がその動きを止め、指先で秀男の涙をぬぐう。女に似た体を手に入れて良かったと思うのはこんなときだった。言葉が通じなくても男は無条件に女の涙に優しい。美しくさえしていれば、誰も秀男を疑わない。どこまでもごまかしが利く肉体の技術は、泣いたり笑ったりしながら体にたたき込んできたものばかりだ。

静香、人生は二倍楽しめるってこと、あたしあんたにあれほど言ったじゃないの。まだ半分も楽しんでないあんたが先に死んでどうするのよ。馬鹿《ばか》はあたしひとりでいいじゃないの。あんたはいつも、あたしを見て笑ってるだけで良かったのに。

果てたあと、男が煙草を勧めてきた。いつもとはぜんぜん違う匂いがする。ああ、と腑《ふ》に落ちる。火の点《つ》いた細い煙草を受け取り、めいっぱい吸い込んだ。全身に軽いしびれが起きて、体が軽くなった。味は悪くない。上物なのだろう。閉めきった部屋で、男の振る舞いが少し雑になるまで抱き合ったあと、秀男は部屋を出た。

軽いめまいが残っていたけれど、悪くなかった。静香の供養《くよう》を終えて、モンマルトルを歩く。いつかふたりで旅をしようという約束がいまようやく果たされたような気持ちで、枯葉を踏んだ。

死んだあんたも馬鹿だけど、生きてるあたしも馬鹿だわね。

秀男は真夜中に沈んだ星のない空に向かって白い息をひとつ、ふたつ吐いた。

ときどき雪がちらついて、枯葉の匂いも薄れてきた。

秀男は毎日清羽の部屋で煙草を吸っては酒を飲みながら過ごした。毎日のようにやってくるピエールを相手に飲んだり、ときどき抱き合ったり。堕落とはこういうことだと薄笑いを浮かべているうちに、清羽の態度にも変化が出てくる。

「真子ねえさん、ちょっと飲み過ぎよ。酒がきれてる時間がないじゃないの。そんなの体を壊すだけよ」

起き抜け素顔の後輩に意見されるときほど腹の立つこともない。秀男は構わず飲み続け、じきに清羽は自分のパトロンが持っている別の部屋から帰ってこなくなった。するとそれまで毎日食料や飲み物を持って通っていたピエールが泊まり込むようになった。冬のパリは、男と抱き合ってでもいなければ寒くてやりきれない。

そろそろ日本に戻ろうかと思っていた矢先のこと。暖が少ない部屋で秀男を抱きながら、ピエールが何度もつっかえながら、言った。

「マコ、ケッコン」

「は」の音を高く長く張り上げたあと、秀男は裸の腹がよじれるほど笑った。笑って笑って、笑い疲れたあと泣いた。

「パリって馬鹿みたいな街だけど、男も馬鹿。あんたたち、あたしを誰だと思ってんのよ。天下のカーニバル真子だって、わかってんの。ふざけたこと言ったら、ちんぽの頭かみ切っちゃうよ。まったく、どいつもこいつも」

秀男は裸にピエールのセーターを着て、ベッドから出た。足の裏が冷たい。部屋の隅にあった清羽の室内履きに足を入れる。水分が足りてないらしい、ふくらはぎが攣《つ》っている。ピエールのところまで戻り、コップに入っていた飲みかけのエビアンを喉《のど》に流し込んだ。

攣り始めたのはふくらはぎだけではなかった。頭が妙に冴《さ》えている。これから、何をすればいいのかがメモ用紙を重ねるようにして頭に収まってゆく。

秀男は日本に電話をかけた。

「坊や、クリスマスに日本に戻るから、羽田にマスコミ集めておいて」

連絡の取れなくなっていた秀男にたたき起こされて、坊やが混乱している。誰？何？を繰り返すので「馬鹿野郎」とひとつ怒鳴った。

「週刊誌とテレビに、カーニバル真子が結婚したって伝えておけって言ってんだよ。とびきりのムッシューを連れて帰るから」

「結婚って、相手は男ですか女ですか」

「馬鹿なこと訊《き》くんじゃないよ、このボケが。あたしが一緒になるってんだから、見てくれのいい男に決まってるだろう」

「真子さん、それ本当だったら日本のトップニュースですよ」

慌《あわ》てふためく坊やに「あたり前だろう」と吐き捨てた。

「いいかい、便名がはっきりしたらすぐ報《しら》せるから、しっかり流しておくんだよ」

坊やの声が急にはっきりと聞こえ出す。事務的な口調で、一番手はどこがいいでしょうかと問う。秀男はゴシップが売りのワイドショーを持つテレビ局を挙げた。

週刊誌、新聞社、テレビ、女になって帰国したときよりも、派手にやってやる。マスコミが求めていることは、ぜんぶやる。性転換、ヌードグラビア、バージン特集、そして結婚だ。この先、どんな女もどんな男もうらやむような絵を残してやる。秀男の頭の中にはもう、羽田でフラッシュを浴びている自分の姿しか浮かばなかった。

本当に大切にしなければならない女優の死を数行で片付けたマスコミへの、秀男なりの復讐《ふくしゅう》である。週刊誌はもう、巴静香の死など忘れているだろう。誰がどんな思い出話をしたところで、振り向きもしない。静香も自分も、そんな場所で闘ってきたのだ。この闘いに涙は不要だったと、ここしばらくの自分を戒める。

受話器を戻し、ピエールのいるベッドに半分スキップしながら戻った。

「いいわよピエール、結婚してあげる。日本に行きましょう。明日はあんたのパパにご挨拶《あいさつ》だ。ママンはあたしを見てなんて言うだろうね。駄目なら駄目で、そのとき考えよう」

言っていることを理解したふうの若者が、何度も頷《うなず》き秀男を抱き寄せる。女の体がきしみながら男の腕の中へと収まってゆく。頭か腰か、いつも体のどこかが痛いのだが、芯《しん》がはっきりしない。秀男の痛みはじくじくと四肢に広がってゆく。笑顔の青年に唾《つば》を吐きかけたいほど心の中は荒《すさ》んでいる。なのに、なぜか笑顔を崩すほうが難しい。体ばかりか気持ちまで捻《ねじ》れている。このままねじ切れてしまえば楽になるだろうか。

「ピエール、あんたはこの世で最も汚いババを引いた馬鹿なのよ。それでもいいのね」

「マコ」のあとは聞き取れない。秀男は青年の美しい金髪を胸に抱き寄せた。皮膚に触れる吐息は温かくて、生きている自分を実感する。結局、ひとりで生きられないことの意味はこの程度なのだと腑に落ちる。ささやかな刺激にちいさく細かく反応してゆくことでしか、今日も明日も終えることが出来ない。

静香、あたしはもうちょっとやるわよ。飽きるまで見ていてちょうだい。

翌日、パリ郊外のピエール・トマの家へと出向き、彼を日本に招待したいと告げた。たどたどしいフランス語は、彼らにどう伝わったのか。結婚という言葉をひとつも使わず、ただ「日本を見せてあげたい」ことを伝えると、老いた父も母もひどく喜んだ様子で秀男を抱きしめた。

リビングに飾ってある家族写真を指さし、ピエールが紅潮した頬でひとりひとりを紹介する。広い家には老いた夫婦ふたりしか居なかったが、彼は八人兄弟の末っ子であるらしい。たったひとり、家に残った息子に異国の勉強をさせてくれる東洋人女性の両頬に挨拶代わりのキスをする両親は、秀男が日本で何をしようとしているのか、どんな人間かを問わない。異国の文化を学ぶためのパトロンくらいに思っているのなら好都合だった。

秀男は初めての日本旅行に心躍らせている青年に、特急でランバンのスーツをオーダーした。にこやかな両親が、息子の言う「結婚」をこれっぽっちも信じてはいない風なのが救いだ。言葉は時に、通じないなら通じないなりにそれぞれが都合よく解釈できる便利なものになる。

年末の週刊誌とワイドショーは、秀男の「結婚帰国」一色となった。

オートクチュールの白いドレスに毛皮をひっかけたカーニバル真子と、上質なスーツに身を包んだ金髪の青年の画像はオールカラーでグラビアページを飾った。羽田につめかけたマスコミと、出来るだけ目を合わせぬようにして、ピエールに抱き寄せられながらゆっくりゆっくり空港を歩く。ピエールは、なぜ自分たちが騒がれているのかよくわかっていないようだが、それでも高い鼻を三割高くして、ちょっと気取って歩いている。インタビューでひとことも喋らせなければいいのだった。秀男のもくろみはひとつだ。周りに見せるだけの、この男は秀男のドレスと同じ。飽きるまで、東京タワー、寿司《すし》に天ぷら、すき焼きを食べさせて、あちこち見せてやろう。今日とこれから撮られる写真にはそのくらいの価値がある。

坊やは霧子の件で肝《きも》が据わったようだ。空港でハイヤーを用意して秀男たちを待ち、撮らせるだけ写真を撮らせたあと、ふたりを車に乗せた。

翌日、ピエールを部屋に置いて、秀男はひとりで取材を受けた。ホテルの一室で一社四十分ずつ、みな同じことを訊《たず》ねてくる。どんなにひねったところで、結婚に踏み切ったわけと結婚生活について、そのふたつを外してくる先はない。同じことを何度も言っていると、だんだん飽きてくるのだが仕方ない。再び週刊誌のトップを飾ることが出来て、秀男も満足している。けれど、頭の隅から静香の忠告が消えることはなかった。この話題にも大衆は必ず飽きる。

「そうね、彼は恋人たちの中でいちばん情熱的だったの。他の男が寄って来ようものなら、殴りかかる勢いよ。あたしのことが好きで好きでたまらないらしいのよね。あたしだって人間、せっかく女になったんですもの、本気で恋のひとつもしたかったわよ。いつまでもマラケシュでマラ消しなんて言われて、へらへら笑ってられないじゃない。フランス人は戸籍がどうのって言わないの。そこは粋《いき》な国なのよ。結婚を申し込まれたとき、どう思ったかですって？　素直に嬉《うれ》しかったわ、当然じゃない。あの美しい瞳で毎日愛してるって言われたら、あんただってほだされるわよ。まあとにかく、新婚生活は楽しいわ。彼のいれたカフェオレでフランスパンをかじってるときがいちばん幸せ。あ、違うわ、ベッドにいるときがいちばん。カフェオレは二番よ」

次から次へと記者が現れ、同じ質問を繰り返した。朝から晩まで、坊やはもう目が泳いだりたじろいだりはしない。いつの間にか目に昏《くら》い色をたたえた表情の乏しいマネージャーになっていた。短期間で、この仕事の裏側の欠片《かけら》でも見たのだろう。下げた頭を上げるタイミングを学んだのなら収獲だ。記者も同じ人間、遠慮することはないのだった。

すべての取材を終えて秀男がトイレから出ると、坊やがシャンパンを挿したワインクーラーを用意していた。窓の外はもうとっぷり暮れて、あとは数日後の新年を待つばかりだ。

「どうしたの、これ。飲んでもいいの？」

シャンパンは辛口で悪くなさそうだ。オートクチュールのドレスはぴしりと体に張り付いて、着ているだけで心地よかった。バッグから取り出した時計を腕に戻す。銀座に挨拶に行くまでには、もう少し時間があった。

グラスに注がれたシャンパンから絹糸そっくりな泡が立ち上っている。シャンパングラスは、この泡をより美しくするために底に細かな傷をつけてあると聞いた。見ているだけで幸福な気分になる。傷から生まれる泡は自分にそっくりだ。

秀男は、自分はこのグラスの底から生まれてきたのではないかと思った。こんなちいさな泡のひとつが何をしようと、何を考えようと、人の世には大きな影響などないのだ。生きたいように生きているという自覚はある。ならば大声で自分を主張する必要などないものを。

世間が面白がってくれなければ生きる場所を得られないという現実が傷なのか。するりと視界に入ってきた坊やが、真面目《まじめ》くさった顔で頭を下げた。

「日本に戻って来てくれて、ありがとうございます」

おや、とグラスを持った手を止める。頭を下げた坊やの肩や頭が小刻みに揺れている。いつまでも顔を上げない。

「なんだよお前、泣くようなことじゃないだろう」

だらだらと頬に涙を流す男に、シャンパンを注いだグラスを渡す。坊やは秀男から受け取ったグラスを一気に飲み干した。

「バカだねえお前。いい酒はもっと味わって飲むんだよ。いいとこのボンボンだっていうのに、シャンパンの飲み方も知らないのかい」

すみませんを繰り返しながら、自分で注いでいる。可笑《おか》しくて、疲れを忘れそうになる。坊やがひと息ついたのか、グラスを置いてしみじみ言った。

「僕も、章子さんも、マヤさんもノブヨさんも、真子さんはもうパリから戻らないだろうと思っていたんです」

「勝手にあたしの考えを読んだり想像したりしないでちょうだい」

「わかってます、でも巴さんがあんなことになって、しばらく気持ちに整理がつかないだろうって。みんな同じ思いで真子さんのこと考えてました」

それをここで言うのがお前の感傷的なヤバさなんだよ、という言葉は飲み込んだ。

「静香がどうなったところで、あたしまでぶっ倒れるわけにはいかないんだよ。パリにはちょっと頭を冷やしに行ってただけだ。次の手を打つには旅に出るのがいちばん。いいカードを引いて来たろう。マスコミが涎《よだれ》を垂らして喜ぶ一枚だ」

坊やは秀男の言葉を受けてしばらく黙り、ホテルの廊下をゆく外国人客のけたたましい声をきっかけにして口を開いた。

「ピエールのこと、このあとどうするんですか」

いったい何を訊きたいものか。青年マネージャーの神妙な顔に不安の色が浮かぶ。誰に遠慮することもないシャンパンは、もう少しで底を突きそうだ。二本目がないなら、この億劫《おっくう》な会話もそろそろお終《しま》いだろう。

「このあとどうするって、どういう意味だい」

「マスコミで利用したあとも、一緒に暮らすんですか」

そういうことか、と秀男はちいさく何度か頷いた。

「結婚生活、だからね。そりゃ別れるまでは暮らすだろうよ」

きゅっと唇に力を入れたふうの坊やは、意味の読み取れない「はい」を挟み、もうひとつ問うてきた。

「揉《も》めない方向で行きますか、それともひと揉めさせてから帰しますか」

なるほど坊やはこの、結婚騒ぎをどう閉じるかを問うているのだった。

「お前は、どっちがいいと思う？」

ここから先は、マネージャーとタレント、あるいは雇用主と従業員との会話である。話題作りにはるばるフランスから連れてこられた男は蚊帳《かや》の外だ。ピエールはカーニバル真子が日本で初めて性転換をしたタレントであることをはっきりとは知らされず、自分たちの結婚がこれほど騒がれる理由も「有名女優との結婚だったから」だと思っているようだ。

頑《かたく》なに英語を使うことを拒否していたピエールだったが、異国で唯一《ゆいいつ》自分と積極的にコミュニケーションを取ってくれるマネージャーにはカタコトの英語を使った。

坊やが数秒黙った。なんだ、面倒くさいことを言い出すのではないだろうな、と秀男が煙草に火を点けたところでようやく口を開いた。

「彼には、なにもなかったことにして、楽しい気分でパリに帰ってもらうのがいちばんいいんじゃないかと思うんですが、どうですか」

「なにもなかったことには、ならんだろう。少し会わないうちに、お前も難しいことを言うようになったね」

秀男の素直な感想に、坊やが首を振った。

「あの男は、真子さんが思うほど簡単じゃありませんよ」

なぜそんなことがわかるのかと問うた。坊やは少し言葉を選んだあと「僕らには想像もつかない執着心を感じるんです」と言った。

「あんまり手ひどいことをしたら、刺しますよ。そういう匂いがします」

「フランス男に刺されたら刺されたときだ。それもカーニバル真子にはふさわしい話じゃないのかね。刺されたらまた記者が来るだろう。刃傷沙汰《にんじょうざた》もいいんじゃないか」

大きなため息を吐《つ》いた坊やが言った。

「そのときは新聞の事件記者が来るんですよ」

秀男は吸い込んだ煙を長く細く、斜め上に向かって吐いた。

「問題はいつ帰すか、なんだろう？　何にでも頃合いってのがあるさ。引き際《ぎわ》とか潮時とか、フランス人はプライドの高い人間らしいから、そこはなんとかなると思ってたんだけどね」

坊やに言わせると、ピエール・トマはそういうタイプではないらしい。秀男は、清羽のアパルトマンに通い詰めていた彼の姿を思い出した。

ワインにパンにチーズ、暖かなセーターや、こだわりのなさそうな彼の両親。親は自分たちの息子の性分をよく理解していたのかもしれない。頑固さは、ときどき厄介な行動を連れてくる。これまで何度も見てきた男の執着心が、フランスでもそう変わりないのだとしたら、坊やの言うことも納得だ。

「いちばんいいのは、引っ越しちまうことなんだよね」

秀男の何気ないひとことに、坊やが膝《ひざ》を叩《たた》かんばかりの勢いで尻を浮かせた。

「そうしましょう。彼に里心つけてもらって、一度パリに戻るよう勧めてみます。真子さんは、逆恨みされない程度につれなくしてください」

「お前、いつの間に、そんなえげつないマネージャーになったんだい」

坊やは何を言われているのかわからぬ様子で軽く首を傾げた。

ピエールを日本に連れて来てから三か月が経った。日本の正月風景、とりわけ初詣《はつもうで》が気に入ったらしく、彼の中ではいつまでも正月気分が続いている風だ。

同じ男と三月《みつき》も同じ屋根の下にいると、若い頃の失敗が思い出されて気が滅入《めい》る。加えて、毎日犬と遊び、言葉もわからぬテレビを観《み》ながら過ごす男のことが、少し気味悪く思えてきた。

食事や外出、ベッドや風呂《ふろ》などは身振りや単語でなんとかなるが、何かを理解してもらおうと思うときは、やはり坊やの英語経由の通訳が必要になった。

坊やが言うには、ピエールは日本での暮らしになんの不満も感じていないという。それればかりか、もっとしっかり日本語を覚えたいので学校へ行かせてくれないかと言い出すのだった。

「坊や、あたしなんだか面倒になってきたんだけど」

「だから言ったじゃないですか、そういう子だって」

「毎日働きもしないで贅沢《ぜいたく》させていれば、すぐに飽きてパリに帰ると思ったのよ」

マネージャーと秀男の会話を聞いているピエールは、内容がわからぬゆえ涼しげな表情だ。

秀男も最近は笑みを絶やさず毒づくことを覚え、ますます自分が嫌になってきた。

ピエールは、秀男と坊やに連れられ銀座のバー、老舗《しにせ》の寿司屋や天ぷら屋、食べたいものを食べ観たいものを観て、日本の暮らしを堪能《たんのう》している。行く先々で「カーニバル真子の夫」として珍しがられることについては、まんざらでもない様子だ。入籍だの苗《みょう》字《じ》の変更だのといったことにこだわらない良さはあるけれど、どこの国の男もベッドですることは変わりがなく、ひと月もする頃には秀男のほうが飽きていた。

それにしても、と秀男が驚いたのは、犬の手なずけ方と彼のコレクションだった。

秀男が留守のあいだ、日がな一日老いたギャルソンと過ごすピエールは、週刊誌やスポーツ新聞に載ったカーニバル真子の記事を、きれいに切り取ってはスクラップブックに貼《は》り付けている。秀男が働いている「エル」のマッチ箱や、もらったきり重ねておいた俳優や政治家、作家やタレントなどと一緒に写っている写真も、彼の手でひとまとめのアルバムになっている。

渡されてそのままになっていた週刊誌から、秀男の記事だけを切り抜き一冊二冊と増えてゆくスクラップブックを眺めていると、なるほど遅ればせながら、このフランス人青年の得意な方向も見えてくる。

半人前通訳の坊やを連れて、ピエールに上野の桜を観せたあと、秀男は浅草ですき焼き屋に寄った。満開の桜に心奪われた彼は、興奮もさめやらぬ様子で巻き舌の賛美を繰り返している。

「マコ、サクラ、マコ、サクラ」

ブクブク、ジュルジュルがどうのと巻き舌が続くと、坊やになんとかしろと指示をする。坊やも必死に簡単な単語を並べて意味を問う。

「想像していたより、ずっときれいだったそうです」

「ああそう、そりゃ良かったわ」

極上のすき焼きを食べながら、ピエールに愛想笑いをおくる。

面倒な中継会話に少しは慣れてきたのか、ときどき先回りして英語で坊やに話しかけたりもする。秀男が構わず肉を食べ、まろやかな旨《うま》さに「この卵の産地はどこかしら」

などと考えていると、ピエールが坊やに向かってなにか訴え始めた。最初ははいはいと聞いていた坊やだったが、次第にうぅん、というなり声に変わってゆく。厄介な話に首を突っ込みたくない秀男は、お銚子《ちょうし》の酒をひとりで注いでは飲み続ける。

パリの食事が美味しいと思ったことはほとんどなかった。こうして醬油《しょうゆ》の味のする食べものがいちばんだ。醬油の匂いがすると必ず、母と章子の姿がおでこの内側を通り過ぎてゆく。妹の結婚式にも出ないで自分が大騒ぎされていることについては詫《わ》びの言葉もなく、しばらく母に連絡を取っていなかった。結婚もスキャンダルも芸能活動のひとつだと、あの街とあの家族は割り切ってくれるだろうか。今さら何に義理立てをしたところで、その義理の先は細ってゆくばかりだった。

章子だけは、結婚祝いといってペアのバスローブを贈ってくれた。姉がくれるものはいつもふわふわとして肌触りの良いものばかりだ。

真子さん、と坊やが眉間《みけん》に皺《しわ》を寄せて小声で言った。

「自分も日本語をしっかり勉強するから、マネージメントをやらせてくれって言ってますけど」

「誰が」

「彼ですよ」

ちらりと横目でピエールを見た。にこにこしながら、下手くそな箸《はし》使いで極上肉を卵に浸している。

「マネージャーは、お前ひとりで充分だ。こいつはなにを勘違いしてるんだ？」

坊やが言いづらそうに「役に立ちたいんだそうです」と言った。

冗談じゃない、役に立ちたいなら引っ込んでろという言葉が喉までせり上がってくる。今から日本語を覚えてカーニバル真子のマネージメントをしたいという青年の、きっちりとファイルされたスクラップブックを思い浮かべた。

あんな窮屈な思い、したくないわ。

秀男はブンブンと首を横に振って、口角をめいっぱい上げてピエールに言った。

「美味しいお肉ね、ピエール。たくさん食べてね」

言ったあと声を落として「そしてさっさと帰って」と続けると、坊やがやれやれという表情でため息を吐いた。ピエールをパリに戻すにはどうしたらいいだろう。

話題作りとおもてなしの時間は終わったのだ。ピエールを表舞台で喋らせなかったことで、週刊誌の話題も長続きしなかった。風向きが変われば、もう用はない。いつもなら言葉の通じる大人の男があと腐れなく立ち去ってゆくところを、今回はそういうわけにはゆかない。

椎茸《しいたけ》を一瞬喉に詰まらせ、酒で流し込んだあと、秀男は「あの手があった」と軽く膝を叩いた。

桜も散った四月の初め、ピエールが買い物に行きたいと言い出した。スクラップブックと本と雑誌が欲しいと言うピエールに、秀男はたまのオフだからひとりで過ごしたいと告げた。坊やがいれば買い物にも金にも困らぬ青年は、あっさりと秀男の言葉を信じ、半袖《はんそで》のシャツにジャケットを羽織り街へと出かけた。

秀男は大急ぎで馴染《なじ》みの客を部屋に呼んだ。夜の街ではちょっと知られた遊び人で、五か国語を使いこなせるインテリだ。文化人類学というよくわからない分野で東大の教授をやっているという。どんなインテリでも金持ちでも、店ではただの客でしかないが、こんなときはとびきりの助っ人へと変身する。男は秀男に勧められたワインをひとくち飲んで、窓辺から通りを見下ろす。

「静かでいいところだけど、今をときめくカーニバル真子の部屋としては、少し狭いんじゃないのかな」

「けっこう長いこと住んでるし、たしかに荷物も増えたわね」

「亭主もいるんだろう。ふたりで暮らすにしては少し手狭だと僕は思うけど」

なるほど、男の前置きはそこか。亭主がいようがなんだろうが、構わない。のこのこやって来てそんな野暮な台詞《せりふ》でかまをかける男と、今後もそう何度も会うことはあるまい。安心してベッドに誘った。男も心得たようで、さっさと上着を脱いだ。

土産にもらったウイスキーボンボンが思いのほか上質で、カサカサと口の中で溶けてゆく。ひとつ、もうひとつ。ワンピースのファスナーに手をかけた男の口へと、ボンボンを移す。久しぶりにお姫様のようにベッドに運ばれながら「ひとりの男と長く付き合うなんて一生無理」と声にせずつぶやいた。

昨日足したホルモン剤が効いている。肌も髪も、胸の先も、脚の牡丹《ぼたん》も、足の爪の先まで男を歓迎していた。外国仕込みの腕で、たんと楽しませてもらおうじゃないか。

「優しくしてね、じゃないとあたしのは壊れちゃうから」

慣れた台詞をつぶやけば、男の指先が作り物の陰部に伸びてくる。快楽の在る場所は、女のそれよりもおそらく狭いのだろう。奉仕ばかりの行為の中で思い出すのは、本当に秀男を好いてくれたばかりに泣いて別れた男の顔だった。

男の唇が全身を這って、なかなか中心に近づかないのは良かった。声を出すのも面倒くさいので、ただ寝転んで唇と遊んでいる。甘い痺《しび》れを楽しんでいる男の硬いものが、ときどき秀男の肌を擦ってゆく。薄暗い寝室に、男の唇が放つ湿った音だけが漂っている。

「いいわ。すごくいい」

男は気をよくして秀男の両足首を摑《つか》み、広げた世界へと顔を埋《うず》めると、更に声を誘い続けた。舌先に探り当てられた快楽が簡単に次の間へと扉を開く。もう、相手は誰でもいい。

曇天の続く故郷の夏、日暮れのいっときだけ水平線に赤い帯が走る。秀男の快楽の頂点はいつもその景色で終わる。終わればまた、昏い夜へと沈み込んだ。

途中で飲んだワインが効いて、幾度目かの快楽のあと眠った。男のいびきで目覚めたところへ、玄関先に物音がした。ピエールと坊やが戻ってきたようだ。坊やのほうは修羅場を収める準備に余念がないだろう。

秀男は枕元《まくらもと》の煙草に火を点けて、天井を見たまま大きく息を吸い込んだ。

寝室の扉の向こうで、紙袋を置く音、歩幅のある足音、それらが軽快に響いてくる。ギャルソンも喜んで駆け寄ってゆく。

早くこっちに来い。

煙草の煙と男のいびきがいい具合に絡《から》まり合う。どんな修羅場を期待しているのか、笑いさえこぼれそうだ。疲れと痺れで、そろそろベッドも飽きてきた。何か腹に入れたいが、それはひと騒動終えてからだ。

ドアに二つ控えめなノックが響き、蛍光灯の明かりがこちらに伸びてきた。

「マコ」ギャルソンを抱いたピエールが、煙草の先を目指してやってくる。秀男は胸を覆《おお》った肌掛けを体に巻き付けるようにしてピエールの方を向いた。右手で頭を支え、左手には煙草。灰が落ちそうになり、枕元の灰皿に落とす。ああもういい加減、寝たばこはやめなくちゃ。そんなことを考えながら、男の体に掛かっていた布団《ふとん》を自分の方へと手繰《たぐ》った。

横の男が目を覚ました。ベッドに近づいてきた男の目も大きく開いた。先に声を上げたのは、ピエールだった。声というよりは、乾いた悲鳴だ。何を言っているのか、さっぱりわからないけれど、おおよその見当はつく。秀男は涼しい顔で煙草をもみ消し、裸のままベッドの脇《わき》に立ち、叫ぶピエールの横をすり抜けた。怒鳴り声が追いかけてくる。背後で立ち上がる男の気配がする。

リビングで突っ立っている坊やに水を持って来させ一気に飲んだあと、渡されたバスローブを羽織った。ピエールが、ギャルソンを抱いたままリビングと寝室を行ったり来たりしながら怒鳴り散らしている。

「あいつ、なんて言ってんの」

「真子さんのこと、悪魔だって言ってます」

「そんなの当たり前じゃないの。今さらわかりきったこと言うんじゃないわよ」

寝室でなにか言い争う声が聞こえてくる。ピエールの声がだんだん甲高くなってゆく。

そこへ低い大人の声が挟まる。

「ちょっと待った」

男は流暢《りゅうちょう》なフランス語の合間にそう言うと、寝室から出てきた。着るものはジャケット以外はしっかり整えている。ピエールに怒鳴られながら身支度をする男の姿を想像し、その余裕に笑いそうになる。

「真子さん、いったいこれはどういうことだろうか」

さっきまでひと皮剝《む》けるくらいに秀男の体を舐《な》め回していた唇が、この状況を問うた。秀男はリビングのテーブルで煙草に火を点ける。それを男に手渡した。男がひとくち吸って大きく煙を吐いた。

「そういうことみたいよ」

寝室のドアに体をもたせかけたピエールがギャルソンを腕から下ろし、恨みがましい目でこちらを見ている。自由を得た犬が、何を察したのか部屋の隅にある毛布の上へと戻った。

秀男はピエールの青い目に吸い込まれぬよう用心しながら、新しい煙草に火を点けた。外は春の陽気で、夕暮れになってもぽかぽかとしているというのに、部屋の中にはよどんだ空気が立ちこめている。胸元から立ち上ってくる体液のにおいが鼻について、窓を開けた。どこか工事現場が近いようだ。金属を叩く音や切る音が響いてくる。

窓辺に立つ秀男に一歩近づいて、男が主語なく「ということで、いいのかな」と訊ねた。「そうしてちょうだい」と答えた。男がピエールに向き直った。

「僕は彼女が結婚しているとかしていないとか、割と関係のない人間でさ」

そのあとはゆったりとしたフランス語で続けた。ピエールは黙って男の言葉を聞いている。秀男は深く煙を吸い込んで、目の前で繰り広げられているフランス映画の一場面を観ていた。

「セフィニ」

そのくらいは秀男にもわかる。終わり、だ。指先に煙草を移して、つぶやいてみた。

セフィニ。終わりだ。終わりにしよう。終わりです。

ピエールの体が壁にそって崩れた。男がちらと秀男を振り向き、控えめなウインクをして部屋を出て行った。工事現場の音が止《や》んだ。ピエールの泣き声が埃《ほこり》くさい春の夜に染《し》みてゆく。恋なんかただのゲームか酒の肴《さかな》みたいな国で育ったくせに、この嘆きかたはいったい何なんだ。うまいジョークか厭味《いやみ》のひとつも言ったらどうなんだ。

秀男の胸に苛立《いらだ》ちがつのるなか、坊やがどさりと音をたててソファーに腰を下ろした。泣き続けるフランス青年を見つめる目に感情はない。秀男にはわかる。彼をどう誘導してパリに戻すか、マネージャーは頭の中で容赦ない今後の絵図面を描いている。別れをリークして、もう一度カーニバル真子を話題の中心部へと持って行くにはどうするか。坊やの裡《うら》には、カーニバル真子の生き方を見届ける覚悟がある。

坊やはゆったりとした仕種《しぐさ》で、泣き止んだピエールをソファーに座らせ、グラスに注いだウイスキーを飲ませた。背中をさすって肩を抱き、「僕がついているから」と囁《ささや》く。下手くそな芝居だけれど、坊やには坊やの考えがある。秀男は黙ってふたりを見比べながら両手にある煙草とウイスキーを往復した。

ひっそりとした夜気が床に積もる。坊やがピエールをひとまず自分のアパートに連れて行くという。

「どうするつもりよ」

「安心してください。悪いようにはしません、彼にも、真子さんにも」

「お前は、だいじょうぶなのかい」

坊やの目が少し翳《かげ》った。

「その子にかかずりあっちまって、お前はこっちに戻って来られるのかい」

「なに言ってんですか、天下のカーニバル真子が」

そのときだけ、坊やの口元が意地悪く歪《ゆが》んだ。

「お前、どんどん嫌なヤツになっていくねぇ」

坊やに抱き抱えられるようにして出てゆくピエールの背中を見送った。

青い目のフランス男は、背筋を伸ばせばどこに出しても恥ずかしくないスタイルと顔立ちだけれど、うっかり表で喋《しゃべ》らせたら訛《なま》りやら勘違いがあふれ出て、カーニバル真子の「結婚」にケチがつく。ただ結婚を演出するためだけに連れてこられた彼は、用が済んだらそこから去らなくてはいけない。

靴を履きかけたピエールが、坊やの腕を振りほどき、リビングに戻ってきた。目にいっぱいの涙を溜《た》めている。彫りの深い青い目にたたえられた涙が美しくて、見とれた。ピエールの背後から坊やが追ってくる。一瞬遅れた。秀男の頬に熱が走る。指に挟んだ煙草から灰が散るのを見た。

「マコ――」秀男が聞き取れたのは名前だけだった。

ピエールは坊やに引きずられるように部屋を出て行く。何もかもが映画の一場面みたいだ。

首尾としてはまあまあじゃないか。ひとりになった部屋でつぶやいた。静香を失ってひととき自棄《やけ》になったことも、返り咲きの土産だったフランス男も、再びひとりに戻ることも、本当にまあまあだった気がしてくる。

明日からまたお店に出よう。秀男が接客に出ると言えば「エル」のママもマヤも、心配しながらでも喜んでくれるだろう。

まだやれる。まだまだ生き残れる。あたしはカーニバル真子なんだから。

先細りなんてもの、あたしにはないんだ。静香、あんたはあたしを見届けないで死んだ。死んだことをしっかり後悔させてやる。それがあたしの、あんたへの供養なんだよ。

チケットが手に入った五日後の便で、ピエールはパリに戻った。秀男の部屋には戻らず、坊やが荷造りをして持たせた。バッグひとつでやって来た青年は、バッグひとつで生まれた国に戻った。もう二度と日本人に恋することもないだろう。

男でも女でもかまわない。そんな台詞は飽きるほど聞いてきたが、どれも信じたことはなかった。言っているときは本当でも、秀男にとってたいがいの言葉は通り過ぎる風みたいなものだ。言葉など、音にして確かめているときが新鮮な、腐りやすい生ものでしかない。

だから、何だって心底信じちゃ駄目なのよ。

ピエールがいなくなって数日後、久しぶりにカーニバル真子が店に出るというので、遠く大阪から駆けつけたご贔屓《ひいき》が「結婚祝い」といって派手な金の使い方をした。三桁《さんけた》のワインを三本も注文して、水のように周りに振る舞ったのだ。

「真子が結婚したいうから、さびしゅうてかなわんかったんや。けど、ようやく祝える気分になってきたところや」

「あら、それはごめんなさい。でも安心して、じきに独身に戻ると思うの」

「なんやそれ。また得意の営業戦略か」

「あたしはいつだって本気なの。仕事にも男にもお金にもぜんぶ本気」

「ええか真子。カネはなあ、徳の高い人間が頭さげれば、なんぼでも懐《ふところ》に入ってくるんやで」

「そのお金はここにきて、あたしのためにじゃんじゃん遣ってちょうだいな」

祝いとはいえ、次がないのは困る。一度の支払いが大きいと、次の来店が遠くなる。

気がかりといえばそのくらいで、帰りに銀座でいちばんという寿司屋でたらふく食べて部屋に戻った。もうそろそろ着物の出勤も暑い。ドレスを新調しなくちゃと思いながら帯を解く。

肌襦袢《はだじゅばん》一枚になり、足袋を抜いたら急に疲れが出た。着物の袖から出てきたチップの万札を一枚一枚伸ばして重ねる。四十枚あった。

秀男はチップを引き出しの奥に入れてリビングに戻る。電話台を横切る際、足の小指をぶつけて「バカヤロー」と三回怒鳴った。

電話台の横、秀男の足下にばらばらと崩れたのは、厚手のカバーがついたスクラップブックだった。火を点けないまま煙草《たばこ》をくわえた。しゃがみこみ、ひりひりと痺れる小指を揉みながら表紙をめくる。

羽田に降り立ったふたりが寄り添い歩く写真、見出しには「彼のこと愛してるの」とある。ページをめくる。似たような写真が並ぶ。どの週刊誌も、性転換、結婚、女の幸せといった言葉が躍っている。

元男が男と結婚するから面白かったんだ。そんなことあたしにしか出来ないじゃないか。

秀男の声は音にはならない。男から元男になったところで、女ではない。マスコミが望むことを次々面白おかしくやってみせる。それはカーニバル真子流の戦略には違いなかったが、結局は彼らの言いなりゆえ少しも奇をてらってはいないのだった。

背中から腋《わき》の下、二の腕、首筋、至るところに鳥肌が立つ。

やだやだ。

そう言いながらも、ページをめくる手が止まらなかった。一冊二冊と進むうち、寝室の隅に積み上げてあった週刊誌も、ずいぶんと切り抜かれていたことに気づいた。パリへ行く前のもの、静香とふたりで写ったグラビア。「エル」で歌う姿、舞台の初日。見た後は興味もなく、あるいは開くこともなく終わっていた記事を、秀男が仕事に出ているあいだ、ひとりピエールが切り抜いてはスクラップしていたのだった。部屋の隅から、ギャルソンがゆるゆると後ろ足を引きずりながらやってきて、秀男の指先を舐《な》めた。

切り抜いたものが増え、新しいスクラップブックが必要だからと出かけた隙《すき》に、男を連れ込んだのだった。フランスは離婚するのが厄介な国だと聞いた。だからいつでも別れられるような関係が定着しているのだろう。

あの国に倣《なら》ったやりかたではなかったか。

正直、こんなに上手《うま》くいくとは思わなかった。

秀男は小指の疼《うず》きを振り切るように立ち上がり、ブランデーをグラスに注いで一気に飲んだ。今日抜いてもらったワインはヴィンテージだったせいか、いくら飲んでもちっとも酔わなかった。

ああ、本当に上手くいった。

美味《おい》しいものもたくさん食べさせたし、東京の面白そうなところはたいがい連れて行った。浅草も銀座も、ときには秀男も知らない下町や職人街、そのどれをも喜び楽しんでいた陽気なパリジャン、ピエール。

飲んだブランデーが両目からほろほろとこぼれ落ちた。アルコール度数が高いぶん、熱い。飲んだだけ流れ出てしまうので、もう一杯飲む。飲んでは目からこぼれる酒を、秀男は拭《ぬぐ》わずにまた喉へと流し込む。

男は、両腕できつく抱いたあと、両足で踏んづけ、勢いをつけて捨てる。あまりに早くて相手も何が何だかわからない。パリジャンだって同じ。今までどおりだったはずだ。別れのあとはまた次が待っている。待たせている面々を思い浮かべた。順番待ちの恋に耐えられる程度のつまらない男たちばかりだった。

ちくしょう。

秀男の瞳《ひとみ》は明日の仕事が怪しくなるほど赤くなる。流れるに任せればいいのに、どこかでそれを止めようとするからいけないのだろう。

ピエールが丁寧にハサミを入れた、ちいさな記事を手に取った。

『カーニバル真子の故郷のお雑煮』

「煮干しで出汁《だし》を取って、醬油で味を付け、具材はほうれん草とネギと油揚げ、高野豆腐にのの字のなると、三つ葉をのせてできあがり。そこに母が焼いたお餅《もち》を入れるの。あたしはちょっと焦《こ》がして、熱い出汁で柔らかく伸びた餅が好きなの」

ほかにどんな雑煮があったのか、ピエールは記事の真子の部分だけを切り取っているのでわからない。あたししか目に入らなかったバカなパリジャン。

若いんだもの。

あんたはあたしよりずっと、若いんだもの。

それが秀男の餞《はなむけ》で、荒んだ心の後始末だった。

ひと晩眠って、ライトを浴びたらすぐに忘れられる。サヴァ。

モロッコで聞いたドクターの声が耳の奥に響いた。

サヴァ、サヴァ。

なんてことない、いつもどおり。

アデュー、ピエール。

日劇ミュージックホールの舞台宣伝を兼ねたその日、夜中のお色気番組で男性司会者がカーニバル真子の赤いドレスを褒めた。彼は男も女も両方いける口なので、何度か付き合ったことがあるけれど、いざことに及んだとき、シャツよりも先にパンツを脱ぎ出したので笑ったことがある。今までそんなことで笑われたことがないというので、更に笑った。

司会者として名前が売れてしまうと、相手の女だって気を遣う。番組に呼んでもらえるかどうかの助平心があればなおさらだ。秀男には、そんなものはない。唯一無二を通してきた自分には、限界なんてものはないはずだ。

「いやあ、艶《あで》やかとはこのことだ。相変わらずいいスタイルだねえ」

「ありがとう、あなたの口も相変わらずいい感じよ」

「そのスタイルを保つためには、いろいろ大変なんだろうね」

「ええ、ホルモン打ってるから、油断するとすぐ太っちゃうの。でも来月からまた二か月間の公演があるから、お稽古《けいこ》で太ってる暇がないのよ」

「若いパリジャンとの新婚生活はどうなの？ あのカーニバル真子が年貢《ねんぐ》を納めたってんで、僕は驚いた口なんだけど。まだ続いてるの？」

スタジオのライトが左右から投げられ、カメラが三台、秀男を舐めてゆく。フランスに戻ったピエールから、一通の手紙が届いたことは、誰にも言っていなかった。そろそろ、いいだろう。秀男はさらりと首を横に振った。

「別れちゃった」

カメラはいま、大きく秀男の顔を撮っているだろう。画面いっぱいに、カーニバル真子の少し削《そ》げた頬が映っているはずだ。

「初めて、結婚してもいいって思った男だったの。優しかったし、可愛《かわい》かった。でもねえ」

こんなときは必ず同じことを言ってきたのだった。こうじゃなけりゃあたしじゃない。

「あたしって、自分でも嫌になっちゃうくらい飽きっぽいの」

ああ、と司会者が頷いた。口元が卑《いや》しく曲がる。

「あの美しいパリジャンはまだ日本にいるの？」

「帰っちゃった。あたし、男のまんまのほうが、モテた気がする。男とか女とか、そういうのなしにして、カーニバル真子っていうフォルムを作ろうと思ってたけど、恋とか結婚って、まっとうな神経の相手がいるものだったんだわ。変態はあたしひとりでたくさん。男がややこしいのは、万国共通なのかもしれないわね」

そりゃあ、と司会者が眉《まゆ》を寄せながら笑みを絶やさず言った。

「男のほうが女々《めめ》しい生きものだからねえ。僕はあなたのこと、それが嫌で女になったんだろうと思っていたよ」

「あたしは、カーニバル真子のかたちになったのよ。持って生まれたものを最大限磨くことに専念しているだけ。これ、なかなかわかってもらえないのよねえ。男と女に分けておけば、まあ簡単でいいけれどね。なんでどちらかでいなけりゃいけないのかしらねえ。あたしはあたしを楽しむので手一杯なのね、多分。だから、他人と居ると、最初はいいけどだんだん疲れてきちゃうのよ。いいときに舞台が入ってくれて良かった。しばらくはそっちに専念するつもり」

本当は気遣いの人なのかもしれないねえという司会者に「そんなんじゃないわ」と返した。フロアディレクターがキューを出してCMに移る。秀男の出番はここまでだった。司会者に挨拶《あいさつ》をして、スタジオの出口へと向かう。扉の前でスタッフに頭を下げ、手を振った。坊やの手から冷房除《よ》けのストールを受け取り、肩にかけた。

「局のほうに、明日の取材依頼の電話が入りました」

「どこから来てるの」

聞けば囲みだという。パリジャンとの別れを報告して欲しいらしい。

「そういうの、好きじゃないのよ。一回やったら終わりじゃないの。同じ服の写真を何度も使われて、一瞬で話題が終わるなんて、嫌よ」

坊やは「そう仰《おっしゃ》ると思って断っておきました」と頭を下げる。これでしばらくはまた、好きなことを書かれるだろう。望むところだ。

「今日はこのドレスのまま、お店に出るわ」

「わかりました」

「エル」ではカーニバル真子の到着を待って、高い酒が積まれているはずだ。肌も血管も、ぜんぶ高いワインで洗い倒そうと、タクシーで店の前に乗り付けた。カーニバル真子と気づいた運転手から、釣りは受け取らない。

秀男はコンパクトで目化粧と唇を確認して、颯爽《さっそう》とフロアに出た。

「ご機嫌よう、みなさん」

「おお、来た来た」

秀男を待っていたのは、今日の放送を見たという週刊誌記者とテレビのプロデューサーだった。あちこちのテーブルから指名がかかるつもりでやって来たホームグラウンドで、ふたつのテーブルにしか待たれていないのは、ひどく不本意だった。大きく背中のあいたドレスからすっと寒気が滑り込んでくる。

結婚、離婚。次で話題が尽きる。脳裏を静香の面影が横切っていった。

あたし、この先何に成ればいいんだろう。

漠然とした問いがその日の酒をひどく苦いものへと変えた。

お色気タレントのカーニバル真子がすべての弾を撃ち尽くしたのは、章子とふたりでギャルソンを見送った秋のことだった。

ギャルソンは、自力でドッグフードを食べることが出来なくなって一か月後、秀男のベッドで静かに旅立った。秀男の代わりに、章子がたくさん泣いてくれた。それで良かった。

離婚はささやかなゴシップ記事で終わり。好意的な記事を期待していたわけでもないのに、秀男の不安を更に煽《あお》るような小さな騒ぎで終わってしまった。

不発の理由をあれこれと考えてみる。今まで決して思い浮かべたことのない「飽き」の二文字が脳裏に浮かんだ。

郷里の母からの電話が更にその不安をつよくする。

「どうしてるかと思って、って、かあさんこそ元気でいるの？」

「わたしは毎度おんなじだ。変わらんさ」

妹の結婚式に出られなかったことを詫びると「なんもさ」と返ってくる。

「少し忙しすぎたんと違うかねえ、って思ってさ。芸能界ってとこは、わたしはよくわからんけれども、大変なところだって、章子も言ってた。お前が無理をしているんじゃないかって、あれはあれなりに考えているようだ。いろんなことがあるだろうが、まず、自分が元気でいなけりゃ、周りも元気に動いてはくれないもんだよ」

「わかってるって、そんなこと。ショコちゃんが何て言ったか知らないけど、あたしはちゃんとやってるから。心配しないで」

返答の歯切れが悪かった。秀男は、おや？　と思い、何かあったのかと訊《たず》ねてみる。口の重かった母が、少しほっとした声で「とうさんが」と言った。

「腹に爆弾抱えてるようなんだわ。太い血管がいつ破裂するかわからないんだと。なにも悪いことしなくても、人間ってのは自分の寿命を生きるしかないんだねえ」

「ちょっと、その話、ショコちゃんから何も聞いてないんだけど」

「お前もいろいろあったろうし、話しづらかったんだろうさ。だからわたしが電話したんだ」

どのくらい悪いのかと問えば、いまは入院中で、おそらくもう家には戻れないだろうという。そんなになるまで、どうして報《しら》せなかったのかと喉元《のどもと》まで出かかったが、自分はパリで誰とも連絡を取らないばかりか、話題づくりのためにピエールを連れて帰国したのだ。ゴシップにまみれている息子に、いつ父親の病状を伝えられよう。息子はおいそれとは故郷に戻れぬカーニバル真子なのだ。

日頃、秀男の仕事の邪魔をしないようにと静かに暮らしている母のことを思った。ありがたい反面、そろそろ落ち着いているだろうと思われたのも悔しかった。

「そんなに悪いの？」

「まあ、よくはないってとこかね。いつ破裂するかわからんことだけは、伝えておいたほうがいいんじゃないかと思ったもんだから」

かあさんはそれでいいのか、と問いたくなるのを堪《こら》えた。その問いはすぐさま秀男自身にも返ってくる。夫との永《なが》の別れを意識しながら暮らす女の生活など、考えてみたこともなかった。

「わかった。一度釧路に戻る。ショコちゃんとも相談して、ふたりで帰るから」

母は少し間を置いて「帰ってくるときは、夜にしなさい」と言った。その言葉の意味するところが飲み込めて、内臓が喉元までせり上がってくる。人目につかぬよう帰省せよ、とは。言わねばならぬ母も、頷《うなず》く自分も、なにを恥じているものか。

週末、秀男の部屋を片付けに来た章子に、父の病状を問うた。

「いつ破裂するかわかんない、ってだけで入院前の電話口では元気そうだったけどねぇ」

章子の淹《い》れてくれた紅茶にブランデーを垂らした。章子は幼い頃となにも変わらず部屋の中をくるりくるりと動きながら、隅から順に片付けてゆく。洗濯物、雑誌、繕い物から絨毯《じゅうたん》にからまる長い髪まで、ほぼ半日で仕上げては「やりがいあるわねぇ」と笑うのだった。年を経て、どんどん故郷の母に似てくる章子を見ていると、年内に父の見舞いに行ったほうがいいような気もしてくる。

「ショコちゃんは、いつ行くの」

「ヒデ坊が行きたいときに、一緒に行こうかなと思ってるよ」

「あたしが行かなかったらどうするの」

章子はその問いには答えず、結局秀男が答えを出さねばならなくなった。

「それじゃあ、師走《しわす》に入る前に、一度一緒に行こうか」

「とうさん喜ぶね、きっと」

そんな気はまったくしないのだが、秀男が釧路へ行けば母が安堵《あんど》し、章子が喜ぶのだ。つまるところ、そのくらいしか行く理由はない。父も今さら、世間に向けて女のように振る舞う次男坊の見舞いなど嬉《うれ》しくもなんともないだろう。故郷が自分のことをどう思い、何を言っているのか、想像出来ないわけではない。移ろいゆく人の心根を、想像出来るからこそ必死で走っている。

ふと、惚《ほ》れた男に半ば売られるようにして、釧路にちいさなバーを開いた後輩が居たのを思い出した。

「ショコちゃん、あたし今回は実家には泊まらないつもりだけど、それでいいでしょう。繁子さんにはちゃんと挨拶するし。末広でお店を開いた子がいるの、ずいぶん前に開店の葉書をもらってたのを思い出した。ちょっと顔を出してあげたいのよね。そうなるともう朝まで騒ぐから、兄さんたちにはそう言っておいてちょうだい」

母とは病院で会えばいいだろう。帰省の名目は父の見舞いだ。それ以上きょうだいたちと関わりたくはない。どんな体になっても、内側はやわやわとした部分が残っている。

章子はいつもと変わらぬ笑顔でひとつ頷いた。

「ヒデ坊が行ったら、ママさん喜ぶでしょうね。いいな、わたしも連れて行ってくれるかな」

章子が夜の街に出向くのはせいぜいマヤの店で、それもなにか祝い事や行事がなければ行かないし、ましてや自分から騒がしいゲイバーへなどとは、聞いたことがなかった。

「ショコちゃん、本気で言ってんの」

「わたし、冗談は苦手なんだけど」

「行きたいってなら、連れて行くけど。実家はどうするの、泊まらないの？」

章子は笑顔のまま首を少し横に倒した。父が入院し、母が身をちいさくして暮らす家はもう、章子にとっても帰りたい場所ではなさそうだ。

「よし、がっちり騒いで歌ってあげる。お互い、釧路で憂《う》さ晴らししよう」

姉が喜んでいる姿を見るのは、秀男にとっても嬉しいことなのだった。

「そうと決めたら、もういつ行くか決めちゃおう」

姉弟《きょうだい》の切ない里帰りは、しかし十一月、東京で木枯らし一号が到来した日に別の目的に変わった。

「急がなくてもいいから。ふたりとも、気をつけておいで」

十一月末、時次郎《ときじろう》の容態が急変した。いま息を引き取ったとの報せが入ったのが、朝の七時。母の冷静な声を聞いて、秀男はたんたんと帰省の支度を始めた。おそらく章子も同じだろう。その証拠に、バッグに数日分の下着と着替え、洗面道具や化粧道具を入れたところで電話が鳴った。章子も、泣いてはいない。なにもかもを飲み込んでからの電話なのだ。

「ヒデ坊、支度は出来た？」

「うん、いま荷物詰めたところ。フォーマルの黒、久しぶりに出した」

静香のときでさえ着なかったものだった。こういうものは着る予定のないときに買っておくものだと言われたり、予定が見えたときに買って、なかなか着られないわねえと冗談を飛ばすものだと教わったのだが、どれも合っているような、いないような。秀男は胸から腰にかけてダーツの入ったタイトなワンピースと、ヘチマ襟の上着をガーメントバッグに入れた。

引き出しの奥から、十ミリ真珠のチョーカーとイヤリング、指輪が入ったベルベットのケースを出した。章子と揃《そろ》いで買ったものだ。バッグの中の、セーターに挟みこんだ。

窓に木枯らしがぶつかって、季節の音を立てる。数日後に、生きている父を見舞う予定だったことを思った途端、目から涙があふれた。

だらだらと涙を流し、止まったところでひとごこちついた。

ああ、これで棺桶《かんおけ》の前で泣かずに済む。

父が死んでも、母が死んでも、自分はカーニバル真子でいなくてはいけない。それが、自分で自分を生んだ人間の落とし前なのだ。つまらぬ道でも、道は道だ。どんな道にも理はある。これがカーニバル真子の矜持《きょうじ》である。残りの涙はカメラの回っているところで一粒だけこぼせばいいのだ。

羽田で章子と落ち合い、釧路行きの飛行機に乗った。雲の上まではけっこうな揺れだったが、上空はそうでもない。秀男は故郷に向かう飛行機の中で眠りに落ちた。

飛行機が、いつしか札幌から釧路に向かう列車へと変わる。

家出してすきの「みや美」で働いていた十六歳のとき、警察に見つかって、父に連れられ釧路に戻る場面だ。通路を往《ゆ》く乗客がみな、秀男の女装をじろじろと眺めてゆく。見つかったのも悔しかったし、すごすごと釧路へ戻るしか手のない自分にも腹が立つ。

ああ、ひどいセンス。

当時はつるつるの繊維の、安っぽいワンピースしかなかった。お下がりのドレスでお店に立って、お下がりのハイヒール、もらい物の化粧品、ブラジャー、ショーツ。何もかも見よう見まねだった十代の、苦いマメコがそこに居る。

列車の向かい側の席でじっと目を瞑《つむ》っているのは、父の時次郎だ。通路の野次馬など気づかぬふりの狸《たぬき》寝入りを決め込む、大きな体の父。少しでも父に似れば、あんなに疎《うと》まれずに済んだろうか。いや、そういうことではないのだろう。秀男は生まれたときから秀男なのだ。いずれマメコに、そしてカーニバル真子へと羽化してゆく、父や兄とは違う生きものだ。

警察に保護されたあと、そして列車に乗る前、兄に言われた言葉がしくしくと秀男の痛みを誘う。

「俺の弟が、そんな汚い商売をするようになるとは思わなかった」

なに言ってんのよ、昭夫兄さん。もっと世の中見てごらんなさいよ。あたしが汚いなら、この世で神様を許しながら細々暮らしているゲイボーイたちは一体なんなのよ。

「この化け物が」

知ってるわよ、そのくらい。だけど、化け物にだって美しさは必要なんだ。夜の街で兄さんの鼻の下をくすぐってる女だって、みんな大なり小なり化け物なんだってば。

まだ、この世にないものに成りきれていなかった頃の、秀男を縛る景色がある。

「とうさん、あたし絶対に謝らないから。誰にも悪いことしてないもの。あたしの嘘《うそ》はすべてお金に変わるの。それって必ず誰かを幸せにしてるってことなんだから」

秀男は目を閉じたままの父に、心の裡で話しかける。十六歳のマメコの姿をしながら、内側はいまのカーニバル真子らしい。

「とうさん、あれから本当にいろんなことがあったの。男のまんまじゃ経験できないことがいっぱい。痛い思いもちょっとはしたけど、生きてりゃ必ずどこかが痛いもんよ。どんなことも、今のあたしにとってはすべてが必要なことだったの」

あれこれと言葉を並べてみるものの、なんの手応《てごた》えもないことに内心焦《あせ》り始めている。

秀男は向かい側の席に向かって、つよく声を出した。

「とうさん、あたし後悔なんか、これっぽっちもしてないからね」

どすんと一度バウンドして、飛行機が着陸した。隣から章子がハンカチを差し出す。なんのことかと目で問うた。章子が頬を指さした。泣いた記憶もないのに、秀男の頬が濡《ぬ》れていた。

父が見せた夢だったのなら、どうしてもっといい場面を選ばなかったんだろう。

今度は父が、この世にないものへと変わってしまった。

バッグを片手に座席から立ち上がる。いつかの、盆休みのことを思い出した。退職後、小遣い片手のパチンコ屋しか落ち着く場所がなくなった父の、無口な横顔など思い浮かべてみる。

その一生にいったい何があったのか、秀男は時次郎の生涯を、今まで知ろうともしていなかったことに気づいた。

章子が荷物を待っているというので、煙草を吸いにロビーへと出た。灰皿はどこだろう。すっと横に長身の男が立った。やけに近い。いつの間にか、あまり人の顔を見ない癖がついていた。目が合えば頭を下げるか喋り出さねばいけないのだった。たった十五年しかいなかったとしてもここは秀男が生まれた土地で、気安く声を掛けられたら内容はどうでも愛想笑いのひとつもしなくてはいけないのだ。不愉快さに一歩離れる。離れたぶんだけ、男が近づく。二度そんなことを繰り返し、いよいよ顔を見なければならぬと思ったところで、がらりとした太い声が「真子ねえさん」と低くその名を呼んだ。

「アユミです。『カーニバル』でお世話になった、アユミです」

「あんた、なんでここに居るのよ」

「マネージャーさんに真子ねえさんがこっちに来るって連絡もらって、この便って聞いたものだから」

アユミが長身をきれいに折ってお悔やみを言った。後輩に連絡するとはずいぶんと余計なことをしてくれたものだ。釧路坊やときたら、までついてこなくてもいいと言ったことで、おかしな気を回したらしい。ジーンズの上に中綿のジャケットを着込んでマフラーを巻き、目深《まぶか》に帽子を被《かぶ》っているので、大声で話さない限りはこの男がゲイバーのママだとは誰も気づかない。それにしても、と秀男はアユミを見上げた。

「あんたは化粧映えするから、舞台で歌ってるのがいちばんだわねえ」

アユミは軽く姿態《しな》を作って「ありがとうございます」と頭を下げた。

「車で来ていますから。使ってください」

手荷物受け取りを指さし、姉を待っていることを告げた。自動ドアが開き、章子がバッグをふたつ抱えて秀男を探している。

「ショコちゃん、こっちよ」

うっかり大声を出し、通りすがりの人間が一斉に秀男を見た。止まった足が再び動き出した。中にはいつまでもこちらを見ながら、こそこそと話す者もいたが、なんということはない、秀男がその誰をも見なければいいことなのだった。

アユミが「このたびは」と章子に頭を下げる。父の訃報《ふほう》で帰郷したことを思い出した。章子はすぐにアユミと打ち解ける。人間の造りや環境に垣根のない姉は、こんなときの強い味方だった。

秀男と章子はアユミの運転する車の後部座席に乗り、国道沿いに広がっては流れてゆく冬枯れの湿原を見た。

まったく、この土地は相変わらず春なのか秋なのか、窓から見ただけではわからない。まるで自分とアユミのようだ。声を出さねばただの男と女にしか見えないところを、ひとこと発した途端に色のついた眼鏡がこちらを向く。その点、景色はいい。変わらずにいれば見る者が勝手に解釈してくれるのだ。

つと秀男の内側にするすると細い糸が降りてくる。用心深くその糸を指に巻き付けた。こちらが変わらずに居さえすれば、見る目が変化してゆく。

今さら何を変える必要があるだろう。生きたいように生きてきた人間に、誰が何を言ったところで凪と同じではないか。すっと背筋を伸ばした秀男を、章子がそっと窺《うかが》う気配がする。父親を失った姉弟を乗せて走るアユミの車には、三人三様の故郷が詰まっていた。

自分は、ただの景色になればいいのだ。そこに在ってもなんの不思議もない景色。見慣れたもののひとつになれば、誰に何を言われても動じないでいられる。

湿原が途切れ、街へと入った。人口に見合わぬ広い道路も、やけに広い空も、本流の氾濫《はんらん》を防ぐため新しく引かれた太い川も、昇ったと思ったら沈み始める冬場の太陽も、みな長くここにある景色だった。運転席のアユミに声を掛ける。

「ねえ、あんたはどこの生まれだったっけ」

「日本海側のちっちゃい漁師町です。十五のときに家を飛び出したきり戻ってません。歌手になろうと思ってたんですけれど、『カーニバル』ですっかりこっちの水に染まっちゃって」

「一度も帰ってないのかい」

「はい、そうです」

それは秀男の方にこそあったかもしれない姿だった。二度と会わずともいいと思って出た家に、父親が死んだからといって舞い戻る心の弱さだ。最後の最後に情にほだされる厄介な心が、秀男を弱くしそうで目を瞑る。

アユミがぼそりと、真子ねえさんはいつ親と和解したのかと問うた。

「和解なんて望んでないし、こじれたとも思ってないんだよ。あたしが自分を優先してきたことで、母親には悪いことをしてると思ったけど。男はみんな気持ちいいだけの厄介なサオだからさ。今日だって、いっつも痛い思いばっかりしている母親の顔を立ててのことさ。あたしが嫌な思いをしているときは、母親も嫌なんだ。けど、その嫌な思いをしなけりゃいけないときもあるんだよ。明日は通夜《つや》だ。湿っぽいこと言ってる暇があったら、せいぜい黒い服をしっかり着こなすことだよねぇ」

横で章子が少しうつむく気配があった。結局姉も弟も、父親には何の孝行もせず、死に目にも会えなかった。なにひとつ後悔しないと決めた一生にも、ささくれのひとつくらいは出来る。

「ショコちゃん、今夜は枕《まくら》通夜だけど、どうする」

章子は唇の端を上げて、少し晴れ晴れとした表情になった。

「かあさんのそばについていてあげたいけどねえ」

それだと秀男が居心地悪いだろうと考えているのか、言葉が途切れた。

「あたしのことは気にしないでちょうだい。ショコちゃんがしたいようにして」

章子の案内で、アユミが実家の前に車を着けた。トランクから荷物を出すときになって、さあ自分のものはどうしようかと迷う。実家に居場所がないのははっきりしており、いったい誰がどんなふうに集まってくるかわからぬ夜である。

章子が自分の荷物と秀男のものをトランクから出した。

「ヒデ坊、お願い。わたしのそばに、いてちょうだい」

章子には、秀男が何を思っているのかお見通しなのだった。そのひと言を言いたいのは秀男自身であったことに気づく。冷たい風が薄着の胸元に滑り込んできた。胸と喉を冷やしちゃいけない。

ステージだと思えばいいんだ。秀男を支えてくれるのは、いつだって観客なのだった。今日はちょっと辛辣《しんらつ》な客のいる舞台だと思えばいい。

「ショコちゃん、よろしく頼むわね」

秀男はアユミに礼を言い、いつもポケットに忍ばせている心付けの小袋を彼女に握らせる。一瞬戸惑うものの、お互い作法は出来ている。

「真子ねえさん、いつでもお店にいらしてください。狭いところですけれど、アパートにもお布団《ふとん》用意しておきます」

「馬鹿《ばか》ね、ホテルを取るくらいの金はあるわよ」

車を見送り、実家の玄関前に立つ。早速「忌中」の張り紙に出迎えられた。呼び鈴を押してすぐに、引き戸が開いた。繁子が赤い目をしてふたりを迎え入れる。黒いエプロンをして、普段着のセーターと厚ぼったいキルティングの巻きスカート姿だ。おつかれさま。章子がかけた言葉に、目を押さえる繁子の肩が震えた。

父の亡骸《なきがら》は奥の間の真白い布団に横たわっていた。枕元には母が置物みたいに座っている。兄も弟も、嫁に行った妹とその夫も、それぞれ少しずつ距離を取りながら、父と母を遠巻きにしていた。空いた場所には兄の子供たちがころりと横になったり、マッチ棒で絨毯に三角や四角を作って遊んでいる。

章子について、秀男も父の枕元へと寄った。母がひとつ頷いて、白い布を顎《あご》のあたりからめくって外した。

「腹の中の爆弾がボンッといって、あっという間だったねえ。本人も驚いてるうちにさっさとあの世に行けたんで、これはこれで良かったんだろうよ」

言葉は途切れたが、母の目に涙はない。ただ穏やかな表情の母と、父の死に顔をそっと見比べた。ふたりとも、目を開けているかどうかの違いしかない。悲しくもさびしくもない表情は、生きているのか死んでいるのかよくわからないものだった。

大柄な父に掛けられた布団からも、さほど痩《や》せた様子は見られなかった。この体が目の前に立ちはだかり「この化け物」と言って手のひらが振り下ろされるとき、例えようもない恐怖に襲われたものだが、もうそんな場面は一生訪れないのだ。

もう、秀男を疎むことはない。怒りもしない。泣くことも微笑《ほほえ》むこともない。孤独で無防備な背中でパチンコ台に向かうことも、孫の頭を撫《な》でることも、子供たちには見えぬ場所で母とこっそり別れを惜しむことも、長女の一生に頭を下げることも、自分がいなくなった後の家を案じることも、もうない。

母の手のひらが父の額にのせられた。もう冷たいんだよ、とマツが言う。

だから、寒くはないんだろう。

そのつぶやきに誘われるように、章子が泣いた。秀男の涙はしっかり涸《か》らせてある。ここで泣いたら、自分はカーニバル真子ではなくなってしまう。

父の顔にまた白い布がかけられた。再会は命があってもなくても、自分たちにとって嬉しいことではなかったのだ。うっかり親子として出会ってしまったばかりに、とうとうこの男を楽しませ、喜ばせることが出来なかった。たったそれだけのことを悔いにするどんな理由があるだろう。あたしはカーニバル真子、もう半分以上が秀男じゃあない。

章子が居間に向き直り、兄や弟妹に手をついて頭を下げた。秀男も倣う。上げた頭の先に多少の困惑と諦《あきら》めはあるけれど、この場で何か揉《も》めごとが起きそうな気配はなかった。

　繁子は台所に立ち、家族たちの食事の支度をしている。今日くらい仕出しを頼めないものかと、兄に呆《あき》れていると、横で章子が立ち上がった。空気を揺らさずに気を回せる章子は、意識しなくても実家に居場所を作ることが出来るのだった。妹も弟も、今日は秀男に嫌な顔を見せない。それどころではないのだろう。

　それにしても、と男たちのうなだれた首の角度を眺めた。情けない連中だ。いくらでも背筋を伸ばしているのは、借り物みたいに連れて来られた妹の亭主だけ。ここにひと晩いると思うと、喪の始まりとはいえ気が滅入《めい》る。

　遺体から漂うものか、それともこの家そのものの匂《にお》いなのか、どこか乾物に似た匂いを嗅《か》ぎながら、秀男はぐるりと家の中を見回した。

　部屋の隅に置かれたテレビのそばに、安っぽいこたつの天板が立てかけてある。天板の足下には麻雀《マージャン》セットの黒いケースがあった。

「ちょっと、ここの家では誰が麻雀をやるわけ」

　秀男の記憶のなかで、雀卓を囲んでいる家族の姿はなかった。母のマツが「とうさんさ」と照れた笑いを浮かべて放る。

「へえ、あのとうさんが、麻雀を覚えたんだ」

「職場ではちょろちょろと付き合いでやってたらしいけどね。たまに近所のとうさん方集めて楽しんでたねえ」

父には父の毎日があって、つかず離れずの母にもまた母の毎日がある。戻る家がある窮屈さと引き換えにして得られた、安心のバランスで成り立っている関係があるのだった。

「兄さんは？　麻雀やるの？」

「なんぼかな」

頑《かたく》なな兄も亡骸の前では少し柔らかい。挨拶も満足に出来ていなかった妹の夫にも訊ねてみる。

「自分は、もっぱら接待麻雀ですけど――」

「あら、接待麻雀が出来るってことは上手いってことじゃないの」

最後に、顔を上げない弟の富男に訊ねた。こちらを向かない弟に代わり、母が答える。

「富男は面子《メンツ》が足りないときによく呼ばれてたねえ」

「そんなら、今夜は息子全員で枕通夜代わりの麻雀大会だわね」

秀男がいることで、どうしたところで散りがちになる各々《おのおの》の気持ちを、当の秀男が一瞬で束ねた。昭夫がゆるゆると立ち上がり、こたつの台を出してきた。

こうして見ると、年を重ねた兄は父によく似ている。故郷に戻ったことは決して本意ではなく、「俺はもっとやれた」を杖《つえ》にして生きて来た男だ。秀男はずっとこの兄に疎まれ続けてきたのだった。父が遺《のこ》したものを引き継ぐ昭夫は、その立ち位置も心情も、同じように手にするのだろう。

居間の真ん中に据えられた台に、天板の布張りの側を上にして載せれば、雀卓が現れる。秀男はケースから麻雀牌《パイ》を取りだし、卓の上にばらまいた。静かだった居間に麻雀牌の音が響く。

昭夫が父の亡骸を背にして座った。秀男は父を右肩に見る。対面には弟が、左側には妹の亭主が座った。

長男、次男、四男、妹の夫。

男衆のなかで、父だけがもう命のない亡骸となってこの騒ぎを眺めている。牌を積み上げ、サイコロを転がしたところで、マツがぽつりと言った。

「とうさんも、仲間に入りたかったろうねえ」

四人は黙々と積んだ牌を手前に並べた。秀男に来たのはどう考えても平和《ピンフ》の安い手である。帯封付きの万札を懐に持って打つような麻雀ばかりやってきた身には、さっさと上がっておきたいところだが、なにやら今日は勝ち負けの曖昧《あいまい》な卓だった。その証《あかし》に、やけに牌が軽いのだ。赤い爪《つめ》もなかろうと、普段は決して着けない肌色のマニキュアを塗ってきた。ピシリと投げた牌を、妹の亭主が「ポン」と混ぜっ返す。

その場は、仕方なく座ったふうの弟がリーチ、ツモ、タンヤオ、三色という美しい手で上がった。残り三人が三人とも、ほぼ無言のまま点棒を弟の方へ放る。点棒を数える弟の仕種《しぐさ》を目の端で見続ける。秀男を嫌悪《けんお》していた弟は、いつの間にか堅実で真面目《まじめ》な手を作る男に成長していた。

「お前、なかなかやるねえ」

照れる代わりに「ああ」とひとつ返して寄こす。大人になってから初めて弟と交わした、まともなやり取りだった。

富男に上がられてしまった昭夫の自尊心が、ほんの少し卓に近づく。妹の亭主は、接待麻雀を辞めようかどうしようか迷う手を繰り返した。

その夜の勝者は富男で、次が妹の亭主、秀男は三番、昭夫が一万円の負けだった。こんな安い麻雀は打ったことのない秀男だが、なにやら白々と夜が明けるところで、とてもふくよかな心持ちになった。

カーテン越しに少しずつ白み始めた空を振り返る。マツと章子が父の隣で毛布にくるまり眠っていた。

ふたりが繋《つな》げ続けていた線香が途切れていた。富男が線香に火を点《つ》け、香炉に立てる。麻雀で勝った金を祭壇に置いて手を合わせる弟を見て、肩の力が抜けた。

父が死んだことも忘れて男兄弟全員で麻雀を打ったことが、なによりの餞となった。

二日後、葬儀にまつわるすべてのことを終えた。骨になった時次郎は右から左へ簡単に運べるほど小さく軽くなった。

「もうどこも痛くないし、どこにでも行けるんだわね」

二日間、親戚《しんせき》や父の知人、友人に眺め続けられた秀男の体には視線がからみついたままだ。

家に戻り、三歳で死んだ弟の松男と一緒に、位牌《いはい》になって並んでいる父に手を合わせた。

弔問客のなか、秀男を見て声を掛けてくる側が知りたいのはこちらの懐具合のようだった。堂々と、もっと大きな葬式をあげてやってもいいだろうにと言う者もいたが、テレビや週刊誌での露出が収入に直結していると勘違いする輩《やから》の言うことを気にしていても始まらない。

さてそろそろ東京に戻ろうかという段になった。

「ショコちゃん、あたしさっき、親戚の子に『おばちゃんは元おじちゃんのおばちゃんなの？』って訊かれたのよ」

章子が吹き出した。姉の素直な笑顔を見るのは久しぶりだ。

「あたし、このネタどっかで使おうかしら」

そろそろ帰ろうか、と章子が言う。

「ショコちゃんは、少しかあさんのそばにいてあげたほうがいいんじゃないの。繁子さんも疲れてるでしょう。かあさん連れて、温泉でも」

言ってから自分の心配りのなさに「しまった」と思い、唇を閉じた。章子が今も独り身でいるのは、その温泉場へ嫁に行ったときの地獄が忘れられないからなのだった。

「それも考えたんだけどね」

章子は気にする風もなく、小声で言う。

「わたしみんなに内緒でもう一泊しようと思うの。ヒデ坊も付き合ってちょうだいよ」

姉の言葉とも思えず、まじまじとその顔を見た。本気なの？　問うた目に章子がふふっと笑って、仏壇の前に座るマツとなにやら話し始めた。

「じゃあ、わたしたち東京に戻るから」

「ああ、ありがとうねえ」

章子とふたり、母と繁子に見送られ、実家を出る。男たちはもう、兄を残して仕事場へと戻ってしまった。戻ってゆく日常の中に、時次郎だけがいない。みんなまだ、本当のかなしみや喪失には出会っていない。

亡骸が骨になり、拾って壺《つぼ》に入れてなおさら、父を亡《な》くしたという実感からは遠くなった。

通りまで出て、流しのタクシーに乗り込んだ。

「ショコちゃん、もう一泊するって、どういうつもりなのよ」

章子はふふっと笑って昔自分たちが住んでいた場所にほど近いホテルの名を告げた。もう、気の早い太陽が海に向かっている。秀男は姉の気まぐれに付き合うことにして、言われたとおり真新しいホテルにチェックインした。

薄い色のサングラスとその声で、フロントマンはカーニバル真子に気づいたようだ。こちらに訊ねもせずに、部屋のグレードがあっさりと上がる。明日の朝の請求書を想像してうんざりするも、安い部屋でとは言えない。こんなことのひとつもカーニバル真子の美味《おい》しい噂話《うわさばなし》になるのだ。

その日の部屋は最上階の角、ジュニアスイートだった。大きな窓から、暮れてゆく太陽と赤く染まる港が見えた。窓辺で夕日を見ながら章子がつぶやく。

「とうさん今頃どの辺にいるだろうね」

「まだその辺でうろうろしてるわよ、きっと」

「じゃあ、賑《にぎ》やかに歌って送ってあげましょう」

章子は、アユミのお店に行きたいのだと言った。秀男が行けば喜ぶだろうという。確かに、行けばその場にいる客全員が彼女を「カーニバル真子の後輩」として認めるだろう。章子の優しさは、飛行場に迎えに来てくれたアユミに向かいながら、この景色に溶ける。

幼い頃にふたりで眺めた河口を、想像もしていなかった高い場所から見下ろした。

完全に日が暮れてから街へ出て、章子とふたりで川沿いの寿司屋で寿司《すし》をつまむ。秀男は、会計の準備をしているところに差し出された色紙に、勢いよくペンを走らせサインを書いた。

威勢のいい寿司職人が、二百海里《かいり》問題で漁業もこの先は細るだろうと言った。それでもこの街の人間は笑っている。港町に生まれた人間は、土を耕すことを知らない。海を相手にしてきた気質が、そのときはそのとき、という楽天的なものの考え方を許すようになるのだ。

秀男や章子の代わりに泣いてばかりいるアユミの店で、秀男は久しぶりに「枯葉」を歌った。いろいろなものにまみれ、泥も垢《あか》もほどよく纏《まと》った声は、若い頃よりもふくよかに変化している。この街で「枯葉」を歌うのは、いったい何年ぶりだろう。十六の年、札幌から連れ戻されてから、倍以上も年を取った。

あの日秀男を迎えに来た父も、死んだ。

「とうさん、あたし三十五になったのよ」

生きることにも死ぬことにも、死なれることにも実感が湧《わ》かないまま、秀男は歌う。

時次郎に会ったこともないアユミの目からほろほろと流れる涙がおかしかった。

さよなら、とうさん。

本当に、さよなら。

東京に戻りたいというアユミを、マヤの店の雇われママに据えて、新しい年が始まった。秀男のスケジュール帳は空白が目立ち始めている。東京に帰ってきてしまえばもう、父を失ったという事実は薄れた。心頼みにしたことも、頼られたこともない父と息子にとって、どちらかが居なくなるということはそれ以上の意味を持たないようだった。かなしみは、遺された母の姿をしている。

章子の計らい、というよりはほぼ謀《はかりごと》として、母のマツが東京に出てきたのが最も驚くことだった。章子の借りているアパートで、久しぶりに母さんに親孝行をしているという姉の声も、喪中の遠慮を含みながら弾んでいる。

父の葬儀を終えて釧路の街でひと晩遊んだ章子は、生まれた街に決別した。母を東京に呼び寄せるにあたり、当然ながら兄は反対する。それでも「死ぬ前に一度、東京見物がしたい」という母のひとことには負けたようだ。

四季の着るものをそっと送り、仏壇はそのままに、するりと上京して涼しい顔をしているマツは、秀男が送り続けた金をそっくり通帳に入れて、今日も質素な着物で料理を作っている。

秀男は朝から部屋にやって来て台所に立つマツと姉に、二日酔いの頭を揉みながら半ば怒鳴る。

「ちょっとあんたたち、ひとんちの台所をぬかみそ臭くしないでちょうだいよ」

味噌汁《みそしる》や西京漬けの焼ける匂いに包まれ、母と姉の会話のなかで煙草《たばこ》を吸っていると、煙の向こうに古い映画でも流れているみたいだ。生まれ育った家はもうなく、父もいない。どのみち最後はひとりきりだと思って生きてきたはずが、思わぬところで家族を背負い込んでいるのだった。それもまた、映画の一場面として秀男の胸に積まれてゆく。

マツと姉の朝餉《あさげ》はとうに終わっており、リビングのテーブルに並ぶ魚や卵焼きや梅干し、たくあんや味噌汁は秀男の朝食で、彼女たちの昼ご飯だった。

マツが東京に来てから、章子がとても明るかった。秀男が生活費の足しにと渡す金は、姉が一か月働いたものとほぼ同額だ。それでもまったく卑屈にならないのは、彼女が自分の分を知っているからで、頭を下げ合うこともまた姉と弟の大切な儀式になっている。

そのお返しとしてのたびたびの朝食、あるいは差し入れなのだった。マツが味噌汁の味に満足そうに頷きながら、未亡人の陰りなど欠片《かけら》も見せずに言った。

「あの、なんとかいうフランスの男の子はどうしたんだい」

「パリに帰した」

「やっぱりこっちの水は合わなかったかい。気の毒にねえ」

マツと秀男のやりとりを横に、ボリボリと章子がたくあんを噛《か》む音がする。

「言葉が通じないんだもの、話にならないってああいうことよ。そんなに長続きした相手もいなかったし、当然っていえば当然のこと」

マツは「そうかい」と言って数秒のち「お前はずいぶんとモテるんだねえ」と感心する。

「誰に向かって言ってんのよ」

とうとうたまらなくなったのか、章子が声をたてて笑った。

幸福な食卓とはこういうことを言うのだろう。マツの他愛《たわい》ない問いも、秀男の憎まれ口も、章子の笑い声も、記憶の底で良いところばかりを接《は》ぎ合わせたフィルムみたいだ。

「で、ちょこっと東京に行ってくるって出てきちゃって、兄さんからは何も言ってこないの？」

「四十九日がどうのとは言ってたけど、初七日の繰り上げ法要でたいがい済ませてあるしねえ。親戚やら隣近所をそう何度も集めるのは、こっちとしても気が重いのさ」

「内地の田舎じゃあ、御霊前だの御仏前だの、長々と飲んだり食ったりがあるらしいけどねえ」

章子がひとこと「文化が違うみたいねえ」とつぶやいた。文化のひとことで片付けられる自分たちの文化が、どんなかたちを持っているのかを秀男は知らない。

「かあさん、ショコちゃんの部屋でふたりぐらしはちょっと狭いんじゃないの。こっちの畳部屋ってただでさえ小さい気がするんだけど、どうなの」

いつかここで男に言われたのとそっくりな問いを投げた。マツは「そうかねえ」と首を傾《かし》げる。

とにもかくにも、とマツがひとつ頷きながらのんびりとした口調になる。

「とうさんも見送ったし、気がかりはなんにもなくなった。そんなに厄介にならないよう気をつけるから、少しのあいだこっちに置いてくれんかね」

思わず章子と顔を見合わせる。

「いやだ、かあさん、厄介なんて言葉遣わないでちょうだいよ。こっちには、かあさんが居たいだけ居て。もっとのんびりできる部屋が必要なら、あたしがなんとかするって言ってんだから」

母の他人行儀に慌《あわ》てたのは秀男だけではない。章子も箸《はし》を持つ手を止めて、うつむくマツの顔をのぞき見た。

「かあさん、わたしが東京に出ておいでって言ったとき喜んでくれたじゃない。すごく嬉しかったの。親孝行なんてひとつも出来てなかったから、本当に嬉しかったんだよ」

ここで章子に泣かれてはかなわないので、父の葬儀が終わってから釧路にもう一泊して遊び呆《ほう》けた話を振った。

「ショコちゃん、かあさんが東京に出てくるって言ってくれたのがよほど嬉しかったのよ。それが、とうさんが死んだことと引き換えになるのが申しわけなくて、どうしていいのかわかんなかったみたい。酒飲んで泣きながら笑ってるショコちゃん、初めて見たわ」

　夫を失ってかなしくないわけはないのに、マツの微笑みはなにを映して穏やかなのだろう。秀男は喉に詰まったご飯を味噌汁で流し込んだ。

「美味しいわね、この面子でのご飯は」

　秀男用の茶碗《ちゃわん》は若草色に赤い小花が散った模様だ。色違いで桃色の茶碗を章子が使い、マツは客人用の唐草模様でやけに貧乏くさい。

「そのお茶碗、かあさんには似合わないわねえ」

「いいんだよ、わたしは何でも」

「一緒に日本橋の髙島屋まで行って、好きなお茶碗選びましょうよ」

　仕事はどうなんだと問われ、呼吸が浅くなる。昼間の仕事は入っていないのだ。夜、マヤの店か「エル」か、あればキャバレーでの営業だが、今日はそのどれもがない、正真正銘のオフだった。

「明日は午後から美容院。今日はなにもないわ。かあさんの買い物に出ましょう。ね、ショコちゃんもいいでしょう」

　章子が微笑みで返事をする。ああやっぱり、と秀男は頷く。この二人しか自分には家族と呼べるものがないのだ。母と章子が居ればいい。いっときの納得に、父の死顔が重なった。あの白い布の下に、もしもマツの顔があったならと想像し、みぞおちのあたりが重たくなる。

「かあさん、長生きしてちょうだいよ。あたしの親孝行はこれからなんだから」

マツはさびしげにひとつ頷き、茶碗の底の白米にたくあんを一枚のせた。

数時間後には三人で日本橋まで出て、百貨店の瀬戸物売り場へと入った。茶碗ひとつ買うにしては大げさなことだが、釧路の街に一軒しかない百貨店に入るのさえためらう母に一流と名のつく店で茶碗を買うことが、いまの秀男がすぐに出来る孝行だった。

ガラスの棚に並べられた茶碗は、飾られるだけの値打ちがある。何よりも、ここで茶碗ひとつ買う自分にこそ、価値があるのだ。マツと章子は小声で「わあ」と「えっ」を繰り返しながら瀬戸物を眺めている。値札には「〇」を付け間違ったのではないかと思うくらいの値段が表示されている。誰が財布を持っているのかに気づいた風の店員が、秀男に向かってうやうやしく頭を下げながら、本日はどういったものをお求めでしょうか、と訊《たず》ねてきた。

「ご飯茶碗よ。湯飲みも欲しいわ」

一万円以下の茶碗は置いていない。それは別の売り場なのだろう。かといって、ここで一万円の茶碗を買うわけにもゆかないのが、カーニバル真子の弱みなのだ。頬は見栄《みえ》の皮で引っ張り尽くしている。人前で、寝る間は惜しんでも金は惜しんではいけない。

「かあさん、気に入ったものは見つかったの」

マツはゆるゆると首を横に振った。

「やだ、ここにないなら、どこにもないわよ」

「だってお前、この値段見てごらんよ。茶碗ひとつに十万二十万って、そんなものでご飯が喉通るわけないだろう」

秀男の鼻からやりきれない息が吹き出すと、章子が横から「かあさんの好みのものはなさそうよ」とその場をとりなす。

「ここまで来て値段なんか気にしないでちょうだい。貧乏くさいったら」

店員は表情を変えずにこちらの様子を窺っている。

棚の向こうの鏡に、ワイングラスを選んでいた男女の二人連れが映る。ガラガラとしたその声で秀男が誰なのか気づいたようだ。耳に「カーニバル」のひと言が入ってくる。まったく、と自分に舌打ちしたい気分になるのもこんなときだった。見栄も努力も負け惜しみも、過剰な自意識が武器ゆえなのだ。すべてを言い訳にしない、自分との約束事だけで生きている。

女のほうが、秀男のほうへと歩いて来た。四十がらみというところか。着るものもバッグもそこそこ良いものだ。鏡の中でそれらのことを確認する。

「失礼ですけれど」

肩の後ろから声を掛けられて初めて気づいたふりをした。

「カーニバル真子さんではありませんか」

物腰やスカートスーツは品が良さそうだが、秀男は女の爪と靴で素人《しろうと》ではないことに気づいた。銀座ではなさそうだ。女の鬢《びん》に二本細い白髪がある。銀座の女ならその二本は染めてから外に出るはずだ。

「そうですけれど、なにか」

女は極上の笑顔を浮かべて「ファンなんです」と言った。シルク生地にビーズの花を咲かせた手提げバッグを開けて、手帳とボールペンを差し出し、サインをくれという。こういうときは素直にサインをするようにしていた。断って、どこで何を言われるかわかったものではないのだ。

手帳にさらさらとサインを書いて、ペンと一緒に返す。握手をしてくれというので応じた。本当は男女の別なく見知らぬ人間の手に触れるのは好きじゃない。仕事のひとつと思うから何とか耐えている。

女は一礼して男のいるガラス食器売り場へと戻った。秀男は再び鏡で二人の様子を窺う。女は秀男のサインを男に見せて、バッグにそれを戻した。男はちらちらと秀男のほうを見ては女に何か言っている。

目つきと仕種で、決して好意的ではないことを感じ取った。鏡の中で男と目が合った。見知らぬ男だというのに、背中を向けるときはなぜか秀男の部屋を後にする男たちと同じ角度だった。

結局、秀男の見栄に付き合って、母の茶碗は桐箱《きりばこ》入りの五万円のものに落ち着いた。章子もこういうときは秀男を抑えられないことを知っており、仕方なさそうに微笑んでいる。桐箱に納められた茶碗は、更に箱に入れられ包装紙に巻かれ、持ち手付きの紙袋に入ったところでようやく手渡された。

秀男はその日マツのために着物用の下着や足袋も買い求めた。いちいち恐縮する母に半分苛立《いらだ》ちながら、けれどそれもひとつの幸福な光景だった。

夕食はマンションの近くの寿司屋にしようと提案する。マツが首を傾げて困った顔をする。

「お前、部屋に少しばかりご飯が残ってるよ。もったいないからおじやにでもしよう。かあさんが作るからさ」

「あたし、買い物したあとはお寿司を食べたいのよ」

「そんな贅沢《ぜいたく》をしたら、かあさんあの世のとうさんに恨まれてしまうよ。それに、お金は使ったら右から左へと流れていってしまうだろう。茶碗ひとつに五万だなんて、貯《た》まるものも貯まらない。家のひとつも持てないじゃないか。もっとしっかり考えなさい」マツはそこまで言うと少しうなだれて「説教するつもりはないんだよ、ごめんね」とつぶやいた。ひとまず今日はこのまま章子の部屋に戻るという。冷やご飯は冷蔵庫に入れておけというので曖昧に返事をする。

タクシーに乗り込んだマツと章子を見送りながら、秀男はなぜか弟の松男が入院した日のことを思い出していた。

あんときあたしは、松男が死んだらかあさんがまたあたしのことを可愛《かわい》がってくれると思ってたんだ。それが弟の息があるときだったのか、もう絶えてからだったのか、思い出せない。

幼い息子を失って泣いている母をどうすれば慰められるかと、ちいさな頭で考え尽くした日、きれいなものを見せることを思いついて、雪の入った宝石箱を渡したのだった。あんなに大切に仕舞っておいたのに、入れたはずの美しい雪は入っていなかった。

遠ざかってゆくタクシーのテールランプに、古い記憶が重なって胸が苦しくなる。そのまま部屋に戻るのもさびしくて、秀男はマヤの店に行くことを考えた。そこへ行けば、マヤかアユミのどちらかがいる。ノブヨを呼んで、ひと騒ぎすれば、気も晴れるかもしれない。ぐでんぐでんに酔っ払ったら、誰かが坊やを呼んで部屋まで運んでくれるだろう。いい男が居たら、連れて帰ってひと遊びするのもいい。

ひとりの夜をどうやって楽しく過ごすかが、秀男の長いあいだの着地点になっていた。その傍らで稼ぎ、遊び、いくらかでも強くなったつもりだった。

稼いでは食べて飲んで満足している自分が、とても中途半端《はんぱ》で不格好な気がしてくる。マヤが中古の賃貸アパートを買ってちいさな店を維持しているのは、自身の力を量《はか》ってのことなのだ。家のひとつも持てないじゃないか、とマツは言った。今さらなにが無駄かを考える生活など出来るだろうか。

もう、酒を飲みたい気分ではなくなった。足下にまとわりつく寒さを振り払い、秀男は自分の部屋に戻った。

包装紙を解いて、立派な桐箱から母の茶碗を取りだし、洗って戸棚に納める。章子や秀男の茶碗と、そう違《たが》わぬように見えるのに、名も知らぬ作家の銘が入っているというだけで偉そうだ。秀男は「そうだったよな」と独りごちる。自分も秀男という名を真子にして、カーニバルという屋号を付けただけで、値の張る器としての居場所を得た。

冬の乾いた風が胸のあたりを勢いよく通り過ぎて行く気がした。それがどうしたんだ、と問うてでもいるような冷たい風だ。年が明けたり番組が終わったりで、あっさりと人の記憶から薄れてゆく同輩を何人も見てきた。たとえ冠番組があったところで、打ち切られると冠の重さが次の仕事を邪魔する。そんな光景を、嫌というほど見てきたではないか。

自分がそうではないと、誰が言い切れる。秀男の胸に巣くった不安は、どんな風も吹き飛ばしてはくれなかった。しばらく忘れていた頭の痛みが舞い戻ってくる。急いで頭痛薬を倍量飲んだ。もう指定どおり飲んだところで効きはしない。

胸の大きく開いたドレスで、真っ昼間の番組「敦子《あつこ》の部屋」に出た。

去年父親を亡くしたことや、きょうだいとの確執、結婚で知ったこと、自分の立ち位置、質問は多方面から好奇心の赴くままに放たれた。

「カーニバルさん、あなたは以前「まだ男性でいらっしゃったときにもお越しくださいましたよね。あのときと今と、なにが大きく変わったんでしょう、お聞きしたいわ」

顔を真っ平らに見せるほど熱いライトを向けられるなか、秀男はあらかじめ用意されていた台詞《せりふ》を丁寧に並べる。ライトは膨らませた胸の谷間に容赦なく降り注いだ。

「なにか大きく変わったような気もするし、なにも変わっていないような気もするんです。女になったとも思えないし、男であったことにも自覚的になれない。どんどん自分の内側に近づいている気はするんですけれど、それもなんだか曖昧でかたちがなくて。面白おかしく生きてやろうという気持ちは今も変わらずあります。どんなときも、たぶんあたしの気持ちはそこにしか向かないんだと思うんです」

「好奇心って、常に変化し続ける自身を持つっていうことですものねえ。あなたとこうしたお話をするときいつも思うのですけれど、実はとても哲学的なことをお考えなのよね」

これは、少し風向きが思わしくない。真面目なことを言い過ぎたろうか。ああ、間が持たない。スタジオは好きだが煙草を吸えないのが玉に瑕《きず》だ。

「学がないので、哲学的かどうかはわからないけれど、死ぬまでにしっかり自分に成らなくちゃ、って思っています。誰かに似ていたり誰かを真似《まね》たりするのは嫌なんです」

「そこが哲学的なのよ。わたくしも長いことこの番組をやってきて、たくさんの方とお目にかかってきたけれど、予測できない内側を覗《のぞ》けるような気持ちになるのは稀《まれ》なの。予定どおりの進行で予定どおりに答えて、きれいに番組内に収めて帰ってゆく人がほとんど。それはわたくしのやりかたでもあるんだけれどね。そんな進行表どおりの番組作りのなかで、あなたは必ずハンケチ落としみたいに何か残してパッとスタジオを出て行くんだわ。だからまた会いたくなるのよ」

素直に「光栄です」と答えた。父親との確執について、最後まで解けなかったことを、彼女はことのほか残念がった。

「そのことは、納得していらっしゃるの」

「わかり合うことがベストではないんです。わかってもらうために生きてるわけでもないし。ここで、死んだ父に申しわけなかったと思うことも、人前で言うことも簡単なんですけれど、それを言ったら自分がそういう人間になっちゃいそうで。これぱかりは責任持てないんですよ。あたしはきっと薄情なんでしょうね」

「薄情って、あなたよくご自分のことをそう仰《おっしゃ》るものね」

「あたしは悪女じゃないから、深情けがないの。誰にも深入りしない、干渉もしない、期待もしません。それは、カーニバル真子にとっては、邪魔な感情なんです」

「男でも女でもない、っていう言葉はお好きじゃないんでしたよね」

「そう言ってしまえば、それでいられますから。反対にふたつに分けて安心するのは、どちらかに属してる人間だけですね。でも、自由ってどこにも属さないことじゃないかしら。あたしの場合、この自由は付いてるもんを切り落とさないと手に入らないものでしたけど」

「そこのところをもう少し伺いたいの。あなたの新しい下半身は女性と同じものなのか、それとも違うものなのか、わたくしにはよくわからないのだけど。ねえ、そこって痛むのかしら」

「ちっとも痛くないです。よく出来た模造品ですから。ここでお金を得ようとは思わないけれど、カーニバル真子の売り物のひとつではあるでしょうね。まぁ、屋号みたいなものです」

「結婚されてすぐ離婚なさったけれど、また結婚したいと思ってらっしゃる？」

あれが結婚ならば、まっぴらだ。営業としては不発の、面倒ばかりの日々を思い返す。けれど、羽田で撮らせたあの写真だけは、自分が死んでも残るだろう。カーニバル真子にしか出来なかった一世一代の儀式《セレモニー》として。

「結婚は、もういいです。ひとりの男と一生付き合うのって、ものすごく疲れそう。男と暮らしたら、こっちのほうが男になってしまいそうなの。本当は、全身で頼りきりたいのよ。あたしを好いてくれる男って、なんだかちょっと女っぽいんです。好きな男には見向きもされないんで、これはこれでイメージを守れてありがたいことなんでしょうね」

「わたくしも男性に束縛されるのはまっぴらね。好奇心がつよいっていうのは、ひとところに留まれないってことなのねやっぱり。お互い因果な性分に生まれついたものね」

番組終盤になって、今後はどういった目標を立てているのかと問われた。収録前の打合せではありきたりな言葉を使って、仕事に取り組みたいとかなんとか言ったのではなかったか。進行表は敦子の前にしかなく、秀男には持たされていない。

「今後の目標ですか」

秀男は顎を少し前に出して、軽く首を傾げる。

「そうですねえ。家を建てたいかも」

司会者は打ち合わせとは違う答えにしばし目を大きく開いたものの、質問の答えそのものに興味を示し、「話してくださらない」という目配せをした。

「子供の頃からずっと、お城に住むお姫様になりたいって思ってたんです、あたし。だから、家というよりお城を建てたい。あたしだけのお城です」

「変に謙虚かと思えばお城の建築、あなたはやっぱり面白い方ねえ」

見事なタイミングで番組終了のテーマソングが流れ出す。カメラが止まったところで、秀男は敦子に深々と頭を下げた。

「ありがとうございました。口に出せば、やらないわけにはいきませんよね」

「あら、決まってはいなかったの？」

貫禄《かんろく》を身につけた司会者は両方の口角をいっぱいに持ち上げて、笑ってみせた。スタジオを後にする敦子をスタッフと一緒に見送る。ライトから外れた彼女の頬に、逃げの利《き》かないくすみを見た。

秀男は楽屋へと入り、立て続けに三本煙草を吸った。楽屋内が煙《けむ》って、坊やが空咳《からぜき》をしては謝っている。

「真子さん、今度はお城ですか。初耳ですけれど」

「忍者屋敷みたいな、でっかいの建ててやるつもり」

言ったはいいが、このカーニバル真子がど田舎に豪邸を建てたところで恥ずかしいだけだ。では、どうする。

秀男は煙る楽屋で坊やに訊ねた。

「ねえ、一軒家っていくらくらいするの」

「いったいどこに建てる予定ですか」

秀男はしばし頭を空にして、ぐるり知っている範囲の東京の街を思い浮かべる。うん、と煙を吐き出した。

「銀座の近くがいいわ」

単にタクシー代がかからず便利だろうと思ったのだが、坊やには冗談にしか聞こえなかったらしく、立ちこめた煙が笑い声で左右に散った。

「いいですねえ、僕も銀座の近くに家を持ちたいです」

秀男は記憶の海に潜り込み、誰に相談すればいいかひとりひとり顔を並べてみた。いっぺんでも寝た男はよくない。手の早い男に限って、財布は小銭だらけだ。大きな金を持っている男は焦《あせ》らないし、時間を楽しむことを知っている。

数日後秀男は、「エル」にやって来た呉服問屋の社長にしなだれかかって囁《ささや》いた。

「社長、あたしこのあいだ『敦子の部屋』でお城を建てるって言っちゃったのよ」

「お城？　お前さんのお城はここやないのか」

「違うわ、自分のお城。のびのび暮らせて、ばあやも執事もいる大きなのが欲しいの」

でっぷりとした腹に、高いワインを注ぎ入れながら大阪商人が言った。

「男に買《こ》うてもろたらええやんか」

「社長にお願いしてもいいかしら」

「あかん」

今までひと晩何百万と遣ってくれた客の即答に「おや」と顔をのぞき込む。

「なんでぇ？　あたし、お城が欲しい」

「酒は買うたる。チップもええ。けどうちら、そんな関係やないやろ」

そんなことは百も承知だ。ケチ、と拗《す》ねて見せた。じゃあワインをもう一本頼んじゃうわよと言えば、それはかまへんと返ってくる。少ししらけた気持ちでロマネコンティを体に流し込んだ。

絹物を扱う仕事なので煙草は吸わないと決めている客の前では、秀男も吸うのを我慢する。なにか謎《なぞ》をかけられたようなもやもやとした気持ちを抱えて、客のグラスにワインを注いだ。

「せやけどな」

品があるのかないのかわからぬ仕種でグラスを揺らし、男が続ける。

「ええお城は、ええ土地とええ建築家が必要なんや。建てるなら、建築家も選ばなあかん。建ててはやれんが、土地の世話と建築家の紹介ならしてやってもええで」

「嬉《うれ》しい、お願いするわ」

丸太のような腕に絡《から》まりつきながら、七割引で話を聞いた。

「あのな、土地を手に入れるときは、よう考えるんやで。江戸は寺社仏閣から放たれる『気』でえろう運が分かれるんや。間違《まちご》うても気の交わるところに城を持ったらあかんで」

何を言っているのかと思えば、占いだという。占いは、若い頃に一度辻《つじ》占いで手相を視《み》てもらったことがある。三十で海を渡るなんて、冗談だろうと思っていたら当たった。

「そういうの、誰に視てもらえばいいのかしら」

それならば、いい占い師を紹介してやるという。今度は五割引で話を聞いていた。その夜の勘定は百七十万円。秀男やヘルプについた女の子たちへのチップも入れると二百万は遣ったことになる。

ずっと大阪の呉服問屋の旦那《だんな》と信じていたその客が、新聞に大きく「詐欺《さぎ》師」として報じられたのは、それから半月後のことだった。

昼間の仕事がスカスカになって久しく、「エル」に出勤する日も多くなった。その日髪をかっちりとアップにして久しぶりに牡丹《ぼたん》柄の黒い付下げに揃《そろ》いの帯を締めて店に出た。

ママが喉《のど》をがらがらいわせながら、同伴客の席に向かおうとする秀男を呼び止めた。珍しく表情が昏《くら》い。店内にはピアノの生演奏でカノンが流れている。

「真子、ちょっと」

なにかと思い、ママの顔の近くまで耳を寄せた。

「あんた、これ見た？」

ママの手には秀男が取っている全国紙三紙以外のタブロイド紙とスポーツ新聞が握られている。

「どうかしたの？　また誰か飛び降りた？　それともお偉いさんの袖《そで》の下？」

口の調子はいいようだ。けれどママの表情はまったく動かない。なんなのよ、と訊ねると、記事を指さして読めという。ダウンライトの、少し明るいところへ数歩移動して、秀男は示された記事に目を落とす。

記事より何より、少しぼけた顔写真に見覚えがあった。男がふたり、無表情で並べられている。見出しには大きく「詐欺」「指名手配」とある。

「なによ、これ」

「ネズミ講みたいなことやってたらしいんだよ。最近、あんたも家がどうのとやってたじゃないか。店に来ている有名人をすぐ紹介したり。おおっぴらにやられると困るんだけど、まあ真子だから仕方ないと思ってたんだ」

被害はなかったのかと問われ、霞《かすみ》がかかったような頭の真ん中から「百万円」とぽつりそれだけこぼれ落ちた。

ママはチッと舌を鳴らし、ひと晩の飲み代じゃないかと吐き捨てる。いったいどんな名目で渡したのかという問いに「占い」と答えた。

「占いって。天下のカーニバル真子が、いったいどんなヤキがまわって占いなんぞ。けどまあ、百万で済んだなら安い方だろう。お前さんに紹介されたからっていう、歌手のあの子、なんていったっけ名前は忘れたけど、ろくな稼ぎもないのに一千万の投資話にのっちゃって事務所が尻拭《しりぬぐ》いしてくれるかどうかって、いま揉めてるんだよ」

「ママ、詳しいのね」

秀男が場違いな言葉で持ち上げると、ママは「あたしにもその筋に詳しい客がいるからね」と顎《あご》を突き出した。

「とにかく、お前さんは百万ぽっちで済んだけど、この店を拠点にしてけっこう稼いで高飛びしたっていうことだから、せいぜい事情聴取で突っ込まれないよう気をつけな。事務所に話を聞きたいっていう私服が来てる。さっさとカタをつけといで」

事情聴取で秀男が訊《き》かれたのは、男の逃げる先に心当たりはないかということと、同僚や仕事仲間を紹介したときに相応のマージンをもらったかどうかだった。どちらもないと答えたし、自分の被害も正直に言った。それでもやはり疑いがからりと晴れることはなく、一週間後、秀男は過去最も不本意なかたちで週刊誌に載った。

『カーニバル真子、詐欺師とグルか』

『金に取り憑《つ》かれた魔女、カーニバル真子』

『詐欺の黒幕はカーニバル真子』

しばらくのあいだ「エル」に出ることも叶《かな》わなくなり、マヤの店でぽつぽつと酒を売ることになった。アユミに休みを取らせた日は、マヤがカウンターに立つ。

「相変わらず好きなこと書くわねえ週刊誌は。取材もしないでさ。見てよマヤねえさん、持ちつ持たれつにしてはひどい見出しよ」

マヤは秀男の仕事についてはなにも言わない。それはこのたびも同じだった。客が来る前の静かな時間、コーヒーを淹《い》れながらカウンターの中のマヤはいっそう静かだ。

「マメコにしては陰気な顔だわねえ」

「もう、マメコじゃないわ」

「マメコは、マメコじゃないか。あのときに戻ったつもりで、またひと皮剝《む》けるんだ。今しか出来ないことをしていればいいんだよ」

その言い方が少しばかり癪《しゃく》で、一本煙草を取り出して火を点けた。

「どんなときにも、戻るのは嫌よ。それって逃げるってことじゃないの」

煙草が半分になるほど吸い込み、ゆっくり煙を吐き出した。マヤが金縁のチューリップに似たコーヒーカップを差し出す。秀男は、煙よりはるかに苦いコーヒーを飲んだ。知らず、涙がひとつこぼれ落ちた。意味のない涙だ。こんなものをこぼすために、生きてきたわけじゃない。最近、こうして目の奥が痛むことが増えた。

「この先なにをどうやっていけばいいんだろう。こんなの、あたしじゃない」

「あたしじゃないところも、あたしの一部さ」

もうひとつぶ涙をこぼして、コーヒーを飲み干した。

「あたしじゃないところは、すべて切り落とすのがカーニバル真子だったのよ」

涙を振り落としそう言うと、マヤが盛大に笑った。

「そりゃそうだ。忘れてた」

「このまま終われないのよ」

不意に自分の口から漏れた言葉に、背筋を立て直されたような気分になる。

負けたくない。

あたしはそんな簡単に負けを認めたりしない。

ここはもしかすると、モロッコで熱にうなされながら帰ることを夢に見た場所ではないか。ほんのいっときでも弱気になったことが恥ずかしかった。

秀男の背筋が伸びたことを知らせるように、カランとひとつドアベルが鳴った。

# 第六章　謝肉祭《カーニバル》！

隣人に親切であれ。

誰が書いたかわからない張り紙の四隅がめくれてみっともない。劇団「砂上」の稽古《けいこ》場《ば》兼劇場は、急な階段を降りた換気の悪いビルの地下にあった。近くに隅田川があるというのに、花火も見られないしみったれた場所だ。日曜の午後に顔を出してくれと言われてやって来たのだが、先行きは照明より暗そうだった。

五月半ば、ふらりと「ＭＡＹＡ」に現れ、秀男にメモを残していった男は、いつか巴静香が紹介してくれた本間たけとだ。

静香との約束を守りたいので、連絡ください。本間たけと

記されていた電話番号に朝と昼と晩、二日間にわたり掛け続けてようやく繋がった。

静香に「ポンちゃん」と呼ばれていた男は、劇団「砂上」の主宰で、看板俳優で舞台監督で脚本家だという。劇団員は本間を入れて四人。こんな人数で何をするのかと思えば、舞台で演じるのは二人だという。残りの二人は出入りの激しい裏方だと聞いて、鼻から息が漏れた。

「うちの売りは二人芝居なんだ。けど、俳優がひとり辞めちゃって」

「あたし、学はないけど簡単な引き算くらいは出来るの。二人芝居のうちひとりが辞めちゃったってことは、あんたひとりしか俳優がいないってことよね」

「うん。割と出入り自由にしてたら、こんな感じになっちゃって。僕もたいがい飽きるのが早いんで、助かってるんだけど」

出入りの自由な劇団で、静香は三年この男の相手役として修業をしたのだという。業界に名前が知れ渡ってからの地下劇団での修業に、どんな理由があったのか聞いたことはない。ただ、その後巴静香の演技に磨きがかかったのは確かなことだった。しかし本間は別段それを自慢するふうもない。

「あたしは、裏方なんてやらないわよ」

不機嫌を隠さずにそう言うと、本間が「わかってる」と頷《うなず》いた。

「あんたが飽きるか、あたしが飽きるか。どっちが先かわかんないけど、ギャラなしでやるからには、こっちも本気。静香がここで何を覚えたのか、確かめに来たの」

はったりを真に受ける様子もなく、本間が寝癖だらけの頭を掻《か》いた。

「脚本は出来てる。っていうか、どれをやろうか迷うくらいあるんだ」

脚本が遅れる話はよく聞くが、余ってると聞いてうんざりした。バッグから煙草《たばこ》を出すと、ここは禁煙だという。

「ひとり吸うと、ほら、換気が悪いんで煙だらけになっちゃうんだよ」

「ドライアイスだと思えばいいじゃないの。面倒くさいこと言ったら帰るわよ」

どんな脚本かは知らないが、こっちは二人芝居の片割れなのだった。秀男がいなければひとり芝居になるだけだ。それでは立ちゆかぬから声がかかったのだろう。すっかり人の足下を見るようになっていた自分に嫌気が差して、秀男は階段を駆け上がり、一本吸ってまた地下に戻った。

演目が決まって舞台稽古が始まる頃にならなければ、滅多に全員が集まることもない劇団なのだった。

「ねえ、こんなちっちゃくて、劇団なんて呼べるわけ？　あたしはずっとピンのダンサーかホールでのステージしかやって来なかったから、正直、この貧乏くささに驚いてるんだけど」

「客筋にだけは自信あるんです。静香の弔《とむら》いも兼ねて、やってみませんか」

そう言われると強いことを言う気になれなかった。誰より秀男がここで演じることを望んだのは静香だった。弔いとは、本人が生きていては成立しないのだと気づき、脇腹《わきばら》がすぅすぅと寒くなる。

ぐるりと薄暗い地下室を見回した。いくら明かりを点《つ》けても、黒い壁にみな吸い取られてしまう。二十人も入れば呼吸が苦しくなるだろう。夜の街でどんな仕事をしてさえ、ここまでひどい空間は、記憶になかった。

「公演は年間で一度、多くて二度です。その一本のために、いつもなら半年くらい稽古をします。今年は僕の相手がいち抜けちゃったんで、正味三か月しか時間がないんだけれど。三か月きっちりやれば、出来ないこともないなと思って。カーニバル真子として出てもいいし、別の名前でもいい。本名だってかまいません」

いったいこの男は何を言っているのだろう。秀男が、カーニバル真子以外の名前で舞台に立って、いったいなんの価値があるというのか。たった一回の芝居をするために、半年の稽古をするなんて、馬鹿馬鹿《ばかばか》しいったら。

「この小屋ひとつで、あんたどうやって食べてんのよ」

「贅沢《ぜいたく》さえしなければ、なんとかなるんです。食べる方法なんて、いっぱいある。食えなくなる道も、同じくらいあると思うけど」

本間は少しの動揺も見せずそんな言葉を口にする。へえ、と言いながら、いい台詞《せりふ》だと思った。秀男がこの男の作る芝居に興味を持った瞬間だった。

「静香が言ってたとおり、あたしの芝居はなってない。そんなことはわかってんの。最低一年やれば、女優でやっていけるはずだってあの子は言ってたけど。年に一回しかやらない芝居なら、その一回で結果が出るってことじゃない」

台詞を覚えるのは正直なところ億劫《おっくう》なのだが、最低一年、の意味はつまりそういうことなのだ。

最近の仕事は、なるほどそんなものもあったかというほど細かったり、箱が大きいことに喜んで蓋《ふた》を開けたら「ちょっと歌って喋《しゃべ》って踊ってくれればいいから」というひどく雑なものであったり、冷静な坊やも少し苛立ち始めている。

秀男はもう、静香の言ったとおりになりそうな自分を止められなくなっている。自分の勘以外のことに頼り始めていることに気づいていても、どうすることも出来ないのだった。

「わかった。どこまでやれるかわかんないけど、ここで幕を上げる日はあちこちに情報を流すわ。それなら五分五分よね」

秀男にしてみれば自分が出ることでこの、日の当たらぬ劇団「砂上」が多少でも話題になり、ついでに『カーニバル真子　舞台女優へ』の見出しが週刊誌で躍れば、まあまあなところだろうという計算だ。

「いや、それはいいです」

本間のひとことに耳を疑った。

「マスコミには報《しら》せる必要ないです。そういう芝居ではないので」

虚勢を張っているなら許せるが、どうもそうではないらしい。どういうことだと訊《たず》ねれば、「毎年来てくれるお客さんに迷惑だから」と答える。このちいさな小屋に一度きりやって来る贔屓《ひいき》客のために、半年を費やすという男の正体がまだつかめなかった。

息が詰まりそうだ。静香の遺《のこ》した言葉に、自信が搦《から》め捕《と》られてどんどん鎧《よろい》が薄くなってゆく。腕を上げるためにすべきことの方向を間違ったのではないかという問いが体中を巡ってゆく。

「今年の演目は、なんなの」

「どんなのがいいかな。いち抜けた彼女と予定していた舞台は、脚本ごと映画会社に買われてしまったんで使えないんです。なんでもやれるし、なにも出来ないってこともありますよねえ」

秀男は「ポンちゃん」と呼ばれていた男の顔をまじまじと見つめた。大事な看板女優を脚本ごと買われたというが、この男は馬鹿なのか。いや、とかぶりを振る。この場所を維持するにはそんな取り引きもあるということなのか。

秀男の脳裏にまた、心地いい想像が舞い降りる。自分にもその可能性があるのだと、確信に近い思いへと滑り込むのだ。

「台詞の少ないのがいいわ」と告げた。なぜかと問われ、覚えるのが苦手だからと答える。

「台詞って、あったほうが楽なもんですよ。言ってるあいだお客さんは多少でもその台詞に気を取られていてくれる。歌えば歌に気を取られていてくれる。台詞がないって、ずっと自分の演技そのものを見られているってことなんだ。気を抜く場所なんて、実際どこにもありはしないんだ、とくに少人数のときはね」

ぽつぽつと誰に向かってでもなさそうな本間の言葉に、背筋に一滴冷たい水を落とされたような気がして、辺りを見回した。小さな部屋には舞台らしきものがないのだった。高いところから自分の体を見せる技術は身につけたけれど、同じ高さでは歌だってキャバレーのフロアサービス同様安くなってしまう。

「ねえ、舞台はどこなの」

「そこです、真子さんが立ってるところ」

劇団「砂上」の舞台は部屋の真ん中だった。秀男はふるりとひとつ震えてから自分の恐怖感を押し込める方法として、本間を「ポンちゃん」と呼ぶことにした。前に進むときはいつだって、恐怖感が道連れなのだ。

「で、ポンちゃん、あたし何の役をやればいいの」

本間が部屋の隅にあった段ボールを開けて、がさがさと中をひっくり返し、「あった」

と言ってぼろぼろの角封筒をひとつ手に取り立ち上がる。

「あった、あった。これがいい」

ガリ版で刷った手書きの脚本が五冊、封筒から出てきた。本間が大真面目《おおまじめ》な顔で一冊を秀男に差し出した。

「これ、ずいぶん前に静香とやった演目です。新しい脚本を書いている時間はなさそうなんで、これで行きましょう」

『氷の下』と表書きされ、黒い紐《ひも》で綴《と》じられた脚本は、厚さにして一センチもない。今まで、お色気要員として出ていた映画のほとんどは「バカヤロウ」と「この野郎」、「なんだちくしょう」で足りていたのだった。「馬鹿にしやがって」は必ずといっていいほど付け加えられたが、あの台詞がそもそもの、秀男の立ち位置や価値であったのだろう。日劇の舞台では多少色っぽい役もやったが、ケンカっ早くて歯に衣《きぬ》着せぬ物言いをし、ここ一番で太ももを出して啖呵《たんか》を切るような役ばかりだった。

「まあ、なんでもいいわ。静香の弔いだと思って、やってみる」

本間が、ぱっと笑顔になった。背丈もなく顔も態度も小ぶりな男は、その反面恐ろしくプライドが高い。この男は、秀男が体を女のかたちに定めなかったときの姿そのもののような気がする。静香がそこのところを見越して会わせたのだとしても、面白がらなくてはなにも前へ進まない。やってみる、という言葉は秀男自身に向けたものだった。

とにかく今は、煙草を吸えない場所に長くはいたくなかった。暗い場所は慣れているけれど、それもミラーボールと派手なシャンデリアがあってのことだ。いつ練習に来ればいいのかと問うた。本間は「自信があれば、そんなにみっちりやらなくてもいいでしょう」と言う。

「自信があるもないも、まだ脚本を読んでもいないじゃないの。ほんとにあんた変な人ねえ。どんな舞台にだって、稽古は必要だったわよ。そんなことも知らないと思われてるなら腹が立つわ」

ふん、と鼻から息を吐いた。悪びれもせず、飄々《ひょうひょう》とした口調で本間が言う。

「読んでもらったらわかりますけど『氷の下』に出てくる女は、間違ってもそういう鼻息の荒いものの言い方はしません。どこの田舎のかたすみにもいそうな、一生咲かない花みたいな女です。あるいは、あちこちで咲かせては枯れたで疲れ切った女かもしれない。人として常に咲き誇っているカーニバル真子とは一生交わらない類《たぐ》いの、漂う霧みたいな存在だ。友江《ともえ》というんですがね」

「ともえ、って巴静香の巴なの」

「いいえ、友だちの友に、江戸の江です」

読んでみるわと返したものの、そんな辛気くさい役が出来るのだろうかと不安になる。舞台に立つことを承知したはいいが、そのあと、ぽつぽつと立て続けに陰気な情報が付け加えられてゆく。何ごともスパッとわかりやすいものに囲まれて生きていたい。面倒なものは自分だけでたくさんだ。

煙草と簡単な化粧道具と財布しか入らないバッグに、脚本を一冊入れる空きはない。手に持ったまま今後のスケジュールを大まかでいいので教えてくれと頼んだ。

「話題も尽きて、一線から外れたと思ってるかもしれないけど、これでもそれなりに仕事はあるの。キャバレーまわりに、夜中の番組のゲスト、お店にも出る」

「働くのが、お好きなんですね」

「馬鹿なこと言ってんじゃないよ。働かないでどうやって生きていくのよ。ガキの頃からずっと働いてきたんだから」

「そうなんですよ」本間が手に持っていた脚本をパンと叩《たた》いて、何度も頷いた。

「これはね、ガキの頃からずっと働いて働いて、学校にも行けず、病気で臥《ふ》せた祖父の面倒を看《み》て、村の衆に体を売って生きてきた女の話なんですよ」

急に膨れ上がった本間の声が、地下の小屋に響いた。秀男の肚《はら》の中で、本間の言う友江という女が立体化する。

自らの意志で学校を辞め、自分が自分で存《あ》り続けるために、自らすすんで世の中に話題を提供してきたカーニバル真子とは、どう考えても対極にある女が浮かび上がった。

しかしそれは、正しい位置だったろうか。一緒に、心を売ってはいなかったか。秀男の内側にちいさなささくれができた。

「じゃあ、土曜日の空いている日と日曜日の昼から通しでここに来る。あとはいつ仕事が入るかわかんないから約束できない」

ギャラが入るほうを優先するのは当たり前だと自分に言い聞かせる。言い聞かせなければならないほど、本間の言う「友江」が秀男に迫ってくるのだった。

息苦しい地下の芝居小屋から、逃げるように地上に出た。

日がもう、暮れようとしている。昼間の熱を手放すのを惜しがる夕暮れを、唇に煙草をくわえながら歩く。もう少しで、鬱陶《うっとう》しい梅雨が始まる。タクシーの拾える通りまでのあいだ、本屋の店先で週刊誌を一冊買った。ぱらぱらとめくっていると、先日どうしてもと請《こ》われて出たお座敷の面々が大きく顔写真入りで誌面を割いていた。統一地方選挙がらみの贈収賄《ぞうしゅうわい》らしい。

捕まっちゃ、ダメよ。

角を曲がると、ひとつ風が吹いた。秀男はくわえた煙草に火を点けた。空に向かって思い切り煙を吐く。たちまち風が煙をさらって逃げていった。

その夜、真っ直《まっす》ぐ部屋に帰る気にはなれず「MAYA」に立ち寄った。アユミとの交代制になってから、休まずに営業するようになった店は、ママも雇われママもゲイボーイというだけで、普段はおとなしいスナックだ。法外な料金を取るわけでなく、騒がしいホステスもいない。秀男もここで酒を売る日は静かなものだった。

「真子ねえさん、さっきからなにを熱心に読んでるの？」

カウンターからアユミがのぞき見る。秀男は台本を持ち上げ、表紙を見せた。

「台本。あたし、芝居の勉強をすることにしたの」

「お芝居の勉強って、なにするの」

アユミの質問に、上手《うま》く答えられない。自分がいったいなにをもって勉強などという言葉を使っているのか、当の秀男にもよくわからないのだ。

「たまたま、静香が元いた劇団で女優の空きが出来て、どうしてもって頼まれたの。まるで突貫工事よ。三か月でこのお芝居を出来るようにならなきゃいけないの」

へえ、という感心したような声を頭の上で聞いた。別にアユミ相手にそんな話をひけらかすこともないのだったが。

「ねえアユミ、マヤねえさんはお休みの日はなにをしてるんだろう。お店以外のねえさんのこと、あたしあんまり知らないんだよね」

「このあいだご飯にお呼ばれしたんだけど、たいがいお料理作ったり本を読んだりしてるっておっしゃってましたよ。マヤねえさんのご飯、とっても美味《おい》しいの。あたしの作るおつまみなんて、恥ずかしいったら」

アユミは、「だから」と言って週に一、二度マヤの家へ通い料理を教えてもらうことにしたのだと言った。自慢話は百倍に、爪楊枝《つまようじ》なら大木にして話すことを生業《なりわい》にしてきた。それが自分たちの会話であったというのに、秀男はアユミの言いかたにカチンときた。自分の知らないマヤの暮らしに、すんなりと立ち入ることを許されたのが気に入らない。ましてや、この職場はあたしが世話をしてやったんじゃないかという思いも寄せてくる。

「どこの世界にも、恩知らずはいるもんだね」

つるりと口から滑り落ちた言葉に、秀男自身が驚いていた。アユミは秀男の機嫌を損ねたことを素早く察知して、秀男が顔を上げる頃にはさっさと居場所を移し、こちらに背を向けていた。

梅雨を前にした日曜の朝、いっとき釧路に戻ったマツから電話が掛かってきた。

「寝てるところ起こしちゃったかね」

「もう起きてた、だいじょうぶよ。どうなの、そっちに帰って。まだ飛行機乗るの怖い？」

昭夫と繁子は、子供たちを連れて春採《はるとり》の高台にある科学館へ行ったという。

「プラなんとかで、星を見るんだと」

「プラネタリウムでしょう」

それだそれだと笑っている。がらんとした実家で、母がひとりで秀男に電話を掛けている。兄の作る親子水入らずの輪の中に、マツは入っていない。

「だから言ったでしょう。東京に居たらいいのよ。ショコちゃんだって、かあさんと暮らしていればなんやかんやと楽しいんだから。あたしだって、心配しなくていいから楽よ。かあさんがこっちで暮らすぶんくらいなんとでもなるんだから」

その気になれば馴染《なじ》みのパトロンに店を持たせてもらうことだって出来る。銀座とまでは言わない。贅沢さえ言わなければ、秀男が母と姉の暮らしを支えるくらいの稼ぎはなんとかなる。

「かあさん」「ヒデ」同時に言いかけ、同時に次の言葉を引っ込めた。先に言え、を二度繰り返し、秀男が折れる。

「あたしね、女優の勉強をすることにしたの。女の体があったって、たまに映画のちょい役で呼ばれる程度じゃあ女優ではなかったんだよ。静香の遺言だと思って、ちょっと頑張ってみることにしたの」

「そうかい、今度は女優さんになるのかい」

「女優になって、またひと騒ぎするの」

いつの間にか、しみじみとした口調になっている。本間が書いた芝居は、彼が言うとおり、秀男とはまったく違うかたちで生きた女の話だった。

筆おろしをした年下の男に本気をぶつけられて、情を持って行かれる。社会的に出世を果たした彼を苦しめる親の家に火を放ち、それを問い詰められたところで観念し、流氷の割れ目へと身を投じる女だ。

「すっごい陰気な芝居なんだけどね、あたしにも演技が出来るんだってところ、証明したいの。おっぱい出したりお尻《しり》を見せたりしなくてもいい映画にも出てみたいの」

それには、薄くとも芸能界に足を残しておく必要があるのだった。一度流されたら容易に戻ってくることが叶《かな》わないこの海は、故郷の浜よりも深場が近い。

「かあさん、なにを言いかけたの」

マツが口ごもる。母の背後に広がる、寒々とした家の様子を想像した。父と松男の仏壇から漂う線香の匂《にお》いも、ふすま一枚ぶんしか開けぬようになった和室の狭さも、箪笥《たんす》に仕舞われたままの極上の大島紬《つむぎ》も、なかなか進まぬ遺品整理も、章子がぽつぽつと語っていたことで、鮮やかに秀男の眼裏《まなうら》に浮かんでくる。

「どのくらい、そっちに居るつもりなの？　ショコちゃんがさびしがるのよ。義理を果たしたら、さっさと東京に来てくれないかしら」

マツは「そうだねえ」と短く言ったあと、ほんの少し間を空けて、もう一度「そうだねえ」と繰り返した。帰る意味なかったじゃないかというひと言を喉《のど》のあたりに留め置きながら、秀男は続ける。

「主役を張れる女優になって、かあさんに楽をさせるから、来てよ」

「ありがとうねえ」

秀男は、いくら読み込んでもさっぱりわからない台本を横目で見た。男に惚《ほ》れて、惚れたことを悔いて、それゆえ男のために親を手に掛け、生きたついでのように死んでゆく女だ。

頭ではもちろん理解しているつもりだが、その心の動きをさて演技で表現しろと言われても、身振り手振りでどうにかなるものでもない。台詞も少ないし、この程度なら覚えられると思ったものの、覚えたあと、どんどんわからなくなるのだった。

マツの声を耳に残したまま、秀男は地下劇場へと降りた。白いシャツの襟を少し立てて、同素材のサブリナパンツを合わせてきた。腰には太いモスグリーンのベルトを締める。このくらいシンプルにしないと、小屋の空気に溶け込めそうもない。本間が、黒い幕に囲まれた部屋の真ん中に置かれたパイプ椅子《いす》に座っていた。一メートル離れたところに、向かい合うもうひとつの椅子がある。

「いらっしゃい、調子はどうですか」

「悪くないわ。台本もちゃんと読んできた」

さっぱりわかんないけど、という言葉は飲み込んだ。本間は、台詞を覚えていればだいじょうぶですよと言う。

「しっかり読み合わせて、感情を理解して、ぶれない友江を作っていけばいいんです」

「これは、静香が演《や》ったお芝居だったわね」

「案の定、彼女この公演のあとすぐに紀伊國屋《きのくにや》ホールの舞台に引っ張られて行きました」

「知らなかった、静香がこんなとこで芝居の勉強してたなんて」

本間はそれには応《こた》えず、椅子を背中合わせにした。それぞれ向かい合ってやるものだとばかり思っていたのだが、そうではないらしい。

「ねえ、本番も背中合わせで演るわけ？」

「そうです。お客さんは、僕たちをぐるりと囲む感じで座ってますから。いろんな方向から見られるし、お客さんが自分たちの居場所を変えたりもします」

「なんだか気持ちの悪い舞台ね」

本間の乾いた笑いが黒い幕に吸収されてゆく。さあ、初めての読み合わせをしようということになった。秀男はいくぶん緊張しながら、今日のためにクローゼットの奥から引っ張り出した袋型のバッグを開いた。取り出した台本の端が少し丸くなって、めくりやすくなっている。それを見て、本間が「うん」と満足そうに頷いた。

海辺の家、友江と向かい合う誠一郎《せいいちろう》。

「迷惑だったかな」

「ちっとも」

友江が浜にある担《かつ》げそうなくらいちいさな荒《あば》ら家《や》で、体を売って暮らしている女というのはわかっている。誠一郎十歳のとき友江十五歳で同じ集落に住むようになる。友江は祖父に引き取られた孫だが、その祖父は孫の体を街の男たちに売った。

二人の関係を示す台詞のほとんどは、誠一郎の独り語りだ。読み合わせのあとは、実際に演技をしなくてはいけない。何もかもが秀男とは正反対に思える女は、自分を好いてくれる五歳年下の男に、どんな態度で接するのだろう。

言葉数が極端に少ない女の設定で、当然台詞も少ないのだが、秀男にはどうしてもわからないことがある。台本に無用と思われる空白の行が現れるのだ。

「ちょっと、このなんにも書いてないところってなんなのかしら。こんな殺風景な台本見たことないんだけど」

本間が「うん」と言って立ち上がった。休憩かと思い、秀男も立ち上がろうとすると、「あなたはそのままで」と言う。椅子に腰を下ろし、本間の動きを目で追う。部屋の隅に立てかけてある折りたたみ椅子を二つずつ手に取って、椅子ひとつぶんの間を空けて四つ並べる。中央から、二メートルあるかないかの距離だ。本間がそのひとつに腰掛けた。

「だいたい、客席とはこのくらいの距離です。僕らは真ん中で背中合わせの椅子に座って、このお芝居を始めます」

「ぐるっと囲まれると、窮屈ね」

「窮屈というよりたぶんひどい緊張に包まれると思うんです。みんな、毎年その緊張を楽しんでいるんですよ」

それはご苦労なこった、と内心舌を出したものの、本間の言葉はそこでは終わらなかった。

「日程が決まったところで、ここの客席はほぼその日のうちに完売です。限定十五席ですしね。ただ、劇団によってはもっと大所帯でも五席しか売れないなんてことがままあるんですよ。それを思えば、まあそこそこうちは健闘してるほうです」

「だからなんなのよ、前売りを持たされないだけいいと思えって言うんじゃないでしょうね」

「違います。別に脅すわけではありませんが、その十五人は全員プロ中のプロなんです。客席に座るんだから、まあどんな職業でもいいんですけれど、ことうちのこの舞台に関しては、やってくる人はみな俳優か舞台関係者です」

「嫌なこと引き受けちゃったわ」

正直な気持ちだった。そうと知っていたら、と考えた先で「ああ」とひとつ納得する。だから静香はこの舞台を一年でも経験しろと言ったのだ。

「あたしがどんだけ大根なのか、プロに笑われて終わりよ、きっと。三か月稽古したところで、友江の気持ちがまるごとわかるようになるとも思えない」

いやいや、と本間が首を振った。

「この台本は、あってないようなものでね。こっちに座ってるお客さんたちが、勝手に芝居の中に入って来ちゃうから」

本間が言うには、この舞台は二人芝居と銘打ちながら、隙《すき》あらば観客が勝手に登場人物を作り、芝居に入ってくるのだという。

「どういうことよ、それ」

「ここでひと芝居打って舞台をかき混ぜに来るんですよ。僕らは物語の運び屋みたいなもんで、どんな弾が飛んできても話を立て直して元に戻さなきゃいけないんだ。特にこの脚本はみんながよく知ってるものだし。油断していると、主役が変わってたりするんです。だから、これに出るっていう噂《うわさ》が広まったところで、もともと目を付けられていた女優はあっさり引き抜かれてしまう。僕も、そっちのほうが公演よりはるかに金になるんで、へこみはしないけど」

体《てい》のいい人身売買じゃないかと言うと、しれっとした顔で「役者ですから」と返ってきた。

「ついた役に自分を売ってなんぼの役者です。役に入り込むって、そういうことです。だからこそ巴静香は三年ここで粘ったんですよ」

「三年もそんな修業をしたっていうの」

「そうです。公演当日にはもう、揺らがない登場人物が出来上がってて、誰が芝居をねじ込んで来ようがすべてきれいに打ち返してました。内側にある硬いものにたどり着くまでに三年かける女優もいれば、出るという噂だけで声が掛かってつまんない役をもらって喜ぶ役者もいる。僕はどっちでも構わないんです」

秀男はこの得体の知れない男を上から下まで二往復眺めた。少し語りすぎた、とばつの悪そうな顔を見せた本間は、立ち上がって首の後ろを揉《も》んだり、前屈をしたりして照れをごまかしている。秀男はというと、そんなアクシデントの連続みたいな芝居をどう乗り越えるのか、そればかり考えている。

「僕としては真子さんに、是非この舞台を一度経験していただきたい」

恐怖感はそのうち、いつものように闘志へと姿を変える。人生のなかで確実に身についたものがあるとすれば、闘う気力ひとつきりだ。

秀男はその日四時間かけて読み合わせをして、本間と友江の生い立ちについて語り合った。

晩ご飯を食べに「MAYA」へ向かう途中、思い立って鳥獣店へと立ち寄った。少しばかり照明を落とした一角に、直径三センチ、体長一メートルほどの蛇を見つけ買い求めた。店主が「おとなしいですよ」と言うので、「知ってるわ」と笑った。

鎌倉の弁財天の使いだという白蛇を、体に巻いて踊った日々が蘇《よみがえ》ってくる。

初代の蛇はリルだった。怪我《けが》からの復帰作『エロティックシアター・白昼夢』の主演だった静香の前で初めて踊ったときも、秀男は蛇を首にひっかけていた。役者もダンサーも気に入らずに苛々《いらいら》していた巴静香と言い合いをして、そのあと彼女は大切な友だちになった。

蛇は、さんざん体に巻き付けて踊った秀男の相棒だ。想像のなかで、友江という女の唯一《ゆいいつ》の友だちも蛇にする。

移動用のケージに移す際、秀男は自分の手でその子を持ち上げた。いい重さだ。

「名前はシズカにしましょう。お前には、海の底みたいな小屋で闘うあたしを守ってもらわなくちゃ」

店主に勧められた冷凍ネズミを一匹飲み込ませたあと、秀男は久しぶりに蛇を供にして夜道を歩いた。なにもかも、振り出しに戻ったような夜だ。蛇のシズカを使ってひと騒ぎする自分を想像すると、自然と口元がゆるんでいい笑顔になっているのがわかった。

秀男はビルの梢《こずえ》に切り取られた空に、ひととき月を探しながら歩いた。

公演は予定から大幅にずれ込んで、残暑の九月開催となった。秀男もそのあいだは地方のキャバレー営業やゲイバーの一日ママなどで食いつないでいる。個人事務所で取ってくる仕事ゆえ実入りもまあまあだ。月にキャバレーが一本入れば食べるには困らぬし、坊やの給料もなんとかなる。ただ、テレビに出ないタレントに対して世間の目は冷え気味だった。

公演初日にして千秋楽。たった一度なのだからと、秀男はノブヨとマヤを芝居小屋に招待した。十五席はとうに売れているので、目立たぬ場所で眺める約束で本間に頼み込んだ。

「役者のプロだかプロの役者だか知らないけど、あたしがそいつらと互角に闘うところ、見て頂戴《ちょうだい》よ」

「また、マメコが飛んだり跳ねたりするのかい」

「違うの、たった一度の女優の登竜門よ。誰にもあたしの芝居の邪魔なんかさせない。自分の舞台を守れなかったら、ストリッパーでなんかいられないもん」

いったい何の役を演じるのかと問われたので「田舎のパンパン」と答えた。マヤもノブヨもそこで大笑いした。

秀男は故郷の神社へと向かう花街通りに居た、何人もの赤い襦袢《じゅばん》姿を思い出し、大きく襟を抜いた彼女たちがどれだけ苦いものを舐《な》めてきたのかに思いを馳《は》せる。男の放つものの味はみな似たり寄ったりで、だから毎度違う女が必要なのだ。今まで何人もの男たちと肌を合わせてきたが、体液のやりとりがない玩具は匂いもなければ味もない、ただのプラスチックなのだった。

味がないとはよく言ったもんだ。

心から女優になりたいと思ったわけでも、女になりたかったわけでもないことに、稽古の途中で気づいてしまった。

ただ動き続けるだけで人間と錯覚させる人形は、人間に出来ないことをする。それだけだ。

換気扇の音が響く地下劇場に、四隅から真ん中の椅子に向かってスポットがあたっている。時間が来たら、黒いシャツ黒いパンツ姿の本間と、黒いシンプルなドレスの秀男が背中合わせの椅子に腰掛ける。台本を持って座るも、小道具を用意するも演者の自由。十五の椅子はすべて埋まり、なるほど癖ありそうな男が十人、薄暗い顔の女が五人。その中には、秀男がちょい役で出たピンク映画の主演女優もいる。腕に覚えはあるけれど、なかなかピンクからは抜けられないという噂の女だった。役者、あるいは舞台人としてひとつ居場所を得ている者ばかりのなかで、ほぼ素手で闘うのだった。もう、敵は自分を取り囲む十五人の役者ではなく、呑《の》まれるかそうでないかの自分ひとり。

あたしは自分部の部長なんだ。秀男を鼓舞するのも秀男ひとりだった。

役者たちの向こう、どのスポットからも外れた隅っこの椅子に座り、ノブヨがこちらを見ていた。二人、教室の中で何者かと闘っていた中学時代を思い出す。生きる術《すべ》のほとんどはあの頃に身につけたし、こうして振り返れば、十四、十五から自分たちはなにひとつ変わっていない。秀男は見かけのわりに重たいバスケットを片手に、空いた手には台本を携え、椅子に座った。

田舎の娼婦《しょうふ》、かなしい境遇、売られた体、泥まみれの愛情、砂を噛《か》むような交わり、幸福のなれの果て、男の保身、人間のかなしみ、そして生きては帰れぬ旅。

友江という女を一度、体の隅々まで入れてみた。秀男とはまったく違う色の血を流して生きている女だった。生きる痛みは違っても、生きて行かねばならぬところで、自分と友江を重ねた。

よくこんな短期間で彼女を理解したと、本間はカーニバル真子の女優としての可能性に満足した様子だった。

けれど、本間の演じる男すらも今はなにやら「満足」には遠い存在となっている。舞台が違うとひとくちに言ってしまうのは簡単だが、しかし、やはり違うのだ。

主役は、二人も要らない。

二人芝居の主役は二人。秀男にはそれがひどく歯痒《はがゆ》いのだった。気づいてしまったあとは、こうして十五人のプロに囲まれていても緊張がなかった。あとはカーニバル真子として、役と闘うだけだ。

前日と当日しか現れなかった残りふたりの劇団員は、簡単なライトの管理しかやることがない。聞けば、彼らは他の劇団の中堅俳優であるという。

背筋を伸ばし、夜の街の癖で椅子には浅く腰掛け、心臓の音すら鎮《しず》め、秀男は本間の一声を待った。彼の手には台本も小道具もない。声と体、このふたつで勝負をかける。秀男が物語を体に染《し》みこませた頃、本間も少し本気になったようだ。声を上下させず、無駄な動きを一切せずに演技をする役者を間近で見たのは初めてだった。

映画には映画のサイズ、テレビにはテレビのサイズがあるのだと、本間はそんな言葉で自分の世界を説明する。そのどちらにもサイズが合わぬと思ったとき、脚本、演者、小屋主、監督、すべてを自分でやることに決めたのだという。

この男もまた、ここではないところへ逃げる途中なのだろう。


「元気、でしたか」

「寒いでしょ、ほら早く家に入って」

「変わってないな、なにもかも」

「わたしは、すっかりおばちゃん。だって十年ぶりだもの」

たった一度五千円で友江を買った過去が、男の心を縛っている。出世街道を真っ直ぐ歩んできた男は、この寒村の神童と呼ばれながら実家には寄りつかない。教養のない親を蔑《さげす》めば、同時に自分の愛した女をも貶《おとし》める。そんなことに気づかぬほど馬鹿でもないことが男の弱みだった。男が北の街に戻ってきたのにはわけがある。故郷から列車で五時間の街に若き税務署長の椅子を得たのだった。

「偉くなったのね。村じゃ大変な噂になってる」

「毎日、親みたいな年の部下に見張られながら暮らしてるんだ」

朝日が昇る少し前、男は友江をせき立て、こんな街から一緒に出て行こうと言う。迷いながら、けれど若い男の熱に引きずられる。友江は男に手を取られ、少ない荷物を持って今まで春を売りながら暮らした家を飛び出した。

椅子をふたつ、がらんとした始発列車の座席に見立てて同じ方向に並べた。

背後で客がひとり立ち上がり、車掌を演じ始めた。

すべて、ないものをあるようにして切符を手渡し受け取る。誠一郎の肩に頭をのせ、自分はいったいなにをしてしまったのかと、明けてゆく車窓を見る友江。

見たこともない街で、男の職場にほど近い官舎で暮らすふたりを、寒村によく似た視線が興味深げに観察する。時折り、年配の部下やその妻が玄関先に野菜など届けにやってくるのだった。

「お隣の奥さん、とても親切に街のことを教えてくれるの。でもご結婚されていたのは知らなかったって言われて、なんて答えていいか」

「なにを訊《き》かれても黙ってるのがいいよ。気にしないでくれ。いずれ出て行くところだし」

本間の台詞が終わるか否《いな》か、客席からひとりの役者が台詞を挟む。

部下のひとりなのだろう。低めの声で、年配を表現している。言葉は丁寧だが、こちらの暮らしを窺《うかが》う気配満々の笑みで、手には何かを持っている。

「いい酒が手に入ったもんですから、一杯やりませんか」

秀男は立ち上がり「肴《さかな》をご用意しますね」とふたりに背を向けた。椅子は客席近くに追われ、見えぬ一升瓶を挟んで親と子ほども年の違うふたりの男が気まずい酒を酌《く》み交わしている。肴を差し出し、見えぬお盆を横に置き、友江がふたりのコップに酒を注ぐ。客の厭味《いやみ》は、一見して素人《しろうと》ではなさそうなこの年増《としま》女が若い税務署長をたぶらかして家に上がり込む、という物語を含んでいる。ありがとうございます、と返しながら、秀男は身構え、微笑《ほほえ》んだ。そこを隙と捉《とら》えた客人が、年度が変わったところで花見の行事があるので是非参加してくれと言う。事実上のお披露目である。ここだ。

「あら花見、いいですわねえ。この子も喜びます」

ちらりと足下に視線を預けた。座の空気に揺れが加わったのを確認して、秀男は椅子の下にあったバスケットを引き寄せた。秀男が舞台の中心に立った瞬間だ。見逃さない、この一瞬を待っていたのだ。

「お花見できるくらいの春なら、きっとしっかり目を覚ましていると思うんです」

バスケットのちいさな閂《かんぬき》を外し、中からひょいとひょろ長いものをつまみ上げた。芝居小屋に「ひっ」という声がいくつか響き、「え」や「うぁ」も加わった。秀男はそんな声に構うことなく、シズカを手拭《てぬぐ》いのように首にかけた。

「この子、シズカっていうんです。可愛《かわい》いでしょう」

図々《ずうずう》しく署長官舎に上がり込んできた部下が、居住まいを正し、暇《いとま》の挨拶《あいさつ》を始めた。

蛇が出てくるような家には長居をしたくないらしい。

本間も一瞬驚いた気配を見せたものの、役者の貌《かお》が勝った。客人がもとの席に戻る頃、再び椅子を中央に戻し、芝居の続きを始めたのだった。

途中、何度か会話に入ってくる通りがかりの人間はいたけれど、台本『氷の下』の筋書きに大きく絡《から》んでくるような登場人物にはなり得なかった。つまりは台本に狂いが生じなかったということで、本間に言わせると「成功」だろう。

生まれ育った寒村に帰った友江は、迎えに来た男を伴い雪原を歩き始める。前に進むわけにもゆかぬ舞台では、ふたりその場で足踏みだ。ふたりを包むオホーツクの夜は冷たい。どんどん気温が下がってくる。出るわけもない白い息を吐いて、友江が言う。

「ここから出たいなんて、思わなければ良かった」

そう言い残し、友江は氷の裂け目に身を投じる。

氷の上に残されたのは、女のプライドと男の弱さだった。

観客が小屋を出てゆき、照明を担当していたメンバーもさっさと酒場へ向かってしまった。気づけばマヤとノブヨもおらず、公演が終わった小屋には本間と秀男だけになった。椅子を畳み、壁に立てかければ元どおりだ。何ごともなかったような稽古場が姿を現す。

想像したような達成感はまったくなかった。蛇という飛び道具を使って、及ばない演技力を威《い》嚇《かく》でなんとかしただけだ。それでも、と秀男は小屋の真ん中に立って自答する。

邪魔はさせなかった。あたしの芝居の、邪魔だけはさせなかった。

椅子を片付け終えた本間が「よし」と言って手を叩いて埃《ほこり》を払った。思いのほかその音が大きく響き、秀男もハッとする。

「ポンちゃん、お客さん、誰も感想言わないで帰ったわ」

本間は「ううん」とひとつ唸《うな》って、稽古中には一度も見せなかった笑顔を向ける。

「悔しがってる人、馬鹿馬鹿しいと思ってる人、いろいろ居たろうと思いますがね」

そう前置きしつつ「僕は面白かったな」と締めた。それに、と少し間を置いて、この台本でラストシーンを予定通り演じ終えられたのは、巴静香とカーニバル真子のふたりだけだったことも付け加えた。

「彼女はどんな脇役《わきやく》が現れても、まったく動じなかったなあ。いきなり元の女房って言って入って来られたときも、さんざん相手の長台詞を聞いたあと、ひどく優しい言い方で『お気は済みましたか』って家から追い出したんだ。その台詞を言いにきた元女房の心情が最もへこんで、引き下がらざるを得ない短い台詞をその場で考えられる腕があったんだね。相当に作り込んで来ないことには、彼女の菩薩《ぼさつ》顔には対抗できない。それがはっきりとわかったあとは、もう巴静香の思うままだったなあ」

「早死にするなんて、馬鹿よね」

「うん。僕もそう思う」

このあとどうするのかと問われ、蛇のシズカが入ったバスケットを持ち上げた。

「この子と一緒に酒を飲む気にはなれないでしょう」

苦笑いを浮かべた本間が「はい」と少しおどけて返した。打ち上げも、反省会もない舞台がひとつ終わった。一緒に通りに出て、右と左に手を振って別れる。ぬるいだけの九月の風が夜を縫って通り過ぎる。

タクシーを拾おうか、どうしようか。十センチのピンヒールが歩道で迷う。いまの自分は、どこに向かえば旨《うま》い酒が飲めるだろう。

初日にして千秋楽。そんな舞台は生まれて初めて——いや、違うと首を振った。遠い昔、その一日に向けて懸命に練習をした日があったのを思い出した。『白雪姫』で踏んだ初舞台。中学生だったあの日秀男を迎えにきた王子様は、今頃この国のどこにいるのだろう。たびたび世間を騒がせているカーニバル真子が、秀男だと気づいているだろうか。蛇をつかめるようになった十四歳の、あの一日に体ごと戻ってしまいそうになる。わけもなく鼻の奥がつんとして、明るい夜空を仰ぎ見た。星なんてどこにもない。薄い雲が街明かりを映すスクリーンになっていた。

バスケットの中でゆっくりと動く生きものの重さを感じながら、秀男は歩いた。黒いワンピースに、なにもアクセサリーを着けずにいる。道行く人の幾人かはバスケット片手に歩く女がカーニバル真子と気づいたようだが、反応はいつもの比ではない。視線の意味がわかるくらいにはこの世界の住人になったのだ。

流しのタクシーでお堀までやって来たところで降りた。秀男は柵《さく》の近くでバスケットの蓋《ふた》を開けた。夜目にも光るふたつの宝石みたいな蛇の瞳《ひとみ》が美しかった。後ろから来る二人連れをやり過ごしたあと、さっと蛇の首をつかみ、思い切りお堀の方へと放った。

こっから先は、自由にやりな。

以前、舞台で働かせた蛇に死なれてからは、ひどく弱る前にここに放るようにしていた。

「シズカ、お前さんがいると、かあさんが気持ち悪がるんだよ。悪いね。自分で獲物を捕まえる苦労はあるだろうが、それにも代えがたい自由をあげる」

既に姿の見えないシズカの明日を祈ったあと、自由か、と独りごちた。秀男にとってはどこに行ったところで、そんなものは絵に描いた餅《もち》みたいに素っ気なかった。生きている現実を最も得られたのは、モロッコで死にたくないと思った、あの日々だけではなかったか。残暑だというのに、どこか薄《うす》ら寒い空気が体にまとわりついてきた。

窓をたたく真夜中の風が、冷えた体をいためつけるような音を立てた。

仕事を終えて、男と過ごす気力も萎《な》えがちな最近は、真っ直ぐ部屋に戻る。木枯純次《こがらしじゅんじ》から電話が入ったのが、まさに関東一帯に木枯らしが吹き始めたその日だった。帰宅してすぐに掛かってきたところをみると、今夜マヤの店にいた客のひとりかもしれない。

「実は僕、先日の舞台を拝見していました。まさか蛇が出てくるとは思わなかった。帰り道、みんな口々に禁じ手だの狡猾《こうかつ》だの言ってましたがね、その傍らでカーニバルさんが演じた友江に飲み込まれてしまったのも確かだったんです。あの舞台、あなたが蛇で僕らはただの小動物になった。そこは誰もが認めざるを得なかったですよ。あの演出は、長くショーダンサーとして舞台に上がっていた人の解釈だったと思います。『月刊舞台』でも取り上げられてましたね。高評価でしたよ」

「あんな舞台もあったなんてね。いい経験だったと思います」

「その経験を、映画で活《い》かしてみませんか」

唐突な問いに振り落とされぬよう気を配りながら、どういうことかと訊《たず》ねた。

「本間君は僕の古い友人なんです。ふたりとも、ちゃちな学生運動に首を突っ込んでたことがあるんです。彼が役者の道に入った頃、僕はペーペーの助監督でした。いつかふたりで映画を撮ろうって言ってたんです」

木枯が言うには、今回の公演でやっと機が熟した気がしたとのことだった。本間の台本を元に、出来るだけ台詞《せりふ》の少ない映画を撮りたいのだと彼は言う。

「台詞が少ないったって、少なくとも一時間以上のものを撮るわけでしょう」

「ええ、役者の目だの表情だの、指先だの景色だの。そういうところをちゃんと撮らせて欲しいと思ってます。四十を過ぎてから、配給会社が困るようなものへの憧《あこが》れが削《そ》げました。その上で、カーニバルさんが持ってる空気と景色の重なり具合、孤高性、これは語弊があるかもしれないけれど話題性。すべてがいいバランスだと思うんです。台詞が多いと、観客は映像を見ないんですよ。見てないことにも気づかないのでたちが悪い。そこにちょっと一石を投じたいと思っているんです」

こういう口説かれ方は嫌いじゃない。話題性なら、こっちが欲しいくらいだ。ただ、いくら喉から手が出るほど欲しいものでも、すぐに飛びついてはカーニバル真子の名がする。秀男はひとつ深呼吸を挟んで訊ねた。

「このあいだの台本を映画用に書き換えて、ってことなのかしら」

「ええ、舞台用のものをそのまま使うと、映像の余韻がなくなるもので。そこについては、本間君が気合いを入れて直してくれると思います」

なるほど、いい役者は台本ごと売れるので心配ないと言った意味がわかった。本間のことをポンちゃんと呼ばないところも気に入った。

「舞台用も映画用も書くなんて、器用な人だったのねえ」

木枯が受話器の向こうで「ふふっ」と笑った。

「根っからの役者ですからね。おそらく今回も書けって言われる前に用意してるんじゃないかと思うんです」

「あの人、ずいぶんな自信家よね」

秀男が言った何気ないひとことに、木枯が応える。

「そういうものもないと僕らは、ブント上がりの卑屈な演劇かぶれで終わってしまいますから」

そのひとことで、木枯の撮る映画に出ようと決めた。

いつから撮るのかと問えば、年明け二月を予定していると返ってきた。網走《あばしり》の寒村に寄せる流氷は現地で本物を撮るのだが、オールロケの予算はない。それでも、スタッフ最小限でシーンのいくつかを撮るために網走へ行きたいのだという。予算の少ない映画で申しわけないけれど、出てくれませんか」

「そのために、切り詰めるところは切り詰めていきます。


「二月の北海道って、聞いただけで寒いわねぇ」

「あのラストシーンは、オホーツク海でしか撮れないので」

それに、と彼は意外な事実を口にした。本間が北海道の出身だというのだ。

「知らなかった」

「『氷の下』の舞台になった寒村ってのが網走の近くなんですけど、彼がそこの生まれっていうのは確かですよ」

木枯が、二日後に「MAYA」へ行くので、話を聞いてくれと言った。

「わかった。今週はだいたい居ると思う。接客中だったら待たせるかもしれないけれど」

仕事が入っていないとは、死んでも言いたくない。

受話器を置いたあと、なぜ本間が北海道出身であることを秀男に言わなかったのか不思議に思った。何かの折に、秀男が北海道の生まれだという話をした記憶が残っている。男の仕事と生まれ育ちをこちらから訊ねないのは、夜の街の習い性ではあったのだが。本人が自ら口にしなかった事実を他人から聞くと、なにやら後ろめたい心持ちになった。

さて化粧を落とそうとクレンジングクリームに手を伸ばし、はっと気づいた。本間が脚本を書くことは知ったけれど、彼が映画に出るのかどうかを聞きそびれてしまった。ああでも、会えばわかることだ。秀男はその夜、念入りにクリームをのせ、ゆっくり丁寧に化粧を落とした。

二日後の昼、章子とマツが昼飯を作りにやってきた。合鍵《あいかぎ》を渡してあるので、玄関の物音で目覚めるのだが、最近は月に数回のこの時間が待ち遠しくなり始めている。マツは今回は少し長めに居るつもりだという。ふたりが台所で話す声を聴きながら、次々と漂ってくるいい匂いをリビングで嗅《か》ぎ、秀男はこの空間をまるで家族映画のセットみたいだと思う。

母と娘と娘になった息子。

やけに安っぽいタイトルが浮かんで来て、吹き出しそうになる。

さあもう少しよ、という章子の声のすぐあとに、びっくりするくらいの香ばしい匂いが漂ってきた。生姜《しょうが》と醤油《しょうゆ》が混じり合った、甘塩《あまじょ》っぱくていい匂いだ。

「ちょっと、ショコちゃん、これ何の匂いなの、急にお腹《なか》が空《す》いてきちゃった」

煙草《たばこ》をガラスの灰皿にもみ消して台所にゆくと、マツが茶碗《ちゃわん》にご飯をよそい、章子は皿に焼いた肉を分けているところだった。

「豚肉の生姜焼き。最近のおすすめです」

　得意げに皿を持ち上げる章子は、故郷でなにもかもを諦《あきら》めて生きていた姉ではなくなっている。マツが盆にご飯をよそった茶碗と汁椀《しるわん》を三つずつのせてリビングテーブルへと運んだ。秀男は章子に渡された生姜焼きの皿を運ぶ。

　手を合わせ「いただきます」を言うと、すぐそばに父親がいるような気がして左右を見てしまう。ここには父も兄もいないことを確認して、ホッとすることを繰り返している。死んだあとは、多少でも好きだったふりを、カメラの前ではする。けれど、本当のところは秀男自身にもよくわからないのだった。

　もう一生会わずに生きてゆくのだという漠然とした思いの途中に父の死があって、それは確かに変わらぬ事実なのだけれど、お骨を拾っても位牌《いはい》に姿を変えても、秀男にとっては故郷に居るのと変わらない。生きていても死んでしまっても、自分にとって大きく存在を変えない父は、果たして本当に死んだと言えるのかどうか。

　考え始めるとまた、薄昏《うすぐら》いところに気持ちを引っ張られそうだ。急いで生姜焼きを口に放る。

「美味しいわ。ショコちゃん、小料理屋の女将《おかみ》くらいは出来そうね」

　章子がさらりと「女将はもういいわ」と笑った。毎度の弟の失言をなんとも思わぬ笑顔に、胸の裡《うち》で手を合わせて謝る。章子の身に起こった出来事を見てきた自分すら忘れるくらい、幸福な風景が目の前にある。

会話の接《つ》ぎ穂を今夜「ＭＡＹＡ」にやってくる木枯の話に求めた。

「今夜お店に映画監督が来るの。あたしを主演にして映画を撮りたいんだって」

すかさず章子が嬉《うれ》しそうに両肘《りょうひじ》を揺らす。マツはぽかんと口を開けて次の言葉を待っている。

「あたし、映画に出るんだ。それも主役」

「お前、まだ酒が残ってるのと違うのかい」気の毒そうに言ったのはマツだ。

「かあさん、ヒデ坊がなんてことない顔でこういう話をするときは、たいがい本当なんだよ」

章子が華やいだ声で続けた。

「このあいだの二人芝居が評価されたってことなんだね。わたしはこっちが緊張するから行かなかったの。やっぱり行けば良かったたって、マヤさんとノブヨちゃんのお話を聞いてて思ったたな」

「あら、あのふたり何か言ってた？」

章子は箸《はし》を止めて、ふたりが芝居を見て泣きながら帰ってきた話をする。そんな話はいっぺんも聞いていなかった。

「会ったって何にも言わないのよ、あのふたり。お世辞のひとつも言うのが礼儀ってもんじゃないかって思ってたんだけど」

章子は、お世辞じゃあ済まないから黙ってたのでしょうと笑う。それでもあたしは褒められたいのだという言葉を、美味しく炊《た》けたご飯と一緒に腹に流し込んだ。

マツが仕事のほうは順調なのかと問うた。まあまあよ、と返す。マヤの店では高額なチップも大きな収入も望めないのだが、そんなものはキャバレー回りでなんとかすればいい。独立する前の営業は、手取りでひと晩三十万だったが、そのステージも事務所に九割抜かれていたと知ったときは怒りで血管が切れるところだった。今は、回数は少ないけれど一回でそこその収入がある。全国を歩けばまた少しは増えるだろうし、この際、プライドがどうのと言ってはいられない。

お城の夢が遠ざかるなか、仕事の合間に坊やとする「お城建設計画」も、秀男の気分を盛り上げるためなのか最近はますます壮大になっていた。坊やは田園調布がいいとか成城がどうの、麻布方面だ、百坪は必要などとへらへら冗談で言っている。しかし秀男のほうは言いながら五割ずつ本気になってゆく。言っていれば叶ってしまいそうなこの気持ちが、今まで自分を走らせて来たこともよくわかる。立ち止まっちゃ、いけない。

「映画の撮影は年明け二月ですって。流氷の上でロケするみたい。寒いの苦手なんだけど仕方ないわねえ」

「映画監督は、誰なの」

木枯純次と答えた途端、章子が驚いた様子で茶碗を置いた。

「ヒデ坊、木枯監督って、あの『ミス・ジプシー』を撮った人じゃないの」

「なにそれ」

章子が有楽町で二度も見たというその映画は、年季が明けた色町の女が独りで生きてゆく映画だったという。

「独りって一体どういうことか、すごく考えた映画だったの。映像のきれいなのが印象に残ってる。どんなときも、花の咲いているところに行こうって、花が咲いてなければ自分が花になろうって、そういう台詞があるの」

へえ、と頷《うなず》きながら、出来るだけ台詞の少ない映画を撮りたいと言っていた木枯の言葉を思い出す。なるほど台詞に気を取られないということは、章子が言うとおり映像の美しさを際立《きわだ》たせるだろう。

「今夜お店で会うことになってるの。坊やも呼んであるから、けっこう詰めた話をすると思う」

「木枯監督ならきっときれいに撮ってくれるね。冬のオホーツク海か。寒いだろうねえ」

「貧乏を絵に描いたような浜のパンパン役だから、貧乏くさい衣装で震えながらやるのよ」

両肩を上げてぷるぷると震える真似《まね》をする。マツが眩《まぶ》しそうな表情で秀男を見ていた。何にしろ、母が喜んでいる姿は嬉しい。きっと自分が幸福そうにしていれば、マツも幸福なのだと秀男は考える。幸福のメッキなどとうにこの作り物の体から剝《は》がれてしまったように思えても、マツにだけは悔いなく自分の母親でいて欲しかった。

シャワーを浴びてリビングに戻ると、マツと章子がテレビの前でお茶を飲んでいた。画面がとてもうるさい。昼間の番組はこれだから嫌だ。誰だろう、ガチャガチャとおもちゃ箱をひっくり返したような声は、話し方は女だけれど声が男だ。秀男にとっては若い頃から聞き慣れたものだけれど、それがテレビから流れてくることがおかしい。煙草に火を点《つ》けると、マツがくるりと振り向いて皺《しわ》だらけの顔を優しく崩した。

「ほら、今はテレビだってこんな風な子たちが出ているよ。お前が頑張ったからだろうさ」

マツの言葉にはすぐには頷けなかった。たしかにテレビの向こうには、日曜の真っ昼間に自分と同じような話し方をする人間が出て、うるさく一週間の話題などを喋《しゃべ》っている。バラエティ番組のちいさなコーナーで、安っぽいシャツ姿で化粧もせずただ言葉だけがゲイバーに行ったような騒がしさだった。

「誰なの、この子。テレビに出るならちゃんと化粧して服にも気を遣わなけりゃ。ただクネクネしてたって、こんな格好じゃ汚いだけよ」

「最近人気の、ヒカルちゃんっていうタレントさん。もともとは大工さんなんですって」

「大工がなんでこんな喋りでテレビ出てんのよ」

「体は男だけど本当は女の子だって」

章子が次の言葉を言う前に「ふざけないでよ」と遮った。マツが四つん這《ば》いでテレビに取りすがり、慌《あわ》ててチャンネルを変えた。母に「ごめんよ」と言われ、大きな声を出したことを詫《わ》びた。

「映画のこと、今夜ちゃんと聞いてくるから。こんな風にしてるけど、主演なんて、本当のところちょっと怖いのよ。ごめんね」

怒っても謝っても、秀男にとっては悔いばかりだ。母のことも章子のことも、好きだし大切に思っているけれど、それだって自分のことほどではないのだろう。

その夜「MAYA」の奥のボックス席へ行くと、木枯は開口一番に秀男を「友江さん」と呼んだ。もう彼の内側では、撮影が始まっているらしい。今までどんな風変わりな人間と仕事をしてきたかを思い出すものの、自分ほどおかしな人間はいなかった。誰の前でもカーニバル真子を崩さずにいられるのは、誰も自分のことを理解などしないと肚《はら》を括《くく》っているからだ。

木枯は、トレーナーもジーンズも、よれたアーミージャケットも、汗の浸《し》みたようなキャップも、なんだか映画監督を演じているような男だなと、彼をひと目見て少しばかりがっかりした。自分は清潔な男が好きなのだ。

必要な醜聞なら誰とだってひととおりのことはするけれど、それにしてもちょっと汚い。

「友江さんはいいけど、まだ撮影前よ。今日はマネージャーの舵田も一緒にお話を聞きます。よろしく」

坊やがすっと名刺を出した。木枯も慌ててジャケットのポケットから財布を取り出し、名刺をつまみ出す。金の厚みもなければ、持っていそうな気配もない財布だった。

「話の筋はご存じのとおりです。俳優も予算も少ない映画ですので、二週間で撮り終えます。準備はだいたい出来上がっているんです」

「年明けっていったら、もうすぐじゃないの。それって、友江役が決まってなかったってことなのかしら」

木枯の言葉がほんの少し濁る。目がわずかに泳いだ。

「決まってたけど降りたとか、そういうことなの」

「いや、舞台を見て僕が判断しました。そこはもう、話がついてますんでご安心ください」

どうやら女優の首をすげ替えたらしい。そんなことは業界では日常茶飯事だし、なんとも思わなかった。秀男も詐欺騒《さぎ》ぎでしばらくテレビの仕事から遠ざかっている。こんなことをしている間に、汚い服の不細工なタレントが出て来て、似ても似つかぬ顔で秀男に取って代わろうとしているのだ。

「やるからには負けない。あたしが演る意味を、透けるくらいちゃんと撮ってちょうだい」

木枯の顔がぱっと明るくなった。アユミが水割りのセットと乾き物の皿をテーブルに並べる。ここでは雇われママがいちばん動き、働く。秀男が水割りを作り始めると、坊やがすっと間に入った。

「このたびは、うちのカーニバルをご指名いただきありがとうございます。お手数ですが、スムーズな進行のために近々、書面での確認をお願いいたします」

木枯が「承知しました」と頭を下げる。秀男は男たちに水割りを渡しながら、うちの坊やもずいぶんとマネージャーらしくなってきたと口角を上げた。

「舵田さんは、カーニバルさんとは長いんですか」

「内藤企画時代からです」

「内藤企画というと」

木枯の口から今日の昼に見た不愉快なタレントの名が出た。

「ヒカルちゃん、でしたか最近売り出し中の」

おかま、と言いかけた彼に「どうぞおかまいなく」と返す。照れ笑いと営業笑いが刺し違えて、その場にささやかな品が残る。これはマヤが言うところの「プライドの干物」である。

秀男の癇《かん》に障《さわ》ったのは、その汚いおかまが内藤企画の轟が売り出したタレントという事実だった。業界は広くて狭い。轟の、これがカーニバル真子への報復か。

「轟さんは、次期社長という噂ですね。内藤社長はどうしたのよ」

「轟が社長なんて、冗談でしょう」

治るのに少し時間のかかりそうな、治らぬ可能性も大きな病名を聞いた。誰のもとでも、時は容赦なく流れており、秀男もまた同様だ。常に旬《しゅん》であり続けるには、生きる速度を落としてはいけないのだろう。あの社長がひどく痩《や》せてしまったと聞けば胸が痛むのだが、轟が引き継ぐと聞けば秀男の裡にある熾《おき》からまた火が噴き出した。

「で、相手役はいったい誰なの。誠一郎役の役者を聞いていなかったわね」

そこを抜いては考えられないのだ。二人芝居とは変わって、派手な濡《ぬ》れ場もあるはずだった。木枯がいくぶん背筋を伸ばした。

「本間君が、やります。この役は彼自身だと思うので、なんとか口説き落としました。なので、二人芝居のときの呼吸をそのまま現場に持って来て、制約はただひとつカメラ

ます」

「ポンちゃんと濡れ場を演るわけ？」

坊やが横から「ラブシーンです」と囁《ささや》いた。どっちでもいい。秀男にしてみれば、本間は脚本家で、演出家ではあるけれど、俳優と言われたときに少しばかりずれがあるのだ。木枯が、お気に召しませんか、と秀男の顔を覗《のぞ》き込んだ。

「気に入らないとかそういうことじゃなくて、意外だったの。それだけ」

「このあいだも言いましたけれど『氷の下』のあの男は、本間君そのものなんで、起用はひとつの賭《か》けだけれども、僕としては本人であるがゆえのぎこちなさがスクリーンにいい影響を与えると思うんです」

「なんだか、現実と張り合うってのは、居心地悪いわねぇ」

なにをもって本人そのものなのか、訊ねてみた。木枯は水割りを半分喉《のど》に流し込んだあと、少し喋りすぎた自分を恥じるような目つきになった。

「まあ、そこは演技を深めてゆくときに、本人から聞いてください。僕があれこれ言えるところじゃないと思うんで」

その夜の会話は、ひどく可笑《おか》しかった。酒の入った木枯は、大自然のなかでカーニバル真子を撮るということ自体に意味があるのだと何度も繰り返した。付き合いで飲む水割りなどでは酔わない。坊やと話が合う様子なのはありがたいが、持論の展開にはふたりともどこかスカスカとした穴があるようだ。それでもまだ坊やはマネージャーとしての矜持《きょうじ》があるのか、ときどき素人には決してわからぬような仕種《しぐさ》で腕の時計を確かめている。相手は映画監督なんだよと忠告したいところだが、秀男も黙って眺めていた。

暮れにさしかかったところでようやく手元に脚本が届けられた。キャストもスタッフも名前の入った、最終稿だという。マツや章子と優雅に年を越すために、入れられるだけキャバレーの営業を入れた師走《しわす》の金曜日、赤羽にあるグランドキャバレーにふらりと現れたのは、脚本を持った本間だった。

楽屋で坊やにドレスのファスナーをあげさせている最中、硬いノックの音に「どうぞ」と答えた。今日の声は大丈夫だ、と言い聞かせる。どんな大暴れを繰り広げるステージだって、筋書きどおりにやっているのだ。感情にまかせて好きなことを言っていると、自然と言葉が全員に届かなくなる。どんなくだらない喋りも、フロアの全員が意味を理解しなくちゃいけない。

ひとたびマイクを握って歌って喋り、音楽に合わせて踊るとき、秀男は自分の扉を全開にして照明を浴びる。戒めのように必ず思い浮かべるのは、「みや美」で歌っていた頃のマヤだった。悲しい歌のときは死んだミヤコを思い出し、陽気な歌のときは日劇ミユージックホールの舞台を思い浮かべる。

「おはようございます。忙しいときにごめん」

ゆらりと楽屋に入ってきた本間は、いったいどうしたのかと思うほど頬がこけ、まるで半病人だ。目の下にくまを作って黒いオーバーを羽織った姿は、次の瞬間、何をしでかすかわからぬ気配に満ちている。

「ちょっとポンちゃん、あんたどうしたのよ」

秀男の驚く様子を見て、本間がその不健康そうな顔に笑みを浮かべた。笑顔であることがわかるだけで、ちっとも可笑しそうではないのが不気味だ。ドレスの裾《すそ》と肩先、秀男が履いたヒールの安定を確認していた坊やも、その手を止めた。

「どっか具合でも悪いのと違うの」

いいや、と本間が首を横に振った。

「一月の末から東京で撮れるシーンは撮っちまうって、木枯が言ってたんで」

まさかあんた。秀男は恐る恐るその疲れ切った男の顔を見た。

「あんた、それ、役作りってことなの」

「書いているときって、なんにも食べないし、すごい恐怖感があるんで」

声が少し擦《かす》れ気味だ。体を壊しているのではないかと不安になる。

「今夜は、どうするの。ショーを観《み》ていくなら席を用意するけど」

本間の瞳が少し迷ったふうに光り、そして首を横に振った。

「興味あるけど、今日はやめておく。もう、真子さんは僕の中で友江になっちゃっているから」

「あんた、今からそんな病人みたいな顔してたら、体が保たないわよ。小屋の芝居と映画って、そんなに変えなくちゃいけないもんなの」

いくら映画の相手役とはいえ、明日にでも死にそうな顔の男を放っておけなかった。酒は飲めるのかと問うと、毎日飲んでいるという。受け答えも生気がない。秀男は受け取った脚本をぱらぱらとめくってみた。

——膝枕《ひざまくら》
——女の涙が男の首に落ちる
台詞は延々とない。そこで、どれだけ息を詰めた心のやりとりがあっても、演じる者を助けてくれる台詞がなかった。冒頭部分の数行を読んだだけで、背筋が寒くなる。ステージに出る前は、どんな薄いドレスでも寒いと感じたことはなかったのに、このときばかりは違った。秀男は急いで脚本を閉じた。

坊やの左腕を持ち上げ、腕時計を見る。出番まであと三十分あった。たった三畳の狭い楽屋に、二枚分の畳。ドレスと靴を運ぶトランクの中に、着替えのワンピース、毛皮。

「坊や、ちょっと」

楽屋の前で、出番まで誰も入れないようにしておいてくれないかと囁いた。視線を素早く本間に走らせる。坊やがちいさく頭を下げ「承知しました」と出て行った。

秀男は楽屋の中から鍵をかけた。

「あんたちょっと、こっちに来て。靴を脱いで」

役作りの真っ最中である本間が、少しだけ素に引き寄せられて、不思議そうな顔をする。

「濡れ場のリハーサルよ。早く、時間がないんだから」

本間の表情は再び沈み、素早く革靴を脱いで秀男のすぐ側《そば》までやってきた。パリのオートクチュールを着て、立ったまま両手で男の体を包み込む。男の唇に自分のそれを重ねると、胸の先から腰のあたりまでスイッチが入ったように火がついた。本間の手を、乱暴にドレスの内側へと誘う。男はもう、映画の中の住人になっており、秀男も今夜からは友江になる。

台詞はない。

成り行きとはいえ、まがい物の女と情のやりとりをする羽目になった男のそれを、出来るだけやさしく外に出してやる。痩せた腰に、かなしみが育っている。

友江ならどうする。どうすれば、友江になる。

舌で湿らせたものをそっと体の内側へと連れてゆく。お互い、誠一郎と友江になれば、それがもっとも自然な対話に変わる。ただのひとことも言葉を交わさず、体ごと揺れる。荒い息を首筋に受け、男が果てた。

秀男は急いで男の情を始末した化粧紙をトランクの奥のポケットへ移した。何ごともなかったような顔をして、本間の顔を見る。男の削げた頬に生きることの恐怖が浮かんでいる。今日のステージは上手《うま》くゆく予感がする。

何もかもが一気に片付く瞬間がある。役作りを終えた本間と肌を重ねることで、秀男はステージに向けての緊張感と、映画での自分の立ち位置を同時に手に入れた。

楽屋の鍵を開ける。本間が小さく何度か頷いて、出て行った。

急いで髪の毛の乱れを整え、化粧を直した。秀男はドレスの中にきっちりと胸を納めたあと、鏡に向かって思い切り微笑んだ。

ああ、と体中に満足が広がってゆく。いくら極上の笑みを浮かべても、どんなに歯を見せて笑っても、泣き顔にしか見えなかった。自分はこの笑顔でステージに立ち、銀幕に映る。本望とはこういうことなのだろう。

その日のステージは、支配人が自らチップを届けてくれるくらいの良い出来だった。ラストの一曲を「枯葉」にしたのも正解だった。一生かかってもマヤの技量に届かないことは、百も承知で歌っている。その曲で、ましてやこんなガヤガヤとしたステージのラストに、ホステスたちが泣いてくれるとは思わなかった。

ワンステージ終えたあとは、体から本間の心の重みが抜けて、夜風も冷たく感じなかった。『氷の下』のラストは、友江がすべての業《ごう》を肚に沈めて氷の裂け目に身を投げて終わる。

友江も、冷たいとは思わなかったでしょうね。

撮影が怖くなくなった。この街が大好きな「残酷な評価」も怖くはない。部屋に戻るタクシーの中、今日のステージを絶賛する坊やに言った。

「今日からあたしも、ちょっとおかしくなるかもしれないよ」

何を言われているのかわからぬ様子の坊やに、にんまり笑いながら続ける。

「ポンちゃんが誠一郎なら、あたしも、もう友江だから。あとは映画のことしか考えられないし、なにをしていたって、半分以上はこの体を友江にくれてやるつもり。だからお前、絶対にあたしから離れないでちょうだい」

「はい」坊やの力強い返事に気をよくして、車を降りる際、財布から万札を一枚出して握らせた。

「これでご飯でも食べて帰って」

マンションのエレベーターに乗り込んでから、ふっと息を吐く。毛皮を羽織った体から、体温が滑り落ちてゆくような気がして、前をかき合わせる。

映画を当てて、面白いくらい仕事が増えて、朝から晩までうるさいくらいにカメラに追われながら、母の漬けたたくあんをボリボリと嚙《か》む毎日を思い浮かべる。最高だ、とつぶやいたところでエレベーターのドアが開いた。

その年の終わり、マツは釧路に戻らず、章子と秀男の三人で静かな年越しをした。三が日を含めて、しばらくキャバレー以外の仕事は入っていない。一月末から東京での撮影が入っており、友江という女の生い立ちを考えながらの毎日は、普段は必要以上に回る秀男の口を重たくした。

物静かに過ごす秀男を見ても心配を口にしない母と姉に感謝しながら、ぬくぬくと役に入り込み甘えている。自分の至福が、まさかそんな場所にあるとは思わずに生きてきたのだった。もう十代、二十代ではないのだというさびしさがしんしんと四肢に降り積もってゆく。

秀男の心を占めているのは、心がボロボロになった誠一郎ひとり。その男の将来を思って氷の下に旅立つ女の、形容しがたい胸の裡だ。

言葉に出さずに、こんなにものを考えた記憶がなかった。撮影が始まってしまったら、確実にこの至福が終わってしまう。別れたかった男、別れたくなかった男、秀男の中ではどちらも、いまは側にいない男だった。

氷の下も、それは変わらない。

顔合わせ、場面確認、日程確認、そして撮影。木枯組の仕事ぶりは、今まで秀男が見てきた娯楽映画とは何もかもが違った。すべてが最小限で、そこには笑いも無駄も、余裕すらもなかった。同じ場所で撮れるシーンは撮り尽くす。一度演技に入ったら、撮り終わるまでフレームから出られない。誠一郎が北海道に赴任して住むことになった官舎の室内シーンは、すべて吉祥寺の住宅街の隅っこにある木枯のアパートで撮るという。

「ここ、無表情でやってください」

「物音に気づいたところ、目だけでお願いします」

「友江はまだ、迷ってますよ。そこ、考えて」

本間が演じる誠一郎にはほとんど駄目出しがない。彼を慕う職場の部下は、二人芝居の小屋にやって来たピンク女優の花菱《はなびし》マユミだった。秀男のほうは言葉少ない役なので、現場に入ったあとも終始薄暗い表情でつかみ所のない女になっている。女優扱いはこのふたりだけなので、ヘアメイクも一緒、休憩も似たような場所に置かれた。

マユミは、その名前のまま登場人物として出てくる。唯一口数が多いのが彼女だ。カメラが回っていないところでも、自然とそんな役回りになった。

セットを組む金はなく、古いアパートの一室を使っての撮影だが、すべてのふすまとドアを取り払っても追いつかないほど狭い。自然と待ち時間は近所の喫茶店を使うことになる。友江を演じている間は毛皮を着ないことに決め、安いオーバーを羽織ることにしたのはいいが、三分も外を歩くと全身の血管が縮んでゆくのがわかる。カメラ位置を変えて、誠一郎ひとりのシーンを撮るあいだ、二時間の空きができた。出番が来たら、坊やが呼びにくるという段取りで、秀男と花菱マユミだけ近所の喫茶店で待つことになった。

あんな貧乏くさいとこに住んでる映画監督に、たんまり金のかかった娯楽作品を撮れっていうほうが無理だわと思いながら、喫茶店の隅でコーヒーを前にして煙草に火を点《つ》ける。向かい側の席でマユミがクリームソーダを突《つつ》き始めた。こんな寒いときによく冷たいものを飲めるものだと感心していると、目が合った。

「美味《おい》しいですよ、これ。現場に入ると集中力を持って行かれるのか、糖分が欲しくなっちゃうんです」

そういうことありませんか、と問われ、ないと返した。

「あたしの場合は、酒が入ってたほうがいいくらい。高い酒だと、なおいいわ」

マユミが口を大きく開けて笑うと、奥歯の銀色が光を放つ。よくこんな歯でピンク女優をやっているものだと思ったところに、絶妙なタイミングで「やっぱりこの歯、気になりますか」と返ってきた。

「よく監督に言われるんですよね、その銀歯なんとかしろって。でもこれってずいぶんお金かかってるんですよ。お金にならない仕事ばっかりだし、うちは見てくれにお金を貸してくれるような事務所でもないし」

いちいち相づちを打っていると、次々に薄暗い話が続いてゆきそうだ。

マユミは、銀歯のせいで濡れ場では喘《あえ》ぐときも口を大きく開けないようにしたら「それがいい」と言われて次のピンク映画の話が来たと笑う。不満なのか笑い話なのかわからぬことを片耳に聞きながら煙草を二本三本と吸い続けた。いい加減、いがらっぽくなってきたところでひとやすみだ。

窓の端にゴブラン織りのカーテンが溜《た》まっている。さんざん客の吐いた煙を吸って、ずいぶんと重そうだ。商店街の喫茶店は、カレーライスとコーヒー、クリームソーダしか出さないのに、午後四時でも客が途切れるということがなかった。

「ピンク、もうそろそろ卒業したかったんですよね」

窓の外を見ながらの台詞は、どこか作り物っぽさが抜けないままだ。演技は上手いほうかもしれないが、ピンクを出ても脇役しか来ないのが透けて見える。花菱マユミの名前で主役を張ったとしても、今回のような低予算のきつい現場になるだろう。

その点では、秀男もそう大差ない。ただ、そこから飛び出てゆく決定的な何か、巴静香が持っていた炎に似た芯《しん》を、彼女には感じなかった。

「カーニバルさんは、どうして今回の役を引き受けたんですか」

「どうしてって」

いつもなら「監督に三日三晩土下座されたら、そりゃ引き受けるわよ」と最大に盛った話をしながら豪快に笑うところだが、いまは胸にも肚にも「友江」が重たく沈んでおり、言葉に詰まる。

濁ったクリームソーダを飲み終えた彼女の、口元が卑《いや》しく歪《ゆが》んだ。

「やっぱ、やられちゃったんですか」

「やられちゃった、って何を」

「だから、木枯さんに」

女は左の親指と人差し指で丸を作り、そこに右の中指を突き刺す真似をした。

酒も入らぬ場所で股《また》の向こうが臭そうな女にそんなことを言われたら、気持ちは友江とはいえ、何か言い返したくなる。男を喰って生きてきたが、喰われたことは一度もない。ぎりぎり怒鳴るのを思いとどまってのひとことは、まっすぐ届いたろうか。

「あたしの辞書に、やられるっていう文字はないの」

ふうんと鼻を鳴らす、その鼻先にもうひとつ放る。

「そういうご質問はあんた、自分の股の奥をしっかり洗ってからしなさいよ」

煙草に火を点けたところで、女の眉《まゆ》が見事に二本とも持ち上がった。スクリーンで見せればもっと仕事が入りそうなくらい卑しい顔になる。この女とは一生合いそうもないなと思う、これが初日だった。

木枯の部屋での撮影は初日の長い濡れ場から始まった。台詞などひとつもないままの長回し二十分間を撮り終えた後は、真冬だというのに全員が汗だくだ。濡れ場の撮影によい感触を得て、木枯の「アクション」というかけ声にも力が入る。監督もひとりカメラもひとり、使い走りの助監督はメイクも衣装も兼ねていると聞いてずっこけそうになったが、こうして淡々と言われたとおり「友江」を演じていると、秀男の内側から薄皮が一枚一枚剝がれ落ちてゆく。

「うん、いいよ、どっちでも」

「わかんないよ、そんなこと訊《き》かれたって」

「ねえ、ご飯、食べる？」

たまの台詞は、秀男の日常にはまったく出て来ないものばかりだった。木枯に付けてもらった演技は「唇を動かさないで笑って」や「肩だけで泣いて」あるいは「そこは無表情で」ばかり。言われていることのだいたいは理解出来るけれど、実際にやろうとすると上手くいかない。すっかり誠一郎の役が入っている本間は、虚《うつ》ろな目をして友江を見ている。この場で何の役も納められずにいるのは自分だけだと思うと、悔しさよりも情けなさが先に立つ。

もう一緒には居られないと心に決めた友江の表情で、十回のＮＧを出した。体よりも気持ちが疲労しているのがわかる。本間はどんなときも、役から出て来ない。木枯は、ひたすら友江が化けるのを待つ。

撮影中は、坊やも部屋の隅でちいさくなってこちらを見守るのみだ。さっさとタオルを投げて欲しいと思っても、「おいそれと助け船を出すな」と指示したのは秀男だった。

今日はもう勘弁してくださいと口に出しそうになった間際、もうカメラを回すのも止《や》めて欲しいと思ったところでオッケーが出た。演技をしていたとはとても言えない表情だったのだが、木枯は「これなんですよ」と言う。

カメラの前で何かしようと思うから駄目なのだと気づいたのは、東京での撮影をひととおり終えた二月の初めだった。

機材が次々と撤収されてゆくなか、木枯が言った。

「明日、羽田に朝七時集合」

壁から取り外された丸い時計を見る。もう午後十一時を回っていた。これから部屋に戻って旅の支度をしていたら、間違いなく寝る時間はないだろう。秀男は友江の衣装のまま坊やに渡されたオーバーを引っかけ、さっさと木枯のアパートを出ようとバッグを持った。少し生気を取り戻した風の本間が玄関先へと追ってきた。

「帰宅するんですか」

「あたりまえじゃない。泊まりの道具も服も持って来てないもの。こんなに遅くなると思ってなかったし。あんたはここから羽田へ行くのかい」

本間が頷いた。

「マユミも、寝坊すると嫌だから今日のうちにこっちに来るって言ってた」

「あの子、網走での撮影に役があったっけ」

そんな話は聞いていなかった。てっきり東京での撮影が終わったらそれまでだとばかり思っていた。本間が言うには、台詞なしでうずくまっているだけの誠一郎の母親役を頼んでいた役者が高熱で入院してしまったのだという。

「ピンチヒッターを探している時間がなかったんだ」

母親は、友江が火を点けることになる浜辺の家で、包丁を握りながら震えている。うずくまり震えながら火に包まれてゆくというシーンだった。

「花菱マユミって、あたしとそんなに年が違わないじゃない。母親は五十を過ぎてる役じゃなかったっけ」

「メイクとアップなしでなんとかなるんだよ。もともとは舞台の人だしね。木枯君も古い付き合いだから、彼女のことは買ってるみたいだ」

「あ、そうなの」

ここでぼやぼやしていたら、あの女と会ってしまう。秀男は「じゃあ明日」と言って、坊やと一緒に部屋を出た。

予想どおり、荷物を詰めて一服する頃には夜明けが近づいており、秀男は一睡もせずに部屋を出た。

飛行機の席に着いてベルトを締めてすぐ目を瞑《つむ》り、離陸したのも気づかずに眠った。三列ある座席で、坊やを挟んですぐ隣に花菱マユミが座るとなれば、眠って過ごすのがいちばんだ。

氷点下十度まで下がった女満別《めまんべつ》空港で、ライトバンを一台借りて、木枯が自らハンドルを握った。機材とスタッフと荷物でぎゅうぎゅう詰めの隙間《すきま》に乗り込む。できる限り寝たふりをして過ごすつもりで大きなサングラスをかけた。飛行機を降りてからは、気づくと隣に本間がいる。一度肌を重ねたことは誰にも言っていない。

本間も、撮影前に濡れ場のリハーサルがあったことを自慢する風はない。まあまあいい男じゃないか、と思うものの、撮影が終わったあとは一体どんな感情が待ち受けているのか、正直読めなかった。

ときどき薄い眠りの中で本間の肩先と腕の体温を確かめる。同じように秀男の肩先に坊やの頭がある。除《の》けるのも面倒で、そのまま眠り続けた。

「網走に着いたよ」

明るい声で木枯が言う。ロケハンで一度来ているという彼は、雪道も難なく運転していた。道路の向こうは海だ、と言うので薄目を開けてみるものの、ただの雪原だ。すべて氷だというが、本当だろうか。寝不足の目に銀色の世界はあまりに眩しくて、大きなサングラスをかけていても瞼《まぶた》がひりひりしてくる。秀男は寝たふりをやめて隣に座る本間に「腰が痛いわね」と話しかけた。坊やの頭はいつの間にか反対側にある窓に小突かれていた。

「今日は旅館に入るだけだから。昨日で東京の撮影が終わってて本当に良かったね。一日遅れると、いろいろと支障が出てくるから」

すっかり役柄が乗り移り、心の弱い優男《やさおとこ》になっている本間の口調はどこまでも柔らかで頼りなかった。舞台とはまったく違う筋肉で芝居をしている本間を見ていると、一緒に同じ高さまで行けていないことが自分への責めになる。角砂糖を積み上げるように、その責めは高くなってゆく。堪《こら》えきれなくなる前に、どうにかしなくちゃ。手っ取り早いのは、この男とまた肌を重ねることなのだが。

雪原にしか見えない流氷の状態を確認して、明日の撮影に備えるという。接岸しているように見えても、あっという間に沖へと去って行くこともあるらしい。生まれ育った釧路でも、あまりに冷え込んだ日などは河口に氷が押し寄せることもあったが、目の前に広がるのは雪原にしか見えない陸地だった。沖まで歩いて行くと、落ちたら最後もう二度とこの世には戻って来られないクレバスがあるという。

秀男は嫌でも自分が歩いて来た場所を思い出す。陸だと思っていた場所は、薄い氷の上ではなかったか。考えるほどに薄寒《うすら》い思いが満ちていった。

少し内陸に戻り、湖畔の宿に落ち着いたのが午後三時。部屋割りは、ひとりひと部屋の予算もなく、秀男は花菱マユミと同室になった。八畳間の和室、窓の前には二畳の板張り、一人掛けの椅子《いす》が二脚。このくらいの部屋、ひとりで使わせろと肚で毒づいてみるも、すぐに遠慮深い「友江」が胸にせり上がってきて「仕方ないわねぇ」とため息にもならぬちいさな息を吐くのだった。

畳と壁に染《し》みこんだ旅人のにおいを吸い込み、諦めの息を吐いた。マユミが狭い板の間にトランクを置いて蓋《ふた》を開ける。地方ロケに慣れたきっちりとした詰め込み方に感心しながら、秀男は自分の大型ボストンバッグを大きなサイコロに似た冷蔵庫の前に置いた。マユミが荷物の奥からちいさな巾着《きんちゃく》袋を取り出した。中から銀色の煙草ケースが出てくる。

「カーニバルさんも、どうですか」

もらい煙草は嫌だけれど、面倒なことになるのも嫌で受け取った。差し出された火を唇に挟んだ煙草の先に近付ける。煙を吸い込む前から、ただの煙草でないことはわかった。

「カーニバルさん、明日は夜明け前からだもんね。婆《ばあ》さんメイクしなきゃいけないから、わたしも早起き。今夜はご飯食べたら一服してすぐ寝ちゃうのがいいよ。もうちょっとヘビーなのも持ってるから、いつでも言って」

この女が一流だと思ったことは一度もないが、二流ではなく三流であったかと確信する。こんな危ないものをロケに持ってくること自体、プロじゃない。

「あんた、こういうのはどこで手に入れるの」

「どこでも手に入るよ。軽いの一本やっておかないと、生きてんの嫌になっちゃうもん」

秀男は窓を薄く開けて、そこから煙を逃がす。吹き込んでくる冷気がいっとき部屋の中をかき混ぜ、去ってゆく。手足が軽くなり頭の芯がわずかに痺《しび》れたところで吸い込むのを止めた。

秀男が友好的な態度を取っていることに安心したのか、ひと休みしたところでひと風《ふ》呂《ろ》浴びて来ようという。

「カーニバルさんは、女湯なんだよね」

「あたりまえじゃない、この体で男湯に入ったらそっちのほうが問題よ。あたしのことは、真子でいいわ。そっちの名前で呼ばれると、周りに振り向かれるの」

酒場から夜中に掛かってくる電話で、いつもは「真子」と言っている男たちが電話口で「カーニバル」と大声で呼び始めるのは必ず周囲に女や男がたくさんたむろしているときなのだった。

まがいものの体とまがいものの親密さで、虚構の先端たる映画を撮るため、さいはての街に居る。頭の中でひととおり自分の置かれた状況を言語化してみる。悪くなかった。

脱衣所も大浴場も、驚くほど広い。北海道で暮らした時間より内地で暮らした時間のほうが長くなっていた。故郷から列車で三時間も離れたことは、見知らぬ場所だった。

たっぷりと湯を張った大きな湯船は、もう風呂という大きさを超えて巨大なプールか池のようにも見える。湯気に煙る洗い場では、数人の女たちが体にタオルを滑らせていた。お湯に浸した体に、撮影開始からの疲れが重たく層になって積もっているのがわかる。その証《あかし》に、湿った思い出ばかりが湯の底からシャンパンの泡みたいに次々と立ち上ってくるのだ。

両手で湯をかきながら、マユミが「真子さぁん」と声を響かせる。ピンク女優だけあって、胸も尻もまあまあだ。頭に畳んだ湯タオルをのせて、ニヤニヤしながら秀男のすぐそばまでやってきた。

「真子さんのすっぽんぽん、ナマで見ちゃった」

「風呂に服着て入るわけにもいかないでしょうよ」

「いい刺青《すみ》入れてるよね。グラビアでは見たことあったけど、本物はやっぱり迫力あるなあ。脚にしか入れてないのはどうしてなの」

「馬鹿《ばか》言いなさんな。背中に入れたら、業界にいられなくなっちまうよ」

考えないこともなかったのだ。美しい花で全身を飾り、一生写真に収まりながら生きてゆく方を選んだら、それはそれで時間を止められた。けれど、選んだのは生き馬の目を抜く世界だった。背中にもんもんを背負ってる場合じゃあない。悔いることは、なにもなかった。不満があるとすれば、こんな女になれなれしくされる今の自分を何とかしたい。

「わたしも、どっかに刺青入れようかなあ」

「女優を続けるなら、やめときな」

女が湯気に向かって「女優ねぇ」とつぶやいた。仰いだ天井からぽたんと湯気が落ちてくる。

「いつまで続けられるんだろうなあ、この仕事。最近、すっかり自信なくなっちゃって。真子さんはこの先、女優の看板あげてやって行くんですか」

「そんなこと、あたしにだってわかんないわ。だけど、葉っぱに逃げてるようじゃあんたの先行きもたいしたことなさそうよ」

痛み止め代りに使ってふらふらになりながらステージに立っていた頃の自分は棚に上

げた。こんなとき、わずかも罪悪感が湧《わ》かないのが秀男自身も認める自分の「いいところ」だった。ひとつ息を吐いて湯気を散らした。この女と一緒にいると、内側に溜めておいた「友江」までため息と一緒に散ってしまいそうだ。秀男はさっと湯から立ち上がった。驚いたマユミの視線が、突然目の前に現れた陰毛に釘付《くぎづ》けになっている。さっさと、さざ波の立つ風呂から上がり、タオルで体を拭《ふ》きながら浴室を出た。

夕食は大広間にずらりと並んだお膳《ぜん》の前に、来た順番に座って食べるということだった。酒を飲むわけでもなく、みな黙々と食事を摂《と》って部屋に戻ってゆく。寝不足がたたったのか、カメラの担当はいくら揺すっても起きないという。秀男の斜め向かいでひたすら飯をかき込んでいる木枯も、相変わらず三日前に死んだサバみたいな目つきの本間も、明日と明後日《あさって》でお別れかと思うと少し感傷的な気分になってくる。

ああ、これだ。出来れば撮影がすべて終わるまで、この感傷的な気分で過ごしたい。秀男はこの期《ご》に及んでまだ、本間ほど役に入り切れていないことが悔しかった。どのシーンも、氷の下へと身を落とすことで、男から逃れる命ぎりぎりの女のつよさと弱さ。秀男はこ

木枯の妥協で終わっているだけではないのかという不安が頭を離れなかった。

ロビーのそばに、煌々《こうこう》と明かりを放つ土産物コーナーがあった。木彫りの熊《くま》、アクセサリー、温泉まんじゅう、羊羹《ようかん》、乾物、キーホルダー、欲しいものなどひとつもなさそうな平台を眺めていると、背後から肩を叩《たた》かれた。本間だった。

「びっくりした。声くらいかけてちょうだい」

「悪い。あと二日だっていうのに、撮影からかけ離れた温泉なんか入っちゃって、このままラスト撮る前に誠一郎が抜けちゃいそうで怖いよ」

確かに、夏の日の饒舌《じょうぜつ》さが戻りかけている。

「あたしのほうは、どんどん薄昏《うすぐら》い気分になっていくわ」

理由を訊《たず》ねられ、花菱マユミがなれなれしいのだと告げた。

「困ったね」

「あたしも、友江が抜けちゃいそう」

本間の視線がすっと秀男の浴衣《ゆかた》の胸元に落ちた。肘《ひじ》を曲げれば容易に触れてしまいそうな場所に立っていると、男の浴衣から湯の匂《にお》いがする。あるかなきかの体臭が、秀男の鼻先に届いた。

本間が秀男の手首を摑《つか》んだ。土産物コーナーの横にある細い廊下へと入る。曲がった先には鉄の扉が、そこから中へ入ると関係者用の階段があった。暖房が途切れた場所なのか、寒い。階段の踊り場には段ボールが積み重なっており、薄暗い電球が薄くふたりの影を作った。

何をするつもりなのかは問わない。そんなイントロは無駄なのだ。本間の目が男のそれになり、湿っている。演技なのかそうではないのか秀男にもわからない。わからないことに高揚して、男の胸に滑り込んだ。

いつかキャバレーの楽屋でこの男を誘い、抱いたことを思い出す。今日は男が秀男を誘った。

こんなしけた場所しか思いつかないなんて。

思いとは裏腹に、体は素直に男の動きについてゆく。どうしてみんな、この傷口がこんなにも好きなのだろう。男のものがぬめりながら秀男の突き当たりへと届く。秀男の疵《きず》はこんなときもただ、ひとに優しくするよう説いてくる。傷口なのだから仕方ないのだ。

情も精もどうでもよくなる頃、男が爆《は》ぜた。

身繕いを始めると急に体が冷えてきた。ここは、浜にある掘っ立て小屋なのだった。誠一郎が生まれ、友江が育ち、共に捨てた故郷である。

「ねえ、こんな場所、よく知ってたわねえ」

「昔、ここでバイトしてたから」

ああそうだった。秀男はひとり納得した。友江は本当に居たのだろうか。気遣いなくそんな質問をできるのも、柔軟な優しさを持たずに生まれてきたせいだろう。

「今回の話は、まるごとポンちゃんのことだって、監督から聞いたけど」

「まるごと、ってことはないよ」

浴衣の襟を直しながら本間が言う。でもここの出身なんだろうと、詰め寄る気もなく口にした。

「そう言うのなら、木枯君もここの近くの出身だ。彼は、知床のほうの漁村だけれどね。僕がこの台本を書く少し前に、彼と酒を飲んだ。お互い、生まれたところではいろいろあったんだな、っていう話になって」

「友江って、実在の人なの」

本間はこのときばかりは秀男から視線を外し、ただでさえ消していた表情を更に平板なものに変えた。

「やっぱり、男って馬鹿」

従業員専用のドアから出ると、急に地上に戻ってきたような錯覚が起こる。遠くで酔っ払いの大声がする。秀男は冷えた体を再び風呂に沈め、念入りに体を洗って部屋に戻った。

布団《ふとん》が二組敷かれた和室は、通路しか残っていない。テレビから歌番組が流れている。銀座「エル」にさんざん借金をこさえ、ホステスをひとり自殺騒ぎにまで追い込んだ演歌歌手が、女心を歌っていた。

マユミは奥の布団に寝転び、肘枕をしながら「おかえり」と秀男を見上げた。

「どこ行ってたの、探したのに」

「別に」演技が仕事の女に、演技は通用しない。男か、と問われ「放っといて」と返す。マユミは「うへへ」と卑しく笑ったあと、どちらなのか、と問うた。

「どっちって、どういう意味よ」

「だから、木枯か、本間か、どっちとヤってきたのかってことだよ」

その言い方にあまりにも品がなかったので、秀男は無視した。ねえ、と更にたたみ込んでくる。

「関係ないでしょう、あんたには」

「あるよ」とすぐに返ってきた。秀男は女の脚のあたりをまたいで、部屋の隅にあったステンレスの手拭《てぬぐ》い掛けに洗ったショーツとタオルを掛けた。彼女のタオルは丸めたまま窓辺のテーブルの上に置かれてある。こちらの動きをつぶさに追う視線は、秀男が布団をギリギリまで離したところで熱を持った。

「真子さんが木枯とヤったら、わたしこの映画を潰《つぶ》すつもり」

木枯だったか、と内心胸をなで下ろしながら、明かりを消して布団に潜り込んだ。歌番組は、アイドルの幼稚な歌を流している。ブラウン管の明かりに照らされたマユミの顔は夜叉《やしゃ》だ。

「あんた、なにを寝ぼけたこと言ってんのよ。あんたが騒いで映画が潰れたら、困るのは自分じゃないの。つまんないこと言ってないで、いいかげん寝かせてちょうだい」

睡眠薬なしでこんな場所で眠れるとも思わなかったし、隣にこんな女がいるからには、とてもじゃないが安心していられない。しかし、もしものことを考えて、備え付けの電話の横にある目覚まし時計をセットした。確実に起きていなければならない時間は、午前四時だ。風呂に入りたければその三十分前起床か。今のところ、ライトバンの後部座席で眠るほうが何倍も安心だった。

あのあと本間はどうしたろうか、と歌番組のフィナーレを聴いている。坊やと同室で、ふたりはいったいどんな話をしているものか。

マユミがテレビまで這《は》って行き、チャンネルを変えた。

「ここってチャンネルものすごく少ないんだぁ。ウキウキ歌謡曲、やってないじゃん」

歌番組が駄目なときは、映画のチャンネルらしい。冒頭の映画紹介の後ろに流れている曲ですぐにフェデリコ・フェリーニの『道』とわかった。過去、記憶にないほど気持ちが下がってゆくのがわかる。最近観た『サンダカン八番娼館《しょうかん》 望郷』もそうだった。報われないうら寂しいばかりの映画を観るのは嫌いじゃない。常に高めに設定してある感情の位置を、元の場所に戻してくれるような気がするのだ。

ああ、そうだ。秀男は本間とふたり真夜中に流氷の上を歩くシーンを、ロング・ショットで撮る予定だったことを思い出した。『道』の話でもしようか。映画のラストシーンを、好きな映画の話をしながら撮ってもらうのも悪くないだろう。そんなことを考えていたとき、ぽつんとマユミが言った。

「この映画、木枯さんが好きなんだよね。でもわたしは嫌い」

「知ったこっちゃないわ」

「だって、最後の最後に男が後悔するためだけに、そのシーンを撮るためだけに撮ってる映画じゃない。そういう点では、彼の趣味のど真ん中なんだろうけどさ。今回撮ってるやつも、彼のど真ん中。ねえ真子さん、聞いてる」

「聞きたくなくても、聞こえてるわよ」

ようやくのところで、うるさいわねと言わずに済んだ。数秒黙り、女が言った。

「友江の役は、本当はわたしが演《や》るはずだったんだ」

初耳だった。「聞いてないわ、そんなこと」と短く返す。マユミはへへっと乾いた笑いのあと「だろうね」と吐き捨てた。

「この映画が当たったら、そのときはわたしが主役の、もっと大きなやつを撮るからって。話題性だけで主演の首をすげ替えられるような映画馬鹿に、なんで惚《ほ》れちゃったかなあ」

秀男はためらいなく「そりゃあんたも馬鹿だからよ」と返す。このままここでひと晩過ごすのはどうにも無理だ。木枯も、秀男が思ったほど骨のある男ではないらしい。どんなに繊細な映画を撮ろうが、自分が手をつけた女に陰でこんなことを言われているようでは、監督としてより男として三流だ。今までたくさんの一流の男たちを見てきたけれど、みな女に不満を抱かせないのが最低条件のような紳士ばかりだった。男が馬鹿なら、女も馬鹿だ。

だからあたしは、カーニバル真子は独立した個体でいなくちゃ。

もう、男とか女とか、わかりやすいかたちで線引きするのは面倒だ。自分の価値が、女の体を手に入れたことで下がってきているのもわかる。ただのまがい物でしかないと気づかれる前に、話題を作ってはボヤを消さないように風を吹かせてゆくしかないのだとしたら、自分はなんのためにあんな怖くて痛い思いをしたんだろう。

馬鹿よ、あんたもあの男も。そしてあたしも。

テレビから『道』を流したまま、マユミが荷物を探りだした。安いライターを擦る音のあと、また葉っぱの匂いが漂ってくる。

「臭いわ、一本だけにしといてね」

返事がないまま、五分ほど経《た》った。一度窓を開けて煙を逃がしたはいいが、急な冷気が布団の襟をかすめてゆく。

「ねえ、真子さぁん」

不意に、マユミが部屋の明かりを点けた。眩《まぶ》しくて仕方ない。

「何すんのよ。早く寝なさいよ」

「ちょっと、あそこを見せてよ」

マユミが布団の端を持ち上げる。その目つきにぞっとしながら、足首に触れた女の手を蹴《け》った。

「どこでも誰にでも自慢しながら広げて見せてんのは、知ってんだよ。減るもんじゃなし、わたしにも見せなよ」

「やめなさいよ」

膝にかじりつきそうな顔で両手を伸ばしてきた女の、胸ぐらを思いきり両脚で弾《はじ》き飛ばす。どすんと尻餅《しりもち》をついた女が、勢い余って後ろに転がった。テレビに頭を打ちつけて、叫ぶ。

「てめぇこの野郎。ふざけんな、このにわか女。お高くとまるほどいいもんじゃないことくらいわかってんだよ。そんな体でいっぱしの女優気取りやがって。やってることはただのパンパンじゃねえか」

秀男は立ち上がって浴衣の襟と裾を直してから、叫んでいる女の前に立った。「にわか女」とは上手いこと言ったものだ。「なりかけ」と馬鹿にされていた幼い頃が蘇《よみがえ》ってくる。男を寝取った女にさんざん言われた過去も、束ねてひねり倒したい。

摑みかかろうとする女の両手をショーダンスで鍛えた反りでかわし、背中に回ってその髪の毛を鷲摑《わしづか》みにした。

「どこのパンパンだって? いっぱしの女優気取りはどっちだこのパンスケ。主役を取られたくらいで大騒ぎするみっともない女優より、にわか女のほうが百倍マシなんだよ。てめぇのツラ、鏡の前でよぉく見やがれ。銀歯食いしばってその不細工な顔としっかり相談してからあたしに喧嘩《けんか》売りな」

物音に駆けつけた坊やが、ふたりの間に割って入った。少し遅れて本間もやって来たが、なす術《すべ》もなく部屋の入口で突っ立っている。すべてを視界に入れながら、秀男はしばらくマユミの髪の毛を離さなかった。だいたいのところを察しているのか、坊やが少し芝居がかった調子で言った。

「真子さん、そこまでです。何がありましたか。少し落ち着きましょう」

右手に込めていた力をすっと手放した。もがいていた女の体が、ふすまにぶつかりまた派手な音を立てた。本間がマユミに駆け寄り、体を支えた。声をあげて泣き出す女優の、演技の上手さ。こんなときだけご立派な主演女優《ヒロイン》に早変わりだ。

「悪いけど、あたしはあんたたちの部屋に移るわ。この子はひとり部屋。いいわね」

もう誰も、何があったのかを訊ねない。泣いているマユミを部屋に残し、布団と荷物を坊やと本間に運ばせた。

心ない言葉よりも、指の間に残った女の髪の毛のほうが秀男を苛立《いらだ》たせた。狭い和室に敷いた三組の布団は、坊やを挟んである。それが可笑《おか》しくて、声を上げて笑った。

「あんなズベ公に構っちゃいられない、おやすみ」

その夜、本間と坊やの会話を聞くともなく聞きながら、布団の中で目を瞑った。穏やかな男ふたりの温泉談義、そして映画の話。ときおりこちらを気にする素振り。ようやく、居心地のいい場所を得て、秀男はいつの間にか眠っていた。

ロケ現場は気温マイナス二十五度という冷え込みだったが、木枯が何よりも撮りたかったという無風状態の白い息も、沖まで続く氷も、そこを往《ゆ》く男女のちいさな影も、満足ゆく映像になったようだ。

誠一郎の両親が住む家を焼くことで、友江は自分がこの世で与えられた役割は終えたのだと悟る。そして散歩に誘った男と沖まで氷の上を歩き、ちょうどいい穴を見つけたところで、ひょいと身を投じる。氷に空いた穴の前にいる本間は、カメラが回っていなくても自分の役柄を閉じる様子はない。

フレームから外れたあとの秀男には、すぐにオーバーと毛布が掛けられた。

カメラの中で友江が消えた穴を見つめる男は、月明かりの下で身動きひとつしなかった。本間はこのシーンを演じきるために、数か月の間、自身の生活を捨てた。昨日秀男の肌を求めたのは、もしかすると戻れなくなる恐怖感からではなかったか。

ラストシーンの男は、身体《からだ》はあっても心が死んでいた。

残るシーンは、氷の上をただふたり連れ添って歩く後ろ姿だった。ぽつぽつと、月明かりだけを頼りに十メートルほど歩く。カメラは岸辺に近いところへ戻り、秀男と本間が氷原に残された。真夜中、これが本当のラストというとき、本間が沖を向いたままぽつりと言った。

「真子さんのこと、好きになってしまったかもしれない」

「寒いせいよ、気の迷い」

背後から、木枯の「アクション」の声がする。本間がゆっくりと沖に向かって歩き始める。秀男もその隣をゆく。慣れない長靴の下で一歩ごとに粗い雪の音がする。星と月と、足音と男。どれだけ厚いか知らないが、氷一枚下は海だなんて信じられなかった。

「僕は、あなたの相手として足りないだろうか」

「そうやってずっと、格好いい台詞《せりふ》とか言い回しとか、ぐるぐる考えながら生きてるわけでしょう。あたしに言われたかぁないだろうけど、あんたたちって人としてなんだか変よ」

身を切るような風がひとつ吹いた。この場所、この寒さのなかで男に言い寄られるのも悪くなかった。でも、それだけだ。

「悪いけどあたし、あんたに限らずこの先もずっと、誰かを好きになることはないと思うの。体の相性が良くて離れがたい気持ちになることがあったとしても。男は嘘《うそ》をついていないと生きていけないものだってわかってる。あんたもここが氷の上だからそんな浮ついたこと言えるだけ。陸に戻ったら役も抜けるわ。撮影が終わったらさよならよ」

「どうしてそんなことわかるんだ」

ふたりの背中を撮り続けているカメラの視線を感じながら、けれど顔は沖を睨《にら》み、いつ果てが現れるかわからぬ氷の上を歩く。氷点下、喉《のど》がからからに渇いている。心も、乾ききった。

「わかるのよ、あたしも男だから」

この先も秀男が秀男らしく生きてゆくためには、湿っぽい話は映画の中だけでたくさんだった。もう、寒いという言葉も凍った。こんな男に未練たらたら好きだの嫌いだのつまらないことを訊かれているようでは、自分もまだまだだ。

東京に戻ったら、せめてお城を建てる土地くらいは買わなけりゃ。

遠く背中で「カット」の声がする。クランクアップだ。

テレビの仕事が減ったのを機に、キャバレーの営業を月に最低四件は入れることに決めた。そうこうしているうちに、映画の公開も決まるだろう。それまでに、稼げるだけ稼いで、一歩でもお城に近づかなければいけない。公開後は、堂々と女優を名乗ってやるという意気込みと、その裏側に果たしきれていない静香との約束がある。女優の看板をあげるからには、作品なり演技にそれなりの評価を受けなければいけない。

秀男の頭の中には、家から出た途端にマスコミが待ち構えているという想像が広がり、その光景が更に自分を鼓舞する。

面白いこともあった。

秀男が、ここから先しばらくは地方回りを取って来いと告げた際、坊やがいきなり髪の毛をパンチパーマにしてきたのだ。

「なんなのお前、その頭」

笑い転げる秀男の前で、少し照れながら坊やが言う。

「店のマネージャーに舐《な》められちゃいけないと思って。あと、現場では僕のことを坊やじゃなくて『カジタ』と名前で呼んでください。坊やって呼ばれると、やっぱり周りもそういう扱いになっちゃうんですよ」

「なんだい、あたしのマネージャーだからって、別にそれらしくすることたぁないじゃないか。似合いもしない頭にしたって、中身は坊やのまま」

秀男の口元から笑いが消える。ああそうなのだ、と肚《はら》に力が入る。見てくれ大事でここまで来たのは自分なのだった。カーニバル真子の中身なんて、誰も興味を持っていない。外側を整えたら、あとはその仮面をいかに上手《うま》く本物に似せて動かして見せるかなのだ。

「よし、お前がそう言うのなら、あたしもとことんやるよ。舵田って呼びつけたら、返事をしないですぐにあたしの横に来るんだ。わかったね。舐められたら最後だ。現場に入ったら、挨拶《あいさつ》と必要なこと以外口を開くんじゃないよ」

キャバレーだろうが、ショーパブだろうが、大口の営業を根こそぎ取ってやる。プライドをほんの少し引っ込めて、大阪や鹿児島、金沢に散った昔の仲間に渡りをつけるのはそう難しいことではなかった。

「いやぁ今日のステージ、ええノリやったなあ。ねえさん、また来月も頼みます」

大阪でのステージをふたつ持つと、それだけでいい地方営業と宣伝になった。行った先ではたいがい、次の仕事を決めて帰って来られた。歌って踊って、脱いで。今までとそう変わらぬステージでも客席は盛り上がる。プライド云々《うんぬん》と言っている場合ではないのだ。城を持つと決めたら決めたなりの働きかたがある。

なにを思うのか、本間からときどき電話がかかってきた。決まって夜中なのは、わずかでも湿っぽい気持ちがあるからだろうか。新しい脚本やお互いの仕事の話、映画の進行具合などを聞いているうちに一時間も話していることがあった。

さんざん酔っ払って帰宅した梅雨の夜更《よふ》け、こんな時間は間違いなく本間だと思いながら受話器を取った。

「カーニバルさん、夜中にすみません。花菱マユミから、なにか連絡は入っていないですか」

声の主は木枯だった。

「あたしに連絡なんか入るわけないでしょう。網走から帰ってくるときだって、ツラ突きしたのよ、あの女」

「すみません、僕が至らないばっかりに。ちょっとおかしなことと言って出て行ってしまったので、もしかしたらと思って」

「あんたのお陰でひどい目に遭ったわよ。映画、ヒットさせてもらわないと、ちっとも割に合わないわ。どうなの、編集は進んでるの」

その映画の公開がマユミのせいで頓挫《とんざ》するかもしれないという。嫌な話だ。

「どういうこと、それ」

「もうやめたと言っていたんですよ。だから役を与えたんだけれど」

葉っぱのことか。秀男はあの嫌なロケを思い出し、胸が悪くなった。電話機をソファーのところまで持って来て、煙草《たばこ》をくわえて火を点《つ》ける。

「あんな女と切れないでいる男も、たいしたことないなって思ったわ。ポンちゃんはあれから思い切り湿っぽいし、あんたもあんたで中途半端《はんぱ》よ」

気づかぬふりをしながら「もうやめた」とは何の話かと訊いてみる。

「彼女にマリファナを教えたの、僕なんです。ニューヨークで覚えちゃって。こっちに戻って来てからは、やらないっていう約束だったんだけれど」

「旅館でバンバン吸ってたわよ。ラリった挙げ句にあの騒ぎ。いい迷惑だったわねえ」

その花菱マユミが、行方をくらましたのだった。何度もついたり離れたりを繰り返してきた男が、なぜか今回ばかりは探し出さなくてはいけないと思ったという。二日ほど前に木枯の部屋にやってきて、いつものように復縁の儀式で肌を重ねたあと、女が葉っぱを吸い出した。

「いまどういう時期かわかってて、そういうことをしているのかと喧嘩になりました。持っていたものをすべてゴミ箱に捨てさせたんです」

取っ組み合いの喧嘩になり、木枯が手をあげた。体を繋《つな》いだあとのビンタは最悪だ。なあなあにするチャンスがない。案の定それが引き金となった。

「主役が捕まったらどうなるか見ていろ、って。そんなことを言い残して消えたものだから」

仕事で疲れた体にそんな話かと吐き捨て、ふざけるなと怒鳴った。

「あたしがいつ捕まるってんだ。ふざけるのも大概にしてちょうだい。悪いやつも悪いことするやつも、とびきりのワルとも付き合ってきたし、葉っぱなんぞモロッコでフンコロガシ一匹見ても笑い出すくらい吸ってきたけど、ところ構わずじゃあなかったんだ。やめるときはすっぱりやめないと生き残ることなんて出来ないだろう。いいかい、あたしはこの業界から干されるようなことはやってこなかった。なんでかわかる？　あたしはこの世界にいないと、なんの旨味《うまみ》もない人間だからなんだよ。お前たちはいつ消えてもいい、ただの半端もんだ」

言葉にしてしまった。すっとする部分と情けない気持ちがくるくると胸の奥で回っている。つまんないことを言った、この程度だったか、という思いが体を内側からしぼませる。木枯が「ごめんなさい」と言ったきり黙った。

「女のことは、お前がなんとかしろよ。自分のケツくらい自分で拭け」

「わかりました。夜分遅く、本当にごめんなさい」

もしも連絡があったら、彼女には会わずに木枯に報《しら》せるという約束をして受話器を置いた。苛立ちにふるえながら、右手の中指に光っているヴァン・クリーフを外した。

木枯から電話があった三日後の朝だった。

けたたましく鳴り響くドアチャイムに飛び起きて、何ごとかと玄関に出た。女がひとりドアスコープの向こうに立っている。

「すみません、山田といいます。お届け物を預かって参りました」

なんだろうとドアを開けた瞬間、女の足がドアに掛かり勢いよく開いた。左右から何人もの男たちが現れる。Tシャツに黒いチョッキを着てコットンパンツやジーンズといった出《い》で立《た》ちだ。テレビ局で働く青年たちがどうしたのだ。何ごとかと思う間もなく、音を立てて男たちが部屋へと上がり込んできた。数えれば、六人もいる。撮影の話など聞いていない。

もしかするとそういうどっきりの撮影なのかと高をくくって「あんたたち、その辺のもの壊さないでよ、みんな値の張るもんばっかりなんだから」と声を掛けていたが、誰もカメラを持っていないことに気づいて、首を傾《かし》げた。

これはちょっとおかしい。

台所へ行って水を飲もうとしたところへ、山田と名乗った女がぴたりとそばに立った。やけに影の薄い女だ。実体があるのかどうか確かめようと手を伸ばすと、さっとかわされた。女は何か紙を広げて、すぐに折りたたんだ。

「令状です」

「あんた、誰よ」

「平川秀男さんですね。わたしは関東信越地区麻薬取締官事務所の者です。大麻取締法違反容疑で調べます」

しばらく声も出なかった。何度深呼吸したところで、目を瞑って も、開けても、尻を抓《つね》っても、部屋の中に漂う緊迫した気配は変わらなかった。いったいどこのテレビ局だ。どこでこの光景を撮っているんだ。いくらカメラを探しても見つからない。知らないうちに部屋に仕込まれているのだとしたら気持ち悪い。

自分の部屋だというのに、ソファーを勧められた。家宅捜索をするという。探し尽くして気が済んだら、さっさと帰ってもらわねばならない。「どうぞ」と答えた。一秒待たずに男たちが部屋に散った。

「あんたたち、出したものはちゃんと仕舞ってちょうだいね。マトリに見られて困るものもないし、なにも出てこないと思うけど」

そのときは覚えてろよ、という言葉をのみ込んだ。

ソファーで煙草を吸いながら、横に座った「山田」を盗み見る。この女だけ安っぽい上着を着ている。しかしよく見れば、この山田も上着の下にチョッキを着ているのだった。

「ねえ、そのチョッキってみんなお揃《そろ》いなわけ」

「防弾ですから」

「馬鹿じゃないの、誰がチャカで応戦するってのよ。みんな暇ねえ、あたしんところなんかに来たって、時間の無駄よ。だいたい、番組にするにしたって、企画に無理があるわよ」

小声でどこのテレビ局なのかと訊ねたが、女はなにも答えなかった。二本目の煙草に火を点《つ》けたところで、寝室のほうから若い男の声で「出ました」という張りのある声が聞こえた。その台詞は別のときにもう少し色っぽく言ってくれないかと肚でうそぶき、めいっぱい煙を吸い込んだ。

ぞろぞろと男たちがソファーの前に集まってくる。女が白い手袋をはめて、男から銀色の煙草ケースを受け取った。

どこかで見た。

北海道ロケの際に、網走の温泉旅館で花菱マユミが持っていたものだ。

秀男の背筋に冷たい汗が流れた。脇腹《わきばら》や腋《わき》の下が湿ってくる。

「それ、あたしのじゃないわ」叫んだ。中を調べた後、女が「尿検査を」と言う。

「おしっこ出せばわかるわよ」反撃しながらも、体を取り巻くざわつきは止まらない。

トイレのドアを開けたまま、女がこちらを見ているなかで、紙コップに尿を採る。検査はシロ。しかし「大麻所持」は事実として残った。

「あたしのじゃないって、言ってるでしょう。いったいどこからそんなもんが出て来たのよ」

ボストンバッグの中敷きの下からと聞かされて、花菱マユミの勝ち誇ったような表情を思い浮かべた。

秀男はもう、この男たちが本物のマトリであることを疑わなかった。女が持っていた銀色の煙草ケースにゆらゆらと指を伸ばすと、「触らないで」と優雅にかわされた。ビニール袋に入れられたケースはもう、マユミの仕掛けではなく、カーニバル真子逮捕の重要な証拠品なのだった。

二、三日分の着替えと身の回りのものを持つように促され、冷静を装《よそお》い支度をする。坊やと章子には連絡を入れておかねばならないだろう。そして今夜の営業はどうしてくれるんだ。着替えたところで、女に伝えた。

「仕事に穴を空けるわ。マネージャーと連絡を取らせて。あと、姉にも」

許可され、できるだけ明るい声で「ちょっと行ってくるわ」と伝えた。坊やは「なんの間違いでしょうね」と驚いている。ここで花菱マユミの名を挙げるわけにはいかなかった。章子はあらゆる不安を飲み込んだ声で「うん、わかった」と応《こた》えた。坊やはすぐに、状況を切り返す方向へと舵《かじ》を切ったようだ。

「真子さん、すぐに弁護士の手配をします。安心してください」

「頼んだよ。逆にあたしがこいつらを訴える準備をしてちょうだい」

夜の八時まで、麻薬取締官事務所の入ったビルの一室で取り調べを受けたのだが、誰が出て来ようと供述と状況は変わらなかった。

「この煙草ケースに入っているものを言ってください」

「わかるわけないでしょう、あたしのもんじゃないんだから」

「バッグはあなたのものですよね。じゃあ、これだけ別人のものってことですか」

「もしもあたしのものなら、バッグの下に隠すような間抜けなことしないわ。そんなところにあることすら知らなかったんだから。とにかく、あたしのもんじゃないことだけは確か」

無意味とも思えるやりとりをしながら、だんだん秀男にも事情が飲み込めてきた。やはりこれは花菱マユミの進退を賭《か》けた保険であり、男に残した置き土産で、自分をないがしろにした人間たちへの復讐《ふくしゅう》なのだろう。なんの確証もなくガサ入れするほどマトリも暇ではない。捜査官がカーニバル真子の動向を追い始めたのは、もっと前からのことだった。

そして、踏み込むきっかけが間違いなくあったのだ。

「その煙草ケースは、あたしのもんじゃない。鞄《かばん》に入ってたというのなら、誰かがそこに入れたの。その鞄を使ったのは、映画のロケで北海道へ行ったときだから、もう半年も前。そこから調べてちょうだいよ」

捜査官の口元が嫌な具合に歪《ゆが》んだ。

「それはロケの宿泊先で同室だった、女優のことかな」

冷静さを装いながら、「ああ」と頷《うなず》いて見せた。あの女ならやりかねないわ、とうなだれてみせた。そのあと放たれた言葉に、崖下《がけした》に突き落とされるとは思わなかった。

「その彼女ね、このあいだ万引きで捕まったんだ。様子がおかしいから尿検査。で、陽性。どういうことか、隅から隅まで調べましたよ。そうしたら、あなたの名前が出て来たというわけ。あなたにもらったマリファナだったと証言してますね」

容疑は万引で、陽性反応はあるが、本人の所持品にも自宅にも現物はない。吸ったことは認めても、所持はしていない。

「事実はその逆。よく考えたらわかるでしょう。あたしは陰性、その女は陽性。現物を持ってなかったのは、あたしを嵌《は》めるため。お前ら大学出てんなら、そのいい頭でよく考えろよ」

「彼女ね、こんなことをしていたら映画が駄目になるからやめて欲しいと頼んだら、髪を摑んで振り回されたって言ってましたがね。そのあなたからもらった一本を、男とのことで気分がむしゃくしゃして吸ってしまったと。あんなものもらわなければ良かった、とても反省しているとのことでしたよ」

つまんない女優のつまんない演技にすっかり騙《だま》されている捜査官の腕など、たかが知れたものだ。秀男は本気でうなだれそうになるのを必死で堪える。

警視庁の勾留《こうりゅう》施設に留置され、身柄拘束。車を降りて建物に入るまでのあいだに、いくつフラッシュを浴びたかわからない。情報は恐ろしいスピードでマスコミへと流れ、記憶にないほどの屈辱的な写真を撮られているのだった。なにをどう書かれても、話題にもならぬよりはましだと思えた週刊誌に、こんなかたちで載るとは思わなかった。

その夜の宿は、ほぼ三畳の狭い部屋に、敷き布団と毛布が三枚の寝具、誰が掃除をするものか汚い便器と洗面台があった。新たな名前は「五十五番」。いつも使っている女物の下着や寝間着、着替えは使えず、坊やが持って来た男物のトランクスと白いジャージーで膝《ひざ》を抱えて座る。眠気は起きない。何人入っているのかわからぬが、頻繁に痰《たん》を吐き出す音、咳《せき》、くしゃみやいびき、屁《へ》、小便が便器にぶつかる音、水を流す音が耳に入ってくる。

夜になっても灯りが消えず、それが時間の経過をより遅らせているようだった。

眠れたもんじゃないわ。

女の嫉妬《しっと》にかかずりあって、こんなところに入れられるとは、カーニバル真子も落ちたものだった。入手もしていないのに、所持。この事実を覆《くつがえ》すだけの弾を自分は持っているのかいないのか。明日になれば、と気づかぬうちに両手を胸の前で組み祈っていた。

こうしている間にも、記憶にないことが記事として書かれ、世の中に出てゆく。そのことだけは今までと変わらぬというのに、この絶望感は何だ。

章子やマツはどうしているだろう。釧路の兄はまた秀男のことを、死んでくれれば良かったと思っているのではないか。マヤは、ノブヨは、ニュースを見た文次は、なにを思っているだろう。

どこにもフレグランスの香りがなかった。さっさとここから出ることだけを考え、出たらしっかり記者会見をしようと思ったり、しかし本当に無傷で出られるのかと問うたり、秀男の頭の中はめまぐるしい。

膝を抱えたままうとうとすると、真っ白い大きな船の前に立っている夢を見た。モロッコで見た夢の中の景色そっくりだ。あの日は目覚めた自分の体から陰茎が失なわれており、高い熱にうなされていた。船に乗れば、生きて戻れなかったのかもしれない。乗るものか、と巨大な客船を見上げる。誰も客のいない白い船体が、はしごを下ろして秀男を待っていた。

乗るものか。

死ぬものか。

ハッとして夢を振り払い、顔を上げる。秀男はおそるおそる両脚の間に手を伸ばした。今までのことがすべて夢で、自分の体にはまた邪魔な陰茎《もの》が戻っているのではないかという恐怖だった。もう一度切りに行くかどうかを夢と現実の間で試されるのは、仕方なく穿《は》いた男物の下着のせいだ。情けなさと違和感が、今までのどの時間よりも秀男を責める。立ち止まることをしなかった三十数年の中で、身動き取れなくなっているという実感が秀男をよりいっそう弱気にさせた。

翌日の取り調べは、昨日とは違った。男の表情なら飽きるほど見てきた、これは秀男の勘だった。机の上に置かれた銀色の煙草ケースは同じだが、目の前に座っている捜査官の表情に、昨日とは違う陰があるのだ。本人も気づいていないかもしれぬ、うっすらとした違いだった。

昨日とまるきり同じ質問を投げられ、昨日とまるきり同じ言葉を返した。芝居の稽古《けいこ》だってこんなに何度も同じやりとりはしなかった。表情ひとつも、より良くしようと思うから変化するのだ。昨日今日の問答に求められているのは正直さで、そんなものの答えはひとつしかない。ひたすら同じことを繰り返しているうち、寝不足がたたったのか瞼《まぶた》が重たくなってきた。

睡魔にゆらゆらし始めたところで脳裏に白い客船が現れた。乗ってどこかへ行きたくなる。

乗れば、楽になれる。

けど、乗ったらお終《しま》い。

必死の思いで瞼を持ち上げると、捜査官の視線が煙草ケースと秀男の顔を不自然に行ったり来たりしていることに気づいた。そのくせこちらの目を見ない。おや、と眠気が飛んだ。

秀男はじっくりと捜査官の顔を見る。昨日は強気に見えた目つきに、確かに変化がある。これは、女をどうにか誘導したいときの表情だった。十五の年から鍛えた勘がこんなところで役に立つとは、人生わからぬことばかりだ。これで何十回目だろう、同じ質問をする男の顔を、こちらの表情を根こそぎ飛ばして更に注意深く観察する。

「もう一度訊《き》くよ。じゃあ、これはいったい誰のものなんだ」

「あたしのバッグにそれが入ってるのを知ってる人でしょうよ。何度言ったらわかるの。耳悪いんじゃないの」

「そろそろ、本当のことを言おうよ」

瞳《ひとみ》は秀男には向けられず、左右に揺れたあと煙草ケースに注がれた。下に敷かれたビニールごと、じりじりと秀男の方へと差し出される。バッグから出て来たとき一切触らせなかった煙草ケースが、こんなに無防備に目の前にあるのはなぜだろう。

秀男はひとつぶん体を引いて、パイプ椅子《いす》に背を預けた。心持ち、捜査官がこちらに身を乗り出したように見える。煙草ケースと捜査官を視界に入れた。その指先がまた、ビニール袋をこちらへとずらした。

決して前には進まぬ問答に飽きた顔で、秀男は少し声を張る。

「あたし煙草が吸いたいわ」

「これに入ってるんじゃないのか」

かかった。

煙草ケースがほぼ目の前に、差し出された。

秀男は両腕を組んで、じっとそれを見た。若い頃からのやんちゃで、喧嘩をしては警察で指紋を採られている。当然ながら、この煙草ケースからは秀男の指紋はひとつも出て来てないのだろう。あるのは花菱マユミのものだけのはずだ。

「悪いことは言わないわ。あたしはどんなに高くてもいい弁護士をつけるし、こう見えても記憶力だけはいいの。一度会った男の顔も忘れないし、どんなに酔っ払っても記憶をなくすなんてことはないの。今日のあなたの取り調べも、ぜんぶ覚えておく。だから、触った記憶もないものをここで触るわけにはいかないのよ」

しばらくのあいだ捜査官の苦い顔が続き、問答は変わらないものの明らかにスピードが落ちた。

その日、坊やの親のつてでやって来た青年弁護士は、接見で自己紹介をしたあと、秀男の体がどの程度女に近いのかを問うた。

「週刊誌のようなことを訊ねて申しわけありません。具体的に教えていただけませんか」

「どの程度、女かどうかって、そんなこと今回の弁護に関係あるのかしら」

「本当に女性になっているかどうか、実はとても大事なことなんです」

興味本位という気はしなかった。アクリル板の仕切りの向こうへ、ひとつひとつ、正直に自分の体の造りを伝える。インタビューのときのサービスも盛り付けも一切なしだ。

「胸はホルモン剤できれいに膨らんでます。ペニスは三十一のときに手術で取りました。

日本では認められていない性別を変える手術でした。ただそこを切り取っただけでは女の体とは言えないので、造膣《ぞうちつ》手術もしたんです。尿道と肛門《こうもん》の間にある通路に自分のペニスの皮を埋め込んで、そこで男のペニスを迎えられるようになっています。ありがたいことに、快楽は残っていました。本物の女性がどのくらいの絶頂なのかは知らないけれど、男性とは、元男と思われぬ性交が出来ます」

秀男の説明に眉《まゆ》も動かさず、それらの言葉をノートに書き込んだあと、弁護士が言った。

「では、完全な女ということですね」

「完全かどうかはわからないけど、見かけはたぶん」

「では、男の房に入れられて、人が見ている前でお風呂《ふろ》に入ったりするのは、考えてもらわないといけませんね」

「そんなこと、慣れっこですから、いいんですよ別に」

「平川さん、ここは大切なところなんです。人権問題なんですよ、これは」

ふと、この若い弁護士を信じてもいいような気持ちになった。

「人権、ですか」

「そうです。そこから崩してゆかねばならないんです。あなたが投げやりになったら、すべてお終いです。どうか諦《あきら》めないでください。差し入れ可能なものはすべて叶《かな》えますので、なんでも言ってみてください」

秀男は煙草と本を頼んだ。ライターは駄目だという。わかるようなわからぬような。週刊誌はたくさんだった。秀男は、出来るだけ時間のかかる厚い本を頼むと言った。

「本のセレクトは、友だちの吾妻ノブヨに頼んでください。たぶん、あたしの好きそうなものを選んでくれると思うから」

中学のときからそうだった、と言いかけて鼻の奥に痛みが走った。なにをどこでどう間違ったのか。自分部の部長の心が、珍しく揺らいでいた。

弁護士が掛け合ってくれたお陰なのか、風呂は最後にひとりで使えることになった。垢《あか》だらけのお湯の表面を、洗い桶《おけ》で掬《すく》っては捨てる。それでも一緒に入れられるよりはましだろう。

その夜、目を瞑《つむ》るとまた、白い客船が秀男を待っていた。はしごのところまで歩いて行っては、いけないいけないと背を向ける。船に乗ってこんなつらい場所にさっさと別れを告げて、豪華な船旅に身を任せたい。そのたびに「待ちなさい」と引き留めるのは神様でも仏様でもなく、秀男自身の声だった。

うとうとするとその場面に戻るので厄介だ。

穿き慣れないトランクスの中がどんなことになっているのか、白い客船を見たあとすぐに確かめるのが癖になった。

「ちんぽが戻っていたらどうしよう」恐怖感がせり上がってくる。

その日から秀男の、切り取ったはずの陰茎《もの》が痛み始めた。真夜中、誰かがトイレの水を流しただけで、あるはずのない部分がずきりと痛む。突然物音がすると、心臓よりもそこに痛みが走るのだ。

あれほどお祭り騒ぎが大好きだったカーニバル真子が、物音ひとつに怯《おび》えるようになったことが可笑《かな》しかった。

今ここで「カーニバル真子」を葬《ほうむ》ったら最後、存在しなかったよりも苦い結末が待っているのだろう。震えと痛みは、常に秀男を白い客船へと誘った。

ノブヨが選んだ本は、背幅が五センチ以上あるような娯楽小説ばかりで、積めば腰の高さになるくらいの量だった。そのなかに『風と共に去りぬ』を見たとき、秀男はこっそり壁に向かって泣いた。

中学に入学してやっと出来た友だちが、背ばかり高く猫背のノブヨだった。秀男はよくノブヨの勧める本を読んだ。初めて駅裏のバラックに住むノブヨの家で借りた本が『風と共に去りぬ』だったこと、ふたり一緒に淡い恋をしたこと、一緒に見た蝉《せみ》の抜け殻や夏の夕日、家出を決めて別れを告げたときの声が一気に体に流れ込んでくる。

女がよく泣くのは、こういうことだったか。そうだ、「みや美」の先輩だったミヤコも上手に泣いていたっけ。もう、とうにこの世を去った人の顔がひとつふたつ、秀男の記憶を撫《な》でてゆく。泣いているあいだ、股間《こかん》の痛みが少しだけ和らいだ。

ノブヨからの袋には、本と一緒に長い手紙も添えられていた。

秀男、ちゃんと食べてますか。久しぶりに手紙を書いてます。高校時代を思い出すなあ。秀男が釧路から出たあとは、さびしいっていうよりつまらなかった。でもまた東京で会えたときは、なんだかほっとしました。

私が安心できる場所はいつも秀男と一緒に移動してた気がします。パリに行っちゃったときはいつ帰ってくるのか、どこにいるのかわからなかったけれど、今回は居る場所がはっきりしているので、本人は不自由だと思うけど、私の気持ちは楽。ちゃんと食べてしっかり寝て、帰って来たらすぐ働けるようにしておいてね。

マヤさんも、心配はしていないようです。肝臓をやすめる休暇だと思ってるみたい。アユミさんも、いいママぶりを発揮してます。章子お姉さんも、もちろんお母さんもお元気そうにしていますから、だいじょうぶ。なにも心配ないです。弁護士さん、いい人で良かったです。

ところで秀男、最近は作詞の仕事も安定してきました。音程の定かではないアイドルの曲も、温泉旅館のCMソングも作ります。このあいだは、すごく助平なデュエット曲も書きました。小ヒット、くらいかな。

秀男を見ていると、この世には人の運命を変える人間が居るらしいということがわかります。秀男自身がそうしてやろうと企《たくら》んでいるとは思えないし、おそらく本人はなんにも考えず、やりたいように生きたいように生きているんだろうけれど。その企みのない生き方は、不思議なほど関わった人の運命を変えていくみたいだ。

かくいう私もそのひとりだと思います。

カーニバル真子になってからもうずいぶんと経つので、秀男時代のことはとうに忘れているかもしれないんだけれど。ねえ秀男、私はひとつやってみたいことがあります。仕事も男も、なんだか冴《さ》えない人生で終わるところを、私は秀男に関わったことで一歩踏み出せた気がするんです。

だから、ふたりで過ごした時間のことも含めて、カーニバル真子のことを小説に書いてみたい。ものになるかならないか、悪いけどいまはわからない。でも、秀男の生き方は間違いなく誰かの運命を変えると、私は信じてる。

人生変わっちゃった私がまずそれを書くのもいいんじゃないかと思うんだ。書くことで、なにかを確かめたいとも思ってます。秀男にしてみたら、いい迷惑だろうけれど、このお話はたぶん私にしか書けない。あんたは絶対に本当のことを言わないし、そんなことは恥ずかしいことだと思っているだろうから。だから、誰が何百時間インタビューしたところで、私が見てきた秀男にはならないんだよね。

言葉を選ばずに言うと、あんたは生きた虚構だと思うの。ひっくり返して虚構で書くしか、カーニバル真子は見えてこないんだ。週刊誌は、ただの一行も秀男のことを書いてはいなかったでしょう。だから安心して書かれ続けていたのも知ってる。

時間はかかると思うけれど、生きてるうちに書かせてちょうだい。なんたって、いちばん読んでほしいのは秀男だから。秀男が本当に闘ってきた相手は、誰でもない秀男本人だってこと、わかってるつもりだからさ。じゃあね。ノブヨより

差し入れの本をすべて読み尽くし、毎晩ノブヨの手紙を読み返す日々が終わった。

二十日間の勾留期間終了。船の誘惑と股間の痛みが残った。

処分保留。

無罪までは少し距離のある結末だった。

取り調べを受けていた警察署から出て、坊やが用意した黒塗りの車に乗り込む際、いくつものフラッシュが光り、夜だというのに辺りは真昼のように明るくなった。前へ進もうとする車を取り囲んだカメラマンがやたらめったらシャッターを切る。通りに出て、真っ直《まっす》ぐマンションに向かうのは危険だということで、車は銀座近くにあるホテルの入口へと横付けされた。

新しい下着、新しい服を用意してくれたのは章子だった。坊やに付き添われてホテル

の部屋に入ると、章子が待っていた。

「ショコちゃん」

「ヒデ坊、おつかれさま」

その場に倒れ込みそうになるのを必死で堪《こら》えた。

「真子さん、まずは景気づけに一杯どうぞ」坊やが、用意してあったシャンパンの栓を抜く。

「お前、今日はずいぶん気が利《き》いてるじゃないか」

「祝い酒です」

章子と目が合う。姉の笑顔はいつまで経っても泣き顔そっくりだった。

十五の年から自分の運命をかき分けながら生きてきたというのに、仕事がゼロになったのは初めてだった。手帳に書き込む仕事がないという現実は、記憶にないほど秀男をへこませた。夜は相変わらず眠れず、眠ったかと思うとまた白い船の夢を見るのだった。モロッコで麻酔から覚めるときは、マツや章子、ノブヨもいたけれど、今回は誰も出て来ない。深々とした孤独ばかりが寄せては返す。その夢のあとは毎回、恐る恐る脚の付け根に手を伸ばした。また男の体に戻っているのではないかという怖さは、なかなか去ってくれない。なにが夢でなにが現実なのか、確かなものはどこにもなく、あるはずのない陰茎の痛みばかりが秀男を捕まえて離さない。

それでも、二日に一度、章子とマツが夕食を作りにやってきては三人で食べた。

部屋はたちまち食材と生活の匂《にお》いに包まれた。マツの漬けた野菜や煮付け、章子が揚げたフライや天ぷらを食べていると、このまま時が過ぎて行ってもいいような気がしてくる。テレビもつけないし、ラジオも聴かない。ひとりきりになって、ベッドに横になろうとすると途端に体が震えてくることを、母と姉には言えないままだった。ダブルベッドに四肢を伸ばしているのに実感が得られず、自分はまだ留置場にいるのではないか、これは夢ではないかと不安になるのだ。

ぶ厚く切ったさつまいもの天ぷらを食べながら、マツがぼそりと言った。

「たまには外に出たらどうだい。せっかく夏なんだから」

「考えておく」

章子が「かあさんが鎌倉に行ってみたいんだって」と合いの手を入れた。マツと鎌倉という地名がうまく繋がらず、首を傾げた。

「なんとかっていう、白蛇様を祀《まつ》った場所があるって聞いてさ」

「弁財天か」

バスケットに入れられた初代のリルを思い出した。あの日の、客との掛け合いもゲイボーイになるために切った髪も、海風もなにもかも、ずいぶんと遠くなった。

マツが行きたいというのならそうしてみようか。

秀男は坊やに電話を掛けて、鎌倉に行く車を手配してくれるよう頼んだ。坊やは秀男が外に出る気になったことをひどく喜び、いっそマヤやノブヨも誘ってはどうかと言う。

「ずいぶんな大所帯ねえ。それだとバスが必要じゃないの」

「小型バスをチャーターします。連絡系統、すべて任せてください」

マツのひとこと、坊やの機転で、ノブヨ、マヤ、アユミ、坊や、マツと章子と秀男で行く週末の鎌倉小旅行が決まった。秀男をよそに、周囲はおかしな具合に盛り上がっている。毎日誰かが電話を寄こし、水着をどうする、レストランは予約した方がいいか、いっそ一泊しようよ、まるで修学旅行だ。

十人乗りのマイクロバスで、誰が持ち込んだのか高速に乗る前からビールで乾杯、ワインを開け、つまみの袋が車内をぐるぐる回る。誰も秀男の二十日間のことには触れようとしなかった。いっそ何をしていたのか訊《たず》ねてくれたほうが楽なのだが、それを察してくれているのはマヤひとりだった。

鎌倉の海が見えたとき、珍しくマヤがその太い声で最後尾の座席にいる「マメコ」を呼んだ。

「ここはマメコの芽が出てマコになったところだろう。辛気くさい顔はやめな。弁財天の白蛇だって、もういい加減、脱皮しなけりゃいけないんだよ」

アユミがマヤの横で笑い出した。

「いっぺん見たかったわあ、真子ねえさんのスネークダンス」

二度見るもんじゃあないね、とノブヨがつぶやく。黙れブス、と言えばげらげらと品のない笑いが返ってくる。

人でごった返す砂浜で、思い思いに酒を飲んだり日傘の下で風を受けたりしているうちに、しぼんでいた体に少しずつ空気が入ってくる。照りつける太陽の下で海を眺めたのはいつ以来だったか。

章子とマツが一反風呂敷を敷いて肩を並べて海を見ている。なにを話しているのか、頷《うなず》き合ったり笑ったり。そういえば鎌倉に来たいと言い出したのはマツだった。

熱い砂を手ですくい、ぎゅっと握っては落とす。何度か繰り返してから、何気なく山側を振り仰いだ。緑に囲まれた海縁《うみべり》の街は、どこか穏やかな日の故郷に似ていた。北の街の短い夏も、ここなら夢ほども長く味わえるのではないか。秀男は立ち上がり、ぐるり三百六十度を視界に入れた。海沿いのアスファルト、小高い場所に建つ個性豊かな家々を見る。母に、青々とした竹林を見せたらどんな顔をするだろう。

鎌倉か。

なんとなく故郷の千代ノ浦海岸か、弁天ヶ浜にも見えてくる。

海を見下ろすお城を持ってみようか。思うのと決めるのは、ほぼ同時だった。

「お待たせしました」坊やが人数分のかき氷を買って走ってきた。秀男は坊やに訊ねてみる。

「ねえ、ここにお城を建てるのはどうかな」

坊やはその目をパチッと開いたあと、「悪くないと思います」と答えた。鎌倉に、母と章子を住まわせて、また表舞台で働く自分を想像する。お城にはこのメンバーが入れ替わり立ち替わり遊びにやって来て、夜ごとの舞踏会が続くのだ。

秀男の想像はどんどん膨らんでゆく。もれなくしくしくとした痛みもついてきた。

「このこと、かあさんとショコちゃんにはまだ内緒にしといてね」

坊やが嬉《うれ》しそうに頷いた。

不起訴の報告を受けたのは、鎌倉の旅から一か月後のことだった。

報道の小ささに怒りを覚えるも、「あたりまえじゃないの」という言葉を吐くために今までの倍もの気力が要る。気は晴れてもまだ心が曇っているのだった。痛くもない体にメスを入れる日だって、こんなに皮膚の内側が震えることはなかった。それでも、働かなければいけないという気持ちはある。

秀男はあちこちのキャバレーに電話を入れては今回のことを詫《わ》びた。いいよいいよ、と言ってはくれても、流れた仕事はなかなか戻らなかった。

秋風が吹く頃、ショーが一本入った。懇意にしてくれた札幌のグランドキャバレーだった。赤羽のキャバレーからも電話が入る。ひとつふたつと、仕事が戻ってきた。

また、パーッとやってくださいよ。

受話器を置いたあと、半月後のステージでは何を着ようかと考えた。途端、また体の内側から細かな震えが起きた。閉じ込めようとすると指へと移る。慌《あわ》てて台所でジンを流し込んだ。胃の腑《ふ》が熱くなるだけで、震えは止まらない。

こんなことで果たしてステージは務まるのか。けれど秀男の気力は、母や姉と三人で住む家を手に入れることひとつに束ねられてゆく。

もう一杯飲もうかと瓶に手をのばしたところで電話が鳴った。得体の知れぬ怯えを抑え、びくびくしながら受話器を取った。

「連絡が、遅くなってごめんなさい」

木枯だった。

今さら文句を言ったところで何が変わるわけでもなかった。何度も謝られるのも面倒だ。秀男は何ごともなかったような口調で「ようやく涼しくなってきたわねえ」と返した。

木枯がひと息吐いて「試写会が決まりました」と言った。

「試写会って。あんなことになっても上映してくれるところがあるの」

「新宿の小さな映画館です。学生時代の仲間がやっているところなんです」

木枯が投獄を免れたブントだったというのは本当なのかもしれない。試写会の反応次第では一週間の上映を勝ち取れるはずだという。

「自信はあるんです。大きな配給先がないことで、好きに作ることが出来ました。残る作品だと思っています」

だから真子さん、と木枯がほんの少し間をおいて続けた。

「主演女優として、舞台挨拶をお願いしたいんです」

秀男の脳裏に、あのおびただしい数のフラッシュが舞い戻る。また体の内側から細かな震えと痛みが泡になって湧《わ》いてきた。

「お願いします」

木枯が電話の向こうで頭を下げている様子もありありと思い浮かべることが出来るのに、すぐに返事ができない。

「お願いします。真子さん」

声の震えを悟られないよう、短く「わかりました」と告げた。一週間後の土曜日。カレンダーに指定の時間を書き込む。坊やにも連絡を入れた。

「真子さん、良かったですねえ。試写会からポンと前に進みましょう」

すっかり頼もしくなった坊やは、秀男を励ますために「目指すは焼け太りですよ」と言う。電話口で、実は怖いのだと言えたら、少しは楽になれるのだろうか。

しかし、そんなことを言ってどうなる。

秀男は台所で、今度は倍量のジンを体に入れた。ほんの少し、腹のあたりが温まってくる。腹の下は相変わらず痛い。揺れては震える体をどうにかこうにかなだめすかして、一から肌の手入れを始めた。化粧水ひとつ使うことが出来なかった留置場での生活は、なかなか秀男を解放してはくれなかった。自宅で得られるあたりまえの生活を、内側から責められてでもいるようだ。

こんなに気の小さい人間だったとはねえ。改めて自分の弱さと付き合うのは骨が折れた。

そこから一週間、木枯からは毎日のように電話が入り、様子を訊ねられ、「必ず来てくれ」の懇願が続いた。

試写会当日は、朝から雨だった。一週間を肌の手入れと筋力の呼び戻しに使い、少しは恐怖に丸まった背骨も戻ったはずだ。睡眠薬を飲んでいるのに一時間に一度ずつ目が覚めるという夜を過ごし、もう眠ることを諦めて早朝の長湯をすれば、体からほとんどのむくみが消えた。陰茎がないことを毎度毎度確かめては心臓を撫でるような日々が、今日で終わるかもしれない。

温かな部屋着を着て、黙々とストレッチをする。仕事の勘を取り戻すにはまず、関節をゆるめて筋肉を柔らかくするしかない。

トーストを焼いて、ヨーグルトとコーヒーで昼食を済ませた。時間は容赦なく過ぎてゆくのに、化粧をしようと思うと手が震えた。下地を作っているときはいい。けれど、眉を描こうにも手鏡の中の右手がふるふると震えているのがはっきりわかる。

もう秀男も、認めざるを得なかった。自分は、人前に出るのが怖いのだ。

こんなのは、カーニバル真子ではない。

秀男は目を瞑り、懸命に祈る。

戻ってこい、戻ってこい。

カーニバル真子、ここに戻ってこい。

祈りに涙が交じった。戻ってこい。

時計の針は容赦なく進む。午後四時、坊やが迎えにやって来た。

部屋着のまま、抑えきれない震えと闘っている秀男を見た坊やが、悲鳴を上げて寝室から毛布を抱えてきた。

「どうしたんですか、真子さん。風邪ですか。熱は、痛いところはありませんか」

秀男の体に毛布を巻き付け、泣きそうな声を出しながら顔を覗《のぞ》き込む。

「真子さん、病院へ行きましょう」

違うのだ。秀男は首を振った。

「ごめんね坊や、留置場を出てから、ずっとこうなの。切ったはずのちんぽが痛いの。眠れないし、震えが止まんない。うとうとすると、必ず夢を見るんだ。白い船に乗ってどこかへ行きたくてたまんないの。モロッコで手術したとき、麻酔が覚める前に見た船だよ。あれに乗れば、楽なところに行けるんだ。三途《さんず》の川を渡る大きな船なんだよ。毎日、毎晩、痛みと震えで気が狂いそう。人が居るところでは大丈夫だと思ってたんだけど。化粧をしようにも、このとおり手が震えて眉も描けやしない。こんなの、カーニバル真子じゃない」

情けなさに涙が溢れてくる。どうしたことだと自分を叱《しか》りつけても、止まらない。

「悔しいねえ」

自分の嗚咽《おえつ》に背中を撫でられてでもいるみたいに、次から次へと涙がこぼれ落ちた。まだ出るかと呆《あき》れ始めた頃、坊やが今まで聞いたこともないような低い声で言った。

「真子さん、泣き終わったら、用意を始めますよ。自分で出来なければ、急いでヘアメイクを呼びます。今日の衣装はどれですか、僕が持ってきます。今日は、ただあなたが元いた場所に戻る日じゃないんです。泣いても怒っても、痛くても、行かなければなりません。僕はマネージャーだから、蹴《け》られても殴られてもあなたを会場まで連れて行かなくちゃいけないんです。今まで真子さんの記事を書いてきた記者に、すべて声を掛けました。真子さん、もう一度言います。今日は復帰の日じゃないんですよ。十五歳のときからやって来たことの、仕上げの一日なんです。この日を越えて、カーニバル真子は女優になるんです。それが、今日の仕事なんです。お願いします。このとおりです」

坊やが深々と頭を下げた。仕事、のひとことに秀男の涙がぴたりと止まった。

おそるおそる、顔を上げた坊やを見る。

今度は彼の目から、面白いくらいにぽろぽろと涙がこぼれ落ちる。

「お前、なんなんだよ」

「カーニバル真子はこの世にひとりしかいないんです。カーニバル真子には出来ないことはないんです。好きに生きるためなら、何だって出来るんです。カーニバル真子でいるためなら、どんなことだってやるんです。だから、どこが痛くても、闘わないといけないんです。僕と一緒に、闘ってください。勝たなくていい戦《いくさ》です。負けなければいいんです。真子さん、頼みます」

わかってるよ、そんなことはわかってる。

だけど。

いや、違う。

勝たなくていい戦、負けなければいい闘い。

目を閉じた。

脳裏に居座っていた白い大きな船が、秀男を置いて港を離れてゆく。脚の付け根には癒《い》えぬ痛みが残っている。闘っているあいだなら、忘れることが出来るだろうか。

あたしはずっとこうやって、こうやって、やってきたんだ。

秀男は深呼吸を二度して、腹から声を出した。

「舵田、目の腫《は》れを取るから、急いでタオルに氷を挟んできて」

その名を初めて呼ばれたマネージャーが、袖口《そでぐち》で涙を拭《ふ》きながら台所へと走る。

秀男はクローゼットから赤いタイトなドレスを引き抜いた。まるで血の色だとひと目で気に入って買ったものだった。自分の血で染めたドレスを着て今日の舞台に立つことが、この子の言うとおり新しいカーニバル真子に成る儀式なのだとすれば――

闘い続ける。自分という夢を追い続ける。

だってあたしは、自分部の部長じゃないか。

体から心から、捨ててきたすべてのものに、収まりのいい墓を作らなくちゃ。

その墓が、あたしの城だ――

目の腫れを取り、一から化粧を始めた。時間は迫っている。焦《あせ》らずに描く。

眉の線一本から、再びカーニバル真子を作る。指先の震えが止まった。

開いても伏せても、美しく見える「目」が出来上がる。

軽く頬紅の刷毛《はけ》を滑らせて、肌が最も白く見える口紅を塗った。

部屋着を脱ぎ捨て、薄いショーツとブラジャーを着ける。

床に置いたドレスの赤い輪に体を入れて引き上げ、肩を合わせた。極上のシルクが秀男の肌へと変わる。

舵田が秀男の背後に回った。

秀男の腰からうなじへ向かって、勢いよくファスナーが引き上げられた。

悪い夢で見たなにもかもを閉じて、再びこの世界を泳いでゆく。

一歩、踏み出す。

一歩を、ここから始める。

「行くよ」

夢に名を借りた闘いは続く。

カーニバルが終わるまで——

秀男が、生きることに飽きる日まで——

LES FEUILLES MORTES〈Autumn Leaves〉　「枯葉」
作曲: Joseph KOSMA　仏語詞: Jacques PRÉVERT
英詞: Johnny MERCER　日本語詞: 岩谷時子
© a) Publié avec l'autorisation de MM.
ENOCH & Cie, Editeurs Propriétaires, Paris.
b) Paroles Françaises de Jacques PREVERT.
c) Copyright 1947 by ENOCH & Cie.
Rights for Japan assigned to SUISEISHA Music Publishers, Tokyo.

# 解説

内藤麻里子

いやはや、何という凄《すご》みであったことか。『孤蝶の城』のことである。本書は、『緋《ひ》の河』(二〇一九年刊)の続編となる。しかし、先行作を吞《の》み込んで、さらに一段飛翔《ひしょう》した世界を見せてくれた。

今や数多いオネエタレントのパイオニア、カルーセル麻紀をモデルにしている。カルーセルも、桜木紫乃も、同じく北海道釧路《くしろ》市の出身だ。『緋の河』の単行本が刊行された時にインタビューしたのだが、一九六〇年代から芸能界でも活躍していたカルーセルは、桜木の幼い頃の釧路ではあいさつ代わりに話題に上っていたという。「大人は下世話な話ばかりしていた」と教えてくれた。けれど、「あれだけ噂話《うわさばなし》をしていたのは、好きだったからなんだなと思えるくらい私も大人になって、この人を書かなければ前に進めない」と感じるようになっていった。「誰にも書かせたくない」と思った初のキャラクターだったという。

とはいえ単なる評伝とは違う。雑誌の記事など資料は使ったものの、事細かに本人に話を聞くことはせず、たどってきた道の肉付けはすべて作家が想像を膨らませたのだ。まさに『孤蝶の城』の終盤で、カーニバル真子の小説を書きたいというノブヨの手紙にある通りのことを、桜木は試みたのだと思う。

「あんたは生きた虚構だと思うの。ひっくり返して虚構で書くしか、カーニバル真子は見えてこないんだ。週刊誌は、ただの一行も秀男のことを書いてはいなかったでしょう。だから安心して書かれ続けていたのも知ってる」

いよいよ『緋の河』の筆を執る時、断りを入れたという。すると、「とことん汚く書いて」と注文がついたのだそうだ。この辺の経緯は同書の「あとがき」に詳しい。こんなことを言う方も言う方だが、受け止める方もよくぞ受け止めた。一歩間違えれば下品になるところを、際《きわ》どいギリギリまで攻めて人間というものの本質を鮮やかに切り取って見せる。

そうやって書いた二作には、通底しているものと、まるで違う作家の視線があるように思う。順を追って説明しよう。そのためにも『緋の河』から語り起こしたい。

主人公の平川秀男が、春になれば小学校に入学するという昭和二十四（一九四九）年の年明けから、二十代になって芸能界デビューにたどり着くまでが描かれる。

小学校に入学すると、「（女に）なりかけ」といじめられるが、したたかにやりすごす術《すべ》を知っているし、港の漁師や女郎に人の機微を教わったりもする。父や兄は秀男を疎《うと》んじるが、母と姉は寄り添ってくれる。ようやく得た友人や、ゲイバーの先輩、男たちが彩《いろど》る物語は艶《つや》っぽくうねる。

こうした一つ一つのエピソードや秀男の心情を、センシティブに、しかし滋味豊かな筆で包み込む。例えば、「一日の終わりには、嫌なことと等分の良いことがあるよう生きればいい」とつづるし、「わたしたち嫉《ねた》まれてるみたいだ」と言う友人に、秀男は「嫉みなんて、こっちが持たなきゃただの追い風よ」と口にする。これは作家が人生経験を積んだ末の厚みから生まれた滋味だと思う。まるで桜木が秀男に乗り移ったかのような筆遣いで、物語がググン広がっていく。

ここにあるのはLGBTQというよりは、一人の人間として居場所を求めてもがく哀《かな》しみ、苦しみ、そして陶酔にまでも筆が及ぶ物語だ。

ストーリーが走り始める前半で秀男は思う。「生まれ落ちたこの体と性分をせめて自分だけは好いていたい」と。体と性分は誰しも固有のものを持っている。モデル小説でありながら、生きることの普遍性を浮き彫りにしている。秀男は悩んで立ちすくんでいる場合ではなく、生きることに必死だ。パワフルですらある秀男に伴走していると、なんだかこちらも元気が出てくる。この感想を桜木に伝えたところ、返ってきた答えはこうだ。

「秀男がだんだん悲壮感から遠ざかっていくんです。後半三分の一を残し、地固めができたところでドライブがかかって、ますます元気になってきました」これをカルーセル麻紀に言ったのだという。すると「そんな（悩んでいる）暇なかったわよ」と一笑に付されたそうだ。

生きづらさを〝辛《つら》さ〟として描く現代小説は多いが、『緋の河』も『孤蝶の城』もそれとは違う。時代は昭和、悩む余裕がまだ社会になかった。とにかく働いて生きていかねばならなかった。時代は違えど、生きていくとは、そういうことだ。そのことに現代の我々は妙に励まされるのだと思う。

そこで、『孤蝶の城』である。居場所を得たカーニバル真子こと秀男の、次なるフェーズの格闘が描かれていく。一方で、『緋の河』を書いた作家も確信を得たのだと思う。センシティブさを超えて大胆に、新たなフェーズでこれに挑んでいく。前作は深く潜って、モチーフに同化するかのような書きぶりだったが、モチーフと書く側のぶつかり合いが本作の凄みの源泉だ。いや、ぶつかり合いというよりは、秀男の格闘を描くのが楽しくてたまらないというような雰囲気を感じる。悠揚たる筆と言おうか、脂《あぶら》の乗った筆とでも言おうか。これが先に「まるで違う作家の視線」と指摘したことの意味だ。

さて、居場所を得た秀男の次なる格闘は、それはすさまじい。

幕開けは陰茎を切って造膣《ぞうちつ》手術である。先行作から一貫してあるのは〝痛み〟だ。居場所を渇望する心の痛みに、本作では文字通り手術の結果抱え込んだ体の痛みが加わった。「体以外の神経を抜いて見せるのが、今までもこれからも秀男の仕事なのだった」と喝破しつつも、時には「この先、どんな男が現れたところで、あたしの痛いところを面白がるだけなんだ」と虚《むな》しさに襲われもする。

前作から共通して全編を覆《おお》う点はもう一つあって、それは〝パイオニアの孤独〟だ。『緋の河』では、それを一つの場面に象徴的に打ち出した。弟が幼くして亡《な》くなった時、これで弟にとられた母親が自分のもとに帰ってきてくれると思い、秀男は悲しくなかったのである。これは実際にカルーセル麻紀に会った際に聞いたつぶやきだという。そしてここに作家は、〝パイオニアの孤独〟を見たのだ。「あくまでも自分が世界の中心、それを埋められない性分が圧倒的な孤独を生んでいるんです」と桜木は話していた。そしてこの孤独がどこから来ているのかを描くことが、作品の原動力の一つとなっている。

本作では日本初の陰茎切除芸能人になり、造った膣の使い始めを売り物にし、フランス人との結婚離婚など話題を常に振りまく。これらはすべて飽きられないようにする方策である。現代の視点で言えば、いかにバズらせるかを至上命題にするSNSの先駆を思わせもする。それと同時に、無茶と言えるようなこの歩みは、「あたしの本物」「本物のあたし」を求める旅でもある。幼い頃、釧路で女郎に「どうせなるのなら、この世にないものにおなりよ」（『緋の河』より）と言われて以来、たどってきた道なのだ。一人の人間が抱えきれるのかと危ぶんでしまうほどの、焦燥と孤独に炙《あぶ》られるような日々だ。

そのうえで秀男はこんなふうに生きる。「人と会っているあいだは滝のごとく喋《しゃべ》り続ける秀男だが、言葉の内側あるいは本音など一度も語ったことがない。誰もそんなものは欲しがらない」「痛い思いもちょっとはしたけど、生きてりゃ必ずどこかが痛いもんよ。どんなことも、今のあたしにとってはすべてが必要なことだったの」。体だけでなく、カーニバル真子をまるごと玩具にする処世術は痛快な反面、乾いた感性におののきもする。けれどそうやって生きていくのが真子なのだ。いい悪いではなく、際立った個性が生きる切っ先を、これでもかと見せつける。

それゆえにという面があると思うが、寄り添ってくれる母と姉、腐れ縁の友を大事にする。安心して情をかけられる相手を必要とするのだ。読んでいて、ほっとする箇所にもなっている。

モロッコでの性転換手術、マスコミとの丁々発止のやり取り、好きな男との出会いと別れ、タレントを使い捨てする事務所に父との確執などエピソードは盛りだくさん。実際にカルーセル麻紀との交流があった歌手や女優が頭をよぎるが、そこに拘泥《こうでい》するのは意味がない。小説で命を与えられた登場人物たちが息づいて、カーニバル真子の世界を彩っている。ディテールは濃《こま》やかで緻密《ちみつ》。こちらの気を逸《そ》らさない。

例えば、モロッコで術後が思わしくない時に現れる怪しい医者や、急きょお鉢が回ってきた暴力団の新年会での立ち居振る舞いなど、主軸に大きくは影響しない部分もむやみに印象に残る。新年会で真子が見せるストリップの場面は、短い描写なのにストリップという仕事を語りながら妖艶《ようえん》さを漂わせる。さすがストリップを観《み》るのが趣味と公言し、ストリッパーを描いた小説『裸の華』（二〇一六年刊）も手がけたことのある作家の手腕だ。

　さて、こうして「モロッコ帰りの性転換お色気路線」の話題先行とキャラクターだけで芸能界を渡ってきた秀男だが、生き残るにはネタ切れになってくる。自分でも自覚しつつ、過去に巴《ともえ》静香に指摘されたこともあり、「このまま終われないのよ」というところにやってくる。

　こうして最後の第六章「謝肉祭《カーニバル》！」に入っていくのだが、その展開たるや一筋縄ではいかない。二人芝居に映画、演じることの真髄や、演者の嫉妬《しっと》などをめいっぱい詰めこみ、作家の業《わざ》がひと際冴《さ》える。二人芝居を演じる場の設定は、こういうことがあるのかと驚きの業界裏事情だった。

　ラストに向かって筆は走る。愉《たの》しさが横溢《おういつ》している。描き切ったという愉悦だろうか。その疾走感に乗って、我々も一気にラストに導かれた。秀男は、カーニバル真子は、これからも闘っていく。その闘いに幸あれと祈らずにはいられないが、真子にとっては余計なお世話だろうと笑わずにはいられない。

　ところで、今回の文庫化にあたり、うれしいニュースが飛び込んできた。二〇二五年一月、第七十九回毎日映画コンクール(毎日新聞社、スポーツニッポン新聞社主催)で、カルーセル麻紀が助演俳優賞に輝いたのだ。

映画「一月の声に歓《よろこ》びを刻め」で、性別適合手術を受けて女性になった父親を熱演した。同賞はこの回から賞の名称に男女の別をなくしたばかり(例えばこれまでは男優助演賞、女優助演賞だったが、助演俳優賞に一本化した)。そのタイミングで、演技が評価され初めての受賞に至ったのだ。『孤蝶の城』を読んで、演技を身につけようと苦闘した真子を知っている我々にとっては、思わずカルーセル麻紀にその姿を重ねてしまい、声を大にして「おめでとうございます」と言いたい気持ちだ。これぱかりは喜んで許してくれるのではないだろうか。

(二〇二五年一月、文芸ジャーナリスト)

この作品は、二〇二二年五月新潮社より刊行されました。
本書には、現代の観点からすると差別的とみられる表現がありますが、作品の時代性に鑑み、そのままとしました。

（編集部）

桜木紫乃著
緋の河
どうしてあたしは男の体で生まれたんだろう。自分らしく生きるため逆境で闘い続けた先駆者が放つ、人生の煌めき。心奮う傑作長編。

桜木紫乃著
ラブレス
島清恋愛文学賞受賞・突然愛を伝えたくなる本大賞受賞
旅芸人、流し、仲居、クラブ歌手……歌を心の糧に波乱万丈な生涯を送った女の一代記。著者の大ブレイク作となった記念碑的な長編。

桜木紫乃著
硝子の葦
夫が自動車事故で意識不明の重体。看病する妻の日常に亀裂が入り、闇が流れ出した――。驚愕の結末、深い余韻。傑作長編ミステリー。

桜木紫乃著
無垢の領域
北の大地で男と女の嫉妬と欲望が蠢めき出す。子どものように無垢な若い女性の出現によって――。余りにも濃密な長編心理サスペンス。

桜木紫乃著
ふたりぐらし
四十歳の夫と、三十五歳の妻。将来の見えない生活を重ね、夫婦が夫婦になっていく――。夫と妻の視点を交互に綴る、連作短編集。

山崎豊子著
不毛地帯
（一～五）
シベリアの収容所で十一年間の強制労働に耐え、帰還後、商社マンとして熾烈な商戦に巻き込まれてゆく元大本営参謀・壹岐正の運命。

山崎豊子著
**花のれん**
直木賞受賞

大阪の街中へわての花のれんを幾つも幾つも仕掛けたいのや——細腕一本でみごとな寄席を作りあげた浪花女のど根性の生涯を描く。

山崎豊子著
**華麗なる一族**
（上・中・下）

大衆から預金を獲得し、裏では冷酷に産業界を支配する権力機構〈銀行〉——野望に燃える万俵大介とその一族の熾烈な人間ドラマ。

山崎豊子著
**二つの祖国**
（一〜四）

真珠湾、ヒロシマ、東京裁判——戦争の嵐に翻弄され、身を二つに裂かれながら、祖国を探し求めた日系移民一家の劇的運命を描く。

有吉佐和子著
**悪女について**

醜聞にまみれて死んだ美貌の女実業家富小路公子。男社会を逆手にとって、しかも男たちを魅了しながら豪奢に悪を愉しんだ女の一生。

有吉佐和子著
**開幕ベルは華やかに**

「二億用意しなければ女優を殺す」。大入りの帝劇に脅迫電話が。舞台裏の愛憎劇、そして事件の結末は——。絢爛豪華な傑作ミステリ。

有吉佐和子著
**紀ノ川**

小さな流れを呑みこんで大きな川となる紀ノ川に託して、明治・大正・昭和の三代にわたる女の系譜を、和歌山の素封家を舞台に辿る。

三浦綾子著
塩狩峠
大勢の乗客の命を救うため、雪の塩狩峠で自らの命を犠牲にした若き鉄道員の愛と信仰に貫かれた生涯を描き、人間存在の意味を問う。

三浦綾子著
泥流地帯
大正十五年五月、十勝岳大噴火。家も学校も恋も夢も、泥流が一気に押し流す。懸命に生きる兄弟を通して人生の試練とは何かを問う。

三浦綾子著
細川ガラシャ夫人（上・下）
戦乱の世にあって、信仰と貞節に殉じた悲劇の女細川ガラシャ夫人。清らかにして熾烈なその生涯を描き出す、著者初の歴史小説。

向田邦子著
寺内貫太郎一家
著者・向田邦子の父親をモデルに、口下手で怒りっぽいくせに涙もろい愛すべき日本の〈お父さん〉とその家族を描く処女長編小説。

向田邦子著
思い出トランプ
日常生活の中で、誰もがもっている狡さや弱さ、うしろめたさを人間を愛しむ眼で巧みに捉えた、直木賞受賞作など連作13編を収録。

向田邦子著
男どき女どき
どんな平凡な人生にも、心さわぐ時がある。その一瞬の輝きを描く最後の小説四編に、珠玉のエッセイを加えたラスト・メッセージ集。

宮部みゆき著
## 魔術はささやく
日本推理サスペンス大賞受賞

それぞれ無関係に見えた三つの死。さらに魔の手は四人めに伸びていた。しかし知らず知らず事件の真相に迫っていく少年がいた。

宮部みゆき著
## 火車
山本周五郎賞受賞

休職中の刑事、本間は遠縁の男性に頼まれ、失踪した婚約者の行方を捜すことに。だが女性の意外な正体が次第に明らかとなり……。

宮部みゆき著
## 理由
直木賞受賞

被害者だったはずの家族は、実は見ず知らずの他人同士だった……。斬新な手法で現代社会の悲劇を浮き彫りにした、新たなる古典！

江國香織著
## きらきらひかる

二人は全てを許し合って結婚した、筈だった……。妻はアル中、夫はホモ。セックスレスの奇妙な新婚夫婦を軸に描く、素敵な愛の物語。

江國香織著
## 流しのしたの骨

夜の散歩が習慣の19歳の私と、タイプの違う二人の姉、小さな弟、家族想いの両親。少し奇妙な家族の半年を描く、静かで心地よい物語。

江國香織著
## 号泣する準備はできていた
直木賞受賞

孤独を真正面から引き受け、女たちは少しでも前進しようと静かに歩き続ける。いつか号泣するとわかっていても。直木賞受賞短篇集。

川上弘美著

# センセイの鞄

谷崎潤一郎賞受賞

独り暮らしのツキコさんと年の離れたセンセイの、あわあわと、色濃く流れる日々。あらゆる世代の共感を呼んだ川上文学の代表作。

川上弘美著

# なめらかで熱くて甘苦しくて

それは人生をひととき華やがせ不意に消える。わきたつ生命と戯れながら、恋をし、産み、老いていく女たちの愛すべき人生の物語。

川上弘美著

# ぼくの死体をよろしくたのむ

うしろ姿が美しい男への恋、小さな人を救うため猫と死闘する銀座午後二時。大切な誰かを思う熱情が心に染み渡る、十八篇の物語。

小川洋子著

# 博士の愛した数式

本屋大賞・読売文学賞受賞

80分しか記憶が続かない数学者と、家政婦とその息子——第1回本屋大賞に輝く、あまりに切なく暖かい奇跡の物語。待望の文庫化!

小川洋子著

# 薬指の標本

標本室で働くわたしが、彼にプレゼントされた靴はあまりにもぴったりで……。恋愛の痛みと恍惚を透明感漂う文章で描く珠玉の二篇。

小川洋子著

# 海

「今は失われてしまった何か」への尽きない愛情を表す小川洋子の真髄。静謐で妖しく、ちょっと奇妙な七編。著者インタビュー併録。

恩田陸著
**夜のピクニック**
吉川英治文学新人賞・本屋大賞受賞
小さな賭けを胸に秘め、貴子は高校生活最後のイベント歩行祭にのぞむ。誰にも言えない秘密を清算するために。永遠普遍の青春小説。

恩田陸著
**ライオンハート**
17世紀のロンドン、19世紀のシェルブール、20世紀のパナマ、フロリダ……。時空を越えて邂逅する男と女。異色のラブストーリー。

恩田陸著
**歩道橋シネマ**
その場所に行けば、大事な記憶に出会えると――。不思議と郷愁に彩られた表題作他、著者の作品世界を隅々まで味わえる全18話。

角田光代著
**キッドナップ・ツアー**
産経児童出版文化賞・路傍の石文学賞受賞
私はおとうさんにユウカイ(=キッドナップ)された！ だらしなくて情けない父親とクールな女の子ハルの、ひと夏のユウカイ旅行。

角田光代著
**さがしもの**
「おばあちゃん、幽霊になってもこれが読みたかったの？」運命を変え、世界につながる小さな魔法「本」への愛にあふれた短編集。

角田光代著
**平凡**
結婚、仕事、不意の事故。あのとき違う道を選んでいたら……。人生の「もし」を夢想する人々を愛情込めてみつめる六つの物語。

窪 美澄 著
ふがいない僕は空を見た
山本周五郎賞受賞・R-18文学賞大賞受賞
秘密のセックスに耽る主婦と高校生。暴かれた二人の関係は周囲の人々を揺さぶり――。生きることの痛みを丸ごと包み込む傑作小説。

窪 美澄 著
よるのふくらみ
幼なじみの兄弟に愛される一人の女、もどかしい三角関係の行方は。熱を孕んだ身体と断ち切れない想いが溶け合う究極の恋愛小説。

窪 美澄 著
トリニティ
織田作之助賞受賞
ライターの登紀子、イラストレーターの妙子、専業主婦の鈴子。三者三様の女たちの愛と苦悩、そして受けつがれる希望を描く長編小説。

小池真理子著
欲 望
島清恋愛文学賞受賞
愛した美しい青年は性的不能者だった。決してかなえられない肉欲、そして究極のエクスタシー。あまりにも切なく、凄絶な恋の物語。

小池真理子著
恋
直木賞受賞
誰もが落ちる恋には違いない。でもあれは、ほんとうの恋だった――。痛いほどの恋情を綴り小池文学の頂点を極めた直木賞受賞作。

小池真理子著
神よ憐れみたまえ
戦後事件史に残る「魔の土曜日」と同日、少女の両親は惨殺された――。一人の女性の数奇な生涯を描ききった、著者畢生の大河小説。

乃南アサ著
女刑事音道貴子
**凍える牙**
直木賞受賞

凶悪な獣の牙――。警視庁機動捜査隊員・音道貴子が連続殺人事件に挑む。女性刑事の孤独な闘いが圧倒的共感を集めた超ベストセラー。

乃南アサ著
**しゃぼん玉**

通り魔を繰り返す卑劣な青年が山村に逃げ込んだ。正体を知らぬ村人達は彼を歓待するが。涙なくしては読めぬ心理サスペンスの傑作。

乃南アサ著
**家裁調査官・庵原かのん**

家裁調査官の庵原かのんは、罪を犯した子どもたちの声を聴くうちに、事件の裏に潜む問題に気が付き……。待望の新シリーズ開幕！

三浦しをん著
**きみはポラリス**

すべての恋愛は、普通じゃない――誰かを強く大切に思うとき放たれる、宇宙にただひとつの特別な光。最強の恋愛小説短編集。

三浦しをん著
**天国旅行**

すべてを捨てて行き着く果てに、救いはあるのだろうか。生と死の狭間から浮き上がる愛と人生の真実。心に光が差し込む傑作短編集。

三浦しをん著
**風が強く吹いている**

目指せ、箱根駅伝。風を感じながら、たすき繋いで、走り抜け！「速く」ではなく「強く」――純度100パーセントの疾走青春小説。

新井素子著

**この橋をわたって**

人間が知らない猫の使命とは？ いたずらカラスがしゃべった？ 裁判長は熊のぬいぐるみ？ ちょっと不思議で心温まる8つの物語。

あさのあつこ著

**ハリネズミは月を見上げる**

高校二年生の鈴美は痴漢から守ってくれた比呂と打ち解ける。だが比呂には、誰にも言えない悩みがあって……。まぶしい青春小説！

芦沢央著

**火のないところに煙は**

静岡書店大賞受賞

神楽坂を舞台に怪談を書きませんか――。作家に届いた突然の依頼が、過去の怪異を呼び覚ます。ミステリと実話怪談の奇跡的融合！

池澤夏樹著

**マシアス・ギリの失脚**

谷崎潤一郎賞受賞

のどかな南洋の島国の独裁者を、島人たちの噂でも巫女の霊力でもない不思議な力が包み込む。物語に浸る楽しみに満ちた傑作長編。

伊与原新著

**月まで三キロ**

新田次郎文学賞受賞

わたしもまだ、やり直せるだろうか――。ままならない人生を月や雪が温かく照らし出す。科学の知が背中を押してくれる感涙の6編。

上橋菜穂子著

**精霊の守り人**

野間児童文芸新人賞受賞
産経児童出版文化賞受賞

精霊に卵を産み付けられた皇子チャグム。女用心棒バルサは、体を張って皇子を守る。数多くの受賞歴を誇る、痛快で新しい冒険物語。

小野不由美著

**魔性の子**
―十二国記―

孤立する少年の周りで相次ぐ事故は、何かの前ぶれなのか。更なる惨劇の果てに明かされるものとは――「十二国記」への戦慄の序章。

加納朋子著

**カーテンコール！**

閉校する私立女子大で落ちこぼれたちを救済するべく特別合宿が始まった！ 不器用な女の子たちの成長に励まされる青春連作短編集。

佐藤多佳子著

**しゃべれども しゃべれども**

頑固でめっぽう気が短い。おまけに女の気持ちにゃとんと疎い。この俺に話し方を教えろって？「読後いい人になってる」率100％小説。

瀬尾まいこ著

**天国はまだ遠く**

死ぬつもりで旅立った23歳のOL千鶴は、山奥の民宿で心身ともに癒されていく……。いま注目の新鋭が贈る、心洗われる清爽な物語。

中島京子著

**樽とタタン**

小学校帰りに通った喫茶店。わたしはコーヒー豆の樽に座り、クセ者揃いの常連客から人生を学んだ。温かな驚きが包む、喫茶店物語。

原田マハ著

**楽園のカンヴァス**
山本周五郎賞受賞

ルソーの名画に酷似した一枚の絵。秘められた真実の究明に、二人の男女が挑む！ 興奮と感動のアートミステリ。

西條奈加著

善人長屋

差配も店子も情に厚いと評判の長屋。実は裏稼業を持つ悪党ばかりが住んでいる。そこへ善人ひとりが飛び込んで……。本格時代小説。

寺地はるな著

希望のゆくえ

突然失踪した弟、希望《のぞむ》。誰からも愛されていた彼には、隠された顔があった。自らの傷に戸惑う大人へ、優しくエールをおくる物語。

はらだみずき著

やがて訪れる春のために

もう一度、祖母に美しい庭を見せたい！　孫の真芽《まめ》は様々な困難に立ち向かい奮闘する。庭と家族の再生を描く、あなたのための物語。

堀江敏幸著

雪沼とその周辺

川端康成文学賞・谷崎潤一郎賞受賞

小さなレコード店や製函工場で、旧式の道具と血を通わせながら生きる雪沼の人々。静かな筆致で人生の甘苦を照らす傑作短編集。

望月諒子著

蟻の棲み家

売春をしていた二人の女性が殺された。三人目の殺害予告をした犯人からは、「身代金」が要求され……木部美智子の謎解きが始まる。

森絵都著

あしたのことば

小学校国語教科書に掲載された「帰り道」や、書き下ろし「%」など、言葉をテーマにした9編。すべての人の心に響く珠玉の短編集。

山本文緒著
**自転しながら公転する**
中央公論文芸賞・島清恋愛文学賞受賞

恋愛、仕事、家族のこと。全部がんばるなんて私には無理！ ぐるぐる思い悩む都がたどり着いた答えは――。共感度100％の傑作長編。

山本文緒著
**無人島のふたり**
―120日以上生きなくちゃ日記―

膵臓がんで余命宣告を受けた私は、残された日々を書き残すことに決めた。58歳で逝去した著者が最期まで綴り続けたメッセージ。

唯川　恵著
**「さよなら」が知ってるたくさんのこと**

泣きたいのに、泣けない。ひとりで抱えてるのは、ちょっと辛い――そんな夜、この本はきっとあなたに「大丈夫」をくれるはずです。

唯川　恵著
**とける、とろける**

彼となら、私はどんな淫らなことだってできる――果てしない欲望と快楽に堕ちていく女たちを描く、著者初めての官能恋愛小説集。

町田そのこ著
**コンビニ兄弟**
―テンダネス門司港こがね村店―

魔性のフェロモンを持つ名物コンビニ店長（と兄）の元には、今日も悩みを抱えた人たちがやってくる。心温まるお仕事小説登場。

町田そのこ著
**夜空に泳ぐチョコレートグラミー**
R－18文学賞大賞受賞

大胆な仕掛けに満ちた「カメルーンの青い魚」他、どんな場所でも生きると決めた人々の強さをしなやかに描く五編の連作短編集。

辻村深月著
ツナグ
吉川英治文学新人賞受賞
一度だけ、逝った人との再会を叶えてくれるとしたら、何を伝えますか――死者と生者の邂逅がもたらす奇跡。感動の連作長編小説。

辻村深月著
盲目的な恋と友情
まだ恋を知らない、大学生の蘭花と留利絵。やがて蘭花に最愛の人ができたとき、留利絵は。男女の、そして女友達の妄執を描く長編。

津村記久子著
この世にたやすい仕事はない
芸術選奨新人賞受賞
前職で燃え尽きたわたしが見た、心震わすニッチでマニアックな仕事たち。すべての働く人の今を励ます、笑えて泣けるお仕事小説。

津村記久子著
サキの忘れ物
病院併設の喫茶店で、常連の女性が置き忘れた本を手にしたアルバイトの千春。その日から人生が動き始め……。心に染み入る九編。

梨木香歩著
からくりからくさ
祖母が暮らした古い家。糸を染め、機を織る、静かで、けれどもたしかな実感に満ちた日々。生命を支える新しい絆を心に深く伝える物語。

梨木香歩著
家守綺譚
百年少し前、亡き友の古い家に住む作家の日常にこぼれ出る豊穣な気配……天地の精や植物と作家をめぐる、不思議に懐かしい29章。

北村薫著

スキップ

目覚めた時、17歳の一ノ瀬真理子は、25年を飛んで、42歳の桜木真理子になっていた。人生の時間の謎に果敢に挑む、強く輝く心を描く。

北村薫著
おーなり由子絵

月の砂漠をさばさばと

9歳のさきちゃんと作家のお母さんのすごす、宝物のような日常の時々。やさしく美しい文章とイラストで贈る、12のいとしい物語。

重松清著

ビタミンF

直木賞受賞

もう一度、がんばってみるか――。人生の"中途半端"な時期に差し掛かった人たちへ贈るエール。心に効くビタミンです。

重松清著

あの歌がきこえる

友だちとの時間、実らなかった恋、故郷との別れ――いつでも俺たちの心には、あのメロディーが響いてた。名曲たちが彩る青春小説。

浅田次郎著

夕映え天使

ふいにあらわれそして姿を消した天使のような女、時効直前の殺人犯を旅先で発見した定年目前の警官、人生の哀歓を描いた六短篇。

浅田次郎著

母の待つ里

四十年ぶりに里帰りした松永。だが、周囲の景色も年老いた母の姿も、彼には見覚えがなかった……。家族とふるさとを描く感動長編。

JASRAC 出 2501414-501

# 孤《こ》蝶《ちょう》の城《しろ》

新潮文庫　さ－82－6

令和七年四月一日発行

著者　桜《さくら》木《ぎ》紫《し》乃《の》

発行者　佐藤隆信

発行所　株式会社新潮社

郵便番号　一六二―八七一一
東京都新宿区矢来町七一
電話　編集部(〇三)三二六六―五四四〇
読者係(〇三)三二六六―五一一一
https://www.shinchosha.co.jp

価格はカバーに表示してあります。

乱丁・落丁本は、ご面倒ですが小社読者係宛ご送付ください。送料小社負担にてお取替えいたします。

印刷・大日本印刷株式会社　製本・加藤製本株式会社

© Shino Sakuragi 2022　Printed in Japan

ISBN978-4-10-125486-9　C0193